# Toutes les étoiles mènent à toi

SOPHIE RANALD

# Toutes les étoiles mènent à toi

ROMAN

*Traduit de l'anglais (États-Unis) par*
LUCE MICHEL

&H

*Titre original :*
THANK YOU, NEXT



HARPERCOLLINS FRANCE
83-85, boulevard Vincent-Auriol, 75646 PARIS CEDEX 13.

www.harlequin.fr

ISBN 978-2-2804-6373-7 — ISSN 2271-0256

*Pour les merveilleuses femmes de STBC, les meilleures amies au monde possibles. Sourires, champagne et amour !*

# 1

Nous étions un vendredi après-midi. Dans un pub du Sud de Londres, je sirotais mon vin rouge espagnol, attendant mon rendez-vous avec un espion.

La base, quoi.

Bien sûr, rien ne m'assurait que l'homme en question en soit un. Ce n'était pas comme si son profil Tinder annonçait : « Mon nom est Smith. Brett Smith. Habilité à ne plus donner signe de vie. »

Pour autant, tous les indices concordaient. Le profil de Brett était insipide au point de passer totalement inaperçu : une photo de lui dans un costume banal devant un immeuble à colonnes d'allure officielle ; une autre où il portait un T-shirt blanc et un treillis avec, en arrière-plan, ce qui semblait être un désert (l'Afghanistan, peut-être, ou un truc comme ça) ; une troisième le montrant allongé sur un lit, appuyé contre un oreiller mince, devant un mur vide qui aurait pu se trouver n'importe où.

Mais Brett lui-même n'avait rien d'insipide. En fait, il était carrément canon : mâchoire bien dessinée, yeux bleu clair et fossette au menton. Je l'imaginais en smoking, commandant un dry Martini, une superbe femme en robe à paillettes à son bras. Et en plissant mentalement les yeux, je parvenais même à croire que cette femme, c'était moi.

Quand je lui avais demandé ce qu'il faisait dans la vie, il m'avait simplement répondu qu'il travaillait pour le gouvernement, mais que c'était « légèrement archisecret sur les bords », et qu'il se trouvait à l'étranger pour le moment. Notre rendez-vous devait donc attendre qu'il soit, selon ses propres termes, « de retour au bercail ». Lorsque j'avais voulu savoir dans quel pays il était, il avait plaisanté : « Si je te le dis, il faudra que je te tue. »

Et après ça, j'avais reçu un SMS – d'un autre numéro cette fois-ci, on lui avait volé son téléphone, m'avait-il affirmé, mais j'étais convaincue qu'il avait utilisé un jetable impossible à tracer. Brett m'informait qu'il était à Londres et que ça serait sympa de trouver le temps de se voir. Pour autant, notre rencontre s'était révélée étonnamment compliquée à organiser. Il avait proposé un petit déjeuner. Dans la mesure où une partie non négligeable de mon boulot consistait à le préparer dans le pub où je travaillais, cette option ne pouvait être retenue. Il en allait de même pour le déjeuner. Et voilà comment je me retrouvais, à 5 heures de l'après-midi, à attendre Brett dans un pub de Vauxhall, pile à l'ombre du quartier général du MI6[1].

S'il essayait de cacher qu'il était agent secret, pensai-je, il s'y prenait franchement mal. Mais qui étais-je pour en juger, après tout ?

Quoi qu'il en soit, un *date* était un *date*, et je n'en avais pas eu depuis un moment. Je m'étais donc assurée d'être au top.

Dani, mon amie, m'avait persuadée d'aller me faire teindre et étirer les cils. Selon elle, ça exigeait peu d'entretien, soit une option parfaite pour quelqu'un comme moi qui rechignait déjà à se maquiller. Je trouvais que le résultat me donnait l'air perpétuellement surprise.

Pour l'occasion, j'avais acheté un nouveau haut noir à manches ballons – enfin, déniché sur eBay, où je m'étais laissé entraîner par une autre acheteuse dans une guerre des enchères. Résultat, j'avais payé bien au-dessus du prix affiché pour un truc qui, après tout, venait de Topshop, même s'il était en coton bio. Mais pour moi, il était neuf, et ça comptait, non ?

Puis je m'étais rendue au salon de manucure situé dans la rue du pub où je travaillais. Je m'étais pris la tête avec l'esthéticienne lorsqu'elle avait voulu me coller des extensions en acrylique. J'avais

1. *Military Intelligence Service* : services de renseignements du Royaume-Uni. (Toutes les notes sont de la traductrice.)

dû lui expliquer que je finirais par en couper une par mégarde, et qu'elle atterrirait dans le burger au tofu d'un client. Nous étions donc tombées d'accord sur un vernis à paillettes.

Tout en buvant mon verre, je me demandais à quoi ressemblerait une relation avec un espion. Il serait probablement absent durant de longues périodes, occupé à des choses mystérieuses dans des endroits dangereux. Lorsque nos amis l'interrogeraient au sujet de son boulot, il répondrait vaguement qu'il avait un poste dans l'administration, et si jamais il était muté à Moscou, Washington ou ailleurs, nous pourrions toujours prétendre que c'était parce qu'il était exceptionnellement doué lorsqu'il s'agissait de négocier des contrats pour des photocopieurs.

Peut-être que sa patronne – que j'imaginais être comme Judi Dench, dans les *James Bond* – s'enticherait de moi. Au départ, elle dirait : « Bien sûr, Zoë est merveilleuse, d'un grand soutien et si discrète. » Elle remarquerait alors mon potentiel, et je serais à mon tour formée comme agent secret. Je disposerais de vrais poignards effilés cachés dans mes talons aiguilles et d'une minuscule caméra dissimulée dans mon rouge à lèvres. J'aurais à flirter avec des hommes haut placés dans des gouvernements étrangers, à les charmer pour leur soutirer des informations. Ça n'irait jamais plus loin que ça, parce que je serais follement amoureuse de Brett.

*Ressaisis-toi, Zoë*, me dis-je tout en avalant une nouvelle gorgée de vin. *Tu n'as même pas encore rencontré le gars. Et que deviendrait Frazzle si tu partais à Moscou à la chasse aux renseignements ?*

Une réflexion empreinte de bon sens. J'attendais seulement un rendez-vous Tinder, moi, une fille ordinaire de vingt-sept ans, célibataire chronique pourvue d'un boulot et d'un chat, et dont l'apparence était, compte tenu de ma petite taille, de ma minceur et de mes boucles rousses, celle d'une femme tout droit sortie d'une peinture préraphaélite dans les bons jours, ou inspirée d'une poupée Troll dans les mauvais.

J'avais passé six mois à me rendre par intermittence à des *dates*, et M. Parfait ne s'était toujours pas montré. Il n'y avait aucune raison de croire que Brett remplirait ce rôle. Malgré tout, j'avais constaté que j'arrivais à chaque rendez-vous emplie du même espoir grisant, comme si je m'attendais à voir ma vie bouleversée en profondeur si l'homme du jour s'avérait être Le Bon.

En toute honnêteté, la rencontre avec Brett me donnait l'impression d'être celle de la dernière chance. Ce n'était pas comme si je n'avais pas essayé. J'avais peaufiné mon profil en ligne, y revenant encore et encore. J'avais enchaîné les messages spirituels. Je m'étais installée dans des bars comme celui-ci, débordante d'attentes et d'espérance, avec pour seul résultat d'être déçue, larguée, ou ghostée.

À ce sujet, où était Brett ?

Je jetai un œil à mon téléphone, me trémoussant, mal à l'aise, sur mon tabouret de bar. Je n'arrivais pas à atteindre son repose-pied, mes jambes étant légèrement trop courtes. Les deux femmes à la table la plus proche me jetèrent un coup d'œil, détournèrent le regard et se mirent à chuchoter entre elles.

*Oui, j'ai rencard*, avais-je envie de leur aboyer au visage. *Non, il n'est pas encore arrivé. Autre chose ?*

Je gardai ça pour moi, parce que j'avais reçu un SMS de Brett. Il m'informait qu'il avait dix minutes de retard – en réalité, il avait écrit « retrda 01 min déso », mais mes compétences de traductrice étaient pile au niveau requis pour le comprendre. Peut-être que les espions n'étaient pas autorisés à utiliser l'écriture prédictive, ou qu'il avait l'habitude de communiquer via WhatsApp en code.

Nous étions censés nous retrouver à 17 heures, et il était 17 h 11. À point nommé, je l'aperçus à travers la vitre du pub. Il se dépêchait. La mâchoire bien dessinée était là, tout comme la barbe de trois jours et les épaules musclées sous un T-shirt gris. Un petit frisson d'excitation me parcourut.

Il n'était pas plus âgé qu'il le prétendait, ni plus petit, ce qui, selon les normes des rencontres en ligne, signifiait que j'avais déjà presque touché le jackpot. Mais il y avait quelque chose d'étrange dans sa démarche. Il n'avançait pas en ligne droite. Il dessinait une large parabole, d'un côté du trottoir à l'autre, et recommençait.

*Peut-être que c'est un truc d'espion*, pensai-je, un peu perdue. *Peut-être que c'est pour s'assurer qu'on n'est pas suivi.*

Il atteignit la porte, saisit la poignée et la tira, bien qu'un panneau indiquât qu'il fallait pousser. Il posa le regard dessus, perplexe, tira de nouveau, et poussa enfin, si fort qu'il bascula presque à l'intérieur. Mes voisines gloussèrent. Brett, accroché à la poignée pour rétablir son équilibre, fouillait le pub des yeux. Je lui adressai un petit salut.

— Zoë ! La voilà donc !

Son exclamation retentit, couvrant le bourdonnement des conversations, lancée d'une voix non pas à la James Bond comme je m'y attendais, mais dotée d'un accent londonien banal, ou peut-être de l'Essex.

Il lâcha la porte pour rejoindre ma table à grands pas, non sans en heurter d'autres au passage, envoyant valser un tabouret de bar. Un petit chien détala comme une flèche pour aller trouver refuge sous les jambes de ses propriétaires.

J'observais la scène, d'abord désorientée, puis horrifiée. *Oh non*, hurlait mon esprit. *Oh noooooooooon*. Mais n'étant qu'à quelques mètres de lui, m'échapper était clairement impossible. J'allais devoir endurer un rendez-vous avec un homme qui, à l'évidence, était complètement bourré.

— Zoë !

Son étreinte était si puissante et inattendue qu'elle me décolla de mon tabouret. Durant une seconde, mes jambes battirent l'air de manière incontrôlée, avant que je ne glisse de ses bras vers le sol. Son T-shirt était trempé d'une sueur qui, à en juger par l'odeur, se composait à 90 % de tequila. Son haleine empestait le mégot de cigarette. D'ailleurs, j'en repérai une à moitié fumée coincée derrière son oreille. Des tatouages d'un gris-bleu recouvraient ses bras.

— Salut.

On aurait dit une sorte de couinement, vu que j'avais les poumons vides.

— Un verre ?

Je voulais répondre « D'eau, oui », dans l'espoir qu'il me suivrait. Mais mon verre de vin à moitié vide se trouvait sous son nez.

— Un grand merlot pour la dame, beugla-t-il en avançant d'une démarche peu assurée vers le comptoir. Et pour moi, un double shot, sel et citron, et une Bud pour faire descendre.

Sauf que la dernière partie de la phrase sortit comme « butpouffeédescente ». Je vis le barman hésiter, se demander s'il devait refuser de le servir, puis hausser les épaules et préparer la commande. Les femmes de la table proche me regardèrent de nouveau en coin, cette fois-ci plus inquiètes qu'amusées, et reprirent leur conversation à voix basse.

Au sol, le parquet poncé et vernis de frais était aussi solide que possible. Dommage, parce qu'à la minute présente, j'aurais absolument tout donné pour qu'il s'effondre et m'avale à jamais.

Visiblement, il ne m'offrirait pas ce plaisir. J'étais coincée là pour la durée de mon *date* avec cet homme qui, je commençais à le suspecter, ne pouvait pas être plus éloigné du monde de l'espionnage. À moins qu'il ait pour habitude de se rendre à ses missions de surveillance ivre mort, les effluves de tequila trahissant sa localisation à des kilomètres à la ronde.

Brett revint du bar, sa bouteille de bière calée sous le bras, serrant ses deux shots dans une main et mon verre de vin tenu de manière hasardeuse dans l'autre. Quand il le posa sur la table, le verre vacilla, se renversa légèrement, avant de se stabiliser, par chance.

— À la tienne.

Brett descendit un shot, mâcha une tranche de citron, puis se jeta le deuxième dans le gosier.

— Suis un peu bourré. Ça faisait longtemps.

Je souris poliment et bus une gorgée de vin.

— Ça faisait longtemps que quoi ?

— Depuis ma dernière picole. Et depuis ma dernière sortie avec une meuf. J'étais hors jeu, tu vois, comme je te l'ai dit.

Peut-être que je me montrais injuste, pensai-je. Peut-être était-il compréhensible qu'un homme qui avait été à l'étranger, pour un job où le stress était immense, souhaite décharger la pression quand il rentrait ? Peut-être qu'il endossait ce rôle de gars bruyant sorti de l'Essex pour égarer ceux sur sa piste ? Mais les vapeurs d'alcool et de tabac froid étaient bien réelles, aucun doute là-dessus.

— Hé bien, heu, santé, dis-je en avalant une nouvelle gorgée de vin.

Il était exclu de boire au succès de ce rendez-vous, mais au moins, une fois mon verre éclusé, je m'en irais.

— C'était loin, là où tu étais basé ?

— Pas si loin, non. Mais ça a duré un bon moment. Deux ans.

Il descendit une longue goulée de bière. Merde. Il avait presque vidé la moitié de la bouteille. J'allais devoir accélérer pour ne pas lui fournir l'occasion de commander une nouvelle tournée. Ou, pire encore, pour ne pas être obligée de lui offrir un autre verre par politesse.

Je n'avais pas de raison de m'inquiéter.

— J'dois aller là où le roi se rend seul, dit-il. S'cuse-moi.

Il partit vers les toilettes pour femmes en suivant un chemin sinueux, puis, fort heureusement, se rendit compte de son erreur. Il effectua un demi-tour, le regard perdu durant une seconde, avant de repérer le panneau indiquant celles des hommes. Il en prit alors plus ou moins la direction.

Je l'observai. Limiter la casse en prenant mes jambes à mon cou était-il envisageable ? Avant que je ne puisse passer à l'acte, une des femmes à la table proche m'interpella.

— Excusez-moi ?

Je me tournai vers elle, parvenant à afficher ce que j'espérais être un sourire lumineux.

— Oui ?

— Pardon par avance de vous poser la question, mais il ne semble pas que votre… ami… aille très bien.

Je sentis mon cou et mon visage s'enflammer, et pas qu'un peu. Non seulement j'étais attablée avec un gars tellement bourré qu'il parvenait à peine articuler une phrase, mais en plus les gens l'avaient remarqué. À l'évidence. La moitié des clients du pub regardaient dans ma direction, leur visage reflétant divers degrés d'amusement, d'inquiétude ou de dégoût.

— N'est-ce pas ? marmonnai-je. Oh mon Dieu, pour un rendez-vous Tinder, c'est vraiment horrible, non ?

— Vous pourriez demander Angela, suggéra son amie.

— Je pourrais quoi ?

— C'est une ruse. Si vous allez au comptoir et demandez à voir Angela, ils s'assureront de vous sortir de là en toute sécurité.

— Vraiment ?

J'étais prête à passer à l'acte quand Brett réapparut des toilettes, le devant de son T-shirt mouillé de ce que j'espérais être de l'eau, ainsi que de sueur.

— Ça va mieux, bégaya-t-il. Et maintenant, une autre tournée.

Il pivota pour prendre la direction que j'avais été sur le point d'emprunter, mais n'arriva jamais. Son cerveau avait ordonné : « Va au bar », mais la notification n'atteignit pas ses pieds. L'un d'eux partit dans un sens, et l'autre ne suivit pas. Ses chevilles s'emmêlèrent en une sorte de tresse. Pendant quelques secondes, il chancela, comme mon verre de vin rouge plus tôt, mais contrairement à ce dernier il ne parvint pas à retrouver son équilibre. Les bras battant l'air, il tomba tête la première, juste à côté de la table avec le petit chien, qui fit un bon en arrière, épouvanté. Grandiose.

— À mon avis, intervint ma voisine, que je commençais à considérer comme ma nouvelle meilleure amie, ça serait le bon moment pour disparaître.

— Si vous êtes sûre d'être en état de rentrer chez vous, ajouta sa copine.

— Oh oui, la rassurai-je. En pleine forme. Jamais sentie mieux.

Je rassemblai mes affaires et ce qu'il restait de ma dignité, les saluai d'un petit geste de la main et me dirigeai vers la sortie. Mais quand je dépassai la silhouette face contre terre de Brett, je remarquai quelque chose. Juste là, à sa cheville droite, entre l'ourlet de son jean et sa chaussette blanche crasseuse, se trouvait un large morceau de plastique collé à un bracelet. Même si je n'en avais jamais vu auparavant, je compris immédiatement de quoi il s'agissait.

Un bracelet électronique de surveillance. Porté à la cheville. Brett n'avait pas travaillé à l'étranger. Il avait été en prison.

Jusque-là, ma vie amoureuse n'avait pas exactement connu un succès retentissant. À présent, j'avais touché le fond.

# 2

*Six mois plus tôt*

> Verseau, vous êtes aujourd'hui à un tournant de votre vie. Pour affronter l'avenir et trouver le bonheur que vous désirez et méritez, cessez de vous accrocher au passé, qu'importe à quel point lâcher prise vous semble douloureux.

J'avais pris l'habitude de me réveiller avec la sensation d'avoir le cœur accablé de tristesse et le cerveau d'une mollesse irritante. Le premier symptôme était lié à ma rupture avec mon ex-petit ami, Joe. Les sentiments de perte et de regret avaient obstinément refusé de disparaître, bien que nous nous soyons séparés des années plus tôt, après une intense relation amoureuse de trois mois quand nous étions étudiants. Joe était revenu dans ma vie – ou moi dans la sienne – alors que nous avions passé des années sans nous revoir – et toutes ces émotions avaient douloureusement rejailli. Pour autant, j'avais bien compris qu'il n'y avait aucune chance qu'Alice, sa copine, et lui, se séparent.

La deuxième était liée à Frazzle, mon chat roux à poils longs, qui aimait dormir sur mon oreiller, emplacement qui lui permettait de garder l'œil sur les oiseaux perchés sur l'arbre devant ma fenêtre.

Ce fut lui qui me réveilla un lundi matin de la fin mars. Dehors, des merles construisaient leur nid, et à chaque cui-cui qu'ils lançaient mon chat répondait par un miaulement de désir.

— Qu'est-ce que tu baragouines encore, mon gros bêta ? marmonnai-je, ensommeillée.

J'essayai de me retourner pour grappiller une précieuse demi-heure de sommeil supplémentaire.

Mouvement impossible, avec Frazzle allongé sur mes cheveux.

— Aïe !

Maintenant tout à fait éveillée, je repoussai le chat en douceur et m'assis. Les oiseaux oubliés sur-le-champ, il sauta au sol et m'observa, tout en miaulant plaintivement pour réclamer son petit déjeuner.

— OK, OK. Donne-moi au moins une seconde. Bon sang, on dirait qu'un dictateur à poils dirige ma vie.

Je glissai mes pieds dans mes chaussons et me levai. La journée s'annonçait superbe – déjà, bien qu'il ne fût pas encore 7 heures, la lumière du soleil s'infiltrait à travers la fenêtre, chaude sur ma peau nue. L'hiver, qui paraissait ne devoir jamais finir, semblait enfin relâcher son étreinte, la promesse du printemps le repoussant, malgré sa réticence.

Et quelque chose d'autre était différent. Quelque chose en moi.

Quelques années auparavant, j'avais traversé une phase yoga. Je suppose que j'imaginais que cela me transformerait on ne sait comment en cette personne sereine, empreinte de spiritualité, qui chérirait les dons de l'univers et déborderait d'une énergie positive contagieuse, mais surtout qui serait capable de toucher ses orteils sans haleter et grogner comme mon grand-père après avoir bêché dans son jardin ouvrier. Je ne m'y étais pas tenue très longtemps – l'encens que la prof brûlait avant les cours me faisait éternuer de manière incontrôlable et j'avais toujours peur de lâcher un pet en faisant la chandelle –, mais il m'en était resté une chose. Au début de chaque cours, la prof nous demandait de procéder à un genre d'audit de notre corps : nous scanner en commençant par les pieds, en passant par nos chevilles, genoux, hanches et ainsi de suite afin d'identifier les zones de tension ou douloureuses, et d'apprendre à reconnaître ce qui se passait en nous.

Je m'y employai à la minute présente, cherchant à analyser ce qui se tramait en moi, ce matin-là, et qui semblait différent de la veille.

Les contusions aux tibias qui dataient de ma session de sport de l'avant-veille étaient toujours là. Tout comme ma croûte au genou, là où je m'étais coupée en ma rasant. Et le pansement bleu sur mon pouce, quand j'avais raté ma cible en éminçant des oignons. Une sensation de picotement sur ma lèvre supérieure m'apprit que le bouton de fièvre qui menaçait de sortir n'abandonnait pas le terrain, attendant son moment pour percer et me donner une allure dégueu pendant des jours.

Tout bien à sa place, juste comme la veille.

Mais ce qui manquait nichait plus profondément en moi. Ce sentiment de perte – de deuil, presque – qui me hantait depuis ma rupture avec Joe s'était évanoui. Dans un claquement de doigts. Comme quand on a une gueule de bois massive, qu'on dévore un énorme petit déjeuner à base d'aliments frits, qu'on boit des litres de thé, qu'on avale deux cachets de paracétamol avant de retourner au lit pour se réveiller en pleine forme. Ou comme quand on traîne un rhume – du genre qui laisse les yeux injectés de sang et le nez porcin qui coule pendant des jours – et qu'on se lève un matin en se rendant compte qu'on va mieux.

Ce n'était pas *complètement* similaire malgré tout. Si je me m'étais relevée d'une gueule de bois, j'aurais été en mode « OK, plus jamais je ne touche une goutte d'alcool, mais au moins, je n'en suis pas au stade de la mort clinique ». Si ça avait été d'un rhume, j'aurais eu encore la peau rouge et sensible autour du nez et je me serais traîné une toux irritante. Mais je ne me sentais pas la même que la veille au réveil, ni que le jour d'avant et ainsi de suite… Vous voyez le truc, quoi.

Tout était à sa place, sauf que je n'avais plus le cœur brisé.

Je bondis et manquai de tomber, Frazzle s'enroulant autour de mes jambes. Pendant que je me lavais les dents et le visage, il resta plus ou moins collé à moi, s'appliquant à me faire trébucher.

— Si je me brise le cou, qui te donnera ton petit déjeuner ? le grondai-je. Tu n'as pas poussé la réflexion aussi loin, hein ?

Frazzle me regarda, ses yeux d'ambre exprimant assez clairement qu'il n'en avait rien à foutre de ce que je pensais.

Une fois lui nourri et moi habillée, je me réinstallai sur mon lit, essayant de comprendre ce nouveau sentiment de légèreté, de liberté et d'optimisme. Que se passait-il ? Que m'était-il arrivé ? Était-ce l'avènement du printemps, censé être porteur d'un nouvel espoir (en ce qui me concernait, ça n'avait jamais été le cas jusque-là) ? Mon cœur avait-il enfin rattrapé son retard sur ce que mon cerveau lui affirmait depuis des mois : que Joe et Alice étaient faits l'un pour l'autre comme lui et moi ne l'avions jamais vraiment été ? Et, plus important, sans mon amour à sens unique pour Joe, à quoi donc allais-je occuper mes pensées ?

*Non mais allô, Zoë !* me dis-je à moi-même. *Tu ne peux pas te traîner le cœur brisé sous prétexte que ce n'est plus le cas. On frôlerait le comble du ridicule.*

Sur ma table de chevet, mon téléphone se mit à sonner comme un acharné. Un nouveau message. Je lui jetai un coup d'œil. L'espoir fou que j'aurais ressenti auparavant qu'il puisse s'agir, contre toute attente, de Joe, était étrangement absent. Bien sûr, ce n'était pas lui. Ça ne l'avait jamais été et je me trouvais maintenant capable d'accepter calmement que ça ne le serait jamais. Il s'agissait seulement de l'application d'astrologie que j'avais installée un siècle plus tôt, et qui m'envoyait ses notifications quotidiennes. Certaines étaient inspirantes, certaines presque insensées, et d'autres carrément violentes.

Si l'appli était une amie, pensais-je parfois, je l'aurais virée de mon répertoire depuis un moment. Non pas que j'eusse des tonnes de potes parmi lesquels choisir, puisque j'avais passé ma vingtaine à voyager – super en termes d'expérience de vie, mais pas pour tisser des liens durables avec qui que ce soit.

Ce vide que vous ressentez en vous ? Allez-vous le combler ou le laisser vous avaler ?

— Ouais, super, merci, lançai-je à mon téléphone.

À cet instant, ce vide était du même genre que celui qui poussait Frazzle à réclamer son repas. Une pensée me vint soudain : *Attends, c'est pas idiot.* Peut-être qu'un autre pouvait occuper le trou dans mon cœur qui avait la forme de Joe.

Le temps de rêver à quelqu'un de disponible et d'oublier celui qui m'était interdit était-il venu ?

Quand j'arrivai au boulot, Robbie était déjà là. Sortir l'excuse des transports encombrés n'était même pas envisageable, puisque je n'avais qu'à quitter mon petit appartement, descendre un escalier en bois légèrement branlant, pousser une porte et *voilà*[1], j'étais au Ginger Cat, le pub où je travaillais comme cheffe. Mais Robbie m'avait coiffée au poteau, comme souvent, et enfournait deux moules à pain.

Deux mois plus tôt, son enthousiasme m'avait poussée à l'embaucher. Ça et le fait qu'il n'exigeait pas un salaire mirobolant. Sa joie et sa reconnaissance à se voir offrir son premier vrai job dans une cuisine de pro étaient touchantes. Non pas que le réduit minuscule où nous travaillions tous deux au coude à coude soit le plus professionnel des lieux de travail. Mais je l'adorais, et Robbie aussi. Il ne ménageait pas sa peine et ne comptait pas ses heures, tout en faisant preuve d'une énergie illimitée, même s'il n'avait dormi que deux heures la nuit précédente.

— Salut, dis-je en allumant la machine à café.

Elle reprit vie dans un grondement encourageant.

— On a quoi ici ? demandai-je.

— Cake banane-dattes. Sans gluten, sans lactose, et sans sucre raffiné. Les clients vont adorer. Tout comme moi ! Je suis sorti jusqu'à 4 heures du mat', j'ai une gueule de bois monstrueuse. Zoë, un café, c'est possible ?

— Bien sûr. Un double espresso avec trois sucres ?

1. En français dans le texte.

— Tu me sauves la vie.

— Et t'as fait quoi hier soir ?

Robbie s'appuya contre le plan de travail en acier inoxydable dans un déhanché gracieux et se passa la main dans les cheveux. Ils étaient bleu vif sur le devant et rasés en un dégradé soigné sur les côtés, dévoilant ses multiples piercings et son tunnel à l'oreille.

— Rien de dingue.

Il baissa la tête et j'insistai :

— Allez ! J'ai besoin de vivre par procuration, tu sais bien que ma vie sociale est réduite à néant.

— J'ai terminé mon service ici, et je suis rentré direct.

Je lui décochai mon regard noir de compét'.

— Et… ? Ne me dis pas que tu es resté éveillé à regarder des matchs de boxe jusqu'à 4 heures du matin et à te bourrer la gueule tout seul.

— Bon, d'accord. J'ai reçu un nouveau mec Grindr à la maison.

— Quoi ? Quelqu'un que tu as rencontré sur une appli, chez toi ? Juste comme ça ?

— Ben oui. Mes colocs dormaient, ils n'ont rien remarqué. Et si ça avait été le cas, ils n'en auraient rien eu à cirer.

— Et c'était qui ? Quelqu'un que tu avais déjà vu avant ?

— Jamais. Et que je ne reverrai pas. Il est nul au pieu.

Il jeta négligemment un coup d'œil dans le four. L'odeur de la cannelle, à faire saliver, commençait à emplir la cuisine. Au fil des semaines passées en sa compagnie, j'aurais dû m'habituer à l'attitude décontractée de Robbie en matière de relations amoureuses. Pour autant, j'en étais toujours aussi surprise. L'idée d'inviter un inconnu rencontré sur Internet chez soi, de coucher avec, puis de le pousser vers la porte alors qu'il enfile encore ses chaussettes me choquait et m'impressionnait à parts égales.

De plus, bien que nous n'ayons que cinq ou six ans d'écart, il me donnait le sentiment d'être centenaire.

— Je croyais que vous, la génération Z, étiez supposés traverser une récession sexuelle.

— Ouais, et donc ? Tu connais la théorie keynésienne sur la stimulation fiscale, n'est-ce pas ?

— Bien sûr que non. Et comment toi, la connais-tu ?

— J'ai suivi une option économie au lycée, figure-toi. Je ne suis pas qu'un corps de rêve.

— OK. Vas-y, balance.

— En gros, j'échappe à la récession sexuelle. Voilà comment je vois les choses : plus je baise, plus les autres aussi. Donc, en théorie, il devrait y avoir plus de choix. L'offre et la demande, tu vois ?

— Peut-être. Mais rien de tout ça ne se présente sur ma route, je t'assure.

Robbie écarquilla ses immenses yeux verts. Ses cils étaient si longs et foncés que Bambi aurait tué pour avoir les mêmes.

— Ma pauvre. Jamais ?

Je soupirai. La vérité – que je n'allais certainement pas partager avec Robbie qui, non seulement était mon collègue mais aussi, en théorie tout du moins, mon assistant – était que j'avais eu précisément deux relations sexuelles durant l'année écoulée, les deux fois avec Sean, un ex. Et la dernière remontait au moins à huit mois en arrière. Si quelqu'un se trouvait bien aux prises avec une récession sexuelle, c'était moi – mes sentiments pour Joe avaient tellement pris le pas sur tout le reste que ça m'avait pratiquement échappé.

Jusqu'à maintenant.

— C'est le problème quand on est célibataire, j'imagine, dis-je sans conviction.

— N'importe quoi ! Regarde-moi. Je suis célibataire et ma vie est plus agitée qu'un Primark un jour de soldes.

— Mais tu es…

Je m'interrompis. Robbie était quoi ? Gay ? Âgé de vingt-deux ans ? Ridiculement mignon ? Certes, mais ce n'était pas la véritable raison pour laquelle il rencontrait des gens et moi pas. La vérité, c'était qu'il ne ménageait pas ses efforts. Il avait un profil sur Grindr, il n'avait pas peur de rencontrer de nouvelles têtes et, si un type n'était pas un bon coup, il passait au suivant sans un regard en arrière, avec en prime une bonne histoire à raconter à ses potes.

De mon côté, j'étais totalement réfractaire à la prise de risque. Chaque soir après le boulot, je retournais à mon appartement au-dessus du pub et restais là, à pleurer Joe. Et maintenant, si la sensation étrange avec laquelle je m'étais réveillée ce matin durait et que j'avais vraiment tourné la page, je passerais chaque soirée seule à *ne pas* pleurer Joe. Ce qui était un mieux, il fallait bien le reconnaître, mais minime.

La déclaration cinglante que m'avait envoyée mon application d'astrologie me revint à la mémoire. *Ce vide que vous ressentez en vous ? Allez-vous le combler ou le laisser vous avaler ?*

Ça sonnait comme un défi, un reproche et une mise en garde tout à la fois. Je n'avais que vingt-sept ans. Ce qui ne serait pas toujours le cas. Et si ma vie était la même dans un an, cinq ou dix ans ? Auparavant, quand j'étais prise d'une crise existentielle, je réagissais en plaquant mon boulot du moment, en donnant congé pour l'appartement que j'occupais, où qu'il se trouve, et en décampant dans une autre partie du monde ou du pays. J'avais résisté à la tentation de planter des racines, d'avoir des histoires sérieuses, ou même de me faire des amis, préférant me voir comme anticonformiste, sans entraves, même si, au plus profond de moi, je savais que la solitude était le prix à payer pour cette liberté. Durant les cinq années passées, j'avais travaillé à Glasgow, Sheffield, Cambridge, Madrid et Varsovie et – après une attaque particulièrement violente de « Putain mais quel est le sens de ma vie, bordel ? » – à Seattle.

Ce mode de vie n'était dorénavant plus possible, parce que j'avais Frazzle. Quelques mois à peine avant que je commence à travailler au Ginger Cat, le pub maintenant baptisé en son honneur, je rentrais à la maison après mon service dans un bar à tapas chelou de Croydon. Je remarquai alors un truc que je pris pour un renard : une forme poilue et rousse trottinait sur le trottoir, un os de poulet serré bien fort entre les dents. La silhouette ne se fondait pas dans les ombres, et elle ne prit pas la fuite comme l'aurait fait un renard. Elle s'arrêta, se tourna vers moi, laissa tomber l'os et s'avança en miaulant de façon pressante.

Et à cet instant-là, dans cette rue obscure, sous le crachin, des ordures se soulevant en rafale autour de moi, je sus que j'avais été choisie. Je fis tout bien comme il faut, évidemment. Je vérifiai si le chat avait un collier. Je le ramenai chez moi ce soir-là, et le lendemain même je l'emmenai chez le vétérinaire pour voir s'il était pucé. Je mis des annonces sur des groupes locaux Facebook pour savoir si quelqu'un avait perdu son animal de compagnie. Et seulement alors me permis-je d'accepter, soulagée, que Frazzle puisse être mon chat et moi, son humaine.

Donc, maintenant, je l'avais, j'avais un job que j'adorais et mon petit appartement au-dessus du pub. J'avais une vie qui commençait à me procurer un sentiment de stabilité. Mais Frazzle mis à part, personne n'était à moi, aucun être qui compterait plus que n'importe qui au monde, ma moitié.

Le claquement de la porte du four, accompagné d'une bouffée encore plus intense de senteur sucrée, me ramena au présent.

— Ces délices sont cuits maintenant, dit Robbie, et sincèrement, si je n'avale pas rapidement un café, je le serai moi aussi. La cuisine aurait pu brûler sans que tu t'en rendes compte. On dirait que c'est toi qui as la gueule de bois.

— Désolée, pardon, je m'en occupe.

Je préparai le café de Robbie et un chai latte pour moi. Puis je dévalisai le frigo, le soulageant d'une part des lasagnes végétariennes de la veille. Les gâteaux de Robbie ne seraient pas prêts à être dégustés avant au moins une demi-heure, j'avais faim, et qui n'apprécie pas d'avaler des lasagnes froides debout à côté d'un frigo ? Il n'y a que moi pour faire ça ?

— Robbie ?

— C'est moi.

— Je vais mourir seule et sans amis, entourée de chats, c'est ça ? Au rythme où vont les choses.

— Oh ! je n'en mettrais pas ma main à couper, répondit-il en secouant la tête.

— Vraiment ?

— Tu n'as qu'un chat, tu vois. Difficile d'être entourée par un seul d'entre eux.

Je ris.

— Il va falloir que je recommence à sortir avec des mecs, hein ?

— Quoi ? Tu veux dire que ce n'est pas le cas ? Pas de rencard ? Ne le prends pas mal, mais j'étais un peu parti du principe que tu te montrais seulement discrète au sujet de ta vie amoureuse, comme tu es ma boss et tout ça.

— Il n'y a rien qui nécessite de faire preuve de discrétion, avouai-je avec lassitude.

Robbie secoua la tête et émit des « tss-tss ».

— Et moi qui croyais que tu avais des critères très sélectifs et que c'était pour ça que tu ne voyais personne.

— Eh bien, j'en ai. Comme tout le monde non ?

— Pas moi. Parfois, un coup d'un soir n'est rien de plus que ça. Et on dirait bien que j'ai passé en revue la plupart des mecs sexy sur Grindr qui vivent à une distance acceptable pour un plan cul, donc…

Robbie eut un geste similaire à l'émoji haussant les épaules.

J'éprouvai une vague de jalousie envers ce garçon qui prenait en charge sa vie sexuelle avec tant de décontraction et de confiance en soi. Avais-je raté tout ça, durant ces années passées à me languir après Joe, à attendre qu'il réapparaisse comme par magie sur mon seuil ? Sans parler des mois qui s'étaient écoulés depuis que ça avait été le cas.

— Et tu n'as même pas à rabaisser tes exigences ! poursuivit Robbie. Tu vois bien, tu partirais de zéro. Tu aurais de quoi choisir parmi les meilleurs. Je pourrais t'aider à rédiger ton profil pour les applis de rencontres, et Archie, qui tient la boutique de bières à côté, est un photographe top, paraît-il. De quoi te taper un gars différent chaque jour pendant des mois, sans épuiser le stock.

*Je ne veux pas d'un gars différent chaque jour pendant des mois. J'en veux seulement un. Qui soit spécial,* ai-je pensé.

Mais j'ai répondu :

— Tu tiens peut-être quelque chose, là. Laisse-moi y réfléchir. En attendant, on a les burgers au tofu dont il faut s'occuper pour le déjeuner, et ces carottes qui étaient en plat du jour font un peu grise mine, donc autant en faire une soupe. Quant à ces avocats, je ne suis pas sûre qu'ils soient déjà mûrs. On aura peut-être à préparer un houmous au lieu d'un écrasé d'avocat pour le menu du snack.

— Je m'en charge.

Il jongla brièvement avec trois des carottes un peu molles, maintenant les légumes flasques dans les airs aussi facilement que s'il gérait de multiples partenaires.

# 3

Vous avez cogité. Vous êtes-vous décidée ? Souvenez-vous que le destin favorise les audacieux et que l'amour trouve seulement ceux qui le cherchent.

Durant les quelques heures suivantes, je réussis à ne pas penser à ma vie amoureuse – ou plutôt à son inexistence. Je préparai une fournée de pain au levain et laissai les miches lever. Je saisis une montagne d'agneau pour un curry et moulus un tas d'épices rouge brique pour le parfumer. Je cuisinai les petits déjeuners, brunchs et déjeuners au choix.

Quand sonnèrent 15 heures et que ma pause arriva, j'étais déterminée à ne pas revenir sur le sujet, si je parvenais à l'éviter.

— Je pars à la gym, informai-je Robbie.

— Cool. Et moi me faire effiler les sourcils.

Nous quittâmes donc le pub ensemble, avant de poursuivre chacun notre route. Robbie prit la direction du salon de beauté d'Alina dans la rue principale (lieu où je me disais régulièrement qu'il serait bon de me rendre, pour élaguer la jungle sauvage qui proliférait sous ma culotte, avant de cesser de m'en soucier, parce que, tout compte fait, quel intérêt ?). Quant à moi, je rejoignis le Dark Arch, la salle de sport située sous les arcades du métro.

Auparavant, je n'étais pas tellement du genre à passer ma vie à soulever des poids. Pour être honnête, ça n'avait jamais été mon truc. L'idée de m'inscrire à un cours de zumba me faisait grincer des dents, les vélos d'appartement me laissaient de tels bleus aux fesses que j'étais incapable de m'assoir pendant une semaine, et, comme je l'ai dit, mon enthousiasme pour le yoga s'était tari après seulement trois cours. Du coup, quand je bossais avec Sean, mon ex, à notre *food truck* au marché du coin, et qu'un type m'avait demandé s'il pouvait nous laisser quelques prospectus pour un nouveau centre de fitness, j'avais accepté sans avoir la moindre intention de m'y rendre.

Mais j'en ai lu un, par simple curiosité. Et toujours par curiosité, je suis allée sur place le jour même pour jeter un œil. Au début, je me suis demandé si je ne m'étais pas trompée d'adresse. Le fléchage était peint en mode graffiti sur les rideaux roulants métalliques qui protégeaient l'entrée de l'arche. On pénétrait dans les lieux par une petite porte sur le côté, avec un seuil dont on aurait pu croire qu'il avait été placé là intentionnellement pour faire trébucher des pieds imprudents. À l'intérieur, c'était sombre et caverneux, et mes pas auraient résonné sans les tapis en caoutchouc noir qui recouvraient chaque centimètre au sol.

Pas de piles de serviettes de toilette duveteuses, pas de réceptionnistes souriantes, pas de plantes luxuriantes en pot. Rien pour suggérer la détente ou le luxe. Simplement des portants de barres dont le chrome rutilait et des poids recouverts de gomme noire. Des appareils mystérieux qui vous donnaient l'impression d'être prêts à vous attaquer si vous vous approchiez de trop. Des barreaux et poulies fixés aux murs comme s'ils sortaient tout droit d'une *back room* audacieuse – en tout cas, selon l'idée que je me faisais de ce genre d'endroits. Sur le coup, mes chances d'y remettre un pied concurrençaient de peu celles de m'offrir un voyage sur Virgin Galactic – et je n'étais pas sûre de savoir laquelle de ces deux options me semblait la plus terrifiante. La seule couleur visible provenait de boules en fer aux teintes criardes dont j'ai appris plus tard qu'elles s'appelaient des kettlebells.

J'étais sur le point de ressortir illico presto pour ne jamais revenir quand je remarquai une femme dans l'un des recoins obscurs, éclairé seulement pas une guirlande de lumières fluorescentes rouges. Elle tenait l'une des barres couleur argent lestée de poids en travers de ses épaules et effectuait des squats. Elle avait environ mon âge, était mince comme moi, et sur elle les poids semblaient énormes. Son visage se plissait sous l'effort quand elle soulevait la barre, mais elle s'en débrouillait et, lorsqu'elle la reposa sur son support, ce fut avec un sourire triomphant de pur bonheur aux lèvres.

Et je me dis : *Je veux être capable de faire ça.*

Presque un an s'était écoulé et je n'en étais pas encore là. Pas avec de telles masses en tout cas. Mais je m'en approchais, et j'étais accro. J'adorais l'odeur de la salle : caoutchouc, sueur et désinfectant. J'adorais le son des fers s'entrechoquant, des gens haletant sous l'effort, des lourds haltères tombant sur le sol caoutchouteux. J'adorais les nouveaux muscles qui étaient apparus à une vitesse surprenante sur mes bras et mes cuisses, les durillons sur mes mains, à côté de ceux que je devais à mes couteaux de cuisine.

Mais surtout, quand je venais là, j'aimais ne garder à l'esprit que la conscience de ce que mon corps réalisait, l'effort qu'exigeait de moi chaque mouvement, le désir que ça soit terminé, puis le sentiment d'accomplissement.

Dorénavant, franchir ce seuil me donnait l'impression d'entrer dans ma maison du bonheur – c'était exactement ça, d'ailleurs. Mike, le propriétaire, était au téléphone et me salua de la main. La femme que j'avais remarquée le premier jour se trouvait à sa place habituelle, près du mur du fond et pratiquait des étirements pour s'échauffer. J'allai la rejoindre et laissai tomber mon sac à côté d'elle.

— Salut, Zoë.

— Salut, Dani. Ça va ?

Dani se releva, avala une gorgée d'eau à sa bouteille et resserra l'élastique autour de sa queue-de-cheval. Quand j'avais commencé à venir à la salle, sa beauté avait été l'une des nombreuses choses qui m'intimidaient chez elle. Sa chevelure couleur d'ébène était toujours lisse et brillante, même trempée de sueur au point que Dani ait à l'essorer. Elle était élancée, sa peau, douce, au bronzage parfait. Elle était toujours maquillée, et même la session de sport la plus intense n'altérait pas le résultat. Elle donnait l'impression de sortir directement de l'un de ces posts Instagram doté du hashtag #fitspo.

— Hum, la routine, dit-elle. J'ai commencé à bosser à 7 heures ce matin, et j'étais à peine installée à mon poste de travail qu'un patient me hurlait dessus au téléphone parce qu'il avait oublié son rendez-vous et qu'on le lui avait facturé. Va savoir pourquoi, tout était de ma faute. J'étais à deux doigts de lui dire d'ajuster lui-même ses foutues bagues si ça lui convenait mieux, mais je me suis retenue, évidemment.

J'émis quelques borborygmes compatissants et me laissai tomber sur le tapis de sol pour débuter mes propres étirements. Nous continuâmes à papoter de tout et de rien en commençant notre session ensemble. Mike nous jeta un coup d'œil, un sourire bienveillant illuminant son visage amoché d'ex-boxeur.

Quelques mois plus tôt, il m'avait offert ce qui passait pour une visite officielle des lieux – où se trouvait chaque chose, comment ça fonctionnait, comment sécuriser les poids sur les barres, ce genre de trucs (les choses plus compliquées, m'avait-il dit, il me les expliquerait en temps et en heure). C'était lui aussi qui avait suggéré que je m'adresse à Dani si j'avais besoin d'une partenaire pour m'entraîner.

Durant ces premières semaines, quand Mike n'était pas dans le coin, Dani m'avait montré certaines ficelles – au sens littéral, parce qu'il s'avéra que j'allais devoir apprendre à jouer à la corde à sauter pour la première fois depuis mes sept ans. Elle s'était montrée amicale et patiente, mais aussi légèrement distante. On avait un peu discuté tout en nous entraînant ensemble. Je lui avais appris que j'étais cheffe, que je travaillais comme free-lance pour un traiteur et que je tenais un *food truck* avec mon petit ami qui-ne-l'était-pas-resté-longtemps, Sean, durant les week-ends. Je rêvais d'avoir ma propre cuisine un jour, peut-être dans un pub, un lieu que je pourrais faire mien. Elle était réceptionniste pour un cabinet dentaire du quartier et, quand je lui avais demandé si elle aimait son boulot, elle avait haussé les épaules et dit que ça payait le loyer. Elle m'avait alors décoché un rapide sourire éblouissant et déclaré :

— En plus, je me fais blanchir les dents pour rien. C'est bon pour les affaires, non ?

Quand Sean et moi nous étions séparés, je l'avais annoncé à Dani, et elle m'avait répondu qu'elle était aussi célibataire, qu'aucun mec ne méritait qu'on se prenne la tête. Quand j'avais commencé à bosser au Ginger Cat, elle m'avait félicitée, convaincue que je serais géniale et promis d'y faire un saut un de ces jours pour boire une bière, mais elle n'était jamais passée à l'acte. Lorsqu'elle avait emménagé dans un nouvel appartement, elle m'avait montré des photos et demandé mon avis pour la peinture, et on avait commencé à se suivre sur Instagram.

Donc, pendant un temps, on avait été amies sans l'être tout à fait.

Puis, un jour, il y avait quelques semaines de ça, les choses avaient changé. La session du jour avait été particulièrement extrême. Même si Dani avait suivi le rythme plus rapidement et avec plus de facilité que moi, à la fin, on était toutes les deux allongées sur le tapis, aussi claquées l'une que l'autre, cherchant à reprendre notre souffle et trempées de sueur. Comme si on nous avait laissées macérer dans une marinade pour un barbecue chez les cannibales. Je lui jetai un coup d'œil, prête pour notre *high-five* habituel, mais elle ne leva pas la main.

Au lieu de ça, elle se cacha le visage et je me rendis compte qu'elle pleurait.

Je m'assis, lui touchai l'épaule.

— Hé, qu'est-ce qui se passe ?

Elle essaya de rire sans y parvenir.

— Ne dis rien à Mike. Il croirait que l'entraînement était trop dur pour moi.

— Et ce n'était absolument pas le cas. Tu as assuré grave. Mais il se passe quelque chose, non ?

Elle secoua la tête, le visage toujours dissimulé derrière ses doigts.

Ses épaules étaient secouées par les sanglots. Je me relevai d'un bond, mes jambes trouvant d'une manière ou d'une autre la force pour y parvenir (ce dont je ne les aurais pas crues capables), et attrapai un tas de Sopalin en tirant sur l'énorme rouleau fixé au mur.

— Tu as envie de parler ? lui demandai-je en m'accroupissant à côté d'elle.

— Non. Oui. C'est juste un truc idiot.

— Certainement pas, si ça te met dans cet état. Raconte-moi, si tu veux.

Elle s'assit et pencha la tête entre ses longues jambes minces.

— C'est mon anniversaire, avoua-t-elle d'une voix étouffée derrière le rideau de ses cheveux.

— Oh non ! Pourquoi n'avoir rien dit ? Joyeux anniversaire ! Tu as prévu quelque chose de sympa ?

— Pas vraiment. Je sortirai peut-être avec des potes. Mais ce n'est pas la question.

Elle leva les yeux. Pour la toute première fois, je la découvris avec son maquillage étalé, le nez et les yeux rouges.

— C'est quoi alors ?

— Ma mère ne m'a pas téléphoné. Pas de carte, rien. Je devrais y être habituée maintenant, nous ne sommes pas proches, mais c'est encore super douloureux.

Et elle émit un son étrange de lamentation. Je la pris dans mes bras, me foutant complètement que nous soyons toutes les deux dégoulinantes de transpiration et totalement repoussantes.

— Elle a toujours été opposée à mon installation à Londres, reprit Dani entre deux sanglots. Elle voulait que je reste à Liverpool et épouse le garçon avec qui je sortais depuis le lycée, parce qu'il était gentil, convenable, et sur le point de devenir dentiste. Mais impossible. J'imaginais ma vie être la même, jour après jour. En plus, je n'étais plus amoureuse de lui. Alors, j'ai mis un terme à notre histoire et suis partie à Londres. Et c'est comme si elle ne me l'avait jamais pardonné. Je ne peux même pas rentrer à la maison pour Noël ou des trucs comme ça, parce qu'on se dispute toujours. Du coup, je sors des excuses, comme quoi je dois bosser, et je me sens si seule.

Je l'avais écoutée, lui avais tendu des mouchoirs et j'avais attendu que ses larmes cessent. Je ne le lui avais pas dit à ce moment-là, parce qu'il ne s'agissait pas de moi, mais je la comprenais à cent pour cent. J'avais parfois l'impression d'être passée à côté de la bonne fenêtre de possibilités. Tous les autres semblaient se construire un réseau de proches avec qui traîner, partir en vacances, se fabriquer des souvenirs. Le tout documenté par des *stories* sur Instagram et des hashtags.

Le lendemain, je me pointai à la gym avec un gâteau fait maison, et Mike et les habitués chantèrent « Joyeux anniversaire ». Puis un petit groupe d'entre nous poursuivit les réjouissances en allant descendre quelques bières. Il n'en fallut pas plus : Dani et moi étions copines. Et quand, des mois plus tard, je surpris Mike nous observant avec un air satisfait, je sus que ce n'était pas uniquement parce qu'il nous voyait nous challenger, nous soutenir, mais parce qu'il avait compris qu'il avait joué un rôle important en nous offrant ce qui nous manquait à toutes deux : une amie.

— On embraye avec des tractions ? me demandait maintenant Dani.

C'était ce qu'elle préférait. L'observer se soulever à la seule force des bras sur la barre encore et encore, ses muscles puissants se tendant jusqu'à ce que toute sa tête la dépasse, était grave motivant.

— Carrément. Je vais juste chercher de l'eau.

Je traversai la salle en direction de la fontaine à eau, tout en observant les lieux autour de moi. Le calme régnait, comme à l'ordinaire en milieu d'après-midi – il n'y avait que quelques adeptes travaillant leurs abdos près des supports des poids, une femme qui papotait avec Mike sur le seuil et un type qui achevait sa session sur le tapis de course.

La machine ralentit sous mes yeux et il en descendit, s'essuyant le visage de sa serviette. Il était grand et dégingandé, et quelque chose dans sa grâce décontractée me rappela Joe. J'attendis de ressentir le pincement de douleur familier. En vain. J'étais capable de mater avec discrétion et admiration cet inconnu en sueur mais canon, qui approchait lui aussi de la fontaine, balançant à la main sa bouteille en aluminum.

Nous l'atteignîmes en même temps.

— Après vous, dit-il.

— Je vous en prie, je ne suis pas pressée. Passez le premier. Vous semblez en avoir besoin.

Il s'essuya de nouveau le visage, ce qui eut pour résultat de dresser d'un côté de son crâne ses cheveux humides. Il sourit, l'air contrit.

— Ça se voit tant que ça ?

Je lui rendis son sourire.

— Oui, un peu.

— Bon, je vais donc me servir, avant de m'écrouler complètement déshydraté.

— Ce qui serait dommage.

Il se pencha et appuya sur le robinet, et je me délectai de la vue sur ses épaules carrées que son T-shirt en lycra humide dessinait. Nous n'avions échangé que quelques mots, mais dans la manière qu'il avait eue de me regarder, j'avais noté quelque chose qui – peut-être ? – tenait du flirt. Mais qu'en savais-je ? La drague ne faisait plus partie de mon univers depuis des siècles. Mes souvenirs de la chose étaient vagues, des trucs éphémères perdus dans les replis du temps.

Il se tourna vers moi et me sourit de nouveau, me dévoilant des dents blanches bien plantées dont Dani aurait été fière – ou peut-être pas, si elles étaient comme ça au naturel et non le symbole de ses prochaines vacances dans les Caraïbes.

— Elle est à vous, dit-il.

— Merci.

Je me penchai à mon tour pour remplir ma propre bouteille.

— Je peux vous poser une question ?

Mon cœur effectua un petit bond qui n'avait rien à voir avec le millier de mètres que je venais juste d'effectuer sur le rameur. Allait-il me proposer de sortir avec lui ? À moi ? Là, ici, dans la salle de sport, le jour même où j'avais décidé qu'il était temps de faire quelque chose pour mon statut de célibataire ? Les derniers mots que l'appli Stargazer avait affichés sur mon écran me revinrent à la mémoire : *Le destin favorise les audacieux.*

Si l'inconnu me le demandait, pas de doute, je dirais oui.

— Allez-y.

Je bus d'une manière aussi séduisante que possible.

— Hm… Au fait, je m'appelle Stephen. Je suis ici la plupart des après-midi, comme vous.

Je hochai la tête. Je l'avais déjà remarqué, sans bénéficier jusque-là d'un rapprochement.

— Et moi, c'est Zoë.

— Enchanté. Heu… La vache, c'est gênant.

Je souris, émue par sa timidité.

— Prenez votre temps.

Je jetai un coup d'œil vers la barre de traction où Dani achevait sa dernière série, et le regard de Stephen suivit le mien. Dani se laissa tomber au sol et frotta ses bras tremblants.

Maintenant, Stephen s'exprimait de manière précipitée.

— Votre amie… La fille avec qui vous vous entraînez ?

— Dani.

Le plaisir par anticipation que j'avais éprouvé et qui m'avait procuré un sentiment de chaleur s'évanouit aussi sec. Comme si je m'étais renversé le contenu de ma bouteille d'eau sur le crâne.

— Dani, répéta-t-il d'un ton révérencieux.

Il aurait aussi bien pu dire « La Vierge Marie, bénie entre toutes les femmes ».

— Elle sort avec quelqu'un ? poursuivit-il.

— La vache, commenta Robbie quand je lui racontai l'histoire tandis que nous préparions notre *shepherd's pie* plus tard dans l'après-midi. Ça a dû piquer un peu.

— Tu m'étonnes. Et quand je l'ai répété à Dani, elle s'est contentée de rire et de dire qu'il avait zéro chance parce qu'il n'était pas son genre. S'il l'invitait à sortir, il se prendrait une veste et rien ne m'empêchait de tenter ma chance. Mais ce n'est pas la question, n'est-ce pas ?

Robbie posa sa cuillère en bois et croisa les bras sur la poitrine.

— Zoë, puis-je avoir ton attention une seconde ?

— Quoi ?

Je gardai les yeux fixés sur la casserole d'oignons émincés que je touillais afin qu'il ne voie pas que j'étais sur le point de pleurer.

— Hum, hum.

Il s'empara de nouveau de la cuillère et en tapa le plan de travail. Je finis par me tourner avec réticence vers lui.

— C'est mieux. Maintenant, écoute-moi. Tu es sacrément canon. Je n'ai jamais rencontré cette Dani, et je suis sûre qu'elle déchire, mais si le type de la salle de sport la trouve plus à son goût, ça ne veut pas dire que tu dois te dévaloriser. Je ne l'accepterai pas. OK ?

Je reniflai et cillai rapidement plusieurs fois.

— OK. Mais…

— Mais quoi ? Elle est grande et brune, tu es petite et rousse. Il faut de tout pour faire un monde, non ? Je te parie qu'il y a tout un tas de gars qui la regardent et se disent « heuuuuu » et t'observent avec un « wahou » !

— Peut-être. Mais le truc, c'est que si tu te lances sur le marché, ça revient à t'exposer à des « heuuuu » et des « wahou », encore et encore. Simplement, je ne suis pas sûre d'être prête pour ça.

Robbie fit tourner la cuillère entre ses doigts comme une majorette son bâton, éclaboussant le mur d'agneau haché.

— Oups ! fit-il avant d'attraper un torchon et de poursuivre. Ce dont tu as besoin, c'est d'une stratégie de résilience.

— C'est-à-dire ?

— Eh bien…

Il regarda de nouveau la cuillère, puis la reposa dans la casserole.

— De quoi être capable de prendre des râteaux. Parce que, je ne vais pas te mentir, tu en prendras. Mais se lancer sur le marché est censé être marrant, pas pénible. Il faut voir ça comme un jeu.

— Comme ces putains de Hunger Games.

Il émit un tss-tss.

— Ne sois pas si négative ! Si l'idée d'une partie de jambes en l'air, sans engagement, sur un claquement de doigts, ne suffit pas à te motiver, alors il faudra que tu trouves quelque chose qui y parvienne.

— Rencontrer l'homme de ma vie, comme ça je n'aurai plus jamais à me rendre à des rencards ?

— Ça ne marchera pas. Tu te contenterais d'un Ça-fera-le-job, pour t'apercevoir qu'en fait non, et avant même que tu ne t'en rendes comptes, tu te retrouveras à la case départ. Lance-toi comme défi de rencontrer des tas de mecs afin de comprendre vraiment à quoi devrait ressembler l'homme de ta vie.

— Mais je ne veux pas…

— Zoë !

— Pardon. Qu'est-ce que tu veux dire ? Genre, passer l'alphabet en revue, d'Alfred à Zachary, et espérer avoir de la chance du côté de Christopher ?

— Une idée intéressante. Mais si tu vas aussi loin que Q, tu risques de rester coincée.

— Ouais, y a pas tant de Quentin que ça, non ?

— Exactement. Tu as besoin de quelque chose où la répartition soit équilibrée.

— Comme quoi ?

Robbie tourna la sauce un moment, faisant travailler ses méninges.

— Le zodiaque ! lança-t-il. Oh mon Dieu, ça c'est de l'inspiration. Pas étonnant que tu m'aies embauché, je suis un génie en stratégie.

Je ne pus m'empêcher de rire.

— Quoi ? Tu penses que je devrais sortir avec un homme de chaque signe du zodiaque jusqu'à trouver l'âme sœur ?

— T'as tout compris !

— Mais…

Je m'interrompis, repensant à l'application Stargazer sur mon téléphone. Je l'avais installée un an plus tôt, à peu près. Au début, c'était surtout pour le fun, même si elle affirmait fonder ses prédictions sur de vastes ensembles de données provenant d'agences spatiales internationales et tout un tas d'autres trucs scientifiques qui m'avaient complètement perdue. Quoi qu'il en soit, il arrivait que les messages qui s'affichaient sur mon écran sonnent parfois étrangement justes.

— Mais quoi ? me relança Robbie.

— Est-ce que tout ça est bien sérieux ? Je veux dire, comment cela pourrait-il l'être ?

— Il faut donner sa chance au produit. L'astrologie a été considérée comme une tradition érudite à travers les temps. La sagesse des anciens.

— Et Madame Soleil pour les autres.

— OK. Et Madame Soleil. Mais la question n'est pas là. La question est de rendre tout ça sympa.

Je coupai le gaz sous les pommes de terre.

— J'imagine que n'importe quelle idée rendant rigolotes toutes ces conneries de trouver-un-homme mérite sa chance, dis-je.

— Donc, tu le feras ?

Soudain, mon enthousiasme m'abandonna.

— Pas sûre.

— Allez ! Chiche !

— Robbie, je…

— Double chiche !

— Robbie !

— Triple chiche avec cerise sur le gâteau et paillettes !

— J'y réfléchirai.

Il était plus de 23 h 30 ce soir-là quand Frazzle et moi arrivâmes à la maison. Je grimpai les escaliers, les jambes si fatiguées et lourdes que j'avais l'impression que je ne parviendrais jamais jusqu'en haut. J'étais en train de déverrouiller la porte quand j'entendis le cliquètement de la chatière de Frazzle, placée dans la fenêtre. Il s'y tortilla, sauta sur mon lit et s'installa pour une bonne séance de toilette.

— Où étais-tu ? lui demandai-je. Grosse journée ?

Il me jeta un coup d'œil, cilla, puis recommença à se frotter le museau de la patte comme s'il était en pleine session de méga-exfoliation.

Comme toujours après une longue journée, je me sentais vidée, mais aussi trop tendue pour dormir. Rien ne me tentait à la télé. Un bain aurait été idéal, mais l'appartement ne disposait que d'une minuscule cabine de douche. L'eau chaude y coulait d'une manière que vous décririez comme excentrique, si vous étiez sa mère et souhaitiez qu'elle prenne confiance en elle. J'avais dîné plus tôt dans la cuisine du pub, donc me préparer un toast ne m'intéressait absolument pas.

Je me retrouvai à tourner en rond, attendant que l'énergie nerveuse qui m'avait maintenue debout toute la journée se dissipe suffisamment pour me permettre de me reposer. Non pas qu'arpenter mon studio mène très loin – douze pas, quinze s'ils étaient petits, me permettaient de franchir la distance entre la porte d'entrée et le lit, et il en fallait huit pour aller du lit à la porte de la salle de bains. C'était petit, riquiqui, même. Je n'étais pas d'un tempérament ordonné, mais je m'étais vite rendu compte que je devais ranger régulièrement, sous peine de me retrouver noyée sous la vague montante de mes propres affaires. Résultat, la pièce était immaculée ; le lit, fait ; la plupart de mes vêtements, en piles nettes dans les tiroirs de la commode.

Je m'assis sur le lit à côté de Frazzle, téléphone en main, parcourant par réflexe mon application d'astrologie.

Il n'y a pas de honte à admettre que vous êtes un oiseau qui serait plus heureux en cage qu'à voler librement.

Quoi ? Aucun oiseau ne serait plus heureux en cage, si ?

Votre travail et votre créativité sont mis au défi. Mais soyons honnête, Verseau, c'est en amour que vous bataillez en ce moment.

— Tu m'étonnes, répondis-je.

Frazzle me regarda curieusement.

À quoi ça ressemblerait de partager avec un homme cet espace limité ? me demandai-je. Le corps chaud de quelqu'un près du mien dans le petit lit double, quelqu'un qui se laverait les dents pendant ma douche matinale ? Je connaissais déjà la réponse à cette question – ça signifierait que ladite douche tiendrait plus de l'exposition à un goutte-à-goutte, la pression de l'eau étant ce qu'elle était.

À quoi ça ressemblerait de partager une routine et des blagues rien qu'à nous avec quelqu'un qui n'aurait pas quatre pattes et une fourrure à rayures rousses ? Et d'entendre quelqu'un me déclarer qu'il m'aimait ?

Je reportai mon attention sur l'application. Je l'avais téléchargée quelques mois plus tôt, sans pour autant explorer toutes ses fonctionnalités. Ses notifications quotidiennes m'avaient suffi, jusqu'à présent. Je consultais ce qui s'affichait tous les jours, riais, levais les yeux ciel, ou me demandais rapidement ce que ça pouvait bien vouloir dire avant de passer à autre chose.

Dorénavant, les choses avaient changé. Ce fichu truc s'imposait à mon esprit, et je voulais aussi pénétrer le sien. Mais j'étais une grande fille. De manière rationnelle, je savais que ma personnalité et mon chemin de vie n'avaient pas été déterminés vingt-sept ans plus tôt quand j'étais venue au monde, ou neuf mois avant ça quand mon père et ma mère… beurk, pas question de penser à ça.

Si j'acceptais de relever le défi de Robbie, il me fallait comprendre un peu mieux comment fonctionnait tout ce machin d'astrologie et le rôle que l'appli pourrait jouer pour m'aider dans ma mission.

Je cliquai sur l'onglet qui indiquait « amour ».

Vous êtes férocement indépendante et vous croyez réussir à vous en sortir très bien toute seule. Ce qui est vrai, jusqu'à un certain point. Mais aucune femme n'est une île, et parfois votre âme pleure sa jumelle, sa moitié, son âme sœur. Mais comment trouver cette personne – et comment, Dieu du ciel (et des étoiles), êtes-vous censée savoir que vous y êtes parvenue ?

Je me posais justement la même question, bordel.

Sous ce petit bout de texte, un lien indiquait « trouver dans les étoiles la personne qui vous correspond ». Je cliquai.

Cérébrale et intellectuelle, il vous arrive de donner l'impression d'être détachée sur le plan émotionnel. Mais les eaux calmes sont trompeuses, et ce n'est jamais aussi vrai que dans votre cas. Vous disposez de réservoirs d'amour et de passion qui attendent simplement qu'on leur ouvre le robinet.

OK, ça devenait un peu technique, là. Et moi, cérébrale ? N'importe quoi. J'étais une femme qui passait ses journées enfoncée jusqu'aux coudes dans les pâtes et le fromage râpé, et la dernière fois que j'avais lu un livre, c'était juste avant d'abandonner la fac. Quant à être détachée sur le plan émotionnel… Ça n'avait certainement pas été le cas un peu plus tôt, quand le mec sexy de la salle de sport m'avait vue blêmir au moment où j'avais réalisé que ce n'était pas moi qui lui plaisait mais Dani. Peut-être était-ce de ces réservoirs-là que parlait l'appli. J'avais sans doute suffisamment pleuré pour en remplir un – ou vider celui qui était déjà en moi.

— OK. Bon, les signes d'air, dis-je à Frazzle qui avait achevé sa toilette et s'était mis en boule près de moi, tête sur mes genoux. Tu penses que ce sont lesquels ?

J'ouvris un autre lien.

Gémeaux, Balance et Verseau sont gouvernés par l'élément Air. Membres du zodiaque les plus spirituels, ils sont souvent dotés d'une intuition très développée, capables de lire en vous. Dans certains cas, leurs compétences à

> accéder à certains domaines du psychisme dépassent les nôtres.

Ça me parlait. Je me souvenais d'avoir consulté une cartomancienne quand j'avais seize ans, et elle m'avait dit que j'étais hautement spirituelle, moi aussi. Elle m'avait aussi appris que j'aurais quatre enfants avant mes trente ans, ce qui me laissait songeuse, dans la mesure où j'en avais déjà vingt-sept. Peut-être des triplés m'attendaient-ils dans mon futur ?

— Ta petite litière ne va pas se nettoyer toute seule, n'est-ce pas ? dis-je à Frazzle.

J'abandonnai mon téléphone, me levai et repris ma routine du soir : retirer les crottes de la litière, rajouter de l'eau dans le bol de Frazzle, me laver le visage et me brosser les dents, m'enduire d'une crème de nuit quelconque que j'avais achetée parce qu'elle était bio et bénéficiait d'une remise spéciale, mais qui sentait légèrement le chou-fleur bouilli.

J'enfilai mon pyjama et me couchai. Frazzle s'insinua immédiatement sous la couette pour se lover à mes pieds. Mais je n'étais pas encore prête à dormir, et rouvris donc l'application.

Si les signes d'air étaient faits pour moi, à quoi ressemblaient ceux qui ne l'étaient pas ?

Un autre lien annonçait : « À la recherche d'un défi ? » Je ne l'étais pas. Minuit était passé, j'étais au lit avec mon chat et le réveil sonnerait à 6 heures. Mais je l'ouvris néanmoins.

> L'amour évolue de manière mystérieuse. Et parfois, dans les étoiles comme dans la vie, les opposés s'attirent. Ces associations peuvent sembler a priori peu probables, mais il arrive qu'elles provoquent de véritables étincelles astrologiques.
>
> La Vierge tatillonne et amoureuse de sa routine semble parfois la pire des partenaires pour le Verseau qui vit la tête dans les nuages. Mais sa stabilité et sa ténacité vous offriront peut-être la sécurité que vous désirez tant.

À mes pieds, Frazzle se recroquevilla encore plus, et je l'entendis pousser un ronflement sonore. Visiblement, il avait eu sa dose d'excitation pour la journée.

Quant à moi, j'étais décidée. J'allais m'inscrire sur un site de rencontres et trouver un homme Vierge. Et si on ne s'entendait absolument pas, ça ne serait pas un problème. Après tout, je ne tenais pas à atteindre le sommet trop tôt.

# 4

Aujourd'hui est un bon jour pour prendre des décisions. Le soleil est en Taureau : saisissez-le enfin par les cornes. Vous manquez de confiance en vous ? Ce n'est pas une excuse pour vous asseoir sur vos rêves.

De fait, je déboulai en cuisine avant Robbie le jour suivant. J'avais préparé une fournée de granolas et huit miches de pain au levain moulées et prêtes à lever avant son arrivée. Même si j'avais été occupée, j'avais vérifié l'heure à ma montre toutes les deux minutes, marmonnant : « Où est passé ce garçon, bon sang ? » – non pas parce qu'il était en retard, mais parce qu'il me démangeait d'engager la discussion avec lui.

— Bonjour, bonjour, chantonna-t-il en pénétrant d'un pas désinvolte dans la cuisine à 7 h 20. J'étais sous la couette au chaud – seul, je tiens à le préciser – à 10 heures hier soir. Je me sens merveilleusement bien. C'est ça qu'éprouvent les gens mariés, genre, tous les matins ?

— J'en doute, répondis-je. Je suppose qu'ils remuent et se tournent d'un côté et de l'autre pendant des heures à se ronger les sangs au sujet de leur crédit immobilier, ou à l'idée que bébé les réveille à 4 heures du matin, ou peut-être qu'ils ne s'endorment pas avant tard dans la nuit parce qu'ils sont sortis ou se sont envoyés en l'air.

— Imagine ça juste un moment. Ne coucher qu'avec une seule personne, encore et encore, et pour toujours. Durant le *reste* de ta vie.

Je me l'imaginais. Pas la personne elle-même, bien sûr, quoique je n'en sois pas loin. Je n'eus pas l'occasion de partager mes pensées avec Robbie, parce qu'il poursuivit, lancé à plein régime :

— Cette idée m'est insupportable. Certes, on pourrait avancer que, une fois qu'on a vu un pénis, on les as tous vus, mais je ne suis simplement pas prêt à accepter cette théorie avant de l'avoir vérifiée par moi-même. Muffins à la courgette et tahini ce matin, c'est ça, boss ? Comme tous les jeudis ?

— Tout à fait. Et on a toutes ces ailes de poulet arrivées de la ferme, donc il va falloir préparer une marinade. Ça ne t'ennuie pas ? Peut-être deux : une épicée et l'autre moins ?

Bien que mon job m'empêchât d'être aussi strictement vegan que je le souhaitais – seul un mauvais chef ne goûte pas à ses plats, et la clientèle du Ginger Cat n'était pas franchement prête pour un menu uniquement à base de plantes –, c'était un énorme soulagement que Robbie soit partant pour aider à préparer des ingrédients qui, un jour, avaient été dotés d'yeux et de pattes.

Tandis qu'il s'occupait à nourrir le robot de courgettes pour les râper, je nous préparai un café.

— Donc, j'ai réfléchi, annonçai-je en lui tendant une tasse, au sujet de ces conneries de *dates*.

— Tu vas le faire ! Enfin ! Après tout ce temps ! La seule femme au monde à ne pas avoir Tinder sur son téléphone a enfin rejoint le côté obscur !

— Pas encore. Mais bientôt. Je suis décidée. Et j'ai un plan. Tu as déjà entendu parler d'une appli qui s'appelle Stargazer ?

— Est-ce que le pape est catholique ? Je l'ai sur mon téléphone. Je la vérifie tout le temps. Oh ! les vannes que ça envoie ! Rien que ce matin, hein, elle m'a balancé que l'âge n'était peut-être qu'un chiffre, mais que ça ne vous empêchait pas de vieillir chaque jour. Donc terminé pour moi, l'expérience couche-tôt. Je repasse en mode « croquer la vie à pleines dents ».

J'avais découvert que le problème avec Robbie était d'essayer d'avoir des conversations sérieuses. Le garder dans l'axe de n'importe quelle discussion représentait un véritable défi. Si je n'étais pas assez rapide, il me raconterait l'histoire de son grand-père qui avait appliqué un jour, par erreur, la crème épilatoire de sa femme sur leur caniche. Pour la centième fois.

— Ouais, moi aussi. Ce matin, Stargazer m'a déclaré que, si je voulais que l'amour me trouve, je ne rendais pas les choses faciles en me cachant.

— Ça calme. Tu sais, Damian, mon pote – l'étudiant en physique –, pense que ce ne sont que des conneries, mais si la lune contrôle les marées, pourquoi la position des étoiles à notre naissance n'influencerait-elle pas nos vies ? Enfin, c'est scientifique, non ? Littéralement. J'ai dit à Damian…

Je n'écoutais que d'une oreille, attendant que Robbie en ait fini. Son histoire enfin achevée (avec un Damian admettant qu'il y avait peut-être quelque chose à creuser dans les théories de Robbie, probablement parce qu'il savait que c'était la seule manière de s'en débarrasser), je pus reprendre.

— Donc, je me disais : et si j'acceptais ton défi mais en commençant par les signes supposés être les moins compatibles avec moi ? De cette manière, je réponds à nos attentes respectives et teste la précision de l'appli.

Robbie pencha la tête sur le côté, m'observant d'un œil, l'autre concentré sur la pâte à muffin qu'il déposait avec soin dans des moules à cupcake en papier compostable.

— Quel signe cela sera alors ?

— Vierge.

— Donc, si ton mec Vierge s'avère être un vrai thon ou avoir mauvaise haleine ou détester Ariana Grande ou quoi que ce soit d'autre, tu le jettes et tu ne seras pas déçue, c'est ça ?

— Exactement. Imagine si j'avais un premier rencard avec un Gémeaux, mon *match* idéal, et qu'il soit horrible ? Qu'adviendrait-il de ma foi aveugle dans le pouvoir des étoiles à révéler notre destinée ?

— Mais si M. Vierge est un canon de la mort-qui-tue et que ça roule direct entre vous ?

— Eh bien, ça ne prouve pas nécessairement quoi que ce soit, non ? Je veux dire, l'appli dit qu'il y a toujours des exceptions et que parfois l'alignement des planètes est surprenant. De plus, j'aurais un mec canon, donc je me foutrais du reste, tu ne crois pas ?

— On dirait bien que c'est gagnant-gagnant, ton truc, reconnut Robbie. Donc, maintenant, on doit te créer un profil qui déchire. Pas de *duck face*. Pas de filtre. Et pas de photos de ton chat.

— Quoi ? Mais Frazzle est sublime.

— Pas mal pour un chat, oui. Mais non. Les photos des animaux de compagnie, c'est un tue-l'amour.

— Pourquoi ?

— C'est comme si tu affichais sur ton front : vieille fille à chats. Réfléchis, Zoë. Aucun gars ne veut penser que, s'il sort avec toi, il aura à jouer les seconds violons après une foutue boule de poils.

— Mais je suis une vieille fille à chats, fis-je remarquer.

Je n'ajoutai pas que n'importe quel mec avec qui je sortirais aurait à accepter Frazzle comme ma priorité numéro un, et que, si cela ne lui convenait pas, il serait viré direct.

— Comme si je n'étais pas au courant, lâcha Robbie en levant les yeux au ciel. OK. Une photo avec le chat. Mais une seule. Et il ferait mieux de ne pas afficher cette mine, là.

— Laquelle ?

— Celle qu'il prend, genre : « Je te connais. Je sais que tu as oublié d'envoyer une carte à ta mère pour la fête des Mères et que tu lui as menti en lui affirmant qu'elle avait dû se perdre à la Poste. Je sais que tu t'es lavé les cheveux durant une semaine entière avec du liquide vaisselle parce que tu étais trop fauché pour acheter du shampoing. Et que tu manges des sandwichs Pot Noodle quand tu as la gueule de bois. » Tu vois ce que je veux dire ? Cette mine.

— Tous les chats ont cette attitude.

— Mon Dieu. Comment arrives-tu à coucher avec quelqu'un avec cette bestiole qui te regarde ?

Je n'allais pas avouer à Robbie que, depuis que Frazzle était entré dans ma vie, j'avais eu très exactement zéro relation sexuelle. Mieux valait changer de sujet.

— Bon, il est presque huit heures et demie. On ferait mieux de se magner.

— Pas si vite, jeune dame, rétorqua Robbie. On va mettre en ligne ton profil Tinder immédiatement, avant que tu flippes.

— Mais il faut que je prépare les mangues pour les smoothies.

— M'en suis chargé hier soir, c'est dans le frigo.

— Et la soupe de céleri pour midi ?

— Les légumes sont prêts, et il y en a pour une demi-heure de cuisson. Allez, Zoë, si tu ne t'y colles pas, je t'arrache ton téléphone et m'en occupe moi-même. « Tentatrice à la chevelure de braise recherche sosie de Jared Leto pour folles nuits de passion. Doit être monté comme un taureau. » Et j'installerai un mot de passe que tu ne devineras jamais.

Lorsque j'avais embauché Robbie comme sous-chef, j'avais été très claire sur le fait que je croyais en un environnement de travail collaboratif, et qu'il n'y aurait pas de hiérarchie verticale dans ma cuisine. À la minute présente, pourtant, le besoin pressant de lui rappeler son rang se faisait sentir plus fortement que jamais.

J'y résistai malgré tout.

— OK, OK, je m'en occupe.

Je tapai sur mon téléphone, créant un nouveau compte en un temps record avant de changer d'avis, utilisant le nom de Frazzle comme mot de passe, même si j'avais bien conscience que, au niveau sécurité, c'était moyen. Si quelqu'un désirait hacker mon compte, il était plus que bienvenu – un bot russe ferait probablement moins de dégâts que mon collègue, qui se penchait par-dessus mon épaule pour me donner des conseils.

— Ton profil doit sortir du lot, Zoë. Sois drôle, sans trop en faire. Et ne dis pas que tu aimes les sorties et les soirées cooconing.

— Je n'arrive même pas à me rappeler à quoi ressemble une sortie. Que penses-tu de ça ?

Je lui passai mon téléphone, et il lut à haute voix :

— « Moi. Verseau, vegan, féministe. Le sort de la planète m'importe autant que la mise en place d'une société plus égalitaire. À la recherche d'un Vierge partageant les mêmes valeurs. » Tu ne peux pas publier ça.

— Publier quoi ?

— Ce truc comme quoi tu es une guerrière de la justice sociale fémi-nazie.

— Pourquoi pas ? Je ne suis pas autorisée à vouloir sortir avec quelqu'un qui pense comme moi ? Et n'emploie pas ce terme de fémi-nazie, c'est terriblement offensant à tout plein de niveaux.

— Désolé. Mais sérieux, tu vas faire flipper et fuir 99 % des mecs avant même d'avoir commencé. Et comme tu as déjà exclu les 91 % qui ne sont pas du bon signe, impossible de te le permettre, OK ?

— Mais ce n'est que temporaire. Je vais passer tous les signes en revue avant de trouver la bonne personne.

— Quand bien même. Je connais la musique, crois-moi.

— OK… vas-y.

Cinq minutes plus tard, le profil de *Zoë, 27, Londres*, était en ligne. J'y étais décrite comme une rousse impétueuse avec des abdos d'acier, une vraie tueuse quand il s'agissait de manier des couteaux, et franchement cette nana semblait absolument terrifiante. Avec Robbie, on avait étudié mes photos pour en sélectionner trois : une de moi faisant un câlin à Frazzle (sur laquelle lui aussi était terrifiant, il me fallait bien l'admettre, ce qui poussa Robbie à me déclarer sombrement que je ne pourrais pas dire qu'il ne m'avait pas prévenue) ; une de moi à la gym (grâce à un jeu de lumière mes abdos y paraissaient à moitié décents) et une dernière, prise quand je travaillais à Paris, avec la tour Eiffel en arrière-plan. (J'avais émis une objection au prétexte que mes cheveux étaient tout frisottés et que j'avais un bouton juste à côté du nez, mais Robbie avait insisté, affirmant que cela me donnait l'air de quelqu'un de sophistiqué, ayant bourlingué, et je fus obligée de céder parce qu'il m'avait laissée utiliser celle où on voyait mes abdos.)

— Tout bon, dit-il. Regarde, quelqu'un a déjà swipé à droite. Bon boulot.

— Oh mon Dieu, mon premier *match* ! Donne-moi mon téléphone, laisse-moi regarder.

— Attends. Tom, 28 ans, adore *Star Wars* et les pizzas au pepperoni. Ça semble prometteur. Je like.

Il tenait mon téléphone haut par-dessus sa tête, hors de ma portée, et pour la millionième fois de ma vie je maudis le fait de ne mesurer qu'un mètre soixante.

— Robbie ! Rends-moi mon téléphone !

Je remportai notre petit combat, essentiellement parce que le four sonna et que Robbie se précipita pour en sortir les muffins avant qu'ils ne brûlent. Je n'eus pas le temps de vérifier plus en détail le profil de Tom, car déjà un rond rouge s'était mis à clignoter près de la barre des messages en haut de mon écran.

— Merde. Il m'a écrit. Qu'est-ce que je fais ?

Robbie rit.

— Tu le lis, à l'évidence. Allez, ça ne demande pas des compétences dingues.

Mon doigt tremblait littéralement en planant au-dessus de la notification. J'appuyai dessus.

Le message ne contenait pas de mots, seulement une image. Elle était un peu floue, et l'éclairage n'était pas idéal, mais je parvenais malgré tout à deviner plus ou moins ce dont il s'agissait.

On aurait dit un pénis, en plus petit.

# 5

Aujourd'hui, Verseau, les autres seront aimantés vers vous. Tirez-en profit au maximum, tant que vous le pouvez.

Ça avait peut-être été ma première *dick pic* – la fin de ma virginité dans ce domaine, pour ainsi dire – mais pas la dernière. Au cours des jours suivants, les bites s'affichaient l'une après l'autre dans ma boîte de réception. Si je m'étais inquiétée que mon célibat ait duré si longtemps que j'en avais oublié à quoi ressemblait un sexe d'homme, Tinder m'aurait remise au parfum en moins de temps qu'il ne faut pour le dire. Au rythme où ça allait, il ne faudrait pas longtemps avant que le nombre de pénis ayant atterri dans ma messagerie excède celui des pénis ayant atterri en moi – ce qui, d'une certaine manière, était une pensée déprimante.

— Qu'est-ce qui cloche chez ces mecs ? gémis-je auprès de Robbie. Sérieux, ils pensent vraiment arriver à quelque chose ? Entre mecs, c'est aussi comme ça ?

— Pratiquement jamais, répondit un Robbie songeur. Et ça ne me gênerait pas plus que ça. Ça me plaît d'étudier de près une jolie érection. Mais c'est vraiment malpoli. Bloque ces connards.

— C'est une question de contrôle, non ? commenta Dani, plus tard, à la gym.

Nous avions juste retrouvé assez de souffle après notre entraînement pour pouvoir parler.

— C'est genre « Moi, j'ai envie de te montrer ma camelote et je me fous de ce que, toi, tu veux ».

Je roulai sur le tapis, abandonnant derrière moi la forme que mon corps en sueur y avait imprimé.

— Ils pensent qu'il va se passer quoi ? Est-ce qu'une seule femme ayant reçu une photo de bite a immédiatement réagi en mode « Oh ! génial, ramène ce truc ici tout de suite, que je vois si c'est aussi beau en vrai » ?

— Peut-être que oui, songea Dani. Je veux dire, si tu étais sur Tinder pour des plans cul, ça marcherait. Un genre de « tester avant d'acheter ».

— Peut-être qu'ils pensent qu'on sera flattée, avançai-je à mon tour. Peut-être qu'ils cherchent à te montrer que ça les a excités de lire sur ton profil que tu adores les films de Tarantino et les frites de halloumi.

— Bon sang, et voilà, je suis tout excitée à la mention de ces frites, fit Dani. Je meurs toujours de faim après un entraînement. J'avalerais sans problème une portion entière de ces cochonneries à moi toute seule, avant de passer aux patatos, et ça ne suffirait pas.

— Oh oui, des patatos.

Je me remis sur pied, prenant une seconde afin de m'assurer que mes jambes soutiendraient bien le poids de mon corps, puis j'avalai une gorgée d'eau de ma bouteille.

— On en a au menu au pub ce soir – c'est la soirée burger. Les clients auront de la chance s'il en reste une seule une fois que j'aurai mis la main dessus.

— C'est de protéines dont on a besoin après une session velue, vous le savez, mesdames, déclara une voix derrière nous.

Je me retournai pendant que Dani s'asseyait.

— Vous avez entendu parler de l'effet thermique, non ? Les calories brûlées par le métabolisme des protéines sont vingt à trente pour cent plus nombreuses que lorsqu'on métabolise des glucides ou des graisses. De plus, les protéines libèrent des hormones induisant un sentiment de satiété dans l'hypothalamus, tout en réfrénant la libération de ghréline, l'hormone de la faim.

En temps normal, j'aurais levé les yeux au ciel : il était pénible que le fitness me soit expliqué par un mâle – n'importe lequel traînant à ce moment-là dans une salle de sport. Pénible et inévitable. Mais si lever les yeux au ciel n'était pas ici une option, c'est qu'ils menaçaient de me sortir des orbites. Non pas parce que le type qui venait de parler était canon – même si, objectivement, c'était le cas : un mètre quatre-vingt-huit tout en muscles fluides, avec un tatouage élaboré sur le bras, s'enroulant autour d'un biceps proéminent, des cheveux marron foncé en bataille et des dents parfaites à la Hollywood – mais à cause de qui il était.

Fabian Flatley. Le même Fabian Flatley qui avait fait une offre pour racheter le Ginger Cat l'année dernière, dans l'idée de le fermer et de transformer l'endroit en appartements de luxe. Au bout du compte, il y avait eu un énorme scandale au sujet de sa start-up, qui dissimulait des fonds dans les îles Caïmans afin d'éviter de payer des impôts. La qualité médiocre et les charges exorbitantes des immeubles qu'il avait déjà construits avaient aussi été évoquées (sans même parler de son habitude de s'exprimer fort dans son téléphone portable à la salle, ce qui, à mon avis, aurait mérité une peine de prison ferme). Il avait disparu à San Francisco, où je le croyais encore.

À tort. Il était de retour, et ça n'augurait rien de bon.

— C'est vraiment intéressant, disait Dani. Donc, si vous mangez, disons, un œuf, qui a le même nombre de calories qu'un morceau de pain blanc, vous aurez en fait moins de calories avec l'œuf ?

— Exact, répondit Fabian.

Il s'accroupit à côté d'elle et sortit son téléphone.

— Il y avait un super article sur le sujet dans le magazine *Fitness* dernièrement. Pourquoi ne pas me donner votre numéro et je vous envoie le lien par WhatsApp ?

— Ça serait génial ! s'exclama Dani en lui récitant son numéro.

À ma connaissance, il était aussi probable qu'elle lise un article sur les calories que les œuvres complètes de William Shakespeare.

J'hésitai. Traîner dans le coin, attendre que Fabian retourne transpirer et lever des poids sur le banc qu'il n'essuyait sûrement jamais après l'avoir utilisé ? J'en profiterais pour prévenir Dani de le tenir à bonne distance. C'était probablement ce que j'aurais dû faire.

Mais Fabian ne donnait pas l'impression d'être prêt à s'éclipser – ni maintenant, ni jamais. Jambes étendues sur le tapis près de Dani, il s'installait pour une bonne vieille discussion sur les milk-shakes au lactosérum (au secours !). De plus, sa présence me rendait vraiment bizarre – presque comme s'il y avait une sorte de champ magnétique qui se dégageait de lui et interférait avec les signaux envoyés par mon cerveau, ou comme si j'étais allergique à son déodorant super fort senteur de pin. Et de toute manière, le boulot m'attendait.

— On se voit demain, OK ? dis-je à Dani.

Elle me salua négligemment de la main avant de revenir à Fabian, aussi fascinée qu'une souris regardant un serpent qui s'apprête à l'avaler toute crue. Il me faudrait vraiment la mettre en garde à son sujet – bien que, à en juger par la manière dont elle le dévisageait, je n'étais pas sûre qu'elle m'écouterait.

Je me dépêchai de rejoindre le pub, me douchai et me changeai chez moi. J'étais de retour en cuisine en avance pour la préparation du service du soir. Pour autant, je ne me mis pas à préparer les burgers ou à frire les oignons. Au lieu de cela, je poussai la porte menant à la salle et cherchai Alice.

C'était étrange. L'année dernière, alors que je ne l'avais plus croisé depuis des siècles, j'étais tombée sur Joe à l'improviste. Il m'avait proposé leur chambre d'ami quand je lui avais dit n'avoir nulle part où vivre. Typique de sa part : son bon cœur le rendait incapable de discerner chez les autres les sentiments les plus noirs. Quant à moi, je percevais alors Alice comme une rivale. Je l'avais persuadée de m'embaucher au Ginger Cat pas uniquement parce que je sentais que le lieu avait du potentiel, mais aussi parce que c'était un autre moyen de me rapprocher de Joe. Mais au fil des mois passés à travailler à ses côtés, j'en étais venue à la connaître en tant que personne. Elle adorait le pub et les gens du quartier qui le fréquentaient. Ensemble, nous avions repoussé la menace représentée par Fabian Flatley et avions sué sang et eau pour faire du Ginger Cat l'affaire florissante qu'elle était aujourd'hui. Et à travers tous ces événements, j'en étais venue à comprendre que le couple qu'elle et Joe formaient était solide comme un roc et que je ne serais jamais capable de m'interposer entre eux – non que je le souhaite encore. Je la considérais dorénavant comme une amie.

Et maintenant, j'allais l'informer que j'avais revu Fabian. Juste au cas où.

Au début, je ne la vis nulle part, puis elle se releva de derrière le bar, où j'imagine qu'elle était en train de vérifier le stock dans la cave à vin. Ses cheveux étaient ramenés en arrière en une queue-de-cheval, une trace de poussière maculait sa joue. Un stylo coincé derrière l'oreille, elle avait l'air stressée et épuisée. Pendant une seconde, je me demandais si c'était le bon moment pour mettre sur le tapis la réapparition de Fabian. En même temps, le bon moment n'existait pas.

— Salut, Alice, ça va ?

— Bon sang, une vraie journée de merde. La commande de bière n'est pas arrivée, le wi-fi a planté et l'un des gamins du groupe Maman et Bambins a vomi partout sur la moquette ce matin. J'ai rendez-vous avec la banque demain pour discuter de notre emprunt et n'ai pas eu une seconde pour mettre la compta à jour. Pire que tout, ce connard de Drew m'a laissée tomber.

OK, donc peut-être que ce n'était vraiment pas le bon moment. Le frère d'Alice avait travaillé au pub pendant quelques mois et jouait encore un rôle actif dans l'organisation d'événements, dans un calendrier bourré à craquer. Tout le monde l'adorait, mais tout le monde aussi – Alice incluse, et peut-être Alice particulièrement – savait qu'il était à peu près aussi fiable qu'une friteuse en plastique.

— Qu'est-ce que Drew a encore fait ?

— Tu te souviens de la soirée jeux de rôle fantasy qu'il était supposé organiser ? Une réunion pour geeks, mais qui avait suscité pas mal d'intérêt.

— Le jeu Donjons et Dragons ? Il est noté dans mon agenda depuis des siècles. J'ai pris ma soirée pour en être. J'ai envie de jouer à ça depuis super longtemps, depuis que j'ai découvert le truc dans *Stranger Things*. Le côté geek boutonneux est super développé en moi. Mardi, dans huit semaines, c'est ça ?

— C'était l'idée. Sauf que Drew est parti, et un poème qu'il a écrit a été sélectionné pour une récompense quelconque. Devine quand a lieu la cérémonie ?

— Mardi, dans huit semaines ?

— Gagné. Enfin, évidemment, je suis ravie pour lui, mais il devait être le Maître du Donjon, celui qui encadre le jeu, et apparemment il faut vraiment être au parfum, comprendre les règles et tout ça. Ce qui n'est pas mon cas. Et même si j'avais le temps de les apprendre, ce qui n'est toujours pas le cas, manifestement, ça doit être la même personne à chaque partie. Pour connaître les personnages et tous ces trucs. Donc, ça ne sera pas lui – jamais.

— Et repousser la première soirée ?

— Oui, j'imagine que ce serait une option, mais on en a parlé sur nos réseaux sociaux et on a déjà des inscrits, ils sont emballés. Et je déteste laisser tomber les clients. De plus, on a planifié le calendrier en prenant bien soin qu'il y ait un mélange des genres et que rien ne clashe. Zoë, crois-tu que tu pourrais… ?

Un sentiment familier de culpabilité me serra le cœur. Alice était ma boss et mon amie, mais il n'en avait pas toujours été ainsi. Auparavant, elle était la petite amie de l'homme dont j'étais amoureuse. La Zoë qui la voyait ainsi me semblait presque une étrangère aujourd'hui, mais je me souvenais encore parfaitement du doute et de la confusion qui s'étaient affichés sur le visage d'Alice quand elle avait compris – et comment en aurait-il été autrement, je ne m'étais pas montrée particulièrement subtile à ce sujet – que j'éprouvais encore quelque chose pour Joe.

Bref, qu'importe à quel point je désirais aider Alice, j'étais pratiquement sûre que diriger une partie de Donjons et Dragons alors que je n'y avais jamais joué dépassait de loin mes compétences. Je revis le dé multiface étincelant dans la boîte que Drew avait achetée, les attributs des personnages, la dangerosité du monstre et la valeur du trésor, toutes les variables innombrables qu'il me faudrait piger – tout ça en essayant d'avoir une vie et de rencontrer des hommes pour de vrai.

— Je m'en occupe, lui dis-je. Impossible de m'en charger moi-même, mais j'essaierai de trouver quelqu'un qui en est capable.

Chaque jour durant les deux ou trois semaines qui suivirent, ma première pensée au réveil fut : *Merde, je dois régler cette histoire de Maître du Donjon pour Alice.* Sans résultat. En partie parce que je n'avais aucune idée de l'endroit où commencer à chercher. Ce n'était pas comme s'il y avait une formation Maître du Donjon, si ? Ni comme si vous pouviez déposer une annonce au Pôle emploi local, comme je l'avais fait pour recruter Robbie. Je mis un post sur mon Instagram, mais ne reçut en réponse que quelques likes – bien moins que lorsque je postais des photos de Frazzle. Pas de doute, accumuler des *followers* amoureux de chats ou gastronomes avait été une erreur tactique majeure, et j'aurais dû me lancer en quête de nerds pur jus, du genre qui utilisent des hastags comme #pathfinder et @instarpg.

Donc, chaque jour, je déplaçais la notification dans mon agenda de vingt-quatre heures, et chaque jour il ne se passait rien de plus.

Le rythme dingue du boulot n'aidait pas – c'était les vacances, et le pub était plein à craquer de mères (et parfois de pères) qui venaient avec leurs enfants pour le petit déjeuner avant de se rendre au parc, des clients habituels pour le déjeuner, et de foules plus importantes que d'habitude le soir parce que le temps était suffisamment agréable pour installer un barbecue dans le petit jardin arrière. Robbie, un tablier de boucher à rayures à la taille et une grande toque de cuisinier sur la tête, pensait visiblement qu'il déchirait grave. Il ne me laissait pas mettre mon nez dans ses marinades, sauces et brochettes mystérieuses. Du coup, j'étais coincée dans la cuisine à me charger du menu habituel. Je commençais à penser qu'il était peut-être temps d'embaucher un autre sous-chef, avant de me souvenir qu'il y avait à peine de la place pour nous deux dans la minuscule cambuse du Ginger Cat.

Et ça n'aidait pas non plus que mon téléphone ne cesse de sonner au rythme des notifications Tinder. J'essayais de faire preuve de méthodologie, de m'y consacrer chaque matin, swipant à gauche pour beaucoup de mecs, et à droite pour certains, répondant aux messages qui arrivaient (à moins qu'ils ne contiennent des photos de pénis, ce qui était le cas de beaucoup d'entre eux – après quelques mois à ce rythme, j'imagine que j'en aurais une bonne collection, suffisante pour ouvrir une galerie ou peut-être publier un livre d'art, de ceux qu'on laisse traîner sur la table basse du salon) et envoyant moi-même quelques messages.

Mais tout ça prenait des heures. Littéralement. Étudier les profils, essayer de penser à des questions pertinentes à leur poser, éliminer ceux qui semblaient normaux mais qui, après quelques échanges, se révélaient être des pervers. (« Est-ce que tu fais ce truc où tu croises les jambes et balance ta chaussure au bout de ton pied ? » me demanda l'un d'eux. Sérieux ? Je ne suis pas moins ouverte d'esprit qu'une autre, mais j'étais franchement sûre de ne pas être sur le marché pour un fétichiste des pieds). Puis essayer de ne pas vérifier les notifications toutes les trente secondes et ne pas se sentir blessée quand ceux qui semblaient normaux et sympas passaient en mode silence radio total quand je proposais qu'on se rencontre. Sans oublier qu'avec les règles que je m'étais moi-même imposées, je devais exclure tous ceux dont le signe astrologique ne convenait pas.

Je fus donc soulagée quand les vacances prirent fin, qu'on annonça une semaine de pluie battante et que Robbie réintégra son poste habituel en cuisine. Je retrouvai le rythme quotidien du pub, depuis l'heure d'ouverture jusqu'à 11 heures, quand Maurice et ses amis, des habitués à la retraite, arrivaient pour leur partie de dominos du jour, suivie de celle du déjeuner, de l'après-midi et jusqu'à la soirée. Puis, un soir, je passai la tête par la porte de la cuisine pour vérifier que Robbie avait tout bien sous contrôle. J'étais de repos et sortais.

Quand il me vit, il écarquilla les yeux.

— Tu as un rencard ! Oh mon Dieu, Zoë, tu as bien un rencard ! Ton premier !

— Pourquoi tu dis ça ? Je pourrais juste rejoindre une copine pour une pizza.

— Ouais, bien sûr. Habillée comme ça ? Je ne crois pas, non.

— Habillée comme quoi ? C'est trop ?

— Bien sûr que non. Tu déchires. Mais tu déchires en mode *date*, pas en mode soirée-pizza-avec-une-cop's.

Je marquai un temps, tentée de lui demander s'il en était certain, et si ma robe courte, ma veste en jean et mes Converse vichy faisaient trop fifille, trop mal sapée, trop trop, ou trop autre chose encore. Et si mes cheveux tenaient la route, ou s'ils avaient dégénéré en explosion de frisottis durant le temps qu'il m'avait fallu pour descendre l'escalier.

Mais alors que j'essayais de trouver une manière de me lancer sans paraître pathétiquement en quête d'affection, Robbie m'interrogea.

— Alors, c'est qui ? Vas-y, balance !

— Juste un Tinder boy.

— Juste un Tinder boy ! répéta-t-il. Zoë ! Réponse insuffisante et te le sais. Des détails !

— OK, OK. Il s'appelle Dominic. Il a trente et un ans et travaille pour une entreprise de construction – à quel poste, aucune idée, il pourrait aussi bien être le P-DG que le gars qui installe les échafaudages, ou n'importe quoi entre les deux. Il joue au foot le week-end, a un chien qui s'appelle Rufus, il est Vierge et pas mal physiquement.

— Ooh… J'ai couché avec un Rufus une fois, dit Robbie. Il était charmant. Et un Dominic, maintenant que j'y pense. Montre-moi sa photo.

Avec réticence, je lui tendis mon téléphone, la photo affichée sur l'écran. J'en avais d'autres et les avait passées en revue suffisamment souvent pour savoir ce que Robbie penserait en les étudiant une à une : Dominic buvant une bière dans une pinte en plastique lors d'un festival ; Dominic le visage appuyé contre son labrador chocolat ; Dominic tenant son téléphone face à son miroir de salle de bains pour prendre une photo torse nu. Bon, cette dernière suggérait qu'il avait peut-être une haute opinion de lui-même, mais je devais faire preuve d'ouverture d'esprit. Et de plus, n'importe qui doté de pecs comme ceux-là était autorisé à les mettre en avant.

— Hum. Un peu poilu, non ?

— Ça ne me gêne pas. Mieux vaut ça qu'un mec qui s'épile le torse, non ?

Robbie se décomposa.

— Je m'épile le torse, avoua-t-il.

Oups.

— C'est seulement mon opinion, dis-je pour l'apaiser. Mais je ferais mieux d'y aller ou je serai en retard. Rapport complet demain, promis. Tu es sûr que tout se passera bien ici ?

Robbie confirma d'un hochement de tête, me souhaita bonne chance et se concentra de nouveau sur la cuisinière. Quant à moi, je me dépêchai de rejoindre la station de métro. La soirée était fraîche et douce après une nouvelle averse (une de plus), et je jetai des coups d'œil anxieux au ciel, me demandant si je n'aurais pas dû prendre un parapluie. Mais il était dégagé, d'un bleu délavé avec seulement quelques nuages qui s'éloignaient à l'horizon. De bon augure, me dis-je.

Une demi-heure plus tard, j'étais perchée sur un tabouret de bar dans un pub blindé de monde, au centre de Londres, buvant nerveusement à petites gorgées mon verre de vin blanc. J'essayais de ne pas bondir chaque fois que la porte s'ouvrait, ce qui arrivait souvent.

19 heures. Puis 19 h 05. Je jetai un coup d'œil à mon téléphone. Mon appli Stargazer m'avait appris que les Vierge sont méticuleusement ponctuelles – à l'évidence, Dominic n'en avait pas été informé.

Pour passer le temps, j'ouvris l'appli et revins sur l'onglet supposé m'apprendre ce que je pouvais espérer de mon futur amoureux.

> Aussi stable que l'élément Terre qui gouverne ce signe, votre compagnon Vierge est dur à la tâche, minutieux, patient et attentionné. Il est perfectionniste et doué de ses mains…

*Alors, peut-être chargé des échafaudages, plutôt que P-DG d'une entreprise de construction. Et doué avec ses mains ? J'arriverais à gérer, selon l'endroit où les mains en question se trouvent.*

> Le revers de la médaille ? Le Vierge chipoteur peut se montrer critique ou buté, enclin à trop analyser les choses.

Eh bien, il avait déjà quinze minutes de retard.

*Il verra ce que c'est de critiquer, hein, quand il arrivera, et je le laisserai bien suranalyser le truc.*

> Dans l'intimité, votre Vierge viril ne se presse pas. Il attend d'éprouver des sentiments avant de se jeter tête baissée dans une relation intime. C'est un amant attentionné, romantique et habile. Avons-nous mentionné qu'il était doué de ses mains ?

Tout ça était super, mais ne valait pas un clou si M. Minutieux ne se pointait pas. Je vérifiai WhatsApp, mes SMS et Tinder, mais – à part quelques messages commençant pas « Salut, sava ? », que j'ignorais toujours, et une nouvelle photo de bite à ajouter à ma collection de plus en plus imposante… rien. Je relus une nouvelle fois les messages que nous avions échangés ; pas de doute, j'étais au bon endroit. Et ce n'était pas comme si le pub s'appelait le King's Head ou un truc du genre, et qu'il risquait d'en voir un autre à un kilomètre de là affichant le même nom. Le Horse and Feathers était une appellation peu commune pour un pub, peut-être même encore meilleure que le Ginger Cat. Du genre à n'avoir qu'une occurrence sur Google.

Mon verre était vide. Je commençais à éprouver cette gêne que l'on ressent à être installée seule à un bar, comme si tout le monde autour savait que vous êtes célibataire et que vous venez de vous faire planter par votre *date*. De quoi vous donner envie de disparaître.

Peut-être Dominic était-il assis quelque part à une table non loin, à m'attendre. Peut-être que, même si mes photos de profil dataient de moins de dix-huit mois, il n'avait pas réussi à me reconnaître pour une raison ou pour une autre. Peut-être – je mourais intérieurement à cette idée – qu'il était venu, m'avait vue et avait tourné les talons. J'étudiai les lieux une fois de plus, mais non, aucun brun, baraqué, seul, n'ayant pas l'air à sa place et anxieux. Aucun brun baraqué tout court, d'ailleurs.

Ça suffisait, décidai-je. Il était 19 h 25. Je n'avais plus rien à faire ici. J'allais rentrer, voir si Robbie avait besoin d'aide et, si ce n'était pas le cas, je monterais à mon appartement et me coucherais avec Frazzle comme la loseuse que j'étais.

Non. Je n'étais pas une loseuse. Je me comporterais en grande fille et me rendrais au Din Tai Fung, un restaurant juste à côté. Je commanderais leur célèbre soupe aux raviolis chinois que je dégusterais seule, tête droite, comme la femme forte et indépendante que j'étais. Ou la femme forte et indépendante que j'aurais aimé être. Je n'aurais même pas à attendre pour une table ; c'était pour un couvert. Et j'étais cheffe – en gros, je serais là pour le boulot, une recherche de terrain, et non pas en train de dîner en solitaire comme une pauvre fille.

Je me levai, mis mon téléphone dans mon sac après une dernière vérification de mes messages qui se révéla vaine. Je me dirigeai vers la sortie, tentant d'afficher une attitude nonchalante.

*J'avais une heure à tuer entre une réunion professionnelle et un rendez-vous avec des amis fascinants et glamours pour des cocktails*, me dis-je. *Je profite à chaque fois que je peux d'un verre de vin, tranquille, dans un bar. Rien d'exceptionnel à ça. Je suis un Verseau indépendant, je me fonds dans la foule tout en sortant du lot.*

Si j'avais disposé d'un peu plus de temps pour parfaire ma technique, j'aurais peut-être réussi à me convaincre que tout ça était vrai. Mais je n'en disposais pas – et échouai à convaincre qui que ce soit.

— Excusez-moi, dit une voix juste avant que je n'atteigne la porte.

— Quoi ? répondis-je hargneusement.

Aussi éloigné que possible de la réaction d'une personnalité nonchalante, indépendante, et ayant des amis fascinants.

Je pivotai si rapidement que je frôlai le tour de reins. Et me trouvai nez à nez avec un homme qui n'était définitivement pas Dominic. Il était grand et dégingandé alors que mon *date*-qui-n'arriverait-jamais devait être costaud et assez petit. Il était pâle, alors que les photos de Dominic montraient un homme aux cheveux si sombres et à la peau si basanée qu'il semblait presque d'origine méditerranéenne.

— Je suis désolé, reprit l'inconnu, je ne veux pas me mêler de ce qui ne me regarde pas, mais c'est juste que j'étais supposé retrouver une fille rencontrée sur Tinder et qu'elle n'est pas venue. Je me trompe peut-être totalement, mais je vous observais et je me demandais si par hasard vous n'étiez pas dans le même cas.

Pendant une seconde, je pensai me redresser de toute ma hauteur, lui balancer un regard hautain et lui rétorquer de ne pas se montrer ridicule, qui aurait le culot de me planter ? Mais un mètre soixante, ce n'est pas de la hauteur à proprement parler et, au point où j'en étais, ma dignité était en si piteux état qu'il ne m'en restait pas assez pour me draper dedans.

— Effectivement, oui, répondis-je. En plein dans le mille.

Il sourit tristement.

— J'en suis désolé. Ça craint, non ? Qu'importe le nombre de fois où ça se produit. Mais – et j'ai conscience que c'est peu conventionnel – si on buvait un verre ensemble ? Un genre de non-*date* ?

Je le dévisageai. Ses yeux derrière les verres épais de ses lunettes avaient un regard doux. Son sourire était du genre prudent, effacé, et dévoilait des dents propres et bien plantées. Sa chemise en jean paraissait repassée de frais et il dégageait un parfum légèrement floral, un peu comme une eau de Cologne basique.

Je lui aurais accordé un bon sept et demi, peut-être même un huit si je m'étais sentie généreuse. Mais j'avais des critères différents auxquels me tenir.

— Une seule chose, dis-je. Ça ne vous ennuie pas que je vous demande quel est votre signe astrologique ?

— Mon quoi ? Désolé, ce n'est pas vraiment mon truc.

— Pas grave. Donnez-moi juste votre date de naissance.

— 9 septembre. 1992, au cas où ça ait son importance. Et je m'appelle Justin.

— Zoë, répondis-je, tout en essayant frénétiquement de me rappeler si cette date tombait sous le signe de la Vierge, avant de me rendre compte que oui. Et d'accord ! Qu'est-ce que je vous offre ?

# 6

Suivre ses rêves ne signifie pas toujours qu'on obtient ce qu'on désire. Mais vous n'allez pas laisser tomber aussi facilement, si ?

— Non ? !

Dani abaissa sa barre d'haltéro chargée de disques pour la reposer sur son rack.

— Putain, j'en bave, commenta-t-elle. Mais c'est si romantique ! J'y crois pas ! C'est une rencontre super chou, directement tirée d'un film. Presque aussi bien que s'il avait récupéré ton chat sur un arbre ou que vous aviez échangé des regards dans le métro, chacun dans sa rame allant dans une direction opposée, et qu'il se soit précipité pour te trouver et te demander ton numéro. Vous raconterez cette histoire à vos petits-enfants ! Je l'utiliserai dans mon discours à votre mariage !

— On se calme ! Ce n'était qu'un rencard.

— Et ensuite ?

Je retirai certains des disques à sa barre et me positionnai à mon tour pour la soulever. Je n'avais pas eu besoin de sa mise en garde – j'allais en baver. Mais ça vaudrait le coup ; déjà je sentais ma gueule de bois s'éloigner, et j'étais pratiquement sûre de transpirer du sauvignon blanc. Après ça, j'irais au café du coin qui proposait des petits déjeuners vegan et m'offrirais une immense pile de pancakes avec un yaourt myrtilles-noix de coco, et je me sentirais comme neuve.

Je l'espérais en tout cas, parce que je devais enchaîner avec le boulot sans aucune perspective de sieste, alors que j'en avais si douloureusement besoin.

Je reculai avec précaution du support, le poids sur mes épaules, et m'accroupis en squat avant de me relever, les cuisses déjà brûlantes.

— Donc, ensuite, je nous ai offert un verre – vin rouge pour lui, blanc pour moi – et il s'est débrouillé pour nous trouver une table, ce qui était assez impressionnant parce que le pub était vraiment plein à craquer.

J'effectuai quelques squats supplémentaires. Résultat, j'étais tellement rincée et essoufflée que parler était impossible.

— Ne lâche rien, m'encouragea Dani. Encore deux, puis tu continueras ton histoire, OK ?

— OK.

J'achevai ma série, reposai les disques et restai un moment à me contenter de respirer fort, la transpiration me piquant les yeux.

— Donc, tu lui as offert un verre et vous vous êtes posés, reprit Dani, morte de curiosité. Et ensuite ?

— On a papoté un peu. C'était bizarre parce que je n'arrêtais pas d'avoir envie de lui poser toutes les questions que j'avais préparées pour Dominic.

— Et qu'est-ce qui lui est arrivé à celui-là, d'ailleurs ? Il t'a recontactée et s'est excusé en rampant ?

— Nan. Rien. Et il m'a bloquée. Aucune idée de ce qui s'est passé.

— Salaud, lâcha Dani. Il s'est probablement trouvé un plan cul – une fille qu'il a déjà sautée, un truc assuré – et ne s'est pas pris la tête à chercher une excuse. Il devrait avoir honte de lui.

— Peut-être, mais je parie que ce n'est pas le cas. Bref, je m'obligeais à me rappeler sans cesse de ne pas lui poser des questions comme « En quoi une grue à volée variable est différente d'une grue normale ? », comme j'avais prévu d'en poser à Dominic. Donc, je lui ai demandé dans quoi il travaillait, et il m'a répondu qu'il était comptable. Résultat, évidemment, je me suis retrouvée incapable de penser à quoi que ce soit d'intéressant qui relancerait la conversation sur ce sujet.

— C'est quoi une double entrée, dit Dani. J'ai toujours rêvé de le savoir.

Et on se mit à pouffer comme des gamines.

— Actif ou passif ?

— Entrée simple ou interpénétration ?

Je me positionnai de nouveau sous la barre et effectuai une nouvelle série de squats, agitant mes méninges, puis agitant les poids.

— Désolée, dis-je quand j'en eus fini. Plus de blagues de comptable. Je suis à sec.

— Tout pareil, reconnut Dani. Ce n'est pas exactement un domaine où les occasions de poilades sont légion, si ?

J'opinai du chef.

— Enfin, oublions ça, reprit-elle, et revenons-en à Justin. Donc, vous étiez servis et discutiez de là où il en était de ses apports en nature.

Je gémis :

— Mais non !

— Merci. Je me produis ici tous les jours.

— Bref, ouais, il a effectivement beaucoup parlé de comptabilité. Et quand je dis beaucoup, c'est beaucoup. Que ça requiert d'être intègre, précis, de porter attention aux détails et des trucs comme ça. Et comment ça lui a donné cette super base pour gérer ses finances personnelles, et comment il a pu débloquer son acompte pour son premier appartement à vingt-trois ans, parce qu'il avait toujours économisé entre dix et quinze pour cent de ses revenus – nets et non bruts, aucune idée de ce qu'il entendait par là – depuis son premier job d'été. Et qu'il avait investi cette épargne dans tout un tas de placements à court et à long terme, soigneusement sélectionnés pour gérer les risques et maximiser les gains tout en s'assurant qu'ils procurent un taux de rentabilité stable.

Je marquai une pause pour reprendre mon souffle, et Dani en profita pour placer un « Ah, d'accord ».

— Et il a précisé qu'il avait commencé à cotiser pour sa retraite dès son premier emploi, afin de pouvoir profiter d'une vie aisée quand le temps serait venu, grâce à sa gestion financière prudente.

— Ah, d'accord, répéta Dani. À ce stade, tu te retenais sûrement de t'arracher ta culotte et de la faire tournoyer dans les airs, non ?

— Exactement. Rien ne m'excite plus qu'une bonne conversation sur la responsabilité fiscale.

— J'imagine qu'il n'est pas Le Bon, alors ? Aucune histoire à raconter à vos petits-enfants ?

Je secouai la tête.

— Désolée. Sincèrement, j'ai vraiment essayé. Je me suis dit que l'alcool le rendrait peut-être intéressant, donc on a bu quoi ? Trois verres de vin de plus, et je jure devant Dieu qu'il n'en devenait que plus chiant. Je suis sûre qu'un jour il sera un père et mari merveilleux, mais…

— Pas pour toi ?

— Pas pour moi, confirmai-je. Et ça ne s'arrête pas là.

— Le pire reste à venir ? Non !

— J'ai bien peur que si. En payant la première tournée, j'ai laissé ma carte bancaire derrière le bar, pour démarrer une ardoise. On fonctionne comme ça au boulot. Ça permet aux serveurs de ne pas avoir à encaisser à chaque verre. Et quand j'ai renoncé à essayer de le trouver charmant, je lui ai annoncé que j'allais en rester là pour ce soir, parce que j'étais claquée et commençais tôt le lendemain – énorme mensonge, à l'évidence. Et il m'a répondu : « Je t'invite la prochaine fois, et tu te charges de l'addition ce soir, ça te va ? »

— Quoi ? Quel gros radin ! Pas étonnant qu'une retraite agréable l'attende s'il ne paie jamais ses putains de consommations !

— Je sais, hein ? Comme ma Visa était derrière le comptoir, il m'était difficile de le forcer à sortir son portefeuille de sa poche extrêmement profonde, à l'aide de son petit bras extrêmement court.

Dani avait l'air écœurée.

— Donc, voilà où nous en sommes. Un rencard avec l'homme

le plus insipide au monde et qui s'est avéré me coûter 80 livres bien tassées.

Nous avons alors déchargé nos disques avant de nous diriger vers les tapis. Je me mis en position de gainage et Dani posa un poids sur mon dos. Comme toujours, je débutai mes mouvements en pensant que c'était plutôt facile et en me demandant si je ne devrais pas utiliser un poids plus lourd la prochaine fois. Et comme toujours, après trente secondes à peine, mes bras et mes jambes commencèrent à trembler et mon esprit me martelait que c'était une idée stupide et que je ferais mieux d'arrêter tout de suite.

La voix de Dani me parvint, à point pour étouffer mon désir grandissant d'abandonner sur-le-champ.

— Je suis vraiment désolée que tu aies vécu ça. Sincèrement, quel connard. Ça craint grave. Quel genre de blaireau s'attend à ce qu'une fille paie lors du premier rendez-vous ? Je parie qu'il ne s'est même pas fait planter, qu'il était juste là pour quémander quelques verres et se branler sur les taux d'intérêts. Loseur. C'est bon, ton temps est écoulé.

Je me laissai tomber sur les genoux avant d'échanger ma place avec elle.

— Le truc, c'est qu'en fait je m'en fous. Je ne voulais pas rencontrer l'Homme de ma Vie au premier coup. Enfin, si, à l'évidence, je le souhaite, mais Robbie dit que je ne saurai pas que le type est le bon avant d'être sortie avec plein de M. C'est-pas-ça. Donc, c'est ce que je fais.

— Mais, est-ce que ce n'est pas… J'ai fini, là, maintenant ?

— Dix secondes encore. Est-ce que ce n'est pas quoi ?

— Tout ça semble un peu… je ne sais pas. Perso, j'aimerais un peu plus de romance. Par exemple, vos regards se croisent à travers une salle pleine et, soudain, ton cœur marque un temps et tu sais que c'est Lui.

Je soupirai.

— C'est ce qui est arrivé entre Joe et moi, et tu vois où ça nous a menés. À la fac, on était dans la même queue pour acheter des bières, lors d'un festival. On s'est mis à discuter et bam !... Je pensais qu'on serait ensemble pour le reste de notre vie. Puis, trois mois plus tard, j'ai été victime d'une attaque de phobie de l'engagement et j'ai rompu. Pour passer six ans à le regretter. Cette fois-ci, je suis à fond en faveur d'une approche scientifique.

Je ne mentionnai pas que la science en question sur laquelle je m'appuyais était ce que beaucoup de gens considéreraient comme le comble de l'absurde en termes de drague. Moi aussi, la plupart du temps – sauf quand mon téléphone me balançait une notification à la justesse effrayante. Et en plus, j'avais accepté le défi de Robbie et relevé le gant – ou accepté son projet, appelons ça comme on veut – alors autant aller jusqu'au bout.

Mon tour de gainage était terminé. Je restai allongée sur le matelas un moment, attendant que la sensation que mes bras étaient prêts à tomber s'estompe. Puis je roulai sur le côté pour me remettre debout. À ma surprise, Dani ne se trouvait pas plus là, à guetter le chrono. Elle était déjà installée, la plaque métallique sur le dos. Des gouttes de transpiration lui tombaient du nez et venaient s'écraser sur le tapis de sol.

Et près d'elle, concentré sur sa montre et son compte à rebours d'une minute, se trouvait Fabian Flatley.

Depuis quand nous écoutait-il ?

Défi ou pas, projet ou pas, il était difficile de ne pas laisser mon premier rendez-vous me faire douter du bien-fondé qu'il y avait à plonger dans les eaux marécageuses des rencontres en ligne. Si elles étaient infestées d'hommes comme Dominic Pose Lapin et Justin l'Insipide, je n'avais plus aucun doute : elles abritaient sûrement des choses bien pires encore. Et je m'interrogeais. Si je n'étais pas assez bien pour que Dominic daigne se montrer et partager un verre, quel espoir avais-je d'une véritable rencontre ? Et quel droit avais-je de décider que Justin – qui, après tout, était parfaitement normal et plaisant et que certaines verraient comme un bon parti – n'était pas assez bien pour moi ?

Allais-je devoir revoir mes prétentions à la baisse ? Les hommes, là, dehors, allaient-ils devoir rabaisser les leurs pour me considérer comme potable ?

On n'en était pas au stade de la dévastation, mais l'expérience avait été suffisamment décevante pour que je vérifie mon compte Tinder le matin avec bien moins d'enthousiasme qu'auparavant, et bien plus d'appréhension.

— Comment tu fais ? demandai-je à Robbie.

Nous préparions les sandwichs du jour pour le déjeuner.

— Je me contente de couper le pain, d'y étaler du beurre, puis la garniture, je referme par un morceau de pain et coupe la chose en deux, dit-il. *Voilà*[1].

— Mais pas ça, idiot ! Ce truc des *dates*. Comment tu fais pour ça n'anéantisse pas totalement ta confiance en toi ?

— Oh ! Zoë, répondit-il avec un soupir qui semblait remonter des semelles AirWear de ses Dr Martens. Ma pauvre chérie. C'est dur au début, hein ? Il va falloir que tu t'épaississes le cuir, et fissa.

— Mais comment ? Enfin, se prendre une veste est douloureux à chaque fois, non ? Ou bien on s'habitue ?

Il marqua une pause, réfléchit en se mordant la lèvre supérieure et étala de la moutarde sur une tranche de jambon.

— Tu n'as pas à t'habituer. Oui, ça sera peut-être toujours un peu désagréable. Mais pourquoi ne pas te dire qu'il y a une raison à ça ? Si quelqu'un se comporte comme un salaud ou un lâche et ne se pointe pas, ou te ghoste après que vous avez baisé, ou je ne sais quoi, et bien, en fait, ça signifie que tu l'as échappée belle. Parce que si ce quelqu'un agit ainsi après un simple rencard, tu imagines à quel point il te briserait le cœur après un an ? Et n'aurais-tu pas

1. En français dans le texte.

bousillé une bonne partie de ta vie si tu avais fini par l'épouser ou un truc du genre, pour réaliser trop tard que c'était un con ?

— Oui, ce n'est pas faux, j'imagine. Mais c'est un peu démoralisant d'investir tout ce temps et ces efforts en espérant qu'à tout hasard la bonne personne soit là, quand la probabilité que tu la trouves frôle le zéro pour cent, en fait.

— Il ne s'agit pas de trouver l'Homme Parfait, si ? Pas au début, en tout cas. Tu dois jouer le jeu sur le long terme. Embrasser quelques crapauds, boire un verre dans des lieux où tu n'irais pas en temps normal, expérimenter les possibilités qu'offre le monde, en apprendre un peu plus sur toi. Ce genre de choses. Oh ! et coucher, coucher, et coucher, évidemment.

Il poussa un énorme bâillement, étira haut ses bras au-dessus de sa tête. Les manches de son T-shirt glissèrent le long de ses maigres biceps.

— Mais ce n'est pas un peu bizarre ? Ce concept de coup d'un soir ?

— Bizarre ? C'est comme être un gosse dans une boutique de bonbons. Rectificatif. C'est comme être le bonbon dans une boutique de bonbons.

— Comment ça ?

— Zoë, j'ai vingt-deux ans. Je ne les aurai pas toujours. Mais pour le moment, il me suffit de me connecter à Grindr, et vingt minutes plus tard j'entre dans l'appartement d'un mec pour une baise. Il faut dire que j'ai le choix. Je suis fortement demandé, et j'ai l'intention d'en profiter au maximum.

Je m'étais rendu compte que Robbie me donnait souvent l'impression d'être centenaire. Là, au contraire, je me sentais encore au berceau.

— Il s'agit de mecs que tu n'as jamais rencontrés auparavant ?

— Généralement. Parfois, j'y reviens une seconde fois. Mais bon, tant d'hommes sur cette planète, et si peu de temps… Autant passer de l'un à l'autre tant que je le peux.

— Donc, quoi ? Tu te connectes, quelqu'un t'envoie un message, et tu te pointes et…

— On couche. C'est ça. Parfois ils sont plutôt gentils et veulent se la jouer romantiques avec moi, avec un verre de vin et une discussion. Mais généralement, c'est : tu passes la porte, tu retires tes chaussures, et hop on y va. Si je n'avais pas de colocataires, je n'aurais même pas à quitter ma chambre, mais faire venir des mecs à n'importe quelle heure n'est pas vraiment possible, donc généralement je me déplace.

— Et si le type ne te plaît pas ?

— On échange d'abord des photos, évidemment. J'aime savoir ce qui m'attend. Pas de vieux schnocks, ni poilus, ni petites bites. Je ne cache pas mes exigences.

— Et s'il ne ressemble pas à sa photo ?

— Eh bien je fais demi-tour et repars aussi sec. Ou parfois, je n'ai pas envie de me prendre la tête avec ça, et je vais jusqu'au bout. Ce n'est que du cul.

*Que du cul.* J'y réfléchis un moment tout en découpant un concombre. Je ne parvenais pas à m'imaginer agir ainsi. Quitter mon appartement à 3 heures du matin, sauter dans un bus ou un Uber, sonner chez un inconnu, monter dans sa chambre et coucher avec lui. Je serais terrifiée.

Pourtant, ça ne semblait pas gêner Robbie le moins du monde. Une partie de moi avait envie de le mettre en garde, de lui dire de se montrer prudent, puis de le serrer fort contre moi et de lui assurer qu'il valait bien mieux que ça. Mais il s'agissait de sa vie, et ça ne me regardait en rien. Et de plus, il ne me conseillait pas d'adopter son comportement. Tout ce que j'avais à faire était d'échanger quelques messages avec des gens, supprimer des photos de bites, puis aller boire un verre de vin avec un candidat et évaluer si ça fonctionnait assez bien pour le revoir une seconde fois.

— Tu as raison, j'imagine. Se remettre en selle. Ou plutôt, retourner à la pêche. C'est maintenant au tour des Poissons.

— Ooooh, soupira Robbie. Je suis sorti avec un Poissons il y a quelques mois de ça. Il était carrément canon. Mais avait tellement besoin d'affection. Si je ne répondais pas à un SMS en cinq secondes, il se mettait à flipper et me demandait pourquoi je l'ignorais. Bien trop exigeant pour moi, donc malheureusement j'ai dû lui dire de me lâcher l'hameçon. T'as saisi ?

Je ris.

— Tu n'as pas noyé le poisson.

— Non. Il était tout ouïe, je te le dis.

— L'expérience globale devait valoir le coup, comme le sexe était tempétueux.

— J'en tangue encore rien que d'y penser, oui.

Nos jeux de mots pourris nous firent hurler de rire.

— Robbie ? Puisque, apparemment, tu maîtrises tout un tas de sujets, saurais-tu me dire où trouver un Maître du Donjon ?

— Quoi ? Mon Dieu, Zoë, loin de moi l'idée de juger tes préférences sexuelles, mais je n'aurais jamais imaginé que tu étais dans ce type de pratiques.

— Non ! Il ne s'agit pas de ce genre de donjon. Ni de maître, d'ailleurs. Écoute, apporte ces sandwichs au bar et je t'expliquerai.

Robbie souleva le plateau où la nourriture était artistiquement présentée, poussa la porte de la cuisine d'un déhanché tout en souplesse et disparut dans la salle principale. En attendant son retour, je vérifiai Tinder et mis mon profil à jour, précisant que je recherchais un homme Poissons.

*L'océan est rempli de poissons*, me dis-je.

Un nouveau fou rire menaçait. Heureusement que j'étais facile à contenter – il le faudrait bien pour me trouver quoi que ce soit en commun avec un gars qui, m'avait appris mon appli Stargazer, serait « introspectif, étourdi, négligent et maussade ».

*Pas gagné, quoi,* conclus-je, maintenant abattue.

— Mais qu'est-ce qui se passe ? lança Robbie en revenant dans la cuisine. Y a un monde pas possible aujourd'hui. Alice pense qu'on aura besoin de sandwichs supplémentaires, et on est à court de jambon.

— Préparons du houmous de betteraves et des avocats. Ça m'ennuie que ces derniers proviennent du Pérou, et ils ne sont certainement pas bios, mais qu'y faire ? Cette mode dure depuis des années, et la consommation ne faiblit pas. Les gens ne s'en lassent pas.

— Rien à foutre des miles aériens des avocats, répliqua Robbie en sortant du frigo un tube de houmous violet. Initie-moi à ce truc des donjons. Fouets et chaînes, ou de simples liens pas trop serrés ?

— Rien. De. Tout. Cela. Sincèrement, si tu avais écouté cinq minutes, tu saurais qu'Alice organise un groupe Donjons et Dragons au pub. Ou plutôt que Drew s'en chargeait, mais comme maintenant il ne peut plus, c'est tombé sur moi. Tout du moins, elle m'a confié la mission de trouver quelqu'un capable de s'y coller, et je n'ai aucune idée de par où commencer.

— Google ?

— Déjà essayé. Et il n'existe pas une version de Tinder où des Maîtres du Donjon matchent avec des groupes pas encore formés de joueurs. Ce qui n'a rien d'étonnant.

— Reddit ?

— J'y vais jamais, c'est trop flippant.

— N'est-ce pas ? Plein de timbrés et d'*incels*.

Comme j'étais moi-même une célibataire involontaire, je ne me sentis pas qualifiée pour commenter cette dernière assertion.

— Six personnes se sont déjà inscrites pour le jeu, lui appris-je. Et je suis sûre que d'autres suivront quand la date approchera. Mais sans quelqu'un pour prendre la partie en main en sachant de quoi il retourne, ça sera un flop total. Alice sera déçue et il faudra dégoter quelque chose d'autre à inscrire sur le calendrier pour les mardis soirs.

— Et on a déjà le micro ouvert pour le slam de poésie une fois par mois, les soirées jeux de société, le bingo des jeudis…

— Les sessions de tricot en groupe, les déjeuners à-votre-bon-cœur pour les retraités…

— Des concerts *live* une fois par mois…

— Les groupes mamans et bambins…

— Maurice et ses potes qui apprennent aux gens à jouer aux dominos, bien que le rendez-vous soit informel…

— Mais on doit continuer à proposer de nouvelles choses, pour que le lieu vibre.

— Bien que je ne voie pas vraiment en quoi rassembler une bande de nerds une fois par semaine pour lutter contre des prétendus monstres compte comme un truc qui vibre, fit Robbie.

— Ne crache pas sur les D&D, c'est grave dans l'air du temps, argumentai-je. En tout cas, selon Alice. Et Drew Barrymore est fan. Tout ce qui vient d'elle est taxé de cool, non ?

Robbie n'avait pas l'air convaincu.

— Un de mes potes de l'époque du lycée y joue, je crois, dit-il. Enfin, quand je dis pote, je veux plutôt dire connaissance. Bref, je suis presque sûr d'avoir vu des photos de dés et de trucs comme ça sur son fil Insta. Je lui demanderai s'il a des idées.

Venant de Robbie, un tel effort était déjà énorme et je n'obtiendrais rien de plus de sa part. Je le remerciai donc, avant de retourner à nos sandwichs. Puis mon téléphone sonna, et sonna encore – une double notification. Je rallumai l'écran.

Impression de répéter toujours les mêmes gestes, Verseau ?

Mon appli d'astrologie. Et j'avais aussi un message sur Tinder. Enfin, une image. D'un pénis qui ressemblait étrangement à une pomme de terre. Mal formée, bizarre, le genre à prendre un aller simple pour le tas de compost si elle se pointait dans ma cuisine.

— Pas faux, répondis-je d'un air sombre à Stargazer.

# 7

Est-ce l'amour qui fait battre plus vite votre cœur, Verseau, ou est-ce que vous venez juste de monter les escaliers ?

Durant les deux semaines qui suivirent, je consacrai de très nombreuses heures au Projet Poissons. Réduire le bassin d'amoureux potentiels (vous suivez ?) à ceux qui étaient bien nés entre le 19 février et le 20 mars fut mon premier défi. Je me sentais un peu grossière et abrupte de demander à mes interlocuteurs quel était leur signe astrologique dès qu'ils avaient matché avec moi – mais bon, si j'agissais de manière systématique et scientifique, comme je me l'étais promis, il était impensable que je perde mon temps à parler de la pluie et du beau temps avec des Sagittaire, alors que je ne sortirais avec eux que dans quelques mois, n'est-ce pas ?

Je m'en tenais à une approche simple. Un match, peut-être un fade « Comment ça va ? » (ou une photo de bite, mais j'y devenais tellement habituée que j'y prêtais à peine attention – la séquence « effacer – bloquer – ignorer » était maintenant si bien enracinée en moi que je m'y serais livrée les yeux fermés sans souci), et je répondais d'un enjoué : « J'espère que ça ne t'ennuie pas que je te pose la question, mais quel est ton signe astrologique ? »

Heureusement, certains mecs avaient déjà indiqué le leur sur leur profil, et ça rendait les choses plus faciles, même si je ne swipais pas à droite à chaque Poissons – bien sûr que non. Ils étaient aussi nombreux que les autres, semblait-il, à afficher des photos d'eux à côté d'un pauvre tigre shooté en Thaïlande, ou avec le visage de leur ex à moitié coupé sur les bords, ou encore à porter leur casquette de base-ball à l'envers. Je ne renonçais pas à certain niveau d'exigence.

Les réactions à ma question variaient. Un nombre élevé d'entre eux trouvait hilarant de répondre en m'informant qu'ils étaient nés sous le signe du Bélier, du Taureau ou du Cochon, et que par conséquent – devinez quoi ? – ils étaient des bêtes de sexe. Effacer – bloquer – ignorer. Certains demandaient : « Mon quoi ? » Auquel cas, je reposais la question, et avec obligeance je leur proposais de me fournir leur date de naissance, afin de trouver le signe moi-même. Et, bien sûr, une proportion élevée d'entre eux ignorait simplement ma requête et ne m'écrivait plus jamais.

Allongée sur mon lit, Frazzle ronronnant à mes pieds, je ne cessais de me demander si tout cela en valait la peine. Ne ferais-je pas mieux de trouver d'autres moyens d'occuper mes nombreuses heures de temps libre ? Comme m'entraîner pour un marathon, ou peindre le plafond de la chapelle Sixtine, un truc du genre. Mais j'avais fixé toute seule les règles de ce challenge, je m'étais volontairement embarquée dans ce projet et, étrangement, je me sentais maintenant obligée de poursuivre sur cette voie.

Fin avril, j'échangeais régulièrement des messages avec Mitchell, qui correspondait à mes critères, mais travaillait à Glasgow pour quelques semaines ; avec Rich, infirmier dans un service d'urgence et dont les gardes paraissaient avoir été programmées pour coïncider avec mes jours de repos ; et avec Paul. Paul Poissons – ça sonnait bien. Ses photos montraient un type pas mal, portant lunettes et barbe. Lui aussi vivait dans le Sud de Londres, et rapidement il suggéra qu'on se retrouve un soir dans un parc du coin pour boire un verre de vin, la météo étant clémente.

Au début, ma première réaction avait été : « Un parc ? Pourquoi pas un pub, là où les gens normaux se donnent rencard ? » Mais j'avais repoussé cette pensée. Ces premiers jours du mois de mai étaient magnifiques, les cerisiers, en pleine floraison, et le ciel affichait un bleu clair jour après jour – non pas que j'en profite beaucoup, puisque je passais tout mon temps à l'intérieur d'un pub. Paul tenait quelque chose. Un rendez-vous en plein air serait marrant. Différent. Et surtout, pas cher – mon salaire n'avait rien de somptueux, et Paul, qui m'avait dit travailler à son doctorat sur la littérature médiévale, était probablement encore plus fauché que moi.

Quand arriva le jour J, j'achevai les préparations pour le rôti du dimanche au pub et assurai l'heure chaude du service. Puis, à 15 heures, je m'échappai jusqu'à mon appartement pour me préparer, laissant Robbie aux commandes. Je me douchai, me lavai les cheveux. Face à mon miroir, je tentai d'évaluer leur humeur. Mes cheveux, pensais-je souvent, avaient tout d'un enfant particulièrement pénible. J'étais comme la petite fille de cette comptine, qui avait une boucle au milieu du front. Quand elle était gentille, elle l'était vraiment beaucoup, mais devenait un vrai monstre quand elle était méchante. Sauf que je n'avais pas une boucle, mais des millions, et que ce n'était pas moi qui étais soit gentille soit monstrueuse, mais mes foutus cheveux.

Lorsque je dépensais une fortune en shampoing sans sulfate, après-shampoing à l'huile d'argan, mousses et sérums, ils adoptaient souvent un comportement correct, tombant obligeamment en boucles anglaises plus cuivrées que rousses. Mais si je transigeais sur les produits, si le temps était à l'humidité, si j'avais fait mijoter un bouillon dans la cuisine, ou parfois simplement parce que ça leur prenait, ils se rebellaient et se transformaient en une sorte de grattoir pour casserole à fond brûlé. L'utilisation d'un fer à lisser avait pour conséquence de déclencher une crise d'hystérie et ils se transformaient alors en une masse de mèches brisées et de pointes fourchues.

Comparé à mes cheveux, Frazzle était facile à contenter.

Ce jour-là, je les épongeai avec soin à l'aide d'un vieux T-shirt, y passai trois lotions adoucissantes différentes et autorisai mon sèche-cheveux à souffler dessus avec une grande douceur durant quelques minutes. Pendant un moment, j'ai cru qu'ils allaient s'en offusquer et se dresser tout gonflés en un bordel frisé, mais j'arrêtai le sèche-cheveux juste à temps, ajoutai encore du sérum et y passai les doigts délicatement. Pour pousser un soupir de soulagement quand ils retombèrent en boucles douces.

J'enfilai une jupe en coton jaune que j'avais dégottée dans une boutique de vente solidaire, mes fidèles baskets en toile et un T-shirt blanc. Je me maquillai rapidement et sortis, m'arrêtant à la boutique du coin pour acheter une bouteille de rosé californien et un sachet de noix de cajou. Je mourais de faim, et Paul n'avait pas évoqué de dîner. Peut-être que si les choses se passaient bien, on pourrait se faire une pizza à emporter plus tard, ou aller manger un curry. Mais je ne gâcherais pas ce *date* avant qu'il n'ait commencé en déversant ma haine envers les non-vegan sur le pauvre Paul qui n'avait rien demandé.

Je vérifiai mon téléphone tout en me dirigeant rapidement vers le parc. Aucun message de lui pour annuler ; juste une capture d'écran d'une carte avec une épingle au centre du parc – là où il voulait qu'on se retrouve, supposai-je, ce qui était délicat de sa part. L'appli Stargazer me rappela de nouveau la nature romantique, la prévenance et la sensibilité des hommes Poissons – jusque-là, pas de doute, Paul était bien Poissons.

En cette belle journée, le parc était bondé. Des enfants jouaient sur les balançoires, des groupes étaient installés sur les tables en bois devant le café, avec des boissons chaudes et des gâteaux (ce que je remarquais avec jalousie), un groupe d'ados jouait au volley, et des couples déambulaient main dans la main le long des chemins. Pendant une seconde, je m'autorisai à imaginer que, bientôt, Paul et moi pourrions bien nous trouver parmi eux, puis je repoussai cette idée. Ce n'était que mon deuxième *date*. Aucune chance pour que je rencontre M. Parfait – ou même M. Parfait du Moment – si vite. Et de plus, à en croire l'appli, les Poissons ne me correspondaient même pas. Il n'était pas censé y avoir de coup de foudre.

Je me dirigeai vers le lieu épinglé sur la carte, pour me rendre compte qu'il s'agissait du kiosque à musique, perché en haut de la colline. Quand j'en atteignis le sommet, la bouteille de vin ruisselait de condensation, et la sueur me coulait dans le dos. J'ordonnai de toutes mes forces à mes cheveux de ne pas friser sous l'effet de la chaleur et me félicitai de mon bon sens, qui m'avait poussée à enfiler mes baskets.

Mais, en arrivant près du kiosque, je ralentis l'allure. Il y avait sûrement une erreur. Il se passait quelque chose de bizarre. Deux hommes attendaient là, tous deux en veste et nœud papillon. Parfois, des mariés prenaient la pose à cet endroit, mais il ne s'agissait pas de ça – il n'y avait pas de mariée en robe blanche. Une union homosexuelle ? Mais l'un des hommes était assis à la table installée pile au milieu du kiosque, recouverte d'une nappe d'un blanc immaculé, alors que l'autre se tenait debout à son côté dans une posture rigide, comme au garde-à-vous, une serviette pliée sur le bras.

Je m'arrêtai et sortis mon téléphone, tout en regardant autour de moi. Pas de type seul perché sur un banc, alangui sur une couverture posée sur l'herbe pour pique-niquer, ou observant les alentours, aussi mal à l'aise que moi. À part les groupes de promeneurs dispersés ici et là – nombreux, notai-je, concentrés sur le kiosque et spéculant sur ce qui pouvait bien s'y tramer – il n'y avait personne d'autre que ses deux occupants et moi-même.

Mon téléphone vibra dans ma main.

**C'est toi, Zoë ? Ton date t'attend !**

— Oh la vache ! La honte ! commenta Dani.

Nous étions au café proche de la salle de sport, devant d'immenses cafés glacés recouverts d'un jet de crème sans lactose, le tout accompagné de *carrot cake*. Nous ne nous étions pas encore changées.

— Je sais ! La super honte totale et absolue. Je grinçai tellement des dents que j'ai failli avaler ma propre tête.

— C'était qui, l'autre type ?

— Le colocataire de Paul. Il l'avait amené pour être notre serveur. Je crois qu'il s'appelait Imran. Un type adorable et tout, mais…

— Gênant.

— Ouais. Tellement. Tout le monde nous observait. Les gens prenaient des photos et tout ça.

— Tu veux dire que tu es restée ?

— Qu'aurais-je pu faire d'autre ? Dire un truc comme « Désolée, mon gars, mais ton plan romance me donne envie de me pendre, je file chez moi retrouver mon chat » ?

— Ça devait être tentant.

— Oh oui, et pas qu'un peu, crois-moi. Mais en même temps…

— Ouiiii ?

— Voilà. Il avait entrepris ce truc dingue de romantisme, il était prêt à passer pour un crétin fini devant des tas de gens. Impossible de me la jouer « Pas pour moi, déso, bye ».

— Ouais, j'imagine de quoi tu aurais eu l'air.

— Donc, quelle attitude adopter ? Je me suis avancée, il s'est levé – et promis, je ne mens pas – m'a baisé la main. Comme si j'étais la reine, ou un truc du genre. J'ai cru mourir.

Dani venait d'avaler une gorgée de café. Ses joues gonflèrent tandis elle essayait de ne pas s'étouffer avec.

— Il a quoi ? finit-elle par bafouiller.

— Tu m'as bien entendue. Imran a alors tiré ma chaise pour que je m'assoie et nous a servis du champagne. Paul m'a offert un putain de bouquet de roses, énorme, avec lequel j'étais bien embarrassée. Du coup, je suis restée assise là à l'agripper comme si c'était le bouquet de la mariée, jusqu'à ce qu'Imran me le retire des mains pour le placer dans le seau à glace.

— Et tu avais encore ta bouteille de vin *cheap* et ton paquet de noix de cajou ?

— Oui. Mon Dieu, c'était horrible. Aucune idée d'où les poser. J'ai fini par plus ou moins planquer les noix dans mon sac à main et laisser le vin par terre à mes pieds, sans le mentionner parce que Paul, lui, était là avec sa bouteille de Moët qui avait coûté, quoi ? Vingt livres ?

— Oh Zoë ! C'est peut-être pas très sympa, mais je préfère tellement que ça te soit arrivé à toi. Impossible de choper plus la honte que ça. Et ensuite ?

— Alors, Imran a ouvert cette glacière énorme – entre ça, la table, les deux chaises et les fleurs, ils avaient sûrement donné l'impression d'être partis pour franchir l'Everest quand ils ont grimpé cette colline – et il en a sorti un plateau d'huîtres.

— Des huîtres ? Oh non.

— Oh si. Je n'ai pas précisé sur mon profil que je ne mange pas d'animaux, parce que tout le monde se fout de la gueule des vegan qui s'affichent. Je m'étais dit que, si on se retrouvait à sortir dîner, je commanderais ce que je voulais et garderais le silence là-dessus.

— Mais là, ce n'était pas possible.

— Tu m'étonnes. Je me suis sentie super mal, tu sais, mais je les ai mangées. Le contraire était impensable. J'essaie d'éviter ce genre d'aliments, mais il m'arrive d'avoir à en goûter dans le cadre du boulot et, du coup, je me suis convaincue que c'était un peu la même chose. Il avait fait tant d'efforts pour ce repas. Mais c'était dégueu, comme avaler de la morve, et j'ai lu ensuite que ces pauvres petites étaient en fait vivantes quand on les mange, et j'ai essayé de me faire vomir, sans y parvenir. Bref, je m'emballe, parce que, après avoir ouvert les huîtres, Imran… Oh mon Dieu, je n'arriverai même pas à te le raconter.

— Vas-y, insista Dani, qui se délectait par anticipation, un large sourire aux lèvres.

Je couvris mon visage de mes mains et marmonnai :

— Imran a sorti un foutu violon et nous a joué la sérénade.

— Waouhhhh !

— Waouhhh. Pas de doute, il en joue très bien, et du coup il s'est vraiment pris au jeu. Il faisait ce truc, de fermer les yeux et de rejeter la tête en arrière. Et là, les gens ne se contentaient pas de prendre des photos, il y avait carrément une petite foule autour du kiosque qui nous filmait. Je suis sûre d'avoir figuré sur les stories Insta de tout le monde hier. Je ne me suis pas connectée, parce que, si je vois ça, je meurs.

Dani essuyait ses larmes de rire avec sa serviette.

— Merde. Et après ?

— C'était tellement embarrassant. Et impossible de tenir une conversation avec Paul, parce que tout ce que j'avais vraiment à dire, c'était combien il s'était donné du mal, et à quel point tout ça était fou. En plus, même s'il était là à tripoter son violon, Imran aurait bien sûr tout entendu. J'ai tenté de questionner Paul sur la littérature médiévale, mais il n'arrêtait pas d'être interrompu quand Imran cessait de jouer pour remplir nos verres, ou nos assiettes, ou je ne sais quoi.

— Il y avait autre chose à manger ?

— Des olives, des asperges, des fraises plongées dans du chocolat, donc en théorie que des bonnes choses. Mais en fait, je ne me sentais pas d'avaler quoi que ce soit après les huîtres. Pourquoi tout le monde pense que ces trucs sont des aphrodisiaques ?

— Je n'y ai jamais goûté, avoua Dani. Mais je te crois sur parole. A l'évidence, mieux vaut t'en tenir au *carrot cake* pour le moment.

— À l'évidence.

Je détachai une énorme portion de ma tranche – qui, je l'avais vérifié, avait été réalisé avec un glaçage au fromage frais à tartiner sans protéines de lait, ce qui allégeait ma culpabilité au sujet des fruits de mer. Il était délicieux, fondant, sucré, parsemé de noix, et, surtout, en rien un mollusque bivalve. De plus, je le dégustais sans public.

Dani me pressa.

— Allez, raconte, je veux la suite.

— Une fois le repas terminé, c'était un chouïa mieux, admis-je.

J'étais légèrement pompette, et Imran s'était déplacé de l'autre côté du kiosque. Du coup, je n'avais pas l'impression qu'il était là à nous tourner autour en tendant l'oreille. Mais sincèrement, à ce stade de la soirée, je n'en étais plus là. Je n'en pouvais plus de honte. Mon seul désir était de rentrer chez moi et de ne plus jamais y repenser ou en parler.

— Pourquoi ne l'as-tu pas fait ? Pourquoi n'as-tu pas inventé un SMS d'un pote, ou une urgence au boulot, ou je ne sais quoi ?

— Impossible, Dani ! J'étais comme paralysée. C'était le truc le plus embarrassant au monde. Paul était tellement fier de lui, et il n'arrêtait pas de répéter qu'il tenait à traiter les femmes comme des princesses, et est-ce que j'avais aimé le repas ? Et est-ce que je souhaitais un peu plus de champagne ? Ou plutôt du vin blanc ? J'étais coincée, quoi. Bref, la nuit s'est mise à tomber, et j'ai pensé que ça me donnerait une excuse pour m'en aller.

— Et ?

Je confirmai d'un hochement de tête.

— Oui, ça a fini par marcher. Mais pas avant que Paul n'ait demandé à Imran de prendre une photo de nous avec le coucher du soleil en arrière-plan, parce qu'il tenait à garder un souvenir spécial de notre *date*. Et il m'enverrait la photo, et on pourrait tous les deux l'utiliser comme fond d'écran pour nos téléphones.

— Pardon, quoi ?

— Yep. Trop chelou. Franchement, jusque-là, tout ça était plutôt mignon, même si c'était la honte puissance mille, mais au bout d'une heure, à peu près, il s'est mis à parler comme si on allait être ensemble, comme si c'était une chose entendue.

— En disant quoi ?

— Qu'il ne m'embrasserait pas, parce qu'il tenait à ce que notre premier baiser soit exceptionnel et que nous ne l'oubliions jamais, et qu'on devrait attendre le moment parfait. Et il a évoqué le fait qu'il avait toujours pensé que les solitaires étaient ce qu'il y avait de mieux pour une bague de fiançailles.

— Oh non !

— Oh si. Et sérieux, ça a été le moment où j'ai enfin eu le cran de me lever et de lui déclarer que j'avais passé une charmante fin d'après-midi, mais qu'il fallait que je rentre parce que je commençais tôt le lendemain matin. Et il m'a répondu : « Chaque moment passé avec toi est particulier, et attendre de te revoir le sera aussi. »

— Et genre, tu pensais : « Heureuse pour toi, parce que ça risque de durer longtemps. »

— Carrément. Mais je ne pouvais pas lui balancer ça au visage. Je suis rentrée et je lui ai envoyé un SMS pour le remercier, en précisant que je n'étais pas sûre que nous soyons faits l'un pour l'autre.

— Très bien. Et comment il a réagi ?

Je soupirai.

— Il m'a traité de salope ingrate et dit que je ne rencontrerais jamais quelqu'un d'aussi bien que lui. Que si je restais célibataire, je l'aurais bien mérité. Mais que ça ne le surprendrait pas, parce que j'étais méprisable.

— Oh merde. Quel connard.

— Yep. Pas besoin de te faire un dessin.

— Effacer.

— Bloquer.

— Ignorer.

— Et passer à autre chose.

# 8

Des attentes irréalistes peuvent provoquer des déceptions, et les promesses faites avec trop de précipitation sont facilement brisées. Vous avez peut-être la tête dans les nuages, Verseau, mais gardez les pieds sur terre.

Après ça, je repensais assez souvent à mon rendez-vous avec Paul. Quand j'étais occupée en cuisine à une tâche répétitive, comme émincer les oignons ou pétrir la farine et le beurre pour la pâte à scones ; quand j'étais sous la douche, Frazzle m'observant avec une expression qui signifiait clairement « Que fabriques-tu là, humaine ? C'est humide, tu as remarqué ! » ; quand j'étais au lit le soir, le regard fixé sur l'écran de mon téléphone, à swiper à gauche, encore et encore.

À l'évidence, il pensait être un mec bien. Un vrai romantique. Un type prêt à réfléchir longuement et à se mettre en quatre pour un premier *date* avec quelqu'un avec qui il avait seulement échangé des messages écrits durant quelques jours. Un homme qui, déclarait-il, voulait traiter les femmes comme des princesses.

Et pourtant, quand je lui avais expliqué avec délicatesse qu'il n'était pas pour moi, il s'était métamorphosé. Il m'avait envoyé ce message méchant, injurieux, qui m'avait rendue malade le temps d'une seconde. Comme s'il m'avait balancé son poing dans le ventre.

Mais pourquoi, bon sang ? Cette question tournait en boucle dans mon esprit, que j'aie le regard posé sur mon écran, mon couteau, ou sur le museau roux d'un Frazzle critique. Finalement, je pris conseil auprès d'une personne qui devait en savoir bien plus que moi sur les hommes et les relations amoureuses, vu qu'elle s'était débrouillée pour en gérer une plutôt fonctionnelle et saine depuis plus de deux ans.

— Alice, je peux te demander quelque chose ?

J'avais attendu l'après-midi, que le pub soit calme et que nous ayons fini d'étudier le budget pour la commande des stocks de nourriture de la semaine suivante.

— Bien sûr.

Elle repoussa ses cheveux blonds, les tordit en un nœud à l'arrière de la tête et les maintint à l'aide d'un stylo, l'expression de son visage neutre, curieuse, et soudain dubitative.

— Il s'agit du jeu Donjons et Dragons ?

— Non, répondis-je.

J'éprouvai une poussée de culpabilité et d'anxiété. La soirée inaugurale approchait à grands pas, alors que je stagnais, n'ayant pas avancé d'un pouce dans ma quête d'un Maître du Donjon.

— Il s'agit d'un de mes rencards. D'un genre bizarre.

Et je crachai toute l'histoire.

Contrairement à Dani, Alice ne s'étouffa pas de rire. Mais à la différence du récit que j'avais fourni quelques jours plus tôt à mon amie, je ne cherchai pas cette fois-ci à rendre les choses drôles. Je tentai d'expliquer à quel point je m'étais sentie mal à l'aise, gênée, combien j'avais été le centre d'une attention à laquelle je ne m'attendais pas et que je n'avais pas sollicitée.

— Puis, après avoir été romantique et adorable tout du long, quand je lui ai annoncé que je ne voulais plus le voir, il s'est mis à me balancer des saloperies. Vraiment moches.

Malgré moi, ma gorge se noua. Savoir ce que Paul pensait vraiment de moi ne m'importait pas. Ce qui me choquait, c'est que j'avais essayé de me montrer gentille, et il m'avait traitée de « fille méprisable ». Ce n'était pas tant l'expression qui était blessante – au plus profond de moi j'avais conscience qu'elle était absurde – que le fait qu'il ait éprouvé le besoin de l'utiliser.

Je cherchais à expliquer ça à Alice de mon mieux, sans y parvenir vraiment.

— Zoë, tu passes à côté de quelque chose, me dit-elle tout en retirant le crayon de ses cheveux pour en mordiller l'extrémité.

— Quoi ?

En même temps, pour la millionième fois, j'imaginais combien il serait incroyable d'avoir des cheveux comme ça qui tombaient en un rideau brillant et lisse.

— Tous les signaux étaient au rouge. Dès le départ.

— Vraiment ? C'était si adorable et romantique, bien que totalement embarrassant, ça va de soi. C'est pour ça que je n'ai pas pu me contenter de tourner les talons.

— Yep. Et il comptait là-dessus. Sincèrement, on est dans la manipulation. On ne balance pas ses sentiments comme ça à la tête de quelqu'un. Pas lors d'un premier rendez-vous. Au début, on est supposé apprendre à se connaître. Joe, par exemple, est le pro des grandes démonstrations amoureuses, mais pas à moins d'être sûr que ça soit approprié, non ?

— Oui, oui, me dépêchai-je de répondre. OK, je comprends. Il espérait que je serais trop déstabilisée, trop mal à l'aise et trop flattée – ce qui était le cas, d'une certaine manière – pour lui jeter à la figure qu'il plaisantait sûrement et que je n'entrerais pas dans son jeu.

— Exactement ! Et tout ce bla-bla sur le fait d'être traitée comme une princesse… *Sérieux ?*

— Pourquoi ? Qu'est-ce qui cloche là-dedans ? C'est juste une manière de parler non ?

— Oui et non. Réfléchis-y une seconde. Que font les princesses ? Ont-elles des opinions ou se contentent-elles d'être posées là, à être jolies ?

La seule princesse qui me vint à l'esprit n'en était pas vraiment une. Pour autant, la duchesse de Cambridge était mariée à un prince, donc elle ferait l'affaire. Elle s'occupait sûrement à tout un tas de trucs, me dis-je. Ses enfants, s'investir auprès d'œuvres caritatives, et peut-être un peu de jardinage ou de photographie, ou quelque chose dans ce goût-là. Mais Alice avait raison – elle passait un temps incroyable, au moins aux yeux du public, posée là à être jolie.

— Je comprends ce que tu veux dire, reconnus-je lentement.

— Bien. Et quand tu as été prise de court, il a montré son vrai visage. Donc c'est un type qui, en gros, n'aime pas les femmes.

— OK. Il s'est montré assez méchant et misogyne après. Malgré tout, il ne se donnerait sûrement pas tout ce mal pour un *date*, s'il ne voulait pas d'une histoire ?

— Il le souhaite, probablement, oui. Mais seulement avec une femme totalement docile, admirative et passive. Regarde ce qui est arrivé dès que tu as adopté un comportement qui ne lui convenait pas. Comment penses-tu que ça se passerait si tu n'étais pas d'accord pour qu'il sorte tard avec ses potes pendant que tu restes à la maison avec les enfants, ou encore sur des sujets politiques, sur la couleur du salon, ou n'importe quoi d'autre ?

— L'appli décrit les Poissons ainsi, commentai-je, « sensibilité exacerbée, en manque d'affection et inflexibles ».

Alice parvint à ne pas lever les yeux au ciel, mais je voyais bien qu'elle prenait sur elle.

— Peut-être que c'est un truc de Poissons, peut-être seulement un trait de caractère. Mais la question est : veux-tu être traitée comme une princesse ou comme un être humain ?

J'ouvrais la bouche pour lui dire que ce qu'elle venait de déclarer était limpide et pour la remercier, quand Maurice, Ray, Sadiq et Terry entrèrent d'un pas traînant dans le pub, prêts à démarrer leur jeu de dominos du jour. Alice se leva d'un bond et se glissa entre le passe-plat et le comptoir dans un mouvement gracieux.

— Bonjour, messieurs. Comme d'habitude ?

Après ça, le pub s'anima brusquement, comme cela se produisait parfois, des clients arrivant par vagues sans que rien l'explique – mis à part que le fait que le Ginger Cat était le meilleur pub du Sud de Londres, évidemment – et je n'eus plus le temps de repenser à ma discussion avec Alice. J'eus à peine celui de me faufiler à la gym en milieu d'après-midi, où j'effectuai mes exercices à toute vitesse.

Dani n'était pas là et, quand je demandais à Mike s'il avait eu de ses nouvelles, il m'apprit qu'elle était venue plus tôt. Il me fournit l'information d'une manière un peu évasive, comme s'il ne me racontait pas toute l'histoire. Là encore, je n'avais pas le temps de m'y arrêter. J'envoyai quand même un rapide SMS à Dani, écrivant que j'espérais qu'elle allait bien et qu'on se verrait bientôt.

L'animation grimpa encore d'un cran dans la soirée, et il était 23 h 30 quand je rejoignis mon appartement. Frazzle se lança immédiatement dans une campagne vocale pour réclamer un deuxième dîner et pousser une série de plaintes détaillées au sujet des humains qui restent dehors jusqu'à tard et négligent leur chat. Puis il s'affala sur mon lit, exigeant que je lui caresse le ventre.

Je m'allongeai à son côté et pris mon téléphone, faisant défiler les pages d'une main tout en chouchoutant Frazzle de l'autre.

Les signes les moins compatibles avec les Verseau : la Vierge, le Poissons…

Eh bien, j'avais tenté les deux et, en ce qui me concernait, l'application avait visé juste jusque-là. Le troisième sur la liste était le Scorpion.

Votre amoureux Scorpion ressent un niveau d'intensité plus élevé que la plupart des hommes. Ses émotions vont chercher leurs racines en profondeur et il les vit ardemment – mais il évitera à n'importe quel prix de montrer ce qu'il conçoit comme une faiblesse. Afin d'éviter de souffrir, il risque de ne pas ouvrir son cœur et de repousser toute intimité émotionnelle – parce qu'il sait que, lorsqu'il tombe amoureux, ce n'est pas à moitié. S'il est en colère ou blessé, vous ne serez pas épargnée par la piqûre de sa queue dont la douleur sera vive.

Seigneur, bonjour la punition. Ne pourrais-je pas juste sauter directement au signe suivant et m'éviter un boulet ?

Puis je me rappelais que je m'étais fixé ce défi, et qu'il serait pathétique de laisser tomber. Je poursuivis ma lecture.

Le bon côté ? Gouverné par Mars et Pluton, le Scorpion est le signe du zodiaque le plus primitivement passionné. Votre homme Scorpion explore toute cette intensité émotionnelle dans la chambre – et n'oublie pas au passage la table de la cuisine, la douche et le donjon réservé au bondage. En termes d'intimité, rien n'arrête votre Scorpion sexy. Comme amant, il est inventif, doué, enthousiaste mais aussi étonnamment tendre. Dans les relations qui le comblent physiquement, le Scorpion révélera le côté de sa personnalité loyale, empathique et dévouée.

Oh ! bien. Pourquoi n'avoir pas mentionné ça plus tôt ? S'il manquait bien une chose dans ma vie, c'était une dose de sexe passionné et imaginatif.

— À nous deux, Scorpion, lançai-je, modifiant le signe recherché sur mon profil.

Quand j'en eus fini, mes yeux se fermaient tout seuls sous le coup de la fatigue, et mon téléphone me glissait des mains. Mais je m'obligeai à me relever, à nettoyer la litière de Frazzle, à me laver le visage et me brosser mes dents avant de retourner au lit.

J'étais en train de m'abandonner béatement au sommeil quand l'écran de mon téléphone s'illumina. Un message de l'application de rencontres. À moitié endormie, je le ramenai à la vie.

Oh ! Seigneur. Une photo de bite.

Mais cette fois-ci, je souris et l'étudiai en détail. Et, pour la toute première fois, je ne l'ignorai pas, ni ne bloquai son envoyeur. Pas plus que je ne l'effaçai.

— La vache, Zoë, qu'est-ce qui t'arrive ? fit Robbie quand j'entrai d'un pas las le lendemain dans la cuisine, les paupières encore à moitié collées. Tu ressembles à quelqu'un qui s'est pris une cuite monumentale. Ou bien à moi, après une nuit bien chargée. En fait, non… tu as l'air pire que ça.

— Merci ! Je peux toujours compter sur toi pour booster mon ego. Je n'ai pas beaucoup dormi.

Robbie me dévisagea, évaluant la situation.

— Eh bien, tu vas devoir tout me raconter à ce sujet. Mais d'abord, remonte chez toi mettre ton T-shirt à l'endroit. Je te prépare un café.

Je repris les escaliers. En fait, je n'avais pas le sentiment de marcher – plutôt celui de flotter. Mes pieds me donnaient l'impression d'être posés sur un coussin d'air, comme le jour où l'on porte de nouvelles baskets super chères. Pour la première fois de ma vie, je comprenais le sens de l'expression « atteindre le septième ciel » – bien qu'il fût tout à fait possible que j'aie sauté cette étape pour me rendre directement au huitième.

Tout en montant, je vérifiai mon téléphone. Je n'avais pas reçu de nouveaux messages de Seth, pas depuis que nous nous étions déconnectés trois heures plus tôt.

Mon sous-chef me mit un triple espresso entre les mains.

— Et maintenant, de quoi s'agit-il ? Partage ton expérience avec le groupe.

— Rien, marmonnai-je. Je discutais seulement avec quelqu'un en ligne, et je n'ai pas vu le temps passer.

Tout en disant cela, j'essayai de ne pas afficher un sourire idiot et de contenir la rougeur qui me montait le long du cou.

— Discuter ? Et quelle forme exactement a pris cette *discussion* ?

— Elle est devenue un peu… coquine.

— Coquine ou cochonne ?

— Oh ! mon Dieu, les deux, j'imagine.

— Bien ! Une nuit blanche à échanger des sextos avec un inconnu, voilà qui me plaît ! C'est qui ?

— Il est Scorpion. L'appli indique qu'ils sont passionnés, et tout ça, donc, quand il m'a envoyé une *dick pic*, je ne l'ai pas effacée. J'ai décidé de voir où ça menait, quoi.

Robbie me décocha de nouveau ce regard dur qui rappelait celui de Frazzle quand il voulait son petit déjeuner.

— J'en déduis qu'il ne s'agissait pas d'une banale photo de bite ? Mais plutôt d'une photo d'une bite pas banale ?

— Je n'ai pas dit ça ! C'était seulement… tu sais.

— Ben non, justement. Et je ne saurai rien à moins que tu ne me donnes des détails.

— Robbie. Laisse-moi te rappeler qu'il s'agit d'un lieu de travail et que, techniquement, je suis ta boss.

— Pfff, t'es pas marrante.

— Ça suffit. On a le tofu à presser pour le sauté vegan, alors on s'y met.

Ce que nous fîmes, mais tout en travaillant je n'arrêtais pas de surprendre Robbie en train de me lancer des coups d'œil spéculatifs. J'étais sûre qu'il pensait : « Je n'aurais jamais cru qu'elle avait ça en elle. »

Et il n'était pas le seul. Je ne l'aurais pas cru non plus, jusqu'à ce que les messages échangés avec Seth… eh bien, montent en puissance (et à en juger par les photos qu'il m'avait envoyées, ce n'étaient pas les seuls à avoir effectué ce mouvement ascendant). C'était bizarre. Pour la première fois depuis des siècles – peut-être même pour la première fois tout court – je me sentais purement, viscéralement physique, un peu comme à la salle de sport, mais pas de la même manière.

J'avais l'impression d'être consumée de désir, et d'être aussi désirable – comme si une sorte de lien digital me reliait à cet homme que je n'avais jamais rencontré. On ne semblait même pas avoir grand-chose en commun, et on n'avait parlé de rien d'important – enfin, j'imagine que le sexe l'est, non ? Et ça, on en avait beaucoup parlé. Je m'étais promis d'arrêter et de le bloquer si je me sentais mal à l'aise à n'importe quel moment, ce qui n'avait pas été le cas. Pas le moins du monde.

D'après ses photos, il n'avait rien de spécial, d'ailleurs – suffisamment mignon pour qu'on le regarde, avec des cheveux foncés coupés court, recouverts d'un chapeau sur la plupart des photos. Ses yeux étaient d'un marron légèrement fauve. Pas mal, donc, mais pas non plus à tomber par terre. Il était plus âgé que ce que j'avais idéalement souhaité, juste à la limite supérieure de la classe d'âge spécifiée.

Mais rien de tout cela ne comptait. J'étais comme possédée. Malgré ma fatigue, le vertige de l'excitation ne m'abandonna pas de toute la matinée. Je me dépêchai d'accomplir mes tâches en cuisine, puis grimpai les escaliers quatre à quatre pour enfiler ma tenue de sport à 15 heures. J'effectuais mécaniquement ma séance d'entraînement sans prendre conscience des efforts intenses que je fournissais, sans remarquer que Dani n'était pas à la salle à son heure habituelle – une fois encore. Oh ! et je vérifiais mon téléphone. Souvent. À chaque bip, je l'agrippais comme s'il allait s'échapper. Lorsqu'il ne s'agissait que d'un rappel de mon calendrier, ou d'une notification de Stargazer, ou de quelqu'un avec qui j'avais discuté de temps à autre sur Tinder et que je pensais hors jeu, la déception me consumait, sans entamer en rien mon ardeur.

Je comprenais maintenant de quoi Robbie parlait quand il racontait qu'il ramenait un inconnu chez lui pour une partie de jambes en l'air, sans s'inquiéter du danger, de l'imprudence, ou de l'idiotie de la chose. Comme lui, j'avais juste follement envie d'arracher mes vêtements et de coucher avec quelqu'un. Un quelqu'un en particulier.

Et il en allait de même pour Seth, j'en étais persuadée. Lorsque nous nous étions déconnectés la nuit dernière, il avait dit que, la prochaine fois, ça serait pour de vrai. Je me foutais de savoir si on boirait d'abord un verre, ou s'il aimait les chats.

Robbie, à son crédit, se débrouilla pour gérer ma distraction toute la journée. Ce ne fut que lors du nettoyage après le service du soir qu'il me dit :

— Maintenant, écoute-moi.

— Quoi ? répondis-je, sortant de ma rêverie.

— J'ai bien conscience que tu es ma patronne, et tout ça. Mais, Zoë, reprends-toi. Aujourd'hui, tu as oublié de surveiller la friteuse, au risque de déclencher un incendie. Tu as failli utiliser les pinces avec lesquelles j'avais tourné le poulet pour servir le tofu. Tu aurais envoyé un dessert avec du Ketchup de betterave au lieu du coulis de framboise si je ne t'avais arrêtée à temps.

— Je sais, désolée. J'avais la tête ailleurs. Le manque de sommeil. Demain, ça ira.

Il me fusilla du regard.

— Ça n'ira pas tant que tu ne te seras pas sorti ce mec de la tête. Tu le vois quand ?

— Hé biiiienn… Il a parlé de jeudi. Mais c'est ton jour de repos, donc…

— On s'en fout. On échangera. Tu le rencontres, et après ça tu seras capable d'assurer un service sans coller la honte à ce pub.

Pas besoin de me le faire dire deux fois. Je le remerciai, m'excusai encore. Puis me précipitai sur mon téléphone : un institut de beauté, de préférence dans le quartier, aurait-il un créneau dispo le lendemain afin que tout poil superflu disparaisse de mon corps, en prévision de mon rencard avec Seth ? Aux chiottes mes principes féministes.

# 9

Aujourd'hui, Verseau, la passion vous gouverne. Laissez votre cœur vous guider, mais rappelez-vous que ceux qui jouent avec le feu risquent de se brûler.

Je bus une gorgée de mon Martini après avoir délicatement soulevé mon verre, prenant garde à ne pas renverser le liquide froid et transparent. Mon rouge à lèvres y laissa une trace. Que faire ? L'ignorer ? Essayer de la lécher ? L'essuyer avec une serviette ? Je n'étais pas vraiment du genre à me maquiller, mais ce soir-là j'étais passée en total mode femme fatale. Mes cils étaient recourbés et couverts de mascara, qui menaçait de les faire ployer sous son poids. Mes taches de rousseur disparaissaient sous le fond de teint. Mes sourcils – presque invisibles en temps normal – étaient soulignés d'innombrables petites touches de crayon fixées par du gel.

J'avais enfilé un jean skinny noir et un haut en soie assorti qui traînait dans mon placard depuis des années, et que je n'avais jamais porté parce qu'il était pourvu à l'encolure d'une broderie de perles qui me grattait. Une paire de mules sexy à talons, achetée dans une boutique solidaire un siècle plus tôt à l'occasion d'une soirée, complétait ma tenue. Ce n'était qu'ensuite que j'avais constaté qu'avec ces chaussures je glissais à chaque pas.

Je n'avais pas du tout l'impression d'être moi-même. Je me sentais dans la peau d'une femme audacieuse, attirante et sexy. Ou tout du moins, ça serait le cas une fois que j'aurais descendu la moitié de mon Martini.

Seth avait suggéré un bar à cocktails chic du Nord de Londres pour notre *date*. Proche de là où il habitait, avait-il précisé, et j'avais compris qu'il entendait par là que ça serait pratique pour rentrer se coller au lit ensuite. À cette idée, mon estomac effectua un looping. Ma main trembla légèrement quand je levai de nouveau mon verre pour engloutir une gorgée de ce qui était purement et simplement un gin glacé.

Zoë la *femme fatale*[1] se sentirait totalement à l'aise perchée sur un tabouret de bar à siroter un dry Martini en attendant son rencard. Je souhaitais juste qu'elle se magne et remplace la Zoë de base qui, elle, était grave sur les nerfs, et dont les fesses s'engourdissaient lentement au contact du marbre glissant du siège en question.

— Bonjour, Zoë. Tu as trouvé facilement ? Désolé pour le retard, je n'ai pas réussi à quitter le bureau plus tôt.

À quoi m'étais-je attendue de la part de Seth ? Qu'il me balance un sordide « Salut, bébé » et se concentre sur mon décolleté ou un truc du genre ? En tout cas, cette entrée en matière normale et désinvolte me surprit et me mit un peu plus à l'aise.

— Aucun problème, je suis arrivée il y a peu.

Il s'installa sur le siège le plus proche et m'observa un moment en souriant. Il avait les dents légèrement de travers, et celles de devant un peu écartées. Il était vêtu d'un jean et d'une chemise blanche, dont le bouton supérieur était ouvert. Je devinais à la vue de sa ceinture en cuir marron qu'il en avait changé le cran récemment.

Ce n'était pas Liam Hemsworth. Juste un mec ordinaire, pas mal, la trentaine, taille moyenne, de constitution moyenne, moyen en tout, en fait, ses yeux mis à part. Ils avaient la couleur la plus incroyable qui soit. Marron clair ? Noisette ? Quoi qu'il en soit, ils étaient presque dorés, et une fine ligne noire entourait chacun de ses iris aussi parfaitement que si elle avait été tracée à l'eyeliner (par quelqu'un capable d'en appliquer à la perfection, donc quelqu'un d'autre que moi). Et lorsqu'il me dévisagea de ce regard curieux et

1. En français dans le texte.

amical, quelque chose se passa en moi – je me détendis, au point de me sentir fondre, ce qui décupla ma crainte de glisser de mon tabouret. Comme s'il s'était vaporisé d'une mystérieuse eau de Cologne aux boosteurs de phéromones, ou s'il avait ouvert l'un de ces e-mails qui atterrissent toujours dans vos spams et affirment détenir le secret qui vous rendra irrésistible auprès des femmes.

Ou peut-être que j'avais un tel besoin de sexe que n'importe quel mec devenait pour moi le Casanova du moment, pour peu qu'il ne soit pas absolument repoussant. Non, ce n'était pas ça : je n'avais pas éprouvé la même chose avec Paul ou Justin. Je n'accostais pas des inconnus au hasard dans la rue pour les supplier de venir me sauter chez moi.

Quel que soit le petit plus de Seth, il était déterminant, et je n'étais pas en état de l'analyser.

Il commanda un Old Fashioned, et un autre Martini pour moi, le premier ayant mystérieusement disparu. Nous avons bu nos consommations tout en parlant de choses banales : son boulot – un truc compliqué d'achat d'espaces publicitaires en ligne –, le mien au Ginger Cat, nos voyages, nos lectures. Il me posa des questions sur moi comme si les réponses l'intéressaient sincèrement. Tout ce que je disais semblait le faire rire, et dans ces moments-là ses yeux incroyables scintillaient comme des éclats d'ambre au soleil.

Mais après coup, je parvins à peine à me souvenir d'un seul sujet dont nous avions discuté, parce qu'il me semblait que chaque mot avait un double sens. Quand il levait son cocktail, je me retrouvais à observer sa main, ses doigts repliés sur son verre, et je me demandais quelle sensation ils feraient naître en moi en caressant mon corps. Lorsqu'il buvait une gorgée, j'avais envie d'effleurer sa lèvre inférieure. Lorsqu'il passait la main sur son crâne rasé, j'aurais aimé que la mienne la remplace, et je parvenais presque à sentir une douceur semblable à celle du daim sous ma paume.

*Zoë, qu'est-ce qui ne tourne pas rond chez toi ?* Mon cerveau était incapable de répondre. Il aurait tout aussi bien pu être absent. Je n'étais plus qu'un corps désirant une unique chose : se retrouver aussi près que possible de cet homme irrésistiblement sexy.

Comme s'il l'avait senti, Seth rapprocha sa chaise de la mienne. Seuls quelques centimètres séparaient maintenant nos genoux et, quand je décroisai les jambes pour les croiser de l'autre côté, ma cuisse toucha la sienne. Nos regards se rencontrèrent de nouveau. Il sourit et posa sa main sur ma jambe, où elle resta. Une vague de chaleur se répandit à travers mon jean, ma peau et tout mon corps.

Et quand il termina son verre et proposa qu'on parte, je ne pus qu'acquiescer. Il paya et me guida vers la sortie sans que je prononce un mot, son bras chaud, puissant, passé sur mes épaules. Il était plus grand que moi, mais de peu, grâce à mes chaussures à talons, auxquelles je n'étais pas habituée. S'il m'embrassait, il n'aurait qu'à se pencher très légèrement.

Dehors, il faisait encore jour, et la luminosité était si vive après l'obscurité du bar que j'en fus presque désorientée – le gin n'y était sans doute pas pour rien. En terrasse, les tables étaient toutes occupées par des gens en train de manger, boire, fumer, savourant ce qui serait presque la journée la plus longue de l'année. Sur ma peau, l'air était frais. Je me rendis compte que tout mon corps dégageait une sensation de chaleur, comme après un bain de soleil.

— On va chez moi ? me proposa Seth.

— OK.

J'essayais de paraître cool, comme si je faisais ce genre de choses tout le temps, mais une partie de moi était terrifiée. À quoi je jouais ? Personne n'avait la moindre idée d'où je me trouvais. Ce type pouvait être un tueur à la machette.

— Je ne suis pas un tueur à la machette, dit-il.

— Genre, si c'était le cas, tu l'annoncerais. « Viens chez moi, oh, au fait, mon truc, c'est d'achever mes victimes à coups de machette. »

Il rit.

— Pas la meilleure des entrées en matière. Ce qui explique que j'ai cessé de l'utiliser depuis des années.

Je ris à mon tour.

— Et tu utilises quoi maintenant ? Enfin, quand tu ne rencontres pas les filles via les applis ?

— Rien. Je mise tout sur mon magnétisme personnel.

Voilà. Ce type qui n'avait rien d'exceptionnel – il était peut-être un peu mieux que la moyenne, mais pas au point que vous punaisiez sa photo au mur de votre chambre pour fantasmer dessus quand vous aviez quinze ans – avait du magnétisme. Du charisme. Une qualité insaisissable qui, quel que soit le nom qu'on lui attribue, provoquait chez moi comme une faiblesse dans les jambes. Elle me rendait particulièrement consciente de ma bouche, sans que je puisse l'imputer à mon rouge à lèvres. Ou à mes seins, pas plus qu'à mon soutien-gorge en dentelles qui me rentrait dans les côtes et me démangeait follement.

— C'est pas loin, par là, poursuivit Seth.

Nous avons quitté l'artère principale pour nous engager dans une rue transversale. Les maisons affichaient leur façade en stuc, la plupart peintes en blanc, avec, à l'occasion, une rose ou verte. Celle devant laquelle il s'arrêta était jaune pâle.

Il déverrouilla la porte et me fit signe d'entrer. Je grimpai un escalier étroit jusqu'au troisième étage. À l'arrivée, mon cœur battait la chamade, et pas seulement à cause des nombreuses marches. Seth me suivit sur le palier. Quelques secondes plus tard, nous passions le seuil de son appartement.

C'était une pièce superbe – avec un plafond haut, la lumière du soir filtrant à travers de grandes fenêtres à guillotine. Mais elle ne filtra pas longtemps, car Seth baissa les stores et alluma une lampe, baignant les lieux d'une lueur douce comme le miel. De salon ordinaire, l'endroit fut changé en nid d'amour.

— Un verre ?

J'acceptai avec reconnaissance.

— La salle de bains est juste là, m'indiqua-t-il.

Quelques minutes plus tard, j'étais assise à côté de lui sur un sofa crème moelleux, buvant un nouveau Martini dosé de manière aussi professionnelle que celui du bar. Cette scène de séduction était menée de façon experte : la lampe, le bras de Seth sur le dos du canapé effleurant presque mon épaule, mais pas tout à fait.

— Donc, dit-il, nous y voilà.

— Nous y voilà.

Je déposai délicatement mon verre sur la table basse en bois poli et me tournai de manière à faire face à Seth.

— Tu es très belle, tu sais, me dit-il.

Et il m'embrassa.

Je n'étais pas la fille la plus expérimentée au monde en matière de sexe, mais à compter de ce moment-là, je me retrouvai entre les mains d'un spécialiste. Le baiser de Seth était parfait : pas trop dur, pas trop exigeant, pas trop en langue ni en dents. Je le lui rendis, mon rouge à lèvres vite oublié. Mes mains remontèrent jusqu'à ses épaules, explorant la largeur de son dos, la douceur de sa chemise en coton.

Il ouvrit les quelques petits boutons de mon haut avec adresse. Le tissu glissa sur mon épaule, et ses lèvres passèrent de ma bouche à mon cou, puis descendirent vers ma poitrine. Je m'occupai à mon tour de sa chemise, sans la même maîtrise, à l'aide de mes deux mains. Je découvris la chaleur de sa peau, humai l'odeur de son gel douche ou parfum ou déodorant, réhaussé de quelque chose de plus primaire, purement masculin.

Je retirai mes chaussures. Les peluches de son tapis s'infiltrèrent entre mes orteils, puis je m'oubliai de nouveau dans son baiser, éprouvant la douceur de ses lèvres, le frottement de sa barbe de deux jours, la douceur des poils de son torse sous mes doigts. Il frôla mes seins, et mes tétons se dressèrent douloureusement contre la dentelle de ma lingerie. J'ouvris les yeux pour constater qu'il me regardait. Cette découverte déclencha nos rires, interrompant notre baiser.

— Viens, dit-il en m'aidant à me relever.

Ce qui était tout aussi bien, parce que je n'étais pas sûre que j'y serais parvenue autrement. Il défit mon jean et le fit glisser le long de mes jambes. Puis il me réinstalla en douceur sur le canapé et m'en débarrassa, à genoux sur la moquette devant moi.

Mes cuisses nues avaient l'air plus minces et pâles contre le velours crème du sofa. Ma peau était très blanche, contrastant avec la dentelle noire de ma lingerie. Je pouvais me voir à travers ses yeux, et, peut-être pour la première fois de ma vie, je me sentais puissamment sexy, désirable, désirée. Il dégrafa mon soutien-gorge et se pencha pour embrasser mes seins. Je refermai les yeux, m'abandonnant à la sensation de ses lèvres trouvant mes tétons et de sa main qui retirait ma culotte. J'avais l'impression que tout mon corps fondait, liquéfié par le plaisir.

Il embrassait maintenant mes cuisses, m'écartait les jambes pour m'observer, m'ouvrir à sa langue. Un soupir m'échappa, puis je poussai presque un cri quand sa bouche trouva le point parfait.

Mon dernier orgasme remontait à loin, bien loin. Dans l'heure qui suivit, je fis plus que rattraper le temps perdu. Seth m'entraîna jusqu'au bord du précipice encore et encore, puis me laissa le franchir une fois, une deuxième, et une troisième avant même d'avoir enlevé son jean. J'étais alors étourdie de désir et, quand il me pénétra, je pensai légitimement avoir atteint le paradis.

Je sais. C'est en faire beaucoup pour ce qui n'était, après tout, qu'un plan cul (en fait trois, pour être exacte – Seth ne lésinant pas non plus en ce qui concernait ses propres orgasmes). Mais en termes de sexe, la nuit était au niveau. Elle égalait un dîner dans un restaurant étoilé, méritait l'oscar de la baise, ou une médaille d'or olympique dans cette catégorie. Vraiment, vraiment aussi bon que ça.

Quand nous avons rendu les armes, trop repus et endoloris pour un quatrième round, il était presque minuit. Nous étions alors dans la chambre de Seth, moi contre lui, tous deux en sueur, le souffle court, notre désir assouvi.

Je me dégageai de son étreinte à contrecœur.

— Je devrais vraiment y aller, dis-je.

— Vraiment ? Tu pourrais rester.

Il me sourit, un bras derrière le crâne en lieu et place de son oreiller, parce qu'on les avait tous fait tomber par terre.

Je secouai la tête.

— Il faut que je rentre pour mon chat. Et je bosse à 7 heures demain matin.

Il se leva et enfila son jean.

— Je t'appelle un Uber.

Il attendit l'arrivée de la voiture, un bras posé sur mes épaules et, quand nous nous saluâmes, il m'offrit un dernier long baiser qui ressemblait à – et devait sûrement être – une promesse.

Mon euphorie dura tout le trajet jusque chez moi. Je dormis comme si j'avais avalé un tube de Xanax, sauf que je me réveillai le lendemain alerte et reposée. Je me pris même à chanter sous la douche, et j'étais en cuisine en ayant déjà avalé deux cafés quand Robbie arriva. Il ne me demanda pas comment s'était passé mon rendez-vous – pas besoin, parce que ça devait se lire sur mon visage.

Tout en travaillant, je m'imaginais à quoi ressemblerait de vivre sur le long terme une telle sexualité. Si j'étais la petite amie de Seth, est-ce que j'ouvrirais les yeux chaque matin dans cet état d'esprit ? Est-ce que les gens me regarderaient dans la rue et devineraient que j'étais une femme qui chaque nuit avait des orgasmes à répétition – car comment expliquer autrement ma peau lumineuse, ma démarche légère, ce mystérieux sourire ?

Est-ce que nos amis diraient, d'un air entendu : « Bien sûr, il est Scorpion, n'est-ce pas ? »

Ou est-ce que ça perdrait de son charme après un moment ? Est-ce que je me retrouverais à me détourner de lui au lit, prétextant de la fatigue ou un mal de crâne, ou que j'allais avoir mes règles ? Aucune idée. Je n'étais même pas sûre de vouloir être sa nana. Loin de là. Je savais simplement que, lorsqu'il m'enverrait un message me proposant qu'on se revoie, je ne serais pas capable de refuser.

Sauf qu'il ne m'envoya pas de message. À mesure qu'avançait

la journée, mon euphorie s'estompa. Quand je vérifiai mon téléphone après ma séance de sport et vis que je n'avais toujours pas de nouvelles, je me sentis soudain bien plus épuisée qu'après avoir sué sang et eau sur le rameur. Ce qui n'était pas étonnant, vu que j'avais à peine dormi. J'arrivais, je ne sais comment, à assurer mon service du soir, en me répétant que c'était sans doute un oiseau de nuit ; il m'écrirait plus tard, et je dormirais peut-être à ce moment-là.

Mais je ne reçus pas de nouvelles de Seth cette nuit-là, même si j'en attendis jusqu'à 2 heures du matin, l'espoir me rendant fébrile. Rien non plus le lendemain, quand je me réveillai. Et lorsque je me connectai à Tinder pour le trouver, je n'y parvins pas. Son profil avait disparu. Les messages – et les photos – que nous avions échangés s'étaient volatilisés. J'éteignis et rallumai mon téléphone, pour obtenir le même résultat. J'effaçai l'application et la réinstallai. En vain.

Je fixai mon portable pendant un moment, perplexe, avant de comprendre, choquée, ce qui s'était passé. Il m'avait bloquée.

Je n'étais pas exactement une utilisatrice aguerrie dans le domaine des rencontres en ligne. Pour autant, j'étais au courant que ce genre de choses arrivaient. Qu'il y avait des gens uniquement là pour le cul – et si j'étais passée à côté, Robbie se serait chargé de m'ouvrir les yeux. J'avais conscience que l'univers des applis était volage et cruel. Ce qui ne m'empêcha pas, quand ça m'arriva, d'avoir aussi mal que si j'avais pris un coup de poing dans le ventre. Je repensais à cette nuit avec Seth – comment je m'étais totalement ouverte à lui, comment j'avais abandonné toute idée d'adopter le comportement d'une fille difficile à conquérir à la seconde où il était entré dans le bar, comment je l'avais pressé de continuer et de ne jamais arrêter. Je grimaçai en me souvenant que, dans mon insouciance, j'étais partie du principe qu'il me recontacterait – pourquoi ne le ferait-il pas, puisque ça avait été aussi bon pour lui que pour moi ?

La moindre sensation de joie au souvenir du plaisir ressenti m'avait abandonnée. Ne restaient que la déception et l'impression d'être une idiote. Comme si on m'avait propulsée dans quelque chose que je n'aurais pas accepté autrement, tout en ayant bien conscience que ce n'était pas vrai du tout. J'y revenais encore et encore, essayant de comprendre les raisons du comportement de Seth. Impossible d'en discuter avec Dani, ou même Robbie. Bien que pratiquement convaincue que ce n'était pas de ma faute, un étrange sentiment de honte ne me quittait pas, comme si on s'était foutu de moi. Dani ferait preuve de compassion et de compréhension, et je me sentirais un million de fois pire. Quant à Robbie, il me conseillerait sans tergiverser de passer à autre chose, résolution que je m'étais déjà formulée à moi-même. Pour autant, je n'avais pas oublié ce qu'il m'avait raconté de ses propres plans cul rencontrés sur Internet – comment, parfois, la plupart du temps même, toute l'histoire se résumait à coucher avec un partenaire différent chaque soir, si ça vous chantait.

Je repensais à Seth – juste un type normal, pas super canon, ni riche, ni même intéressant – qui se retrouvait avec un nombre illimité de filles comme moi à sa disposition. Je ne pouvais pas lui en vouloir pour ça, pas vraiment. Il était Scorpion, après tout. Chaque fois que j'ouvrais mon appli Stargazer, je m'attendais à y lire un message clamant : « Ne dis pas que je ne t'avais pas prévenue. » Mais à l'évidence, l'appli considérait que j'étais capable d'arriver toute seule à cette conclusion.

Et puis – je ne suis pas fière de l'admettre, mais mes doigts semblaient possédés –, je ne pus m'empêcher de le traquer. Ce n'était pas facile, parce que je ne connaissais pas son nom de famille. Mais combien pouvait-il y avoir à Londres de Seth travaillant dans la vente d'espaces publicitaires en ligne ? Beaucoup, apparemment. Je passai des heures à éplucher les sites web des entreprises de ce secteur d'activité et installées près de Old Street, là où il avait mentionné bosser. J'appuyai sans relâche sur l'icône « Notre équipe », jusqu'à lui mettre la main dessus. Seth Davidson.

J'étudiai son profil sur Linkedin sans y apprendre grand-chose, n'y étant pas inscrite moi-même. Et je ne comptais pas le faire, au cas où, d'une manière ou d'une autre, il découvre que j'étais allée sur le site. En plus, ça semblait pousser un peu loin le harcèlement, même pour moi. Je trouvai son fil Twitter. Il était rempli de trucs professionnels techniques, de retweets de phrases inspirantes – marrant que « Baise-les et oublie-les » n'en fasse pas partie. Je le traquai sur Facebook ; son profil était super verrouillé.

Puis sur Instagram. Pas de quoi me torturer : aucune photo de lui avec une petite amie ou une femme. Juste des images inoffensives d'un match de rugby avec des amis, de lui lançant une balle de tennis à un chien, ouvrant une bouteille de vin haut de gamme.

Puis celle d'un gâteau au chocolat, le visage flou de Seth en arrière-plan, les flammèches des bougies dansant sous la force de son souffle. Le post précisait : « Super gâté par ma mère pour mon 35e anniversaire. »

Pardon. Son trente-cinquième anniversaire ? La photo avait été postée deux mois plus tôt. Or son anniversaire n'aurait pas dû intervenir avant octobre ou début novembre.

Il n'était absolument pas Scorpion.

# 10

De sages décisions prises aujourd'hui porteront leurs fruits demain. Les énergies subtiles actuellement en jeu vous donnent probablement l'impression que vos rêves ne sont pas à portée de main, mais soyez assurée que l'univers détient les clés de vos désirs.

Sans bien savoir comment, je me débrouillai pour survivre à la matinée du lendemain, malade de déception. J'essayais de me convaincre que j'étais stupide de me mettre dans un tel état pour ce qui n'avait été rien de plus qu'un simple *one shot*. Mais impossible de m'en empêcher. Je me sentais blessée, en colère contre moi-même et contre Seth, et honteuse de m'être laissée aller à espérer que cette rencontre ouvre la porte à quelque chose de plus. Il me fallait repartir de zéro, me consoler en me rappelant que j'avais vécu ma plus belle expérience sexuelle et passer au signe astrologique suivant.

Robbie était de repos ce matin-là, donc au moins je n'avais pas à gérer sa curiosité bienveillante. Je travaillai seule, comme lors des mois précédant son arrivée, heureuse d'avoir les lieux à ma disposition, de mettre la musique fort dans mes écouteurs et de n'avoir à parler à personne ni à faire semblant d'aller bien alors que ce n'était pas le cas.

Impossible de leurrer ma cuisine. Comme le vieux van loufoque que j'avais acheté quelques années plus tôt lors de mon tour d'Europe, elle paraissait flairer mes humeurs. Si mon état d'esprit était autre que zen et calme, elle en profitait pour faire des siennes. Le four qui, normalement, devait être réglé au moins dix degrés au-dessus de l'affichage, se mit à tourner en surpuissance et manqua de brûler les muffins du petit déjeuner. Un fusible du mixeur sauta alors que la cuve de légumes de printemps pour la soupe n'était qu'à moitié prête. Je dus donc prétendre qu'il était normal qu'elle contienne des morceaux et me dépêchai de corriger sa description sur le tableau noir du bar. Mes couteaux, qui n'avaient pas besoin d'être aiguisés avant encore deux semaines, semblaient tous s'être émoussés durant la nuit, et la lame de l'un d'entre eux glissa sur une patate douce pour m'entailler le pouce.

Donc, l'un dans l'autre, j'étais soulagée quand le rush du déjeuner prit fin et qu'arriva l'heure de ma pause et de ma séance de sport. Là, au moins, je m'oublierais un peu, brûlerais une partie de ma détresse en même temps que les calories, suerais mon sentiment de honte larvé. Et j'aurais fait peau neuve pour la soirée.

Je nettoyai tout, essuyai les surfaces, conseillai à la cuisine de prendre le temps de bien réfléchir à son comportement du matin et de décider qu'elle valait mieux que ça. Puis, j'enfilai rapidement ma tenue de sport et traversai le bar.

Le pub était calme, presque vide, comme toujours l'après-midi. Les joueurs de dominos étaient partis, les mamans avaient emmené leurs bambins à la maison pour leur sieste, les agents immobiliers qui l'utilisaient comme cantine étaient retournés dans leur bureau. Il ne restait que Fat Domino à sa place habituelle, sur un tabouret du bar, où il descendait lentement sa quatrième pinte de la journée. Il atteindrait la cinquième ou sixième à l'heure de la fermeture.

Mais il n'était pas notre unique client. À une table proche de l'étagère où étaient rangés les jeux de sociétés s'était installé un homme que je n'avais vu au pub auparavant. Il avait environ mon âge, une barbe sombre et des lunettes. Il buvait un café en lisant. Rien d'original à ça – généralement, les clients du matin ou de l'après-midi étaient pourvus d'ordinateurs portables et passaient leur temps concentrés sur ces derniers. Parfois, malgré tout, certains lisaient des livres, des magazines ou autres.

Mais celui-là était absorbé par quelque chose de différent. J'avais déjà la main sur la porte quand je m'en rendis compte et marquai un temps. Il était captivé par l'un de ces ouvrages qui accompagnaient le coffret Donjons & Dragons – celui qui était lourd et épais. Le *Manuel du Maître du Donjon*. La boîte était ouverte devant lui et les dés éparpillés autour.

Je réfléchis une seconde. J'avais besoin d'aller à la gym. Je ne disposais que de quelques heures avant d'être de retour en cuisine pour préparer le repas du soir. Mais j'avais promis à Alice d'essayer de trouver quelqu'un pour devenir le Maître du Donjon du Ginger Cat, et ce mec, avec sa montre branchée, ses sandales en cuir et son T-shirt où était imprimée une expression d'algèbre, donnait l'impression de pouvoir tenir le rôle. Il sortait tout droit d'un casting pour sites réservés aux nerds.

Je m'avançai vers sa table.

— Bonjour, dis-je.

Je me demandai si je devais ajouter : « Longue vie prospère », ou un truc du genre.

Il sursauta comme si je lui avais donné une claque.

— Heu, salut.

— Je m'appelle Zoë, je suis cheffe ici.

Je tendis la main. Il hésita une seconde, comme si me toucher était la dernière chose qu'il souhaitait, puis la serra brièvement.

— Adam.

Son regard revint à la page qu'il était en train de lire avant de se poser de nouveau sur moi.

— Désolée de vous déranger, dis-je – parce qu'il était tout à fait évident que c'était le cas –, mais je n'ai pas pu m'empêcher de remarquer que vous étiez intéressé par notre coffret D & D.

— Il était sous mon nez sur l'étagère, rétorqua-t-il.

— Je sais, pas de souci, les jeux sont là pour ça. Mais je me demandais si vous y jouiez ?

— Seulement en ligne.

La lueur apparut de nouveau dans son regard, cette légère crispation du bas de son visage en un demi-sourire réticent, qui disait assez clairement « J'aimerais que cette femme me laisse tranquille ».

— Il se trouve qu'on va lancer un nouveau groupe, ici, au Ginger Cat, bafouillai-je. On recherche notre Maître du Donjon. En fait, on m'a confié cette mission, mais je n'ai trouvé personne jusqu'ici.

Je n'avais pas exactement fourni beaucoup d'efforts, ceci expliquant cela. Ce qu'il était hors de question d'admettre devant lui.

— Il existe des forums, me répondit Adam. Des groupes sur Reddit, où faire ce genre de recherche. Ou encore chez Orcs Nest, vous savez, la boutique du West End ?

— Mais vous êtes ici, insistai-je, tout en faisant de mon mieux pour lui décocher un sourire conquérant. Et vous savez jouer.

— Peut-être pas pour longtemps, répliqua-t-il. J'attends de visiter un appartement au coin de la rue. Je ne me suis pas encore décidé. Je regarde surtout du côté de Hackney, où je vis en ce moment.

— Oh ! vous devriez vraiment emménager dans le quartier ! Le coin est super sympa, animé, et le Ginger Cat est un vrai lieu de socialisation.

— Pourquoi ce nom ? s'enquit Adam.

Enfin une question ! Peut-être que j'avançais avec cet inconnu grognon et légèrement impoli sur les bords.

— À cause de mon chat, dis-je fièrement. Il s'appelle Frazzle. Il vit avec moi dans l'appartement au-dessus, mais il traîne parfois au pub, quand c'est calme.

À ce moment précis, Frazzle se présenta, queue dressée, passant la porte qui menait au petit jardin derrière le pub. La brise ébouriffait ses longs poils. Évidemment, je n'étais pas objective, mais il était vraiment magnifique. Il avança tranquillement vers nous et nous salua d'un miaulement.

— Salut, répondit Adam, avec bien plus d'enthousiasme que lorsque je m'étais approchée de lui. Que tu es beau.

Il se pencha, et Frazzle vint se frotter à sa main pour se faire dorloter. Quelques secondes plus tard, le chat était sur ses genoux, et un ronron tonitruant me parvenait aux oreilles.

— Il vous apprécie. Normalement, il ne se comporte jamais comme ça avant de mieux connaître les gens.

— J'aime les chats, précisa Adam sans que cela soit nécessaire. Il est cool.

— Il est génial, acquiesçai-je.

Et je me retrouvai à balancer toute l'histoire de son adoption – ou plutôt, comment lui m'avait choisie.

— J'avais un chat, me raconta à son tour Adam. Enfin, en garde alternée. Il appartenait à nos voisins, mais ils ont eu un bébé et ont dû déménager dans une maison plus grande. Il est parti avec eux. Il s'appelait Freezer.

— Ça sonne un peu comme Frazzle, non ? Il était blanc ? Sûrement, avec un nom pareil.

Adam confirma d'un hochement de tête.

— Blanc avec un œil bleu et un vert.

— Trop mignon. Mais selon Fraz, les roux aux yeux jaunes sont les meilleurs.

Frazzle roula sur les genoux d'Adam et se retrouva pattes en l'air, l'invitant à gratouiller son ventre poilu.

— OK, dans le cas où je déménage ici, si l'appart que je visite n'est pas un taudis, je réfléchirai au fait d'être votre Maître du Donjon. Seulement pour quelques parties, histoire de voir comment ça se passe.

J'adressai une prière de gratitude silencieuse au charisme unique de mon chat.

— Top ! Je vous en serais tellement reconnaissante, vraiment. Je vous laisse mon numéro, envoyez-moi un SMS pour me dire comment s'est passée la visite. Et si je peux aider en quoi que ce soit pour le jeu, comptez sur moi, même si, bon, je n'ai aucune idée des règles et autres.

Adam entra mon numéro dans son portable.

— On verra. Je préférerais rester à Hackney, mais si l'appart est correct et que je le prends, je vous en informerai.

Je sentis qu'il ne s'engagerait pas plus que ça, donc je le remerciai et partis pour la salle de sport, laissant Adam papoter avec Frazzle de manière bien plus animée qu'il ne l'avait fait avec moi. Quand la porte du pub se rabattit derrière moi, je l'entendais lui demander : « Qui a les plus belles moustaches de tout Lewisham ? Qui a les oreilles les plus soyeuses du monde ? », des questions dont, évidemment, Frazzle connaissait déjà la réponse.

Dani était déjà là, à mon arrivée. Quand elle me vit, elle posa au sol son kettlebell et se précipita vers moi.

— Hé, Zoë ! J'ai cru que tu ne viendrais pas. Désolée de t'avoir ratée ces derniers jours, ça a merdé au boulot avec mon emploi du temps, et j'ai bossé les après-midi. Du coup je me suis entraînée ici le matin.

— Pas de problème. J'étais en retard aujourd'hui de toute manière, j'ai été retenue au pub.

Je lui résumai rapidement la manière dont j'avais utilisé mon chat pour – je l'espérais – convaincre quelqu'un d'emménager dans le quartier et de mener notre groupe Donjons et Dragons, ce qui fit rire Dani. J'hésitais à lui débriefer aussi le cas Seth, mais quelque chose me retint. Je n'étais pas prête à en plaisanter ou à ranger cette histoire dans la case « expériences ». En plus, une partie de moi espérait encore – même si cet espoir était léger et que je me détestais en secret de l'entretenir – qu'il me recontacterait malgré tout.

Dani souleva de nouveau le kettlebell et commença à le balancer d'une manière qui m'aurait terrifiée un an plus tôt.

— Ouais, c'est bizarre ici le matin. Pas le même genre de public, dit-elle.

— Ah ouais ? Tu as vu qui ?

— Quelques-uns des clients que Mike entraîne personnellement

– la vache, c'est du lourd ! – et une femme qui est apparemment danseuse professionnelle, si souple que tu n'en croirais pas tes yeux.

Ce n'était pas inintéressant comme infos de première main, mais je voyais bien que Dani avait envie de m'en révéler plus, donc je ne commentai pas, attendant qu'elle poursuive.

— Et tu sais, ce type qu'on avait vu il y a quelque temps ? Celui qui déchirait grave avec l'accent américain ?

Fabian Flatley. Je n'avais pas envie de prononcer son nom – bêtement, ça me donnait l'impression de convoquer Lord Voldemort.

— Ouais, je me souviens.

— Il s'appelle Fabian. On s'est entraînés ensemble à deux ou trois reprises. Il m'a dit qu'il me montrerait comment faire des épaulés-jetés.

Vu ce que Fabian était capable de trafiquer, se transformer en coach de lever de poids ne semblait pas trop malintentionné.

— Cool, lâchai-je.

— Il est vraiment intéressant, poursuivit Dani. En plus d'être canon. Il bosse avec tout un tas de start-up. Comme ce truc où tu peux louer des trottinettes via une appli et les utiliser selon ton bon vouloir. C'est génial pour l'environnement et ça garde les gens actifs physiquement.

En particulier les gosses qui hackent le logiciel puis balancent les trottinettes dans la Tamise, ce qui, aucun doute, est génial pour l'environnement. Mais je gardai mes réflexions pour moi. Dani avait l'air si enflammée et heureuse que je n'avais pas envie de la mettre en garde contre Fabian – jusqu'à ce que je m'y retrouve obligée, ce qui ne manquerait pas de se produire.

— Et il détient des parts dans un bar de Bethnal Green, continua-t-elle. Le Last Resort. Le lieu a l'air méga-cool. Ils fabriquent leurs propres bières pour les cocktails et sèchent leurs propres olives, et tout ça. Fabian m'y a invitée. Comme un *date*, quoi.

Un *date* ? Avec Fabian Flatley ? Je réagis physiquement à cette idée – de manière presque viscérale. Je sentis littéralement mes poils se dresser sur mes bras et à la base de mon cou, comme si les ventilateurs industriels que Mike avait installés dans la salle fonctionnaient soudain à leur maximum et étaient dirigés sur moi. *Mais pourquoi ?*

Fabian avait tenté, sans succès, d'acquérir le Ginger Cat pour en faire des appartements de luxe. Il avait aussi tenté – sans plus y parvenir – de lancer son affaire immobilière sur le marché des changes. Il avait siphonné l'argent de son business pour l'envoyer dans des paradis fiscaux offshore. À l'évidence, tout ça était en partie louche, en partie sans scrupules. Quand ils cherchaient à atteindre les sommets, d'autres jeunes entrepreneurs faisaient bien pire. Je n'étais personnellement entrée en contact avec Fabian qu'en de rares occasions à la salle de sport. Il m'énervait quand il tenait des conversations téléphoniques en parlant fort, ou quand il n'essuyait pas sa sueur sur les équipements – mais il n'était pas le seul à se comporter ainsi.

Malgré tout, l'annonce de Dani me donnait envie d'empaqueter cette dernière pour l'envoyer en vitesse dans un couvent. Là, elle n'aurait plus aucune possibilité de sortir avec qui que ce soit. Si ça permettait de l'empêcher d'embrasser Fabian, ça valait le coup. Quelque chose en lui me filait la chair de poule. En fait, plusieurs choses. Les vergetures sur ses bras et ses épaules qui laissaient entendre qu'il s'était musclé vraiment très vite. La rangée de placage d'un blanc brillant qui s'affichait quand il souriait, comme s'il avait un chewing-gum non mâché à la place des dents. La manière dont il vous regardait avec ses yeux sombres, étroits, sans ciller, et sans le moindre éclat de lumière en eux. Comme ceux d'un serpent.

Les gens nés sous le signe du Verseau, m'avait appris mon appli Stargazer, étaient doués d'une intuition très forte. Vrai ou pas, Fabian Flatley réveillait violemment la mienne, et pas d'une manière positive.

Mais bon, Dani était une grande fille. Elle était tout à fait capable de prendre ses propres décisions concernant sa vie amoureuse – et après tout, il ne s'agissait que d'aller boire un verre. Pour le moment, en tout cas.

— Super ! Top d'aller dans un endroit incroyable. Mais Dani, fais attention, OK ?

— Attention à quoi ?

— C'est que… je pense que Fabian n'est pas complètement franc du collier. L'immeuble qui lui appartient…

— Mais je ne suis pas à la recherche d'un logement, si ? me coupa-t-elle en souriant.

— Eh bien, non. Mais ses affaires fiscales…

— Et je ne suis pas sa comptable. Donc, ce n'est pas mon problème ! C'est seulement un mec. Un rencard. En plus, j'ai eu ma mère au téléphone hier, et elle était en mode : « J'imagine que tu ne fréquentes personne, Danielle ? », et j'ai dû avouer que non. La prochaine fois, je pourrais lui dire que j'ai passé une soirée avec un jeune chef d'entreprise canon.

— Mais, Dani…

J'hésitai. Je ne disposais de rien de concret contre quoi la mettre en garde, rien de plus que le sentiment que m'inspirait Fabian : celui d'une profonde immoralité. Ce n'était visiblement pas ce qu'il éveillait en elle, ou elle n'aurait pas accepté de sortir avec lui.

— Ne te précipite pas, c'est tout, lui dis-je.

— Ah, je vais me précipiter dans ce bar, en tout cas. Je n'ai pas mis les pieds dans un endroit aussi cool depuis des siècles.

— Pareil, en toute sincérité.

Je soupirai, me rendant compte à quel point c'était vrai. Quand j'avais pensé à mes futurs *dates*, je m'étais imaginé que ça impliquerait – ben quoi ? – de vrais rendez-vous amoureux. Contrairement au fait de rester seule dans ma chambre le regard rivé sur mon téléphone pendant des heures et des heures, à essayer de trouver des mecs avec qui j'avais envie de sortir et réciproquement. Et jusque-là, j'étais parvenue à boire quelques verres dans un pub de base avec un type encore moins intéressant que le pub lui-même, à être invitée à un pique-nique au parc dont le souvenir me donnait encore la sensation de mourir intérieurement, et à un coup d'un soir qui m'avait ghostée en moins de temps qu'il ne faut pour dire « Merci, au suivant ».

Difficile d'en vouloir à Dani de sauter sur l'occasion quand quelqu'un l'invitait sans avoir à se taper tout ce cirque. Et à première vue, Fabian était une belle prise. Il était canon, si on arrivait à dépasser les fausses dents et le regard mort. Il devait être intelligent, pour avoir toutes ces idées de boîtes. Et la Lexus d'un noir brillant qu'il garait sur les doubles lignes jaunes devant la salle de sport laissait entendre qu'il était aisé financièrement.

Non pas que je sois jalouse – je ne serais pas sortie avec Fabian si Tinder tenait les promesses de son nom (qui signifiait « petit bois ») et réduisait en cendres tous les hommes qui y étaient inscrits. Je souhaitais seulement que Fabian ne brise pas la confiance en elle de Dani comme Seth avait brisé la mienne, qu'elle ne soit pas déçue comme je l'avais été par Justin, et qu'on ne lui jette pas tout un tas d'injures à la figure, comme Paul se l'était permis avec moi. Je ne voulais pas qu'elle souffre et, à mon avis, Fabian était du genre à faire souffrir.

# 11

Avec Vénus en ascendant, l'amour est dans les étoiles – et vous pourriez le découvrir là où vous l'attendez le moins…

— Je suis sûre qu'il est seulement occupé, dit Dani. Tu sais, avec toutes ces entreprises dont il a la charge et tout ça. Non ?

Je plongeai la main dans le bol de Doritos et en ressortis un recouvert d'une tonne de sauce épicée. Nous étions seules dans le salon de Dani car ses colocataires étaient toutes sorties – l'une dînait avec sa mère, l'autre était partie camper pour le week-end avec son mec, et la troisième participait à un symposium qui serait suivi d'un cocktail. Rien de super excitant, il fallait bien le reconnaître, mais en comparaison le vide de nos vies sociales semblait d'autant plus tragique. Du coup, quand un peu plus tôt, après notre séance de sport, elle avait proposé que je passe chez elle pour une soirée Netflix et Deliveroo, j'avais sauté sur l'occasion.

Même si cela signifiait l'entendre radoter au sujet de Fabian.

— Ne le laisse pas te traiter comme un paillasson, Dani. Sérieux, ça prend combien de temps d'envoyer un SMS ?

— Je sais, je sais, mais on n'a eu qu'un seul *date*. C'est pas comme si c'était sérieux entre nous. Pas encore.

*Peut-être pas pour lui, mais ça l'est pour toi.* Je remplis nos verres du pinot *grigio* que j'avais apporté.

— Et si je l'appelais ? lança Dani, comme si l'idée venait juste de lui traverser à l'esprit.

— Non.

— Pourquoi pas ? On est au XXIe siècle.

— Parce que tu l'as déjà fait.

Dani me décocha un regard innocent, puis baissa les yeux et gloussa.

— OK, c'est vrai.

— Combien de fois ?

— Une, seulement. J'ai laissé un message.

— Et combien de fois sans laisser de message ?

Elle vérifia sur son téléphone, ce qui n'était sûrement pas nécessaire.

— Deux.

— Et en numéro caché, pour voir s'il décrocherait en ne sachant pas que c'était toi ?

— Merde, Zoë, j'ai l'impression d'être dans *Seule contre tous* !

— Donc ?

— Cinq, reconnut-elle.

— Et a-t-il décroché ?

— Nan.

— Donc, tu vois, tout va très bien. Ça prouve qu'il est probablement occupé et non pas qu'il cherche à t'éviter.

Bien sûr, ça pouvait aussi vouloir dire qu'il faisait partie de ces gens que personne n'appelle jamais sans avoir d'abord convenu d'une heure, et donc une flopée d'appels, dont trois de Dani, provenaient forcément de la même personne. Ce que, évidemment, je gardais pour moi.

— Tu crois vraiment ?

— C'est possible. Mais ne le rappelle pas, OK ? Autrement, je vais être obligée de prendre ton téléphone et de le cacher, et du coup, quand il sonnera, tu ne pourras pas répondre.

Dani posa le portable avec réticence.

— Promis.

Puis elle le reprit immédiatement.

— On commande ? Et on se trouve un film ?

— Et on ouvre une nouvelle bouteille ?

— Ça marche. Pizza ou curry ?

— Pizza. Je passe mon temps au boulot à cuisiner épicé, et je meurs d'envie d'en manger une depuis que j'ai entendu dire que Papa John's en prépare avec du faux fromage et des pepperonis aux fruits tropicaux.

— Et j'adore la jambon-ananas.

— De l'ananas ? Sur une pizza ? Qui êtes-vous et qu'avez-vous fait de ma copine ?

— Je sais, je sais. C'est mon plaisir coupable.

— Donc, quand tu reverras Fabian, que tu seras au lit allongée contre lui après avoir pris un pied pas possible et qu'il proposera de commander un truc, tu demanderas une jambon-ananas ?

— Non ! Mon Dieu, non. Pas devant lui. Je commanderai quelque chose de vraiment chic, comme une pizza aux anchois, aux olives et câpres, quitte à avoir soif pendant au moins une semaine avec tout ce sel. Mais je parie qu'il ne mange pas de pizza. Tu te souviens de ce qu'il disait à la salle l'autre jour ? Fabian est sûrement l'un de ces types à suivre un régime constitué à cent pour cent de bœuf bio nourri d'herbes grasses.

Ça ne me surprendrait absolument pas.

— On prend aussi des boulettes de pommes de terre panées ? suggérai-je.

— Et une glace Ben and Jerry's. Ils en font sans protéine de lait maintenant.

— Et si on regardait *The Haunting* ?

— Carrément oui !

Dani et moi avons passé le reste de la soirée sur le canapé blotties sous sa couette, même si la nuit était chaude, à flipper comme des malades, à nous gaver de *junk food* et à boire bien trop de vin blanc bon marché. C'était carrément génial et m'a rappelé combien c'était fantastique d'avoir une amie après m'être dit pendant si longtemps que j'étais une anticonformiste libre et indépendante qui n'avait pas besoin des autres. Elle n'évoqua plus Fabian, et sincèrement, durant ces quelques heures, je n'en aurais rien eu à foutre de ne plus jamais sortir avec un mec.

Vers minuit, ses colocs rentrèrent se coucher, et je me levai du sofa. Je bâillai au point de manquer de me disloquer la mâchoire, avant d'annoncer que je ferais mieux de rentrer moi aussi.

— Je ne travaille pas demain, dis-je. Mon premier samedi depuis des siècles. Trop hâte. Je vais rester au lit avec Frazz jusqu'à l'heure du déjeuner, puis peut-être prendre le métro pour Kensington ou ailleurs et faire les boutiques solidaires chics.

Dani se leva à son tour.

— Et moi… aucune idée, en fait. Des cupcakes avec ma coloc peut-être. Regarder encore la télé. Repasser un peu. Ça craint, les week-ends, quand on est célibataire.

Je répondis que je l'étais depuis si longtemps que je ne parvenais pas vraiment à me souvenir à quoi ils ressemblaient quand j'étais en couple, ni même – après des années à bosser avec les horaires les plus anti-vie sociale qui soient – de quoi avait l'air un vrai week-end. Mais Dani ne m'écoutait plus ; la mention du célibat lui avait fait remettre la main sur son téléphone, qu'elle était parvenue à ignorer depuis qu'on avait commandé la pizza.

Son visage se fit aussi lumineux que l'écran de son portable.

— Zoë ! Il m'a envoyé un SMS ! Oui ! Il y a deux heures et je ne l'avais pas vu !

— Ne lui réponds pas maintenant ! lançai-je en plongeant pratiquement en travers du canapé pour l'en empêcher. T'as vu l'heure ? En plus, il a pris son temps, non ? Attends demain matin. Il pensera que tu étais occupée à faire un truc génial. Il dit quoi ?

— Il m'invite à sortir ! Au lancement du bar que son pote ouvre à Soho !

Tout ça était très bien, mais n'avait pas grand-chose d'un rendez-vous en amoureux. Et je ne pouvais m'empêcher de me demander si la liste des invités pour l'ouverture n'était pas un peu maigre. Du coup, Dani, qui ne manquait pas d'attirer les regards, serait exactement le genre de personnes dont le copain de Fabian avait besoin pour gonfler le chiffre.

— Il me propose d'inviter une amie, ajouta Dani, confirmant mes soupçons. Tu viendras, hein, Zoë ? C'est à 17 h 30 demain. Il y aura un cocktail privé avec petits fours et tout le bazar, puis les portes ouvrent au public à 19 heures. Tiens, y a un site web, ça a l'air génial.

Elle me passa son téléphone, et je fis défiler une page minimaliste qui laissait entendre que le web designer avait été briefé pour donner à l'ensemble un air hyper exclusif, plutôt que d'inclure des informations concrètes, au-delà de quelques clichés de verres à cocktail photographiés artistiquement et un néon sur un mur de briques qui annonçait : « Alcorythme ».

Mais pas question de laisser Dani deviner que je n'étais pas convaincue que ce soit le meilleur plan au monde.

— Compte sur moi, bien sûr. Ça sera top. Mais comment je vais m'habiller ?

Je passai mentalement ma garde-robe en revue, pensant à mes jeans, T-shirts et Converses, et regrettant ma résolution de ne pas acheter de fringues neuves pendant un an, dans une tentative toute féminine de sauver la planète.

— Avec ce tu trouveras dans tes boutiques solidaires chics ! répondit Dani. Ou alors, oublie ça et va chez TK Maxx. Tu seras sublime quoi que tu portes de toute manière. C'est bon signe, non ? Il craque sûrement un peu sur moi…

Chez moi, le lendemain après-midi, je me retrouvai à me demander si Dani avait développé une brusque cécité. Impossible d'être moins sublime que ça. Mes cheveux s'étaient lancés dans une action contestataire et se dressaient sur ma tête dans une folie de frisottis. Mes jambes étaient aussi blanches que des bouteilles de lait et je n'avais pas d'autobronzant à leur appliquer – non que ça aurait aidé, car l'expérience m'avait appris qu'elles réagissaient en adoptant une teinte d'un jaune agressif, ressemblant à celle de l'urine après une cure de Vitamine C.

La robe que je m'étais offerte, en satin lilas avec un col en dentelle noire, me faisait ressembler à une héroïne tout droit sortie d'un roman de l'ère victorienne et sur le point de succomber à la tuberculose. En plus, elle était – je m'en rendais maintenant compte dans le miroir en pied – de la mauvaise longueur, coupant mes jambes là où elles s'élargissaient, leur donnant l'allure de ces bouteilles de lait dont elles avaient déjà la couleur.

— Merde, Frazz, pourquoi j'ai accepté ?

Mon chat souleva une paupière et se retourna, exprimant assez clairement que, si je changeais d'avis sur le fait de sortir, ça lui allait très bien.

Planter Dani ? Ce n'était pas une option. Je me collai donc du fond de teint sur le visage. Il était supposé rendre ma peau lumineuse et nacrée, mais la nuance n'était pas exactement la bonne, on aurait juste dit que j'avais besoin d'un bon décrassage. Je tentai de domestiquer mes cheveux avec un sérum. Ils refusèrent de coopérer. Je les attaquai sans pitié au fer à lisser, sachant que j'en paierais le prix : des fourches.

Autant laisser tomber, décidai-je. Mon apparence n'importait pas vraiment – ce soir, c'était la soirée de Dani. Et je n'avais aucune intention de me taper un des amis de Fabian Flatley, qu'importe ce que m'affirmait mon appli Stargazer sur la géolocalisation de Vénus dans mon signe ascendant. Je me contenterais d'être son faire-valoir, son alliée aux cheveux frisottés, et je m'excuserais rapidement pour quitter les lieux dès que tout roulerait entre elle et Fabian.

Je regardai avec envie mes Converse bien-aimées. Elles gisaient près du lit, prêtes à accueillir mes pieds, comme pratiquement tous les matins.

— Allez, semblaient-elles dire, mets-nous ! Une sortie excitante ne serait pas de refus ! On a à peine quitté le quartier ces derniers mois ! Et on est si confortables !

Malgré tout, il y avait une marge entre laisser Dani occuper le premier rang et lui faire honte. En plus, j'avais appliqué du vernis à ongles sur mes orteils pour la première fois depuis… Oh là ! Pas question d'avoir fourni cet effort pénible et irritant pour rien. Je farfouillai sous mon lit, lieu de vie de mes chaussures puisque l'appartement ne comportait pas de placard, et sortis de là ma seule et unique paire de chaussures habillées. La dernière fois que je l'avais portée, quatre ans plus tôt, c'était lors du mariage de mon amie Nadia, où j'étais demoiselle d'honneur. Depuis, elle et son mari étaient partis s'installer en Nouvelle-Zélande. Quatre ans, c'est long, mais les ampoules étaient aussi fraîches dans mes souvenirs que si ça s'était produit la veille.

*Pas de chance*, dis-je à mes orteils, *vous allez devoir faire avec. Aujourd'hui, c'est talons aiguilles et attaches d'argent.*

Je luttai pour les enfiler, attrapai mon téléphone, mes clés, et un baume à lèvres que j'enfouis dans mon petit sac à dos argenté (je m'étais convaincue qu'il était rétro-cool et ne me donnait pas l'air d'être mal préparée à l'ascension d'un sommet écossais). J'embrassai Frazzle pour lui dire au revoir et sortis. Je résistai à la tentation de passer la tête par la porte de la cuisine et d'affronter une critique de Robbie sur ma tenue.

Comme convenu, Dani m'attendait devant la bouche de métro. Dès que je la vis, la moindre trace de doute sur le fait qu'elle m'éclipserait comme Mars éclipsait Pluton disparut. Elle portait une combinaison en dentelle *nude*, qui donnait presque l'impression qu'elle était nue, et un treillis taille haute en satin qui soulignait sa taille fine et son fessier incroyable. Ses spartiates noires à talons hauts faisaient passer mes chaussures pour le genre de vieilles paires qu'une mamie enfilerait avant de sortir le chien. Ses cheveux étaient lisses et soyeux comme du chocolat noir. Ils tombaient en cascade le long de son dos comme s'ils y avaient fondu. Son maquillage était parfait et, mis à part ses extensions de cils d'une longueur déraisonnable et son rouge à lèvres corail, presque invisible.

— Waouh, dis-je en la serrant contre moi. À tomber.

— Toi aussi, répondit-elle gentiment. J'adore cette robe ! Trop cool ! Contrairement à moi : je sue comme un chameau tellement je suis nerveuse.

— Aucune raison. Tu es superbe, et on va marcher super lentement, comme ça on n'aura pas chaud.

Comme si j'avais le choix, avec mes talons.

Dans la rame, où nous restions silencieusement assises l'une à côté de l'autre, Dani ne cessait de consulter son téléphone, passant de WhatsApp à GoogleMap, vérifiant avec anxiété le chemin, et avec plus d'anxiété encore si elle avait reçu un message de Fabian. Mais à l'expression de son visage, je devinais que ce n'était pas le cas.

Enfin, nous avons émergé de la fournaise du métro à Charing Cross, au cœur de Londres. Dehors, il ne faisait pas beaucoup plus frais – en cette journée de la mi-été, le soleil nous cramait comme un chalumeau caramélisant une crème brûlée, et la chaleur du trottoir s'infiltrait à travers la fine semelle de mes chaussures. Dani s'éventait frénétiquement des mains, et je lui assurai que son fond de teint n'avait pas fondu, que son mascara n'avait pas coulé, et qu'elle n'avait pas de rouge à lèvres sur les dents.

— Bien, dit-elle.

Malgré ces températures extrêmes, j'aurais mis ma main à couper que j'entendais ses dents claquer.

— On y va. C'est juste à côté de Trafalgar Square. On n'aura pas trop à marcher.

Et elle s'élança, sûre d'elle et agile sur ses hauts talons pendant que je trottinais derrière elle sur les miens.

— C'est juste là, non ? demandai-je, pleine d'espoir.

— Au coin, dans une rue transversale.

Mais cette fameuse rue était introuvable, et nous tournions en rond sans succès, Dani gardant les yeux fixés sur son téléphone, son niveau de stress augmentant à chaque minute qui passait. Elle finit par marmonner :

— Merde, c'est censé être juste ici !

Elle s'arrêta devant une porte quelconque peinte en noir où se lisait un « AK » orange en lettres minuscules, devant laquelle nous étions passées au moins quatre fois.

— Tu crois que c'est là ?

— Sûrement. Il n'y a littéralement aucune autre possibilité, à moins que nous ayons pénétré dans un repli du tissu de la Matrice.

Je poussai la porte. Aussitôt, le bruissement des conversations, le bourdonnement d'un genre de musique trance et le cliquètement des verres nous parvinrent. L'air sentait la peinture, comme dans un immeuble neuf. Une femme superbe en robe noire était installée à une petite table miroir près de la porte. Elle nous étudia de haut en bas avec un air proche du mépris.

— Je peux vous aider ? demanda-t-elle.

Son ton était si dédaigneux qu'elle aurait aussi bien pu déclarer : « Si vous saviez combien ça me soûle de m'adresser à deux pauvres nazes comme vous. »

— Nous sommes sur la liste des invités pour l'ouverture, répondit Dani. Danielle Fletcher et Zoë Meredith.

— Bien.

La femme s'empara d'un iPad et passa plusieurs fois le doigt sur son écran. Ses ongles étaient longs, carrés, couleur citron vert.

Elle releva le nez et secoua la tête.

— Si, nous sommes bien invitées, insista Dani qui sourit, tentant de s'attirer les faveurs de la dame. Fabian me l'a assuré. Fabian Flatley ?

Une fois encore, la femme secoua la tête.

— Pas de Fletcher ni de Meredith.

— Et à nos prénoms ? suggérai-je. Zoë et Danielle ?

— Pas sur la liste. Veuillez m'excuser.

Dans notre dos, la porte s'ouvrit, et deux filles dans des robes évasées à broderie blanche donnèrent leur nom. On les laissa passer.

— Pourquoi tu n'appelles pas Fabian ? suggérai-je à Dani.

Elle acquiesça, limite verte sous son maquillage. La femme blonde nous observait, le regard vide de toute expression, tandis que Dani pianotait sur son téléphone, le collait à son oreille et attendait. Et attendait.

— Il ne répond pas.

La blonde désigna la porte d'un regard éloquent.

J'entraînai Dani à ma suite.

— Viens. On ne peut pas rester plantées là, avec elle qui nous observe. Trop la honte.

— Mais il a dit…

Dani semblait au bord des larmes. Elle reprit :

— Il a promis qu'on serait sur la liste.

— Ce n'est pas le cas, lui rappelai-je avec douceur.

— Et si on revenait plus tard, quand ce sera ouvert au public ?

En moi-même, je trouvais l'idée abominable, mais accepter me donnait au moins une heure pour persuader Dani.

— OK. Allons boire un verre quelque part, et tu essaieras de rappeler Fabian. Je suis sûre qu'il s'agit d'un malentendu. Il est sûrement occupé et ne peut pas répondre.

Elle acquiesça et se tapota les yeux avec son Kleenex.

— Où va-t-on ?

— Je bossais dans le coin avant, les options ne manquent pas. Y a un pub pas mal juste de l'autre côté de Trafalgar Square.

Le Griffin méritait à peine qu'on le qualifie de « pas mal », mais il était proche, et l'atmosphère serait calme. Je pourrais donc m'asseoir et mesurer l'étendue des dégâts infligés à mes pieds par mes chaussures. Au moindre souffle d'air, je ressentais une fraîcheur inquiétante sur une partie de ma cheville. Je la suspectais d'avoir déjà perdu un bout de peau.

— Je ne comprends vraiment pas, disait Dani. Il m'a bien invitée. Et m'a même demandé de préciser nos deux noms de famille pour nous ajouter à la liste. Tu ne crois pas qu'il ait pu mentir, hein ?

— Je suis sûre que non. Tu vas réussir à le joindre, il s'expliquera et nous y retournerons. Et tout ira… C'est quoi ce bruit ?

Nous avions rejoint l'une des rues les plus animées du centre de la ville, mais ça ne suffisait pas à expliquer le volume sonore. Des cris, des chants, des percussions et ce qui ressemblait à une vuvuzela se faisaient entendre plus loin derrière nous.

— Les Hare Krishna ? suggéra Dani. Ils descendent Oxford Street souvent, non ?

— Ils ne sont pas aussi bruyants.

Sous nos yeux, une immense foule se déversa dans la rue. Les gens étaient si nombreux qu'ils l'emplissaient d'un trottoir à l'autre. La circulation avait sûrement été stoppée, parce qu'il n'y avait ni bus, ni voitures, ni même aucune place pour eux. Un mur humain avançait lentement mais sûrement dans notre direction, une vague qui ne nous offrait pas d'autre choix que de nous laisser submerger.

Tandis qu'elle se rapprochait, je parvins à distinguer des bannières et des pancartes où étaient écrits « Rebellez-vous pour la vie », « Agissez maintenant », « Dites la vérité ».

— Merde, c'est la manif Rébellion contre l'extinction, dis-je à Dani.

— Quoi ? La marche contre le réchauffement climatique ?

Je confirmai d'un hochement de tête.

— J'avais oublié que c'était aujourd'hui.

Un oubli presque délibéré, parce que j'avais sérieusement envisagé d'y aller, avant de laisser tomber pour tenir le rôle de faire-valoir de Dani. Mon manque d'engagement pour une cause qui m'importait suscitait en moi un sentiment de culpabilité. Mais maintenant, que je le veuille ou non, nous allions devoir nous joindre aux manifestants, parce qu'il n'y avait littéralement aucun moyen d'y échapper.

J'attrapai Dani par le bras et l'entraînai dans la rue. La foule scandant des slogans se rapprochait de plus en plus de nous.

— L'argent ne se mange pas ! Le pétrole ne se mange pas !

— Il n'y a pas de Planète B ! Déclarez l'urgence climatique !

Ceux qui ouvraient la marche nous rattrapèrent rapidement.

Dani et moi, avec nos tenues de soirée et nos talons hauts, fûment bientôt enveloppées par une masse humaine en jean et T-shirt, emportées comme des brindilles trop apprêtées par une rivière au débit rapide. Quelqu'un me colla entre les mains une pancarte où il était écrit « L'argent ne se mange pas ! », un autre tendit à Dani le coin d'une bannière « Manifestez maintenant ou ramez plus tard ». Elle l'agrippa maladroitement de la main qui ne tenait pas sa petite pochette à paillettes, l'appréhension perceptible dans son regard.

Chaussée comme je l'étais, je bataillais pour maintenir le rythme. Je n'avais pas le choix. La pression des corps qui m'entouraient m'empêchait de ralentir. Nous avons dépassé une autre rue transversale, sans aucune possibilité de s'extraire de la foule.

J'entendis ma voix se joindre à ceux qui chantaient : « Je ne sais pas mais on m'a dit que les énergies fossiles vieillissaient. » Dani saisit mon regard, horrifiée, puis se mit à chanter à son tour. Même si on l'avait voulu, dans nos tenues chics et entourées par cette marée humaine, on n'aurait pas pu avoir l'air plus décalées. Ça ressemblait à l'un de ces rêves où vous êtes en route pour un entretien et vous vous rendez compte que vous êtes nue. Mais pour une raison mystérieuse, vous décidez de passer outre et poursuivez votre chemin.

Et maintenant, exactement comme dans l'un de ces rêves, j'étais incapable de m'échapper. Malgré tout, je prenais du retard sur Dani. Elle était entraînée à grands pas contre son gré, tandis que je me retrouvai à l'arrière. Je me glissai à travers la foule pour rejoindre le trottoir, mes pieds douloureux m'empêchant d'accélérer la cadence.

Les manifestants tournèrent dans une autre rue, et je perdis Dani de vue. Mon talon se prit dans une lézarde ; je trébuchai. J'aggravai la situation en tentant de garder mon équilibre et atterris sur les pavés, mon sac argenté et ma pancarte éparpillés autour de moi. Inconscients de ce qui se passait, les gens continuaient à me dépasser, en scandant maintenant : « Qu'est-ce qu'on veut ? Une action pour le climat ! Pour quand ? Pour hier ! » L'un d'eux marcha même sur ma robe et me lança un regard noir comme si c'était ma faute.

Mes genoux saignaient, l'ourlet de ma robe était déchiré. Comble du pathétique, je pleurais. Je fouillai mon sac à la recherche d'un Kleenex, mais ne trouvais que mon téléphone, ma carte bancaire et un rouge à lèvres, ce qui, évidemment, eut pour seul résultat de faire redoubler mes larmes. La journée, qui avait commencé sans être exactement prometteuse, était devenue carrément lamentable. Je n'avais maintenant plus aucun espoir de retrouver Dani. De toute manière, il était inenvisageable que je me rende dans un bar dans cet état, avec mes genoux tout ensanglantés et ma robe déchirée. Si Dani était dotée du moindre bon sens, elle échapperait à la manifestation dès que possible pour rejoindre une station de métro et rentrer chez elle. Je ferais de même et lui enverrais un message dès que je me serais sortie de ce bazar et qu'il se serait écoulé assez de temps pour qu'elle ne puisse plus me proposer de rejoindre Fabian.

Je me remis difficilement sur pied, maudissant mes stupides chaussures, mon stupide manque d'équilibre et ce stupide Fabian Flatley avec sa stupide liste d'invités. J'attendis que la fin du cortège de manif me dépasse. Quelques personnes me regardèrent avec curiosité, mais sans s'arrêter, ce dont je leur fus plutôt reconnaissante. Puis quelqu'un s'immobilisa. Un type vêtu d'un T-shirt « Campagne pour le désarmement nucléaire » et d'un treillis. Il avait de longs cheveux châtains et toute une ribambelle de piercings aux oreilles.

— Tu vas bien ? me demanda-t-il en appuyant sa pancarte contre le mur, à côté de la mienne.

Lorsqu'il sourit, je m'aperçus qu'il était vraiment canon, avec le genre de traits ciselés qui font davantage penser à une star de cinéma qu'à un manifestant pro-climat.

— Ces événements nous rendent émotifs, non ? Moi aussi, j'étais au bord des larmes pendant les discours à Parliament Square. Je ne t'ai pas vue là-bas. Je t'aurais remarquée, même au milieu de cette foule.

Je n'étais pas sûre de savoir si c'était une vanne concernant ma tenue inappropriée ou un compliment.

Je reniflai et m'essuyai les yeux du dos de la main.

— C'est parce que je n'y étais pas, expliquai-je. Je n'étais pas censée venir du tout, d'ailleurs.

— Ah bon ?

— Je me rendais à une fête avec une amie, et on s'est retrouvées prises dans la manif par accident. Je suis tombée parce que je porte ces chaussures ridicules.

Il m'étudia de la tête aux pieds, d'un œil critique.

— Oui, pas vraiment habillée pour la circonstance, hein ? Enfin, je veux dire, t'es super mignonne comme ça, mais…

Il pinça les lèvres, tentant de retenir son sourire. Et je mis à glousser moi aussi. La blancheur de ses dents ressortait sur sa peau bronzée, de petites rides marquaient le contour de ses yeux. Cette vision me fit sentir soudain bien, bien mieux. Comme si, après tout, quelque chose de bon émergerait de cette journée désastreuse. Et je me souvins du message de l'application, disant que je trouverais peut-être l'amour là où je m'y attendais le moins.

— J'admets que ceci n'est pas ma super tenue de militante.

— Ce qui est une perte pour la soirée où tu te rendais est un gain pour la manif.

— Pas vraiment. Je ne vais pas faire une grande différence en ce qui concerne le climat en restant assise à pleurer sur le trottoir.

— Le changement climatique fait couler nos larmes. Voilà un slogan que je n'avais encore jamais entendu.

— Je doute qu'il ait du succès.

Cet échange nous fit éclater de rire. Le sien était réjouissant, totalement contagieux.

— Le spectacle est terminé, de toute façon. Un verre, ça te dit ? proposa-t-il.

J'éprouvai un petit sursaut d'excitation. Cette soirée chaotique se transformerait-elle en un vrai rencard ? Avec un homme qui, je m'en rendais compte, me plaisait ? Je regardai alors mes genoux écorchés et ma robe déchirée. Pour empirer le tout, mon maquillage maculait sûrement mon visage à cause de mes larmes.

— Impossible. Pas dans cet état.

J'indiquai mes jambes d'un geste de la main, et il afficha une grimace compatissante.

— Je te proposerais bien de passer chez moi réparer les dégâts, mais j'habite Bedford en ce moment, et je ne suis pas sûr qu'un peu de savon mérite deux heures de train.

— Probablement pas. J'habite plus près d'ici. Autant rentrer chez moi nettoyer le carnage.

— Ouais. Bon, j'imagine qu'on se reverra, si la justice sociale est ton truc.

Il se détourna à moitié avant de reporter son attention sur moi, comme s'il n'avait pas vraiment envie de partir.

Devais-je lui dire au revoir et lui confirmer qu'on se croiserait un jour ou l'autre, même si je savais pertinemment que ça ne serait pas le cas ? Une voix dans ma tête sautillait pratiquement sur place en agitant les bras et en criant : *Non ! Ne fais pas ça ! Et s'il était Le Bon Qui S'en Va et que tu étais sur le point de le laisser faire ?*

Il était encore planté là, à me dévisager. Je lui rendis son regard. J'avais l'impression d'un fil tendu entre nous, que nous étions sur le point de briser, alors que nous ne le souhaitions pas. Comment nous y prendre autrement ? Il ouvrit les bras et je m'y réfugiai. Il me serra contre lui un moment. Son souffle soulevait mes cheveux. La chaleur de son corps traversait son T-shirt et je n'avais pas envie qu'il me lâche.

— Hé, quel est ton signe astrologique ? lui demandai-je d'une voix étouffée par son torse.

— Tu poses toujours cette question à des inconnus dont tu ne connais même pas le nom ?

— Pratiquement jamais. J'imagine que quelque chose en toi m'y a poussée. Au fait, je m'appelle Zoë, et je suis Verseau.

— Le signe de la spiritualité et de l'intuition, qui réunit créativité, idéalisme et esprit visionnaire. Je suis Gémeaux. Sociable, intelligent, optimiste, passionné et dynamique. Et je m'appelle Jude. Oh ! et les Gémeaux sont aussi très impulsifs et hautement compatibles avec les Verseau. Je dis ça, je dis rien.

— Dans ce cas, pourquoi ne viendrais-tu pas chez moi ?

# 12

Aujourd'hui, vous risquez d'avoir l'impression que vos rêves vous glissent entre les doigts. Mais peut-être n'avez-vous pas rêvé de la bonne chose ?

— L'agneau est prêt à passer au four, m'indiqua Robbie en pinçant affectueusement l'une des cuisses couvertes d'ail et de romarin. Et ça donne quoi, la croûte de noix ?

Je tapotai la masse de noix écrasées, d'herbes, d'oignons et de chapelure dans le plat à rôtir. Honnêtement, ça ressemblait à de la pâtée pour chiens.

— Ça sera top une fois cuit et recouvert de sauce, répondis-je. Je suis complètement à côté de mes pompes ce matin, et tu n'as pas l'air vraiment dans l'axe non plus. Tu as failli mettre les miettes de crumble sur les brocolis. Tu as cru que je ne l'avais pas remarqué, hein ?

— Mais j'ai une excuse.

— Ah oui ? Laquelle ?

D'un geste théâtral, il serra son torse entre ses bras.

— Oh ! Zoë, je craque. Complètement. Pour un type qui est passé chez moi hier soir. Il s'appelle Rex. N'est-ce pas le plus beau prénom au monde ? Il est plus âgé que moi, juste à la limite supérieure, avec ses trente-deux ans. Mais depuis quand l'âge est-il une barrière à l'amour véritable ?

J'aurais pu évoquer plusieurs situations dans lesquelles ça aurait été le cas, mais je n'avais pas envie de doucher son enthousiasme – et en plus, je mourais d'envie d'en savoir plus. Notamment pour détourner l'attention de Robbie du fait que j'avais vraiment la tête ailleurs.

— Détends-toi. Une seule rencontre ne suffit pas pour tomber amoureux.

— Mais si ! Quand ça matche avec quelqu'un, tu le sais, c'est tout.

Le savais-je ? Je n'étais plus sûre de quoi que ce soit. J'avais l'impression d'avoir placé mon cœur et mon cerveau dans un mixeur lancé à vitesse rapide.

— Vas-y, raconte-moi ta folle nuit avec Rex.

Robbie gloussa.

— Avec un tel nom, pourrait-il être autre chose qu'un super bon coup au lit ? Mais ça va tellement au-delà de ça. C'était comme si on avait un lien spécial. Il…

Robbie poursuivit, et je l'écoutai tout en pelant les pommes de terre. J'essayais de ne pas laisser mon regard errer vers l'étage, par-delà l'aérateur du plafond dont j'aurais voulu qu'il soit en verre afin de laisser voir mon appartement directement à travers lui.

Quand j'étais partie ce matin, Jude prenait sa douche.

La veille, nous avions marché jusqu'à la station de métro – ou plutôt, il marchait, je claudiquais, ayant refusé sa proposition de me porter sur son dos, parce que, bon, je tenais à préserver le peu de dignité qu'il me restait – et pris la même rame. J'avais envoyé un SMS à Dani pour vérifier qu'elle allait bien, puis Jude et moi avions partagé ce qu'il restait d'eau dans sa bouteille et un paquet de noisettes et raisins qu'il avait trouvé dans son sac à dos. Et nous avions discuté.

Il était vegan, tout comme moi. Ses parents étaient divorcés, comme les miens. Il avait même grandi dans une petite ville quelconque à une cinquantaine de kilomètres de la petite ville quelconque où j'avais grandi. Il avait voyagé à travers l'Europe après avoir laissé tomber la fac. J'avais fait la même chose.

C'était le truc le plus étrange qui soit, comme si j'avais rencontré mon ombre. Nous étions rentrés chez moi en nous arrêtant en chemin à Craft Fever pour acheter des bières (il aimait la Cucumber Saison, évidemment, puisque c'était ma préférée). Une fois mes genoux soignés, nous avions tous deux avoué que nous mourions de faim, et je nous avais préparé des haricots sur toasts, lui expliquant que, même si j'étais cheffe au pub en dessous, ma propre cuisine n'était pas équipée de beaucoup plus qu'un micro-ondes et un grille-pain.

Avec lui, mon appartement me semblait encore plus petit que d'habitude. Non que Jude fût particulièrement imposant – il était mince et gracieux, et seulement un peu plus grand que la moyenne. Mais se déplacer dans la pièce, et autour de lui, me rendait hyper consciente de son corps ; j'évitais de le toucher par accident, tout en ayant très envie de le faire. Le lit aussi semblait avoir grandi. Il se dressait, immense, où que je tourne la tête, comme s'il me suivait en disant : « Allez, ça va finir là, pas la peine de te mentir. Fonce. »

— Les haricots blancs à la sauce sur des toasts, c'est mon plat préféré, disait Jude. Tant que tu as de la sauce chili à mettre dessus. Et tu en as, hein ?

— Bien sûr.

Nos yeux se rencontrèrent. Nous avions le même sourire idiot, parce que c'était si étrange et incroyable que tout ça arrive.

Je lui parlai un peu du Ginger Cat : comment Alice l'avait sauvé en empêchant qu'il soit racheté et transformé en appartements par Fabian Flatley (mais sans mentionner que c'était ce dernier que nous étions censées retrouver avec Dani) ; comment au bout du compte le pub avait été acheté par une coopérative montée par les habitants du quartier, qui l'exploitaient pour le bien commun ; comment Maurice m'avait appris à jouer aux dominos. Jude me parla de son boulot auprès d'une association dans le Bedfordshire qui s'occupait des sans-papiers, même s'il était lui aussi dans une situation précaire côté logement, vu qu'il dormait sur le canapé d'un pote durant la semaine et retournait chez ses parents le week-end.

— J'ai prévenu ma mère de ne pas m'attendre avant tard ce soir, dit-il. Elle s'inquiète comme si j'avais encore quatorze ans et risquais une chute de skate.

— Oh mon Dieu, j'avais un skate à quatorze ans moi aussi ! J'étais super nulle. Mes genoux étaient couverts de croûtes. D'ailleurs, demain ils seront dans le même état.

— Les miens, pareil. Ma mère me harcelait pour que je porte des protections et un casque, mais je les enlevais dès que je retrouvais mes potes, parce que c'était la honte.

Je ris, n'ayant pas besoin de lui raconter que je m'étais comportée exactement de la même manière.

— Je parie que tu faisais partie des ados prêts à tout expérimenter, dis-je. Tu sortais en douce le week-end pour aller à des fêtes et tu te rendais au pub avec une fausse carte d'identité. Tu fumais de l'herbe derrière les abris à vélos. Non ?

Il écarquilla les yeux, feignant l'innocence.

— Bien sûr que non ! Bon, OK, c'était le cas. Comment tu sais ? Tu étais là ? Il n'y avait que cette rousse sublime à qui j'ai roulé une pelle quand j'étais en seconde.

— La veinarde. Mais ce n'était pas moi – tu n'aurais pas oublié mes bagues.

Il rit.

— J'en avais aussi. Elles se seraient mêlées aux tiennes et on en serait encore à essayer de se détacher l'un de l'autre.

Une fois les bières et le repas terminés, Jude se leva et déclara qu'il ferait mieux d'y aller pour ne pas rater le dernier train. Je n'hésitai qu'une seconde avant de lui offrir de rester.

— J'ai cru que tu ne me le proposerais jamais, dit-il.

— J'ai cru que tu ne le demanderais pas, rétorquai-je.

Je me sentis soudain timide.

— Il y a une brosse à dents en rab dans la salle de bains. Fais comme chez toi.

— Merci. Je me croirais dans un cinq étoiles.

Il disparut dans la salle de bains et j'incitai Frazzle à sortir de sous le canapé où il s'était caché. Ça m'ennuyait qu'il ait peur, mais je me rassurai en me disant qu'il n'était tout simplement pas habitué aux inconnus. Et Jude adorait les animaux, évidemment, donc tout irait bien, ils seraient vite amis. Je donnai son dîner à mon chat, changeai l'eau de sa gamelle et nettoyai sa litière. Puis je le papouillai, en écoutant les bruits peu familiers venant de la salle de bains : l'eau qui coulait, la chasse des toilettes, les pas de Jude sur le plancher. Soudain, l'appartement semblait très, très petit, et moi, très, très timide.

Quelques minutes plus tard, Jude réapparut, ne portant qu'un T-shirt et un caleçon en coton noir. Il avait de longues jambes musclées et une marque de bronzage au niveau des genoux. Il passait sûrement beaucoup de temps en extérieur sous le soleil, en short.

Je lui indiquai le lit d'un geste, soulagée de l'avoir fait le matin même. Une grosse touffe de poils roux s'étalait sur la couette, là où Frazzle aimait s'allonger.

— Je m'installe par terre, si tu préfères, fit Jude. Je suis debout depuis 4 heures ce matin, et je dormirais n'importe où, de toute manière.

— Non, ça va. Je vais juste prendre une douche.

Et me débarrasser du moindre petit reste de maquillage incrusté dans mes pores, qui rendait mon visage crasseux et horrible. Et me raser les jambes pour la deuxième fois de la journée. Et me couvrir le corps de lotion. Et passer bien trop de temps à m'observer dans le miroir sous tous les angles, à me demander si ça irait.

— OK.

Jude s'étira sur les oreillers, un bras derrière la tête. Une ligne de peau blanche se devinait entre le bas de son T-shirt et son caleçon. Il était concentré sur son téléphone, aussi détendu que s'il était dans son propre lit, chez lui, où que ce « chez-lui » soit. La queue de Frazzle dépassait de sous le matelas, mais Jude ne l'avait sans doute pas remarquée.

Je me douchai rapidement, m'inquiétant bêtement à l'idée que mon invité puisse entrer dans la salle de bains. Est-ce que ça importerait, puisque nous étions sur le point de coucher ensemble ? Malgré tout, l'idée me dérangeait. Mes cheveux étaient déjà plein de nœuds et de frisottis, ce que j'étais impuissante à changer. Et je n'allais pas enfiler mon pyjama en dentelle, parce que ça sentirait trop la fille qui fait des efforts. Je choisis un T-shirt PETA, d'un congrès qui s'était tenu des années plus tôt. La couleur avait passé, il en était presque transparent. Puis une culotte noire, parce que si les dessous noirs étaient assez bien pour Jude, ils l'étaient sûrement pour moi.

Puis, après m'être brossé les dents une seconde fois, j'ouvris la porte de la salle de bains et m'approchai du lit.

Jude était profondément endormi, tête et pieds dépassant de chaque bout de la couette. Frazzle était assis sur la petite table où je mangeai et travaillai, débordant de ressentiment.

Je me couchai donc et restai allongée auprès de lui, essayant de respirer sans faire de bruit, l'esprit battant la campagne comme un pauvre hamster sur sa roue. Et si j'avais mal interprété tout ça, et que Jude n'ait tout simplement pas ressenti ce lien entre nous ? Et s'il avait été sincèrement crevé et n'avait pas voulu traverser la ville de nuit pour prendre son train ? Et si, tout simplement, je ne lui plaisais pas ? Et si jamais plus je ne plaisais à qui que ce soit et que mon destin soit de rester célibataire et sans vie sexuelle ?

Je tentai de me détendre, d'identifier les points de tension dans mon corps pour les assouplir, de distraire mon cerveau en comptant à l'envers de trois cents à zéro. Sans succès. Près de moi, Jude se tourna et balança un bras en travers de l'oreiller. J'observai son visage dans la semi-obscurité, admirant la ligne de ses pommettes et celle bien dessinée de sa mâchoire, mais sans que cela me révèle rien. Frazzle finit par sauter lourdement sur le lit. Contrairement à ses habitudes, il ne se glissa pas sous la couette avec moi, mais s'installa à mes pieds marquant ainsi son mécontentement, avant de se mettre à ronfler. Je dus m'endormir moi aussi.

Je me réveillai comme toujours à 6 heures et, pendant une seconde, tout parut normal. Puis je me souvins de Jude. Je me tournai avec précaution, en partie pour ne pas le réveiller, en partie parce que je craignais qu'il n'ait disparu dans la nuit, ou que d'une manière ou d'une autre il ne se soit jamais trouvé là. Mais si. Sa chevelure châtain lumineuse étalée sur mon oreiller, son long corps en Z sous ma couette, et sa main si proche de mes cheveux qu'elle les effleurait presque.

Je m'assis en silence. Comment convenait-il de se comporter dans une telle situation ? Devais-je me lever, me préparer pour aller bosser et sortir comme d'habitude ? Ou fallait-il le réveiller et lui demander de partir ? Aucune idée. Une seule certitude : j'avais besoin d'aller aux toilettes et de me brosser les dents. Donc, je pris le chemin de la salle de bains, Frazzle sur les talons.

Quand j'en sortis, Jude était réveillé, dressé contre les oreillers.

— Salut, dis-je.

— Salut. Il est quelle heure ?

— 6 h 10.

— Bien. Tôt, comme il faut. Viens là.

Je m'assis sur le lit, et Jude prit ma main. C'était la première fois qu'il me touchait depuis qu'il m'avait aidée à me remettre debout sur le trottoir la veille, ce qui semblait remonter au siècle précédent. Ses doigts étaient chauds, secs et puissants, et épousaient parfaitement les miens. À son contact, j'éprouvai une poussée de tension nerveuse, n'ayant aucune idée de ce qui s'annonçait.

— Je crois que nous avons laissé certaines choses inachevées, dit-il.

— Je ne crois pas que nous ayons commencé quoi que ce soit, rétorquai-je.

— Effectivement. Il faut y remédier.

Il se pencha pour m'embrasser sur les lèvres, tout en douceur. Sa langue effleura la mienne, il me caressa le visage. Ses yeux étaient si proches qu'ils en étaient flous. Je baissai les paupières et m'autorisai à lui rendre son baiser, m'abandonnant à sa proximité, à toute cette nouveauté, comme si je plongeais dans une piscine d'eau chaude.

# 13

Aujourd'hui, un mystérieux inconnu vous apportera une bonne nouvelle – mais vous risquez de ne pas voir les choses ainsi de prime abord.

Je restai sans nouvelles de Dani durant quelques jours. Rien depuis sa réponse à mon message, celui que j'avais envoyé quand j'étais dans le métro avec Jude. Elle m'avait assuré que tout allait bien, qu'elle était en un morceau et sur le point de prendre elle aussi le métro. Je lui avais écrit à quelques reprises depuis, en vain. Dans le cas présent, je suspectais fortement que *pas de nouvelles* signifie *mauvaises nouvelles.*

Je fus donc soulagée quand je la trouvai à la salle de sport le mercredi, en planche sur son matelas, les jambes tremblant de tenir la pose.

Je m'accroupis à côté d'elle.

— Salut, comment ça va ?

— Zoë !

Elle se laissa tomber au sol, puis roula sur le dos. À ma grande surprise, elle rayonnait d'une joie qui ne devait rien au résultat d'un entraînement de la mort-qui-tue – j'aurais tout parié là-dessus.

— Regarde là-bas !

Elle indiqua d'un geste les rangées de cages en fer qui, au Dark Arch, s'approchaient le plus de casiers. Son sac à dos en nylon violet était écrasé dans l'un d'eux, et par terre, en dessous, se trouvait un énorme bouquet de roses rouges bien trop imposant pour tenir dedans.

— De la part de Fabian ?

Elle confirma d'un hochement de tête.

— Les fleurs m'attendaient à mon arrivée. Comme il n'a pas mon adresse personnelle ou professionnelle, il les a fait livrer chez Mike. C'est adorable, non ? Et le mot qui les accompagnait disait : « Pardon. Acceptes-tu de me donner une deuxième chance ? » Bien sûr, je lui ai immédiatement envoyé un SMS.

*Bien sûr.*

— Il s'est expliqué ?

— Oui, il a dit qu'il était absolument désolé pour samedi soir, qu'il y a eu un bug avec la liste des invités : il avait bien demandé à ce que nos noms y soient ajoutés, mais c'est passé à la trappe, pour une raison ou une autre. Que la blonde prétentieuse serait virée. Il a aussi dit qu'il avait essayé de m'envoyer un message ce soir-là parce qu'il se demandait où on était, mais il n'avait plus de batterie. Et il a encore ajouté combien il était super désolé. Il vient chez moi vendredi soir, et je lui prépare à dîner. Donc, tout va bien !

L'histoire de Fabian contenait autant de trous qu'une passoire, et c'était plutôt à lui de cuisiner pour Dani, mais d'après mes estimations je perdrais mon temps à le lui faire remarquer.

— Zoë, je vais avoir besoin de ton aide. Je tiens à l'impressionner, mais je suis nulle aux fourneaux. Le seul plat où j'excelle, ce sont les œufs brouillés. Qu'est-ce que je fais ?

*Poulet à la salmonellose. Du riz de la veille pas assez cuit. Une soupe aux topinambours qui le fera péter au point de l'envoyer valser à travers ta porte.*

— Du steak, répondis-je. Un steak de super bonne qualité impressionnera plus que tout un mec comme lui. Je demanderai à notre fournisseur de viande bio d'en ajouter à notre commande si tu veux ? Et je te prêterai un thermomètre à viande pour que la cuisson soit parfaite.

— Saignante, tu veux dire ? Je déteste ça – ça me fait flipper direct.

— Moi aussi. Mais lui, pas, donc tu as intérêt à apprendre à aimer ça, et fissa.

— Bon, d'accord. Du steak, donc. Et quoi d'autre ?

— Bacon.

Dani semblait sidérée.

— Vraiment ?

— Non. Mais je parie qu'il sera à tes pieds si tu en proposes en accompagnement. Ou des œufs. Je suis cheffe depuis un moment, je reconnais les différents types de clients. Je t'enverrai quand même des recettes faciles pour des salades et des trucs comme ça.

— Tu assures. Et toi, ton samedi ? Une minute, tu étais là, et à la suivante, tu avais disparu.

Je relevais mon pantalon en lycra pour lui montrer les croûtes impressionnantes qui s'étaient formées sur mes deux genoux.

— Je suis tombée, comme une idiote. Je suis nulle quand il s'agit de marcher avec des talons.

— Oh ! non, ma pauvre ! Ça a l'air grave douloureux. Et moi qui n'étais même pas là pour t'aider.

— T'inquiète. Quelqu'un d'autre s'en est chargé.

Les sourcils taillés au millimètre de Dani se soulevèrent, et je lui balançai toute l'histoire : comment Jude s'était arrêté et avait pris soin de moi, et comment on était rentrés chez moi.

— Oh mon Dieu, c'est super cool ! Si romantique ! Et tu as…

— Pas ce soir-là. Il s'est endormi. Mais le lendemain matin.

— Et c'était génial ?

Je marquai un temps. Une partie de moi avait envie de grossir l'histoire, d'offrir à Dani la romance dont elle rêvait tant, et à moi-même la réassurance dont j'avais tout autant besoin. Ce qui était impossible – je me sentais déjà assez mal de ne pas lui avoir avoué ce que je pensais vraiment de Fabian, même si j'avais essayé de la mettre en garde et que, de toute manière, elle ne m'aurait pas écoutée. Au moins, en ce qui concernait ma propre vie amoureuse, je n'avais aucune raison de ne pas me montrer franche avec elle.

— Pas vraiment, en toute honnêteté. Mais tu sais comment c'est la première fois.

C'était ce que je m'étais dit après coup. Dix minutes seulement après ce premier baiser, pour être exacte. Le sexe avec Jude avait été une pure formalité, une formalité plutôt maladroite, et sincèrement la meilleure chose dans tout ça était que ce n'avait pas duré longtemps. Quoi qu'il en soit, il restait ce lien, cette intensité dans la manière qu'il avait de me regarder avec ses yeux incroyables, marron-vert pailletés de touches dorées. On aurait dit un étang tacheté de lumière dans une forêt. Et la façon dont il m'avait tenue contre lui, avec tendresse, jusqu'à se rendormir. J'avais dû m'extraire de ses bras pour me préparer au travail.

Ça s'améliorerait. On s'habituerait l'un à l'autre, on apprendrait à connaître nos corps et leur fonctionnement, ce qui plaisait à notre partenaire. Il valait bien mieux avoir de la marge pour une progression que de démarrer en fanfare et qu'ensuite tout se dégrade. Après tout, ça avait été magique dès la première fois avec Seth, et où cela m'avait-il menée ?

Dani interrompit le cours de mes pensées.

— Je me demande si vendredi on passera à la vitesse supérieure avec Fabian. Mon Dieu, je suis super nerveuse. Et si je n'assurais pas ? Il faut que je prenne rendez-vous pour une épilation du maillot. Et de tout le reste. Juste au cas où. Désolée que ça n'ait pas été top pour toi. C'était mieux la fois d'après ?

Je soupirai.

— Il n'y a pas eu de fois d'après.

— Quoi ? Mais pourquoi ?

— Quand je suis retournée chez moi pendant ma pause, il avait disparu.

— Disparu ?

J'opinai, me souvenant de l'impression de vide que j'avais éprouvée en ouvrant la porte sur l'appartement déserté. De Jude, il ne restait que l'empreinte de sa tête sur l'oreiller, pour me rappeler que je n'avais pas rêvé.

— Ça ne veut peut-être rien dire, non ? Il devait probablement rentrer chez sa mère, ou un truc comme ça. Ou il a eu une urgence et il savait que tu bossais, donc il n'a pas voulu t'interrompre. Il a ton numéro, hein ?

— Même pas. Il m'a laissé un mot, me remerciant seulement pour le couchage et le reste. Nan mais sérieux, quoi. Comme si s'envoyer en l'air était la continuité du service qui commençait par des toasts aux haricots blancs.

Je me souvenais, lugubre, de ce que l'appli m'avait dit quand je l'avais consultée, après avoir fini d'inspecter le studio abandonné comme si Jude allait sauter de sous le lit en criant : « Ah ! Je t'ai bien eue ! »

Intelligent, curieux et charismatique, votre homme Gémeaux a un charme fou. Mais il est connu que la tolérance à l'ennui du jumeau est faible, et il se montre parfois inconstant dans les relations amoureuses.

Donc, après une nuit, je l'avais lassé. Ce qui était juste génial pour mon ego.

— OK, je reconnais que ça ne sent pas bon. Mais il te trouvera s'il en a envie. Chercher ton nom de famille sur le site du pub prendrait cinq minutes, et tu es sur les réseaux sociaux. Pas compliqué de te mettre la main dessus, hein ?

— Effectivement. S'il le voulait. Ce dont je ne suis pas sûre. Pourquoi se serait-il barré comme ça, dans ce cas ?

Dani soupira.

— Les hommes ! Sincèrement, je me demande pourquoi on se prend la tête comme ça.

— Moi aussi.

— Ils sont juste foireux, non ?

— Une totale perte de temps. Sérieux, je préférerais être lesbienne.

— Ça doit être génial. Imagine les échanges de fringues.

— Et un appartement qui sent toujours bon.

— Et ne plus jamais s'inquiéter d'un préservatif qui craque.

— C'est grave motivant. Bref, je ferais mieux de me remettre sur Tinder pour trouver mon prochain *date*.

— Tu ne laisses pas tomber ?

— Comment le pourrais-je ? Ce n'est pas comme si, dans mon cas, quoi que ce soit d'autre donnait de brillants résultats, n'est-ce pas ?

Dani me serra l'épaule pour me réconforter.

— Tu es d'accord pour m'envoyer quelques recettes ? Et me prêter ce truc bizarre pour prendre la température de la viande ?

À l'évidence, elle n'était pas vraiment prête non plus à laisser tomber les mecs.

Sur le chemin de retour vers le boulot, je m'arrêtai chez Craft Fever pour voir si Archie, le propriétaire, avait reçu le cidre fabriqué localement que nous avions commandé. Robbie avait pensé que ça serait génial d'en ajouter dans la tourte au poulet et poireaux. Un client se trouvait déjà sur place, pour acheter le miel de la sœur d'Archie. Elle avait installé des ruches sur le toit de son appartement proche.

J'avais l'impression de l'avoir déjà vu, ce qui n'était pas une première – de nombreux clients du Ginger Cat se fournissaient aussi chez Archie. Mais il ne s'agissait pas d'un habitué. Je fixais son dos avec une telle concentration que les rayons laser de mes yeux devaient pratiquement le brûler. Adam ! Voilà, c'était Adam, l'amoureux des chats, un peu emprunté et s'exprimant par monosyllabes, que j'avais tenté de persuader de devenir officiellement le Maître du Donjon du Ginger Cat. Mais il n'avait jamais repris contact, ni n'était revenu au pub depuis la seule et unique fois où je l'y avais vu.

J'étais partie du principe qu'il avait finalement décidé de ne pas emménager dans le quartier. Et que j'allais devoir me bouger pour trouver un autre Maître. Mais il était là, donc je m'étais clairement plantée.

— S'il cristallise, trempez le bocal dans l'eau chaude pendant quelques minutes, lui indiqua Archie en lui tendant un sac en papier.

Adam le remercia tout en bataillant pour sortir son téléphone de sa poche et payer avec.

— Faut bien essayer d'aider les abeilles, hein, lâcha-t-il.

Archie opina.

— Leur nombre chute à une vitesse vertigineuse dans le monde entier, à cause des pesticides et des maladies. Pauvres petits gars – ou filles, plutôt. Elles ont besoin de nous.

— Et le miel qu'on achète en grande surface est en grande partie produit de manière industrielle, lançai-je pour m'immiscer dans la conversation. Même principe que les élevages en batterie, sauf qu'il s'agit d'abeilles.

Adam pivota et me regarda, le visage sans expression dans un premier temps, avant de s'éclairer une fois qu'il m'eut reconnue.

— Salut, Zoë, me salua Archie. On a ton cidre. Je déposerai une caisse dans la journée.

— Génial, merci. Tu auras droit à une tourte au poulet en contrepartie, quand Robbie aura mis la recette au point. Oh ! salut. Adam, c'est ça ?

— Heu, salut, Zoë.

Adam serrait si fort son bocal de miel que j'eus peur qu'il ne le brise.

La clochette de la porte retentit à l'arrivée d'un nouveau client, et Adam se détourna pour partir. Je ne comptais pas le laisser s'en tirer à si bon compte. Je lui emboîtai le pas, un sourire jovial et lumineux aux lèvres.

— Donc, tu comptes parmi les riverains, maintenant ? lui demandai-je.

Il confirma d'un hochement de tête réticent.

— J'ai emménagé hier. L'appart était pas mal, une fois que j'ai convaincu le propriétaire de le repeindre.

— Et tu auras besoin d'un pub à deux pas de chez toi, ajoutai-je, enjouée.

Il secoua la tête.

— Je ne sors pas souvent, honnêtement. Je travaille tard.

— Un pub avec un *chat*, précisai-je.

Adam regarda autour de lui comme s'il espérait que le sol s'ouvre sous ses pieds et l'avale, ou que la main de Dieu le soulève brutalement de terre.

Je ne lâchai rien, passant outre son malaise.

— Je suis si contente de t'avoir croisé, parce que la première partie de Donjons et Dragons est pile dans une semaine et nous n'avons pas trouvé notre maître du jeu. Ça semblait t'intéresser. Maintenant que tu vis dans le coin, te joindre au groupe ne sera pas compliqué. C'est idéal.

Il ouvrit la bouche comme s'il était sur le point de souligner qu'il n'avait rien avancé de ce genre. En fait, c'était moi qui l'avais supplié d'y réfléchir. Je ne lui permis pas de s'en tirer.

— On a six joueurs inscrits, repris-je. Deux travaillent au pub – Freddie, un des serveurs, et moi –, et les autres sont de jeunes habitués qui vivent dans le quartier. Archie vient avec sa copine. C'est vraiment une affaire de famille. Et aucun de nous n'a jamais joué auparavant. Pas d'attentes démesurées ni de pression. Juste l'envie de s'amuser, vraiment. Et en tant que Maître du Donjon, tu as droit à un repas gratuit. Je m'attends aussi à ce que les joueurs paient tes consommations.

Je n'avais aucune idée de combien Adam gagnait, mais qui n'aime pas les trucs gratuits ? Fut-ce cette proposition ou seulement mon positivisme efficace qui l'emporta ? En tout cas, tout esprit de lutte l'abandonna d'un coup.

— OK, d'accord, dit-il. Mais je ne m'engage que pour la première partie, et si je n'assure pas, je ne recommencerai pas.

— Tu assureras, lui affirmai-je en lui décochant ce que j'espérais être un sourire encourageant. Sérieux, c'est une super bonne nouvelle. Je suis impatiente de l'annoncer à Alice. C'est la propriétaire – tu la rencontreras la prochaine fois que tu viendras, j'en suis sûre. C'est incroyable, mon horoscope m'affirmait qu'aujourd'hui un mystérieux inconnu m'apporterait une bonne nouvelle, et regarde : c'est toi.

Adam m'observa comme si je venais juste de mentionner avec désinvolture que je me rendais à une réunion de scientologie ou un truc du genre.

— Tu as bien conscience que ce sont des pures conneries ?

Je me hérissai.

— Aux yeux de certains, oui. Mais beaucoup de ces choses sont étonnamment justes, en fait. J'utilise cette appli qui…

— … te dit que ton signe astrologique – quel qu'il soit – manque parfois d'assurance, en particulier avec les gens que tu ne connais pas bien. Et que tu donnes en surface l'impression d'avoir confiance en toi, mais que tu t'interroges sur ton rôle dans l'existence. Et que tu aimes toujours voir ce qu'il y a de bon chez les autres. Que le monde serait plus agréable si plus de gens se sentaient libres d'afficher leur vraie générosité d'esprit ?

Ce fut mon tour d'avoir l'air surprise.

— Quoi, toi aussi tu as Stargazer sur ton téléphone ?

Il renifla avec mépris.

— Bien sûr que non. Tous ces trucs fonctionnent de la même manière. En présentant un tas de bla-bla dont tout le monde sait que c'est vrai à son sujet, ou souhaite que ça le soit. Rien qu'une arnaque, comme le tarot ou les voyants.

— Je t'assure que ce n'est pas seulement le cas. Enfin, l'autre jour, je suis sortie avec un type qui était littéralement comme l'avait décrit son signe astrologique.

— À cause de tes biais cognitifs. Bref, voilà mon numéro.

Il débita les onze chiffres que j'entrai frénétiquement dans mon téléphone.

— Je me mets au boulot pour organiser le jeu, ajouta-t-il.

— Et j'ai hâte de t'y voir, répondis-je.

Je me demandais s'il avait déjà souri à quelqu'un n'ayant pas quatre pattes, des moustaches et une queue.

Ce soir-là, seule chez moi, je me remis sur mes applis. Celle qui me dirait quel homme essayer de rencontrer et celle qui m'aiderait à le trouver. Comme des jumeaux diaboliques, pensai-je amèrement.

Jumeaux. Gémeaux. Un autre rappel de Jude. Peut-être que le sexe n'avait pas été génial pour lui non plus, raison expliquant qu'il soit parti sans me laisser ses coordonnées. Peut-être que c'était ainsi que les choses fonctionnaient maintenant. Comme pour Robbie, et pour Seth. Il fallait sans doute que je me contente de l'accepter, d'apprendre à apprécier une suite de coups d'un soir qui ne mèneraient nulle part, jusqu'à… Quoi ? Que M. Parfait sorte de nulle part comme par magie ?

Découragée, je me rendis compte que les rencontres en ligne étaient mon lot, désormais. Je me montrerais persévérante et verrais ce que le zodiaque me réservait.

Il ferait mieux de se reprendre d'ailleurs, parce que les choses étant ce qu'elles étaient, je n'étais pas super impressionnée.

— Bien, Cancer, dévoile-moi qui tu es, dis-je, plus résignée qu'enthousiaste.

Frazzle sauta sur le lit pour occuper sa place à mes pieds, et je me mis à lire.

> Votre homme Cancer peut se montrer ambitieux au travail, pour autant, c'est son foyer qui est cher à son cœur. Comme le crabe porte sa maison sur son dos, l'esprit du Cancer retourne toujours à la sphère domestique. Qu'importe à quel point il apprécie de voyager et la compagnie de ses amis, au bout du compte, sa maison et – plus tard – sa famille, sont ses priorités.

*Pas mal.* M. Cancer ne se ferait pas prendre à disparaître dans la nature sans un mot après que je lui ai préparé des toasts aux haricots avec de la sauce piquante en plus, si ?

> Pour la femme Verseau volage et inconstante, la tête toujours plus ou moins dans les nuages, c'est parfois frustrant. Elle a un immense besoin d'aventures intellec-

tuelles. La compagnie d'âmes partageant les mêmes goûts qu'elle et tout ce qui tire l'esprit vers le haut l'attirent irrésistiblement, alors que lui tient à instaurer un roulement pour savoir qui sort les poubelles. Afin que cette relation fonctionne sur le long terme, le Cancer doit lâcher la bride à sa dame Verseau et la laisser aller vers ce qui l'intéresse en dehors du foyer, jusqu'à, peut-être, envisager un vrai renversement des rôles, où l'homme de la maison se consacre aux tâches ménagères et aux enfants.

*On se calme*, dis-je à l'appli. *Je n'ai pas encore rencontré le type que tu nous octroies déjà deux gosses et un jardin avec clôture.*

Mais je m'autorisai à m'abandonner à un fantasme dans lequel j'avais tout ça. Je rentrerais du boulot à la maison pour trouver mon mari Cancer en train de lire à nos enfants leurs histoires du soir. Le matin, il leur donnerait leur petit déjeuner pendant que je me préparerais à sortir. La maison serait propre, les factures, payées en temps et en heure, le chien, promené.

*Attends, quel chien ? Comment ça se fait qu'on ait soudain un chien ?* J'étais pratiquement sûre que cet homme, ce casanier concentré sur sa famille, serait un amoureux des chiens.

— Qu'est-ce que tu penses de ça, Frazzle ?

Mon chat tourna ses yeux d'ambre vers moi, comme deux feux de signalisation m'informant de ralentir immédiatement.

— OK. Peut-être que le chien sera l'objet de négociations, le rassurai-je.

Quelques jours plus tard, lors d'une superbe soirée d'été, le petit jardin arrière du Ginger Cat était noir de monde. Ce qui nous poussait, Robbie et moi, à envisager d'y installer un *food truck* pour les *fish and chips* afin de soulager la pression en cuisine, où nous transpirions sans fin au-dessus de la friteuse.

— Je suis prête à le payer de ma poche sur-le-champ, dis-je.

— Et on bosserait en plein air au lieu de rôtir ici, acquiesça-t-il. Au moins, l'un de nous.

— Ça serait toi, si je comprends bien ?

— Eh bien, pas forcément, répondit-il en baissant la tête. Enfin, je parie que ça attirerait plein de familles, et je suis bien plus doué que toi avec les gosses.

Ses mots me rappelèrent mon *date* imminent et ma vie fantasmée avec un mari Cancer.

— Tu as déjà pensé à être père ? lui demandai-je.

— J'ai toujours imaginé que j'en serais un bien meilleur que le mien, me répondit-il en retournant les falafels de courgettes dans l'huile bouillante. Mais bon, ton chat serait probablement un meilleur père que lui. Il s'est barré quand j'avais douze ans et ma petite sœur, trois. Ma mère était en cloques de mon frère. Quel loseur.

— Je suis désolée. Ça a dû être difficile.

— Pas autant que s'il était resté. Il ne servait à rien. Mais au moins, quand il était là, maman pouvait se dire qu'il y avait un adulte responsable pour s'occuper de Tia et moi quand elle partait travailler. Après ça, il n'y avait que moi pour se charger de Tia et Sammy, et de ma grand-mère quand elle s'est installée chez nous, quand sa démence s'est aggravée.

— Ça a dû te dégoûter à vie de ce genre de responsabilités.

— Mon Dieu, non ! J'adore les enfants. Et les personnes âgées. J'adore m'occuper des autres. C'est pour ça que j'aime cuisiner. C'est soigner les autres, non ?

Mon couteau s'arrêta à mi-parcours d'un tas d'échalotes, d'ail et de menthe. Je n'avais jamais envisagé les choses sous cet angle-là. Pour moi, il s'agissait d'un défi intellectuel et sensoriel, s'achevant idéalement en un plat goûteux. Je comprenais maintenant pourquoi Robbie avait autant désiré occuper le poste au Ginger Cat – convaincu par la vie de quartier, des étoiles plein les yeux face à notre conception des lieux comme un atout pour la communauté, un refuge pour les affamés et les solitaires.

— J'imagine que oui. Mais des enfants ? Les tiens ?

— Eh bien, pas maintenant, à l'évidence. Mais j'ai toujours pensé que j'en aurais un jour, si je pouvais. Compte tenu des défis logistiques évidents.

— Pour ma part, j'ai toujours su que je n'en voulais pas, mais tout le monde dit que ça change quand on rencontre la bonne personne. J'ai quand même des doutes en ce qui me concerne. Même si ma copine Nadia affirme que c'est totalement le cas.

— Nadia tape dans le mille. Désolé, Zoë, mais c'est vrai. Depuis que j'ai fait la connaissance de Rex, je suis total en mode « épouse-moi ». Sans déconner. Il ferait vibrer mes ovaires si j'en avais. J'arrive à nous représenter, en train d'éclaircir les carottes dans notre jardin ouvrier pendant que notre toutou reste allongé à l'ombre et que les gosses fabriquent des tartes de boue.

— Vraiment ?

— Vraiment. Évidemment, ça n'arrivera jamais, parce que je ne suis pas prêt à me poser. Et pourquoi en aurais-je envie quand il reste tant d'hommes sexy dans le monde à sauter ? Mais ouais, quand je serai âgé – genre, ton âge – et que je rencontrerai un autre homme comme Rex, je serai probablement partant.

— Ah, je suppose que j'y réfléchis trop, dis-je. J'ai lu tous ces trucs disant que les hommes Cancer étaient des pères parfaits et j'en suis arrivée à oublier que l'appli est supposée être un truc fun. Tout comme mon *date*. Je suis insensée d'être aussi nerveuse à ce sujet.

— « Insensée » est le bon mot, confirma-t-il. Maintenant passe-moi ces concombres, que je commence à les râper.

# 14

Dernièrement, Verseau, vous avez affronté vos peurs. Mais parfois, le vrai courage est de leur tourner le dos.

— Ooooh, tu es canon, s'exclama Robbie quand je passai la tête par la porte de la cuisine. Très femme au foyer des années 1950.

Je me préparais à sortir et vérifiais juste que tout était sous contrôle.

— Oh mon Dieu, c'est si évident ?

J'observai ma robe. Je l'avais dégotée dans une boutique solidaire, pensant qu'elle cochait la case féminine et, de plus, elle ne coûtait que cinq balles. Mais maintenant que Robbie le mentionnait, son décolleté *sweetheart*, sa taille froncée et sa jupe évasée était un peu *too much*.

— Merde, je ressemble à Betty Draper[1], non ?

Robbie pencha la tête sur le côté.

— Un peu. Mais ça te va bien. Pudique. Pas du tout ton genre habituel.

— Eh bien, avec de la chance, ça marchera pour M. Cancer. Tu sais quoi, il s'appelle Sheldon.

Robbie se plia en deux de rire, manquant d'envoyer valser une bouteille d'huile d'olive.

— Non ! Comme Sheldon Cooper, dans *The Big Bang Theory* ?

— Ouais. Il va me falloir un peu d'entraînement pour rester impassible. Il est de Chicago, et on se retrouve dans un bar à burgers. Ce qui est cliché sur les bords, mais bon.

1. Épouse de Don Draper dans la série *Mad Men*. Représentante parfaite de la mère au foyer dépressive et alcoolique.

— J'espère qu'ils ont une option végane.

— Oui, j'ai vérifié. Et à peu près trente types de milkshakes différents, ce qui m'a poussée à repenser mes choix de vie. Mais il y en aura sûrement un sans lactose, j'espère.

— En tout cas, j'attends ton rapport.

Quand la porte se referma derrière moi, je l'entendis dire :

— Sheldon. Impossible d'inventer ça, bon sang.

Dans le métro, je vérifiai sur mon téléphone à quoi ressemblait mon *date* et la localisation exacte du Dexter. Je me sentais nerveuse, mais pas aussi tendue que la première fois que j'étais partie rencontrer un inconnu. Encore deux ou trois rendez-vous de ce genre et je serais d'un calme olympien. Jusque-là, j'avais survécu – comment les choses pourraient-elles mal tourner avec cet homme amoureux de son foyer et dont la famille était la préoccupation principale ?

Le Dexter se trouvait dans un coin prisé de l'Ouest londonien où je m'aventurais rarement. Le long de la rue s'alignaient le genre de boutiques qui ne mettaient en vitrine qu'un seul pull en cachemire, et il était évident que rien là-dedans – pas même une paire de chaussettes – ne coûterait moins de cent livres. Il y avait un fleuriste, un artisan chocolatier, et une boutique qui vendait du papier à lettres fabriqué à la main.

Sheldon habitait dans les environs, m'avait-il appris, et travaillait dans la finance. À l'évidence, il était blindé, s'il avait de quoi s'offrir une maison dans un quartier pareil. Tout en marchant, je m'imaginais brièvement à quoi ressemblerait la vie de sa future épouse – *ma* vie, s'il s'avérait être Le Bon.

J'aurais une énorme voiture – l'un de ces tracteurs qu'on voyait à Chelsea et que je désapprouvais pour des raisons environnementales – et déposerais les enfants à leur école privée, même si je désapprouvais tout autant ce type d'établissements. Puis j'irais à mon cours de barre au sol dans ma tenue de sport Lululemon, avant mon massage ou ma manucure, puis je retrouverais une amie pour déjeuner. L'après-midi, j'emmènerais les enfants à leurs activités

– équitation, a priori, ou escrime, ou japonais, ou un truc du genre. Je les ferais dîner et, quand Sheldon rentrerait du boulot, je l'attendrais, mon maquillage retouché et souriante, avec une bouteille de chablis fraîche prête à être dégustée.

J'aurais une putain de collection de chaussures et une putain d'addiction au Valium.

Je revins au présent, secouant la tête face à ma propre bêtise. Je n'avais pas encore rencontré Sheldon, alors j'étais loin de l'avoir épousé, d'avoir mis au monde ses enfants et développé pour tout résultat un problème de dépendance à certaines substances. En revanche, j'étais arrivée à notre lieu de rendez-vous.

Le Dexter était un *diner*, parfait pour les amoureux du genre, aucun doute là-dessus. Les box étaient pourvus de bancs en plastique rouge, des présentoirs en acier retenaient les serviettes en papiers, et les clients aspiraient bruyamment et avec enthousiasme leurs milkshakes à l'aide de pailles à rayures blanches et rouges. Il y avait des impressions peintes à la bombe de bouteilles de Coca, de frites, hot-dogs et sundae sur les murs, le tout accompagné de photos réalistes de gouttes de sauce et de condensation. Rien qu'à les regarder, j'avais faim. Les serveuses que je discernais portaient des jupes ultra-courtes flashy et des T-shirts *top-cropped* moulants avec le nom du restaurant imprimé dessus en trois D.

Je restai un moment à l'extérieur, jetant un coup d'œil faussement détendu par-dessus mon épaule à travers la vitrine. Mon but : repérer Sheldon en premier et sans avoir l'air d'une fille bizarre. Le seul problème était que je ne voyais personne susceptible d'être lui. Le restaurant n'était pas grand – cinquante couverts, peut-être – et rempli par des groupes d'adolescents, des familles, ainsi qu'une table de femmes ultra-minces, maquillées, portant des vêtements griffés et enfournant leur nourriture avec une frénésie coupable.

Mais bon, j'étais là, même si, lui, ne l'était pas. S'il ne venait pas, j'aurais juste à faire avec et à savourer un festin trash en solitaire. Je poussai la porte et entrai, puis hésitai une seconde à la recherche d'une table libre.

— Bienvenue au Dexter, me lança une serveuse en s'approchant avec un iPad attaché à une planchette à pince.

*Plus vrai que nature.*

— Vous avez une réservation ? me demanda-t-elle.

— Non, j'ai rendez-vous avec quelqu'un, mais je ne sais pas si…

Je m'interrompis, mon attention attirée par une main qu'on agitait de l'autre côté de la pièce. Sheldon, j'en étais pratiquement sûre. L'homme que j'avais découvert sur ses photos de profil, avec ses cheveux marron ondulés, des dents blanches bien plantées et large d'épaules. Je me demandais même si je ne reconnaissais pas son polo vert menthe. Pour autant, ma première impression des lieux ne m'avait pas trompée : pas d'hommes attablés seuls.

Parce que face à Sheldon, bouche bée, un petit garçon se tordait le cou pour m'observer. Il portait un polo exactement comme celui de son papa, avec un alligator sur la poche. Seule la couleur était différente : corail.

Merde. Il avait amené son gosse.

Son. Gosse. À. Un. *Date.*

— Bien sûr, j'aurais dû tourner les talons et m'en aller.

Dani et moi étions en plein post-*date* post-mortem à la salle de sport, toutes deux appuyées contre le mur, à descendre nos bouteilles d'eau en attendant que notre rythme cardiaque se stabilise. De l'autre côté de la salle, Fabian Flatley enchaînait les pompes contre le mur, torse nu, les muscles de son dos gonflant et ondulant sous l'effort. Sa sueur dégoulinait jusqu'au sol et il émettait des grognements en rythme à chacune de ses poussées.

— Ouais, peut-être. Mais impossible, n'est-ce pas ?

— J'aurais pu. Je me mettrais des claques pour ne pas l'avoir fait. Mais sur le moment, c'est super gênant et tu n'as pas envie de te montrer grossière.

— D'autant que tu es complètement investie dans le truc, et tu t'es fait belle pour ça.

— Exactement. Il n'avait même pas évoqué l'enfant, sur son profil ou dans nos discussions, rien. Qui se comporte ainsi ? En plus, je n'avais pas envie que le gamin pense que c'était à cause de lui que j'étais partie, et que ça le rende triste.

— Ce qui est ridicule si tu y réfléchis plus d'une nanoseconde.

J'opinai du chef.

— Si tu n'as pas envie que ton enfant soit triste à cause de la manière dont ton *date* se comporte, la solution est simple.

— N'emmène pas le foutu gosse au rencard.

— Exact. Mais je n'avais même pas une nanoseconde pour y réfléchir, parce que j'avais déjà franchi le seuil ; Sheldon agitait le bras dans ma direction et son fils me dévisageait. C'était comme si j'avais perdu la capacité de penser de manière rationnelle. J'ai continué à avancer et me suis assise. Et à partir de là, tout est parti en sucette – rapidement.

— Raconte !

Dani enroula sa serviette autour de son cou et avala une grande gorgée d'eau. Fabian avait terminé sa série de pompes et s'était dirigé d'un pas tranquille jusqu'aux barres de poids. Il en chargea une de *deadlifts*, provoquant à cette occasion bien plus de bruit que nécessaire.

Dani le dévorait du regard, admirative, et je résistai au désir pressant de lui demander s'il était toujours aussi irritant et en quête d'attention.

— Ça a commencé pile quand je me suis installée à table, repris-je. Le gosse avait posé sur ma chaise l'un de ces trucs qui déclenche des gros bruits de pets quand on appuie dessus. J'étais si désarçonnée par la situation que je ne l'avais pas remarqué. Je me suis assise et prout !

— Tu plaisantes ?

— Non. Et le gosse, T.J., était littéralement mort de rire, tout comme Sheldon et les gens à la table d'à côté. Sans oublier la serveuse.

— Et tu n'es pas partie ?

— Comment j'aurais pu ? Tout le restaurant avait les yeux fixés sur moi, et Sheldon m'observait comme si c'était un genre de test. Du coup, j'ai ri moi aussi.

— Quel salaud ! Il était au courant pour le coussin péteur ?

Je confirmai d'un hochement de tête, rougissant en revivant la scène.

— Il a dit : « Mon petit gars est un vrai comique », et moi : « Oui, sans aucun doute, ha ha ha. » Et on s'est présentés comme si tout ça était parfaitement normal.

— Oh mon Dieu. C'est tellement chelou. Quel taré.

— Et il a précisé : « Un impératif dans ma recherche de partenaire est de trouver quelqu'un avec qui ça collerait pour T.J. et moi, et qui jouerait un rôle dans sa vie comme dans la mienne. » Il n'a pas clairement énoncé « et serait une mère », c'était tellement flagrant. Pour lui, chaque moment qu'il passe avec son fils est précieux, ce qui, j'imagine, est sa manière de justifier qu'il l'a traîné comme une espèce de mini-faire-valoir à un *date*. Et durant tout ce temps, le gamin était assis là avec cet énorme sourire collé aux lèvres comme s'il passait le meilleur moment de sa vie, à faire des bulles dans son milkshake.

— Beurk.

— N'est-ce pas ? Et quand il s'est levé pour aller aux toilettes, Sheldon s'est lancé dans une diatribe contre son ex.

— Sans rire !

— « Bien sûr, je respecte Wanda car elle est la mère de mon enfant, mais… », suivi d'un flot de reproches disant que les valeurs familiales lui étaient étrangères, qu'elle était carriériste et, bien qu'il ait été heureux de subvenir aux besoins de la famille parce qu'il gagnait très bien sa vie, elle n'avait pas voulu en entendre parler et avait insisté pour retourner travailler après la naissance de T.J.

— OK ! Je crois deviner où tout ça va mener.

— Tu m'étonnes. Double peine pour la pauvre Wanda. Il était tellement en colère qu'elle n'accepte pas de sacrifier sa carrière pour être mère qu'il refusait de lever le petit doigt à la maison. Ensuite, quand ça a merdé, il a estimé que tout était sa faute. Ses chemises n'étaient pas repassées, les joints entre les carreaux de la cuisine n'étaient pas lavés à l'eau de Javel trois fois par jour, et il n'y avait pas un repas chaud qui l'attendait sur la table quand il rentrait du travail.

— Il n'a pas dit ça comme ça, si ?

— Pas besoin. Ça allait de soi. Il a déclaré que, pour lui, le travail le plus important d'une femme était de s'occuper du foyer, et que c'était une des raisons pour lesquelles il avait souhaité me rencontrer, parce que j'étais cheffe.

— Ah ! comme si, après tes heures au boulot, tu ne souhaiterais rien de plus que préparer des saucisses et une purée maison pour lui et son fils.

— Et il a ajouté que c'était pour cela que, lorsqu'ils s'étaient séparés, Wanda et lui, il avait essayé d'obtenir la garde exclusive de T.J., mais avait dû accepter une garde partagée. Et maintenant, il essaie de « rebooter ses relations intimes » et « lancer une vie de famille 2.0 ». Il m'a demandé si j'avais lu *The Surrendered Wife*[1].

Dani gloussa.

— OK, maintenant je me sens un peu désolée pour lui. Il est tombé sur la mauvaise personne. Et je ne parle pas de Wanda.

Ses exercices achevés, Fabian s'avança vers nous, sans m'accorder la moindre attention. Il ébouriffa les cheveux de Dani et lui dit qu'il la verrait plus tard. Au bout de quelques secondes, le grondement de sa Lexus nous indiqua qu'il était parti.

— Arrivés là, nous avions passé la commande, poursuivis-je. Je ne sais vraiment pas à quoi ça rimait. Avaler quoi que ce soit face à lui ? Même pas en rêve. Mais il ne s'était pas encore lancé dans

1. *The Surrendered Wife* (« La femme qui s'abandonne », en français) est un guide pratique écrit par Laura Doyle, visant à retrouver l'intimité, la passion et la paix avec son époux, selon l'autrice.

sa tirade misogyne quand la serveuse s'était présentée, donc dans mon idée je n'avais qu'à savourer un burger avant d'annoncer que j'avais été ravie de les rencontrer et de partir.

— Mais ça ne s'est pas passé comme ça.

— Non. Je me suis mise à fulminer comme une dingue. Impossible de m'arrêter. Je lui ai demandé s'il avait conscience du nombre de mères célibataires qui vivaient dans la misère – avec leurs enfants – parce qu'elles avaient tourné le dos à leur carrière pour être mère à temps complet et qu'ensuite le père s'était barré. J'ai dit qu'il n'y avait rien de mal à être mère au foyer, mais que, s'il était incapable de voir que les femmes avaient tout autant le droit à une vie riche et satisfaisante à l'extérieur du foyer que les hommes, alors il avait besoin de s'offrir des lunettes, point barre. Et que s'il pensait qu'avoir une épouse et mère pour son fils était si important, peut-être aurait-il dû essayer d'y mettre un peu plus du sien pour que son premier mariage fonctionne, au lieu de chercher un modèle plus jeune de femme désireuse d'être sa cuisinière, femme de ménage, nounou et prostituée bénévole.

— Bravo, ma fille !

— Et là, je suis partie. J'ai posé vingt livres sur la table, leur ai souhaité le meilleur à T.J. et lui, et je suis sortie en trombe. Et tu sais quoi ? Quelle sensation merveilleuse !

# 15

Non, ce n'est pas le fruit de votre imagination – parfois, le destin conspire pour s'immiscer entre vous et vos objectifs. Lorsque cela arrive, offrez-vous une petite pause et changez-vous les idées.

— Votre aventure débute dans une taverne, déclara Adam d'une voix juste assez forte pour que les six personnes autour de lui, moi comprise, l'entendent.

La partie de Donjons et Dragons était lancée.

Nous étions bien dans une sorte de taverne – au Ginger Cat, avec des bougies, des bouteilles de merlot et des bols de *patatoes*. Des chipolatas chaudes et de la sauce tomate pimentée complétaient le tout. Nous étions munis de nos carnets, des manuels du joueur et de dés. Mais ce n'était pas vraiment la taverne qu'Adam avait à l'esprit.

Je fermai les yeux une seconde, essayant de me transporter dans une autre époque, voire dans un autre monde. Les tables seraient rugueuses, avec peut-être seulement des rondins taillés en guise de sièges. Un feu brûlerait – ici, en plein été londonien, aucun besoin d'une cheminée, même si on en allumait bien un les soirs d'hiver. Des chevaux seraient attachés dehors, là où se trouvait la moto de Tim et la bicyclette de Lana. Il y aurait de l'hydromel, peut-être ? Du bœuf rôti ? De la soupe de glands ?

— Vous êtes tous soulagés d'être tombés sur cet endroit, où les voyageurs las peuvent trouver un lit pour la nuit et un repas chaud, partager le récit de leurs aventures et peut-être rassembler un groupe pour s'embarquer dans une nouvelle quête. Vous n'avez aucune idée de ce que le futur vous réserve au-delà de la soirée, mais vous êtes dans un refuge, un lieu sûr – ou tout du moins, c'est ce qu'il semble être pour le moment.

Un frisson me parcourut le dos et j'ouvris brusquement les yeux. Penchés vers Adam, nous étions tous captivés. Je me rappelai à moi-même que Freddie, Nat, Archie et les autres, n'étaient plus eux-mêmes. Pas plus que moi.

Pour le temps de la soirée – et chaque mardi dans un futur prévisible, jusqu'à ce que l'ennui nous gagne et que le jeu s'arrête, ou que mon personnage soit tué lors d'un combat et que je sois obligée d'en choisir un nouveau – je n'étais plus Zoë Meredith, cheffe dans un pub, lancée dans une série de *dates* foireux. J'étais Galena, une combattante aguerrie, avec la force, la dextérité et la ténacité définies par un dé à vingt faces. Freddie était Hesketh, un barbare hirsute, capable de balancer une hache à double tête aussi facilement que s'il s'agissait d'un cure-dents. Archie était Dune, une canaille qui se déplaçait aussi silencieusement qu'un chat et forçait une serrure en quelques secondes. Nat était une sorcière répondant au nom d'Annella. Lara, l'amie de Nat, était quant à elle un prêtre du nom de Lorien, et Tim, le pote de Freddie, Torvid, un garde forestier.

Adam poursuivit.

— Tout en buvant et vous restaurant, un groupe similaire au vôtre, armé et équipé comme pour un voyage attire votre attention. Eux aussi sont penchés sur leur bol en terre et dévorent leur nourriture goulûment comme s'il s'agissait de la plus exquise des volailles rôties. Ils discutent entre eux, s'exprimant discrètement mais comme poussés par un sentiment d'urgence. Et vous remarquez que leur repas est de loin supérieur au maigre ragoût disposé sur votre propre table. Il s'agit *bien* de la plus exquise des volailles. On leur a aussi servi des racines rôties, une sauce onctueuse et une miche de pain sortie du four. Et dans leur verre, ce n'est pas de la bière éventée, mais un vin rouge de grand cru.

— Quelle arnaque ! s'exclama Freddie, avant de rapidement

reprendre son rôle. Je veux dire, ne vous semble-t-il pas étrange, compagnons, qu'ils festoient de mets si délicats alors qu'on nous sert un repas qui conviendrait à peine à des cochons ?

— Je vais carrément descendre cette auberge sur TripAdvisor, lança Nat. Freddie – pardon, Hesketh –, ne devrions-nous pas discuter de cette question avec notre noble hôtesse et essayer de comprendre la raison de cette honteuse différence de traitement ?

— Effectivement, c'est une idée, dit Archie – ou plutôt Dune la canaille –, ou bien, pourquoi ne pas tenter de leur substituer furtivement une partie de leur repas, quand le prochain plat sera apporté par la jeune fille là-bas, qui s'occupe de les servir ?

À point nommé, Kelly déposa sur la table de nouvelles bouteilles de vin, avec un plat de côtes de porc grillées au barbecue et un autre d'épis de maïs roussis au grill. Adam nous observait en silence pendant que nous discutions, entrant et sortant de la peau de notre personnage, descendant de grandes goulées de vin rouge et piochant dans la nourriture, contrairement à nos pauvres doubles imaginaires avec leur ragoût famélique. Décision fut prise d'avoir une explication avec la tenancière fictive.

Adam jeta un coup d'œil à ses notes, cachées à notre vue par un écran en carton sur lequel étaient imprimés des châteaux, des dragons, des guerriers à cheval et un sorcier regardant dans une boule de cristal.

— La propriétaire vous informe que la forteresse proche, le château Drakeford, a été récemment conquise par un lord démoniaque venu des terres de l'Est. Il y a installé sa garnison. Ces hommes sont ses soldats, et ils descendent sur le village chaque soir, pillant et exigeant les récoltes, de l'argent et de la nourriture.

— Les salauds ! Dès le début j'ai compris que c'était des fripouilles, s'exclama Archie.

Nat lui décocha un coup de coude dans les côtes.

— Chut !

— Pire encore, poursuivit Adam. La fille unique de la propriétaire, une superbe jeune femme répondant au nom de Zarah, a été capturée par Lord Brandrel. Dans douze jours, il a l'intention d'en faire son épouse. Et dans ces contrées, le sort terrible qu'ont connu ses précédentes compagnes est tristement célèbre : l'une a été poussée à la folie et s'est jetée dans le vide depuis le plus haut rempart ; une autre a été offerte à ses soldats pour qu'ils s'en amusent comme ils le souhaitaient après qu'elle eut refusé de répondre à ses désirs vicieux ; une troisième est enchaînée dans les profondeurs d'un cachot sous la garde d'un dragon. Mais cette dernière histoire est peut-être seulement une fable racontée par les vieux qui ont passé trop de temps à la taverne.

Je regardai autour de moi. Tout le monde était penché en avant, fasciné. C'était comme si le bruit du pub autour de nous avait été effacé, comme si la photographie au-dessus de la cheminée avait été remplacée par une tapisserie médiévale, comme si le parquet de bois poli était maintenant recouvert de jonc.

Le visage d'Adam était tout en angles sous les jeux de lumière d'une bougie à la flamme tremblotante. Ses gestes accompagnaient ses paroles, comme s'il dessinait en esprit. Sa chemise élimée en velours côtelé brillait sous le faible éclairage. *Bon sang, il est vraiment bon à ce jeu.*

— À ce moment-là, un raffut du côté de la porte éclate. Le visage de la tenancière est blanc comme un linge. Son fils, Darian, un jeune homme au sang chaud, règle ses comptes avec les hommes de Lord Brandrel, exigeant le retour de sa sœur. Déjà, les soldats ont tiré leurs épées, et le groupe se referme sur lui. Que faites-vous ?

Bien sûr, la réponse était évidente. Jusque-là, le jeu avait pris lentement, chacun développait le caractère de son personnage, le décor s'installait. Mais nous étions tous là pour en découdre. Nos personnages sortirent leur épée, entrèrent dans la mêlée et remportèrent l'escarmouche. Les gros bras de Brandrel s'enfuirent, Darian retourna à sa mère, qui lui passa un savon qu'il n'était pas près d'oublier, Lorien s'occupa d'une coupure à la mâchoire d'Hesketh.

— La blessure est superficielle, informa Adam en consultant le dé. Tu as eu de la chance. Bien, c'est fini pour ce soir.

Il replia l'écran et commença à ranger ses notes. Alice alluma les lumières du bar.

— Il est l'heure, mesdames et messieurs.

Et soudain, le Ginger Cat redevint le Ginger Cat, j'étais moi, et Adam, Archie, Freddie et les autres, de vagues connaissances.

Enthousiastes, nous poussions des gloussements nerveux en partageant l'addition (en prenant à notre compte la part d'Adam, comme convenu) et en rassemblant nos affaires.

— C'était génial.

— Carrément sympa, merci les gars.

— Vivement la semaine prochaine.

— Tu assures grave, Adam.

— Je n'arrive pas à croire que je n'ai pas réussi à éviter cette dague.

Dehors, la nuit était tombée. Il faisait encore doux, mais une légère bruine planait dans l'air, estompant les phares des voitures et le panneau lumineux au-dessus de la boutique mitoyenne d'Archie. Nat et lui se dépêchèrent de partir, Archie tentant sans succès de protéger sa compagne de la pluie en maintenant sa main au-dessus de la tête de cette dernière. Freddie enfouit les siennes dans ses poches et prit la direction opposée, sifflotant l'air diffusé par ses écouteurs. Bientôt, il ne resta plus qu'Adam et moi.

— Tu vas par où ? me demanda-t-il.

— Juste là, répondis-je en pointant du doigt l'immeuble d'où nous sortions. J'habite au-dessus du pub, tu te souviens ?

— Ah oui. Toi et Frazzle. Mais il ne s'est pas montré, ce soir.

— Il craignait probablement d'être transpercé par une dague.

Adam sourit.

— Aucun animal ne sera blessé durant cette aventure de Donjons et Dragons, promis.

— Tu as tout conçu toi-même, n'est-ce pas ? Enfin, je veux dire, tu n'as pas utilisé un de ces scénarios prêts à emploi ?

Il repoussa ses lunettes. Leurs verres étaient humides de pluie, rendant ses yeux flous.

— Nan. Je suppose que je voulais faire les choses bien.

— C'est gagné. Tu as été génial.

Il eut un haussement d'épaules en mode « Ouais, bon d'accord, ça va ».

— C'était marrant de tout organiser. Je suis content que tu me l'aies demandé.

— Moi aussi. J'ai vraiment hâte d'être à la prochaine fois.

— Pas de pression, hein.

Il sourit de nouveau – sincèrement cette fois-ci.

Je lui rendis son sourire.

— Pas de pression.

Puis nos répliques fusèrent en même temps.

— Je devrais…

— Je devrais rentrer, dit-il.

— Et moi monter à l'étage.

— Bonne nuit, Zoë.

— À toi aussi. Et merci.

Je poussai la porte du pub, traversai les lieux pratiquement déserts, éprouvant soudain un sentiment de solitude et de vide. L'escalier menant à mon appartement était plongé dans la pénombre. Pendant une seconde, la tension nerveuse qui m'avait prise quand nous étions absorbés par le jeu m'habita de nouveau, comme si je risquais de tomber dans une embuscade face à un mercenaire armé d'un glaive.

*Enfin, Zoë, ne sois pas stupide.* J'attaquai les marches et manquai de tomber à la renverse quand je discernai une silhouette assise sur la dernière, recroquevillée dans l'obscurité. Une voix s'écria :

— Doux Jésus ! Tu m'as fait flipper à mort !

Jude était de retour.

# 16

Vous avez peut-être l'impression que l'amour est tombé directement dans vos bras grands ouverts, Verseau, mais ne le serrez pas fort au point de l'étouffer.

Le lendemain matin, je me réveillai avec la tête de Jude à côté de la mienne sur l'oreiller. La veille, j'avais été prête à l'envoyer bouler après lui avoir expliqué clairement ce que je pensais des hommes qui couchaient avec une femme puis disparaissaient sans tambour ni trompette. Mais il m'avait totalement désarmée dès que je l'avais vu sur les marches.

Il s'était levé, un peu raide, comme s'il était resté assis là longtemps. Il m'avait prise dans ses bras, serrée contre son torse et m'avait déclaré que mes cheveux sentaient incroyablement bon.

— J'ai tellement pensé à toi, avait-il ajouté.

*Et pourquoi alors n'as-tu pas téléphoné ?* Il répondit à la question avant que je ne la pose.

— Je suis un vrai bouffon, j'ai complètement oublié comment s'appelait le pub. Et je ne connais pas ton nom de famille, donc je n'ai pas pu te repérer sur les réseaux sociaux. J'ai essayé et essayé. Puis je suis venu aujourd'hui à Londres pour une réunion du Parti travailliste et, quand elle a été terminée, je me suis dit que j'allais te trouver. Et j'y suis parvenu. Je me rappelais plus ou moins où se trouvait le pub par rapport à la station de métro, et j'ai donc arpenté le quartier jusqu'à tomber dessus. Quand je t'ai vue, tu étais occupée et je n'ai pas voulu t'interrompre. Je me suis donc faufilé ici en attendant que tu en aies fini. C'est si bon de te voir.

La douceur de son sourire et ses bras autour de moi dégageaient une force réconfortante, à tel point que ma résolution fondit. Je lui rendis son étreinte.

— Pourquoi ne m'as-tu pas contacté ? murmura-t-il, la bouche contre mes cheveux. Chaque fois que j'ai reçu un nouveau mail, une demande de connexion sur LinkedIn, ou raté un appel, j'espérais que ça vienne de toi. Mais ce n'était jamais le cas.

— Je ne sais pas. Je me suis dit que, à la manière dont tu étais parti ce matin-là, tu n'avais pas envie de me revoir.

— Allons donc !

Il prit mon visage entre ses mains et m'embrassa sur la bouche. Je sentais son sourire répondre au mien.

— Tu occupais toutes mes pensées. J'ai même rêvé une nuit que j'étais là, avec toi. Ton chat dormait sur mon visage et je n'arrivais pas à respirer. Mais quand je me suis réveillé, il s'agissait de mon oreiller.

Je ne pus m'empêcher de rire.

— Ça a dû être un sacré soulagement.

— Ça aurait dû.

Il me sourit de nouveau.

— Mais ce n'était pas le cas. Dans mon rêve, je sentais même le parfum de tes cheveux, et il ne m'a pas quitté de toute la journée. C'était comme être hanté par un fantôme roux.

Normalement, quand les gens me décrivaient comme étant rousse, je me hérissais aux souvenirs des moqueries subies à l'école. Là, je ne parvins pas à trouver en moi la moindre trace de ressentiment.

— Entre, dis-je.

Il fit un pas de côté pour me permettre d'ouvrir la porte. Il laissa tomber son sac près du lit et prit la direction de la salle de bains pendant que je m'occupais de la nourriture, de l'eau et de la litière de Frazzle. Et quand je terminai de me brosser les dents et de me laver le visage, il était là, dans mon lit, patientant.

Cette fois-ci, pas question d'attendre jusqu'au matin. Dès que je me glissai sous la couette, les bras de Jude se refermèrent sur moi dans une étreinte enflammée, avec un sentiment d'urgence qui était absent lors de notre première fois, lorsque nous étions hésitants et peu assurés – *Va-t-on vraiment le faire ? Oh ! D'accord, on dirait bien que oui. Oh ! Attends, on l'a fait.*

Mon soulagement de le voir et la confiance en moi que sa déclaration m'avait donnée me permirent de prendre les rênes. J'explorai son corps du bout des doigts, laissant mes mains courir sous son T-shirt, découvrant la courbe de ses côtes, les crêtes des muscles de son abdomen, les poils soyeux sur son ventre.

Je fis passer son T-shirt par-dessus sa tête et me penchai vers lui, le retenant prisonnier entre mes jambes. Il leva le visage vers moi, souriant.

— Salut.

— Ravie de te voir ici.

Nos rires résonnèrent dans la chambre, et je me penchai davantage pour l'embrasser. Il me caressait en retour, s'attardant sur mon dos, puis mes fesses, après s'être introduit sous la ceinture de mon jean.

— Allez, enlève ça, dit-il.

Je me levai pour obtempérer, contente de n'avoir que des tongs aux pieds. Pas de moment embarrassant à négocier pour retirer mes chaussettes. J'éprouvai un bref sentiment de panique en me demandant si je portais des sous-vêtements particulièrement vieux et miteux, mais ça allait – au moins mon shorty rouge vif n'était pas troué, même s'il n'était pas ce qu'il y avait de plus sexy. Je laissai glisser mon jean le long des mes hanches, lentement, tandis que Jude suivait mes mains des yeux. Puis, toujours avec lenteur, je fis passer mon débardeur par-dessus ma tête, pensant à quel point c'est exaspérant qu'il n'y ait pas de manière sexy d'y parvenir. Je le rejoignis sur le lit, vêtue seulement de ma culotte et de mon soutien-gorge, essayant de me souvenir de ce que l'appli – qui avait ses moments olé olé – avait dit des hommes Gémeaux, côté sexe. En espérant qu'ils ne rêvent pas de jumelles, parce que j'aurais été incapable d'en arriver à ces extrémités.

Jude me prit une fois encore dans ses bras, me tenant de nouveau comme si j'étais une chose précieuse et fragile. Ses caresses étaient légères comme une plume, presque des chatouilles sur ma peau. Il se débattit d'une main avec l'agrafe de mon soutien-gorge, puis utilisa les deux pour en venir à bout. Rien de grave – le défaire d'une main était le niveau expert du déshabillage. Notre embarras de la dernière fois était presque remplacé dans mon esprit – presque, pas complètement – par la joie et le soulagement de le retrouver.

Et ce qui se passait dans son caleçon m'en distrayait de toute manière – parce que c'était énorme. Je touchai son sexe, le caressai de ma paume avant de glisser mes doigts dans son caleçon pour le tenir, chaud et dur, ravie de la sensation qu'il me procurait.

Il toucha mes seins, joua avec mes tétons, puis y posa les lèvres pour les embrasser et les sucer. Il eut alors un gémissement de plaisir, et mon halètement lui répondit quand ses lèvres et sa langue taquinèrent ma chair. Une sensation de plaisir m'envahit – ses mains sur mon corps, sa peau sous mes paumes, l'odeur masculine enivrante qu'il dégageait. Je mourais d'envie qu'il aille plus loin, mais en même temps je voulais que ce moment de pure perfection dure toujours. Son autre main était maintenant dans ma culotte, occupée à me toucher, trouvant presque le bon endroit. Si proche. Presque là.

Quelque chose de chaud et humide trempa alors mes doigts.

— Oh merde. Je suis désolé.

Jude se cacha la tête derrière un oreiller, comme s'il rougissait et essayait de le dissimuler.

— Pas de problème.

Que dire d'autre ?

— C'est que tu es tellement sexy. Trop sexy. Et ça fait…

— Ne dis rien, tout va bien.

Je l'attirai contre moi, essayant d'ignorer son caleçon mouillé qui refroidissait contre ma cuisse et la déception induite. Il m'embrassa.

— Tu es incroyable. La prochaine fois, je promets…

— Tout va bien, vraiment.

Il se détourna de moi. Je m'installai en chien de fusil contre son dos chaud, sentant sa respiration ralentir jusqu'à ce que, au bout de quelques minutes, il se mette à ronfler doucement. Puis Frazzle sauta sur le lit et se lova dans le creux derrière mes genoux, et je compris que je passerais la nuit ainsi, avec cette tache mouillée sur mes draps et tout le reste, incapable de bouger de peur de déranger ces deux mâles endormis.

Lorsque je me réveillai le lendemain matin, Jude n'était plus là. J'ouvris les yeux, m'attendant à le voir dormir, mais ne vit que l'oreiller et la couette froissée. Frazzle était assis près de la porte de la salle de bains, l'air profondément irrité.

Je m'assis.

*Oh non, il ne s'est pas barré de nouveau, si ?*

La pensée traversa mon cerveau encore embrumé de sommeil. Impossible. Son sac était toujours près du lit, là où il l'avait laissé, et j'entendais couler l'eau de la douche. Je me levai, enfilai culotte et débardeur de la veille, donnai à Frazzle son petit déjeuner et lançai la bouilloire. Quelques minutes plus tard, Jude émergea de la salle de bains, enroulé dans ma serviette. Il s'était rasé, sentait le dentifrice et mon savon au citron et graines de coquelicot, et son sourire était comme le soleil levant.

Il me prit dans ses bras, et je m'appuyai contre son corps puissant.

— Bonjour, ma belle. Je ne voulais pas te réveiller.

— Ça ne m'aurait pas gênée. Je suis contente que tu sois là.

— On est deux.

Il m'embrassa le bout du nez.

— Café ? Ici, je n'en ai qu'en poudre, je le crains. J'utilise généralement la machine du bar.

— Ça serait super. Et des toasts ?

— Fais comme chez toi. Il y a du pain dans le placard, du beurre de cacahuètes et d'autres trucs. Il faut que je me prépare pour aller bosser.

Avec réticence, je desserrai mon étreinte et m'éloignai du torse nu de Jude, mais il me ramena à lui.

— On pourra se voir bien plus maintenant, dit-il.

Mon sourire s'étira contre sa peau.

— Et pourquoi ça ?

— Parce que j'en ai envie. Et aussi parce j'ai un job à Londres. Enfin, un stage, dans un syndicat.

— Génial ! Félicitations !

— J'avais besoin d'agir, tu sais. Travailler avec les SDF est important, vital, et j'y retournerai probablement dans le futur, mais il faut d'abord démanteler les inégalités structurelles qui ont permis que la situation dégénère ainsi. Il y a tant de bonne volonté, tant d'espoir. C'est incroyable de faire partie de cet effort collectif.

La passion qui l'animait, son zèle à changer le monde me rendaient presque humble. Je partageais ses idéaux, vraiment – mais il agissait, alors que je travaillais seulement en cuisine dans un pub.

— On dirait qu'il y a une vraie impulsion pour créer un monde meilleur, dis-je. Ça doit être génial d'en être.

Il sourit d'une oreille à l'autre.

— C'est l'une des raisons pour laquelle je t'aime, Zoë. Nous avons les mêmes préoccupations.

Il retira la serviette pour me la tendre, et je m'autorisai à admirer son corps nu et élancé pendant quelques secondes, jusqu'à ce qu'il enfile son caleçon et son jean. Puis, sans enthousiasme, je me détournai pour aller me doucher à mon tour, mon esprit vrombissant quand il enregistra ce que Jude avait dit.

Est-ce qu'il venait bien de déclarer qu'il m'aimait ?

# 17

Vénus entrant en Gémeaux, les choses se présentent bien pour vous sur le plan amoureux. Mais les étoiles qui brillent dans vos yeux vous éblouissent-elles au point que vous en perdiez le nord ?

Jude et moi sommes devenus un couple en à peine vingt-quatre heures. Plus vite que ça même, puisque, à la suite de cette première nuit, il ne repartit plus de chez moi. Il répétait sans cesse qu'il devrait faire un saut chez sa mère pour récupérer quelques affaires, mais s'il passa à l'acte, ce fut sûrement en journée, parce que tous les soirs je le trouvais chez moi.

Au bout d'à peu près une semaine, je cessai de me sentir anxieuse à l'idée que, lorsque je pousserais la porte de l'appartement, je le trouverais vide, sans trace de Jude, que mon amant disparaîtrait pour une raison ou pour une autre. Et même s'il sortait – comme la fois où il avait été pris d'une envie irrésistible de frites et s'était rendu au kebbab du coin ouvert tard la nuit – je n'avais pas à m'inquiéter, parce que maintenant j'avais son 06.

En plus, il m'envoyait des SMS pendant la journée : des petites plaisanteries, des mèmes, des griffonnages disant qu'il pensait à moi, et même des comptes à rebours sur le temps qu'il restait avant qu'on se retrouve.

Partager l'appartement avec lui après avoir vécu si longtemps seule était un peu bizarre, mais je me disais que je m'y habituerais – et promis, Frazzle aussi. Je n'avais pas envie de mettre la pression à Jude, donc je ne lui demandais jamais combien de temps il comptait rester. Il était Gémeaux, un bohémien, anticonformiste, comme moi. Si je lui donnais l'impression de le bousculer ou d'insister, il risquait de changer d'avis nous concernant.

Et, de toute manière, tout allait si bien quand nous étions ensemble qu'il n'y avait aucune raison de changer quoi que ce soit. Même si notre temps à deux était limité à cause de mes longues heures de travail, nous en profitions un maximum. Comme moi, il adorait regarder des rediffusions de *Buffy* et de *Bing Bang Theory*. Nos playlists sur Spotify étaient presque identiques. Il s'était mis à relire les œuvres complètes de Terry Pratchett, et les passages qu'il partageait à voix haute pour me faire rire correspondaient à toutes mes citations préférées de l'époque où j'avais lu ces livres.

Nous étions souvent trop fatigués pour faire plus que nous lover dans les bras l'un de l'autre au lit. Et quand les choses allaient plus loin, elles s'achevaient très rapidement, mais cela ne me paraissait pas important. Après tout, nous apprenions encore à nous connaître, à nous découvrir, et Jude se montrait si délicat et gentil dans tant d'autres domaines plus essentiels.

Comme un mercredi, après le travail. J'avais rejoint l'appartement en montant l'escalier d'un pas lourd, les pieds douloureux. La soirée en cuisine m'avait donné l'impression de devoir ne jamais en finir. Tout était allé de travers. Robbie avait oublié de sortir un lot de soupes du congélateur, et elles avaient accroché et brûlé quand nous avions tenté de les décongeler sur le feu. Le bœuf haché bio que nous avions commandé pour les burgers n'avait pas été livré. Une grande tablée où l'on fêtait un anniversaire avait négligé lors de la réservation de préciser que trois membres du groupe étaient intolérants au gluten, que cinq ne consommaient pas de produits à base de lait et qu'un autre souffrait d'une allergie aux cacahuètes si sévère qu'il atterrirait à l'hôpital rien qu'à l'odeur. Même armée de la meilleure volonté du monde, répondre à toutes leurs attentes m'avait été impossible. Alice avait beau s'être montrée conciliante à un point inimaginable, je savais que la perte de ce revenu était la dernière chose dont le Ginger Cat avait besoin.

Je bâillai à m'en décrocher la mâchoire, et Frazzle, qui me suivait dans les escaliers, bâilla à son tour, empathique. Il n'avait cessé d'arpenter la salle toute la soirée, faisant de son mieux pour charmer les clients et rattraper les ratés en cuisine. Et il n'y était pour rien si la personne allergique aux fruits à coque l'était aussi aux chats et avait menacé de nous dénoncer auprès des autorités sanitaires.

— Oh Frazz, dis-je en introduisant ma clé dans la serrure, au moins, cette soirée est derrière nous, on progresse !

Frazzle se frotta contre mes jambes pour me rappeler que la soirée était loin d'être terminée et ne le serait pas avant que je lui serve son repas du soir et lui nettoie sa litière.

L'appartement n'était pas plongé dans l'obscurité, comme je m'y étais attendue. Jude m'avait prévenue qu'il irait chez sa mère ce soir-là après le boulot, et j'en avais conclu qu'il y passerait la nuit. Mais il était installé sur le canapé, entouré de la lueur dorée de ce qui semblait être un millier de petits photophores, parsemés à travers tout l'appartement comme une galaxie tremblotante. Une musique douce jouait, et un parfum peu familier emplissait l'air. Il venait d'un diffuseur posé sur le comptoir à côté de la bouilloire.

— Surprise ! lança Jude.

Il s'élança pour me prendre dans ses bras.

— Waouh.

Mon regard parcourut la pièce. Un nouveau jeté de lit recouvrait ce dernier, une couverture indienne vintage brodée de petits miroirs. Une lampe à lave style années 1970 était posée dans un coin et une plante grasse, installée près du lit dans son pot.

— Tu es en pleine mode hippy chic. D'où ça vient, tout ça ?

Jude rit.

— Un de mes potes s'occupe de vider des maisons pour arrondir ses fins de mois. Il est tombé sur tout un tas de trucs dans celle d'une vieille dame à Dalston, et m'a servi en premier. T'en dis quoi ? Ça ajoute un certain *je-ne-sais-quoi*[1], non ?

— C'est top.

Je n'avais jamais vraiment acheté quoi que ce soit pour l'appartement – j'étais trop occupée, trop fauchée et n'avais pas assez confiance en mon propre goût en termes de déco. De plus, j'avais tellement l'habitude que tout dans ma vie soit temporaire et que, à n'importe quelle seconde, je puisse être déracinée – ou me déraciner – que l'idée que cet endroit soit mon foyer n'avait pas encore complètement fait son chemin en moi, même après quasiment un an et demi d'occupation des lieux.

— Content que ça te plaise. Je me suis dit que, si j'étais amené à rester ici un moment, ça serait sympa de contribuer, et pas seulement en te fournissant un corps chaud dans ton lit.

Je m'appuyai contre lui, sentant ses bras puissants autour de moi, son menton reposant sur mon crâne. Il resterait pour un temps. Pas question de demander combien durerait ce « moment ». Si je tentais de m'accrocher à lui, je craignais qu'il me glisse entre les doigts, tel le vif-argent, et se volatilise comme au premier matin.

— Ce n'était pas la peine. Mais merci.

— Et ce n'est pas tout.

Il me relâcha avec douceur et se tourna vers ma kitchenette.

— Un dîner romantique pour deux sera servi dans une minute.

Il sortit une bouteille de vin rouge et remplit deux verres, me tendant le mien. Je n'eus pas cœur à lui dire que j'avais déjà dîné au pub, et que, à presque minuit, la seule chose qui me tentait était une tasse de thé, idéalement au lit.

— Santé ! dis-je en trinquant avec lui.

J'avalai une gorgée de vin. Sa couleur était presque ambrée et la bouteille, couverte de poussière.

— Cette chère vieille dame disposait d'une bonne collection,

1. En français dans le texte.

et mon pote m'a laissé en prélever quelques bouteilles, m'expliqua fièrement Jude. Celle-là date des années 1990. Rien que les meilleurs crus pour accompagner notre festin de minuit.

— Je n'arrive pas à croire que tu aies fait tout ça. Je croyais que tu rentrais à Bedford.

— J'avais envie de te surprendre.

— Considère que c'est réussi.

Il alluma la bouilloire et versa dans deux bols le contenu de sachets de pâtes instantanées. Comme toujours quand quelqu'un cuisinait pour moi, j'éprouvai le besoin de m'en mêler et d'aider, mais je résistai. C'était Jude qui régalait. Je m'assis, dégustant mon vin et l'observant tandis qu'il ouvrait une boîte de maïs en conserve, déchirait avec les dents un sachet de tofu, saupoudrait les noodles de sauce soja avant d'y verser l'eau bouillante.

— Je n'ai rien d'un chef, s'excusa-t-il, mais je voulais… tu sais… te faire plaisir. Un peu.

— Ça m'est égal que tu sois chef ou pas. Tu es un vrai chou d'avoir entrepris tout ça.

Il me rejoignit sur la moquette. Dos appuyés contre le canapé, nous dégustâmes bruyamment nos pâtes, accompagnées de lampées de vin rouge au goût légèrement terreux. Rien de tout ça ne me plaisait vraiment, mais je tenais plus que tout à ne pas décevoir Jude. Je parvins à ravaler un énorme bâillement et repoussai la pensée de mon réveil sonnant à 6 heures le lendemain matin.

Une fois nos bols terminés, Jude s'en empara et les laissa sur la table – une fois encore, je pris sur moi pour ne pas me lever aussitôt pour aller les laver – et fit apparaître un paquet de biscuits Oreo.

— Dessert vegan, annonça-t-il fièrement.

Je ris.

— Comment sais-tu que j'adore les Oreos ?

Il prit ma main.

— N'est-ce pas évident ?

— Ah bon ?

— Bien sûr. Puisque je les aime moi aussi.

J'en savourai deux de la manière la plus appropriée qui soit : en soulevant une moitié du biscuit pour la manger, puis en grattant des dents le glaçage blanc avant de croquer dans le deuxième biscuit. Pas super élégant, j'avoue, mais je n'avais pas à m'en soucier, parce que Jude opérait exactement de la même manière. Quand nos regards se rencontrèrent, le fou rire nous gagna tous deux.

Le vin et le sucre m'avaient procuré un regain d'énergie plus que bienvenu. Je me relevai pour nettoyer la litière de Frazzle et lui verser de l'eau fraîche pour la nuit. Puis j'allai me brosser les dents. Je saisis mon reflet dans le miroir, pâle et les yeux creusés – mais le rire me reprit. D'un doigt recouvert de savon, Jude avait inscrit sur le miroir « La femme la plus sexy au monde ».

— Maintenant, dit-il quand je rejoignis la pièce, déshabille-toi.

— Quoi ?

— Tu m'as entendu. Tu as bossé dur, tu mérites un massage.

— Sérieux ?

— Sérieux. Je suis doué. J'ai des mains de guérisseur. Tu vas adorer.

Pas besoin de me le faire dire deux fois. Après une journée penchée au-dessus de la planche à découper et une session plutôt violente de développés d'épaules à la salle de sport, ces dernières, tout comme mon dos, grinçaient de tension. Je retirai jean, T-shirt, soutien-gorge et m'assis sur le lit.

— Allonge-toi sur le ventre, m'ordonna Jude.

J'obéis.

Le « pop » de l'ouverture d'une bouteille retentit, et une odeur de patchouli me chatouilla les narines avant que les mains huilées et chaudes de Jude commencent à descendre le long de mon dos, avec douceur puis plus fermement. De ses pouces, il détendait les nœuds à mes épaules.

— Oh mon Dieu, c'est tellement agréable, dis-je, ma déclaration étouffée par l'oreiller.

— J'appuie assez fort ?

— Juste comme il faut.

Il continua, progressant, sachant exactement où appuyer, combien de temps et quelle pression appliquer. Une douce vague de détente et de fatigue me submergea, et je sentis à peine quand il descendit ma culotte pour me masser les fesses. Quand ses doigts s'infiltrèrent entre mes cuisses pour me caresser *là*, c'était déjà trop tard – je dormais à poings fermés.

Je m'aperçus le lendemain matin que Jude, lui, ne s'était pas endormi en même temps que moi. Parce que lorsque je me rendis dans la salle de bains, bien avant lui comme toujours, le mot sur le miroir avait été effacé et remplacé par « Bonjour ma belle ».

Et mon reflet, qui me renvoyait mon sourire, entouré par mes cheveux emmêlés, semblait effectivement beau.

— Donc, en gros, il a emménagé chez toi ? me demanda Dani, dont les sourcils disparaissaient sous le doux rideau de sa frange.

— Oui, on peut dire ça comme ça. Mais pas vraiment. Ça arrive bien trop tôt, non ?

— Effectivement.

Elle avala une gorgée de son cappuccino.

C'était l'une de ces journées d'été à la fois nuageuse et étouffante de chaleur. Nous étions dans un café qui avait récemment ouvert dans la rue principale, remplaçant une gargote. Alice avait pleuré sa disparition, déclarant que c'était un nouveau morceau du tissu local qui se voyait arracher par la gentrification, et j'étais sûre que Jude aurait partagé son point de vue. Ça n'en restait pas moins un commerce local qui méritait qu'on le soutienne, et de plus il proposait des cupcakes *red velvet*, avec de minuscules donuts perchés sur les torsades d'un glaçage sans lactose.

— C'est seulement qu'il travaille en ville en ce moment et qu'il n'a nulle part où vivre. Et comme il est bénévole, assumer un loyer londonien n'est pas vraiment dans ses cordes, hein ?

— Et il est à Londres pour combien de temps ?

— Eh bien, potentiellement jusqu'à la fin de l'année. Ça dépend de ce qui se passe avec la politique et tout ça. Peut-être plus longtemps, si on lui offre un poste.

— Waouh. Donc pour une période indéterminée.

Dani souleva avec précaution le mini-donut de son cupcake, l'examina sous son glaçage et y planta les dents.

— Oh la vache, shoot de sucre absolu. C'est si bon. Vous devez être sûrs de vos sentiments alors.

Je dépouillai mon propre cupcake de son papier et l'observai. Afin d'en apprécier totalement la saveur, il fallait idéalement mordre à travers les trois couches : le gâteau spongieux *red velvet*, le glaçage et le donut. D'un seul coup de dents. Mais si je tentais l'opération, je me déboîterais sûrement la mâchoire. Je brisai un bout vermillon de la partie inférieure de la pâtisserie et la mangeai afin de réduire la taille de la structure.

— Il est génial, dis-je. Il a de hautes valeurs morales et des principes. J'admire vraiment son engagement pour les causes auxquelles il croit. On partage les mêmes, sauf que je ne me suis jamais vraiment bougé le cul pour agir.

Je me demandais, avec un pincement au cœur coupable, si la coloration rouge du cupcake venait des carapaces écrasées de pauvres petits scarabées carmin. Sûrement que non – pas quand il y avait un grand V à côté du dessert sur le menu. J'aurais quand même dû poser la question, mais je m'étais abstenue, parce que je craignais que la serveuse me prenne pour une emmerdeuse.

Jude n'aurait pas hésité, lui.

— Tout ça est très bien, me dit Dani, mais ça donne quoi au lit ?

Je m'étouffai presque sur mon chai latte à la noix de coco.

— Très chouette. Gentil et doux.

— Hum. C'est bien. Mieux que le fait qu'il soit un gaucho embrasseur d'arbres.

Je tentai d'afficher un air désapprobateur, mais le rire l'emporta.

— Je suis aussi une gaucho qui embrasse les arbres. Et il est féministe. Combien de mecs sont prêts à admettre une telle chose ?

— Pas tant que ça, reconnut Dani. Certainement aucun de ceux avec qui je suis sortie.

— Et qu'en est-il de Fabian ?

— Ah, tu sais quoi ? Sincèrement, je me fous complètement de savoir s'il est féministe ou pas. Il me traite correctement, il m'emmène dans des endroits sympas, il est sexy, il me fait rire et il assure grave au pieu. On ne parle jamais de politique ou de ces trucs-là, de toute manière. Ça ne l'intéresse pas plus que ça, et il en va de même pour moi.

J'essayai de me représenter Fabian à une manif anti-extinction, ou avec un T-shirt « Voilà à quoi ressemble un féministe » sur le dos. Échec total.

— Non, j'imagine que non. Et ça se passe bien avec lui ?

— Super bien. Il me fait livrer des fleurs, genre, un jour sur deux. Chaque fois qu'on n'arrive pas à se voir. Il est super romantique, mais pas en mode gros lourd. Un gentleman, tout simplement. Il m'ouvre la portière de la voiture, ce genre de choses, tu vois.

Je n'étais pas sûre qu'ouvrir la portière était chevaleresque au point de rattraper le fait qu'il ignorait les appels et les SMS de Dani, mais peut-être que Fabian s'était racheté. Jude n'avait pas de voiture, évidemment. Il s'opposait même au fait d'utiliser Uber, l'entreprise n'offrant pas de protection sociale suffisante à ses salariés.

— N'est-ce pas étrange ? dis-je. Toi et moi trouvant en même temps nos amoureux ? Enfin, Jude et moi n'avons pas encore évoqué une relation exclusive, mais il habite chez moi depuis dix jours et il m'a avoué qu'il m'aimait, donc ça signifie sûrement que c'est sérieux, non ?

Dani lécha sa cuillère.

— Sûrement. Tu lui as répondu que tu l'aimais aussi ?

— Pas cette fois-là. À vrai dire, j'ai été si surprise et il a lancé ça de manière si détendue que je n'étais même pas sûre qu'il le pense vraiment, et je n'avais pas envie de paraître collante. Mais depuis, oui.

Prononcer ces mots, si longtemps après que je les ai dits pour la dernière fois à Joe, avait été très étrange. Mais le sourire sur le visage de Jude, la manière dont il m'avait ensuite serrée contre lui m'avaient rassurée. Il ne pensait pas que j'étais collante ou en manque d'affection. Ou si c'était le cas, lui aussi, donc tout allait bien.

— Si Fabian me déclarait quil m'aimait, je crois que je m'évanouirais sous le choc, fit Dani.

— Ils sont si diamétralement opposés. Je veux dire, nous, on se ressemble plutôt – on est copines, et tout ça. Mais imaginer Jude et Fabian partager une bière ? Impossible ! Tu y arrives, toi ?

— On devrait tenter une sortie à quatre, suggéra Dani en se mordillant une cuticule. Histoire de voir comment ça se passe.

— Carrément, dis-je tout en pensant qu'elle et moi savions que ça n'arriverait jamais de chez jamais. Au fait, c'est quoi le signe de Fabian ?

— Bélier, évidemment. Je ne lui ai pas posé la question directement, cela dit. Je l'ai juste interrogé sur la date de son dernier anniversaire. Mais il correspond totalement au profil. Déterminé, explosif, ambitieux, buté.

— Son boulot lui prend sûrement un temps dingue, non, avec toutes ses start-up ?

Dani soupira avant d'avaler le reste de son cupcake en une énorme bouchée.

— Tu sais quoi, je t'envie presque d'avoir Jude chaque soir. Tu as raison, Fabian est extrêmement occupé. La semaine dernière, il était aux Bermudes, et celle d'avant, à Malte, et il a constamment des réunions de travail qui durent jusqu'à 10 heures du soir. Il a envie de me voir – je le sais, il me le répète tout le temps –, mais je ne veux pas rester là à attendre qu'il rentre chez lui, parce qu'à part m'occuper avec mon téléphone… je n'aurais rien à y faire.

— C'est sûr. Jude ne passe pas tout son temps chez moi quand je n'y suis pas. Il bosse tard, se rend à des meetings, tout ça. Ce qui est tout aussi bien, parce qu'on est débordés au pub et que je suis en horaire fractionné la plupart des jours. Donc on se voit vraiment les matins, et le soir avant de se coucher.

— Je retrouve Fabian à la salle, quand même.

Dani s'illumina. Elle avait modifié ses horaires d'entraînement pour qu'ils coïncident avec ceux de Fabian plutôt qu'avec les miens. Sa compagnie me manquait, mais au moins ça nous obligeait à faire d'autres choses ensemble à côté.

— Il y passe beaucoup de temps, non ?

— Ouais, tous les jours. Ça demande du boulot d'avoir un corps comme le sien. Il dit que c'est pareil pour tout dans la vie, et il a raison, évidemment. Peut-être que, si j'avais bossé davantage à la fac, je ne serais pas coincée dans un job sans perspective que je déteste. Mais parfois j'aimerais bien qu'il ait une foutue baisse d'énergie, et qu'on s'occupe à des trucs normaux ensemble, comme regarder *Love Island*, boire un coup au pub, ce genre de choses. Quand on sort, c'est toujours dans ces restaurants branchés et je me pose toujours les mêmes questions : comment m'habiller ? que commander ? quel couteau utiliser ? Ses potes sont systématiquement présents, ils discutent affaires comme si j'étais transparente, et je me sens comme une vraie conne.

Elle avait lancé tout ça sans reprendre son souffle.

— Lors de ma dernière soirée de repos, Jude et moi étions censés aller manger un curry. Sauf qu'il y avait ce SDF devant le restaurant, et Jude s'est arrêté pour discuter avec lui. Le temps qu'il s'organise pour lui fournir un repas chaud, un lit dans un foyer et un endroit pour que son chien soit hébergé, il était trop tard. On est rentrés à la maison se faire des toasts.

Je me rappelais combien Jude s'était adressé avec respect à Andrei, comment il s'était accroupi, lui avait serré la main et demandé comment s'appelait son chien. Il avait été capable d'agir pour l'aider. Sur le moment, j'avais éprouvé un énorme élan d'admiration pour lui et souhaité être aussi efficace et emplie de compassion que lui, aussi désireuse d'abandonner mes projets en croisant quelqu'un dans le besoin. Sans parler d'énoncer quelques mots en roumain. Ne pas avoir dégusté les samosas aux petits pois et aux pommes de terre dont je rêvais était devenu insignifiant quand j'avais pris en considération la chance que j'avais d'avoir un toit et un grille-pain.

Ensuite, Jude et moi étions rentrés, et il m'avait dit qu'il m'aimait ; il avait semblé assez naturel de lui répondre que je l'aimais aussi. Nous avions couché ensemble et ça avait duré plus longtemps, cette fois-ci. Même si le nirvana était resté hors de portée, la proximité de Jude avait paru si précieuse et importante que l'absence d'orgasme avait compté aussi peu que d'avoir raté les samosas. Nous nous aimions – le sexe s'améliorerait, nous avions seulement besoin de pratiquer.

J'avalai ce qui restait de mon cupcake, et Dani termina son cappuccino.

— Est-ce que ce n'est pas génial d'avoir un mec ? dit-elle. Ma mère m'a envoyé une tonne de photos du mariage de Jamie, mon ex, l'autre jour. Pour me rendre dég' qu'il ait quelqu'un d'autre et me rappeler que jamais il ne m'épouserait, mais je n'ai pas éprouvé la moindre tristesse. En fait, ce qui m'a rendue triste, c'est qu'elle ait envie de m'infliger ça.

— Je comprends. Qui a besoin d'un Jamie, de toute manière ?

— Exactement ! Et mieux encore, maintenant que j'ai Fabian, jamais plus je n'aurai à *dater*. J'adore ça.

— Oh oui ! Moi aussi.

# 18

Aujourd'hui, une rivale a les yeux fixés sur votre prix, Verseau. Si la chance était de votre côté pour le remporter, n'oubliez pas qu'on risque de vous l'arracher tout aussi facilement.

— C'est notre arrêt.

Je descendis derrière Jude les marches du bus à impériale, agrippant fermement la rampe, car il roulait encore. Nous nous trouvions dans un coin de l'Est de la ville où je n'avais encore jamais mis les pieds, celui des vieux docks. Contrairement à la plus grande partie de la zone, ici, rien n'avait été réhabilité ni remplacé par de clinquants gratte-ciel de verre. On avait l'impression que tout était resté en l'état depuis quarante ans : les grands immeubles d'habitation sordides, les bouts de pelouse rabougrie où des enfants jouaient au foot entre des plates-bandes de verre brisé, les cordes à linge accrochées de guingois en travers des balcons, les voitures garées sur leurs jantes le long des bordures herbeuses, rouillant lentement jusqu'à ce que mort s'ensuive.

— Waouh, dis-je, ça fait longtemps que ton amie est installée ici ?

— Seulement quelques mois. Rien de permanent – elle tient le rôle de gardien et dispose d'un appartement dans un immeuble voué à la démolition. Ça aurait dû être entrepris il y a des années, mais les habitants se sont insurgés, et à raison. On va les reloger Dieu sait où, séparés les uns des autres.

Le soleil se reflétait sur un tas de bonbonnes d'oxyde nitreux devant un pub fermé par des planches de bois. Si une Alice avait été là pour venir à son secours, y insuffler une nouvelle vie comme au Ginger Cat, est-ce que cela aurait changé quelque chose ? Curieusement, je n'arrivais pas à y croire.

— C'est une honte, commentai-je. Désinvestir les infrastructures pendant tant d'années. Quelle tristesse.

— Ça devient une décharge pour gens oubliés. Les réfugiés, les chômeurs longue durée, ceux qui se droguent ou souffrent de problèmes mentaux. J'ai travaillé dans des environnements comme celui-là, en tant que bénévole à des banques alimentaires, des trucs du genre. Et on ne s'habitue jamais à cette épreuve.

— Mais il s'agit d'une visite de courtoisie, n'est-ce pas ? dis-je, tentant de mon mieux d'alléger l'atmosphère. On a apporté du vin et tout ça.

— Et Indigo est impatiente de faire ta connaissance.

Jude me sourit, son expression s'était adoucie.

— Vous allez super bien vous entendre toutes les deux, j'en mettrais ma main à couper.

— Tu es sûre que ça va, ma tenue ?

Je me sentais terriblement mal préparée pour ma première sortie officielle en tant que petite amie de Jude, où je serais présentée à l'une de ses proches. La veille, après mon service, j'avais mentionné que je ne travaillais pas le lendemain soir, et Jude s'était exclamé qu'on pourrait aller voir Indigo. Et avant que je ne parvienne à obtenir plus d'informations – je savais seulement qu'ils avaient été à la fac ensemble et qu'elle n'habitait pas très loin –, il avait agrippé son téléphone pour discuter avec elle sur WhatsApp. Et maintenant, nous y étions.

— Je crois que c'est ici, dit Jude. Pettigrew Tower.

Je levai la tête vers le panneau accroché à l'une des passerelles en béton, où toutes les barres des *T* et des *E* manquaient, et où on discernait à peine l'emplacement où les autres lettres s'étaient trouvées un jour.

— Sûrement.

— Il n'y a pas d'ascenseur, précisa Jude. En fait, si, il y en avait un, mais avant. Et c'est au huitième étage.

Je ris.

— Une bonne chose que je porte des souliers plats. Et que je fasse du sport pratiquement tous les jours.

Malgré tout, arrivée sur le huitième palier, j'étais à bout de souffle. Je m'arrêtai pour essuyer la sueur qui perlait sur ma lèvre supérieure. Rencontrer la plus vieille amie de Jude était déjà une épreuve suffisante en soi pour mes nerfs. Pas la peine, en plus, d'être une épave transpirante et suintante.

— Tu es sûre que je suis présentable ? insistai-je.

— Tu es superbe. Et il n'en serait pas autrement même si tu essayais.

Sa déclaration et sa main qui tenait fermement la mienne me rassurèrent. Il frappa à la porte de l'appartement 805, tandis que je fixai un sourire amical sur mes lèvres. Sourire qui faiblit dès qu'Indigo ouvrit. Pas tant parce qu'elle était attirante – même si elle était carrément canon – mais plus à cause de son style.

Grande, mince au point d'en être presque maigre, avec une peau couleur perle et de longs cheveux noirs, dont la couleur s'harmonisait avec celle de ses vêtements évasés. Elle avait d'immenses yeux bleu-gris surmontés de cils si épais et sombres qu'ils paraissaient faux, même si j'étais sûre à 99 % que ce n'était pas le cas. Sans parler de ses lèvres aux courbes parfaites, pleines, dont j'étais prête à parier qu'elles n'avaient jamais vu de près l'aiguille d'une piqûre. Elle avait exactement l'allure dont l'adolescente émotive de quatorze ans que j'étais rêvait d'être pourvue le matin au réveil. Durant la nuit, je rêvais qu'un miracle me transforme, moi, la fille de petite taille, ronde et rousse, en une brune grande et mince. Ce qui n'était jamais arrivé, bien entendu (à l'exception de la fois, qu'il valait mieux oublier, où j'avais tenté de teindre en noir mes cheveux en utilisant un kit prêt à l'emploi de chez Boots). J'avais depuis longtemps accepté et même appris à aimer mon apparence. Malgré tout, Indigo réveillait en moi les insécurités adolescentes que je croyais disparues depuis longtemps.

— Salut !

Elle étreignit Jude avant de me serrer contre elle. Elle sentait la cigarette et un parfum musqué.

— Entrez, bienvenue dans mon humble demeure. Vous êtes mes premiers visiteurs.

— On t'a apporté une bouteille de cava, dis-je en la lui offrant timidement.

— Merci.

Indigo nous indiqua le chemin. Bien que la journée fût lumineuse et ensoleillée, l'intérieur baignait dans la pénombre. Seuls de minces éclats de lumière parvenaient à se faufiler à travers les angles des fenêtres, drapées de lourds tissus dépareillés. Il n'y avait aucun meuble, mis à part une simple chaise droite en bois, une pile de coussins au sol et un chevalet sur lequel se trouvait le portrait d'une femme au visage vert qui présentait une légère ressemblance avec Indigo.

— Mettez-vous à l'aise, nous dit-elle, je vais chercher des verres.

Jude et moi nous assîmes par terre, dos contre le mur. Il posa la main sur mon genou qu'il serra dans un geste de réconfort. Quelques instants plus tard, Indigo réapparut avec la bouteille ouverte et trois bocaux à confiture vides.

— Je les ai utilisés pour nettoyer mes pinceaux, expliqua-t-elle, mais ils devraient être raisonnablement propres. Je dispose seulement d'eau froide ici, donc je vais me doucher chez des amis.

J'étais sur le point de lui proposer par politesse de ne pas hésiter à m'ajouter à la liste, puis je me repris. La dernière chose que je souhaitais était de voir cette femme flottant langoureusement à travers mon appartement, avec pour tout vêtement une serviette de bains.

— Comment vous êtes-vous rencontrés tous les deux ? demanda-t-elle.

Elle s'abaissa avec grâce jusqu'à s'asseoir sur un coussin sans l'aide de ses mains, occupée par les bocaux, et nous passa les nôtres.

— À la manif contre le changement climatique d'il y a quelques semaines, répondit Jude. Ça a été le coup de foudre, n'est-ce pas, Zoë ?

Je ris.

— Une attirance physique, peut-être. Mais bon, je venais juste de me casser la figure et de m'écorcher les genoux. Je n'étais pas moi-même. Jude est venu à mon secours.

— Et Zoë a insisté pour connaître mon signe astrologique avant de prendre le métro avec moi, ajouta-t-il.

— Et nous sommes ensemble depuis, conclus-je, omettant de mentionner le hiatus de quatre semaines où je n'avais pas vu Jude ni eu la moindre nouvelle de sa part.

C'était la première fois que nous racontions notre histoire à quelqu'un. J'imaginais ce récit devenir familier, embelli et amélioré par nous au fil du temps – une partie de notre mythologie commune. L'idée en était à la fois excitante et réconfortante. Jude éprouva probablement la même chose car nos regards se rencontrèrent, nos sourires aussi intimes qu'une caresse.

— Trop chou, commenta Indigo, sans vraiment d'enthousiasme. Donc tu y crois ? À la science des étoiles ?

— Eh bien… un peu, oui. Enfin, j'ai une appli sur mon téléphone, et je m'étais lancée dans les rencontres en ligne. J'ai pensé qu'il serait intéressant de voir ce qui se passerait si je sortais avec des types de différents signes astrologiques.

Elle dressa un sourcil, compétence que je n'avais jamais acquise mais toujours enviée.

— Une appli sur ton téléphone. Ce n'est pas très scientifique, si ?

— Elle utilise des données fournies par la NASA, répondis-je, sur la défensive. Et s'est montrée étonnamment pertinente. En fait, le jour où j'ai rencontré Jude, elle disait…

Je m'interrompis, parce que je ne parvenais pas à me souvenir de ce que Stargazer m'avait prédit ce jour-là, sauf que, avec le recul, ça m'avait semblé s'être révélé étonnamment juste.

— Indigo est à fond dans ces trucs, intervint Jude. Elle déchiffre les tarots et lit dans les paumes de la main, et tout ça. Elle le faisait dans les soirées à la fac, pour gagner un peu de fric.

— Jusqu'à ce que je prenne conscience que je dévalorisais mes dons, ainsi. Maintenant, je pratique seulement à l'occasion, et pour mes amis. Et si j'établissais vos cartes du ciel, ça vous dit ? Pour voir à quel point vous êtes compatibles à un niveau plus profond ?

— Je… merci de la proposition.

Je n'étais pas sûre de savoir pourquoi, mais soudain cette pièce sombre, le visage d'Indigo dans l'obscurité et l'air suffocant me rendaient légèrement malade et franchement mal à l'aise. Je descendis mon vin pétillant et essayai d'afficher de nouveau mon sourire éclatant.

— Ça serait génial, dit Jude. Allez, Zoë, ça te tente ?

— Bien sûr.

Ce n'était rien, tâchai-je de me convaincre. Est-ce que ça comptait ? Jude et moi étions ensemble. Il m'avait dit qu'il m'aimait et moi aussi.

Indigo se livra au même tour que lorsqu'elle s'était assise, mais à l'envers. On aurait dit qu'un fil courait du haut de sa tête au plafond, lui permettant de se lever et de se baisser sans aucun effort apparent. Ça, ou elle pratiquait du yoga ou du Pilates ou un truc qui la rendait à la fois musclée et souple. Elle s'avança jusqu'à une pile de livres branlante dans un coin, fit courir son doigt le long du dos de ces derniers, avant d'en choisir un. Le reste de la pile chancela et s'écroula, mais elle n'en tint pas compte et revint à sa place sur les coussins.

— Maintenant, Zoë, tes date, heure et lieu de naissance, dit-elle.

Je les lui donnai. J'avais un doute quant à l'heure de ma naissance, que j'inventais.

— Et toi, c'est le 29 mai, à 1 h 10 matin, à Bristol, dit-elle à Jude avec un sourire.

Bon sang, comment était-elle au courant ? Elle lui avait probablement établi son horoscope auparavant. Ils se connaissaient depuis des années, après tout. Mais comment s'en était-elle souvenue ? Y avait-il plus que des liens amicaux entre eux ? Non, je ne serais pas jalouse – je ne me permettrais pas d'être cette petite amie manquant de confiance en elle qui passait son homme à la moulinette sur ses relations précédentes et ses amitiés du moment. Je ne me rendrais pas malheureuse avec des comparaisons qui n'existaient que dans ma tête.

Même si elle ressemblait à Christina Ricci.

— Ça va ? murmura Jude en serrant doucement ma cuisse.

J'opinai et lui retournai le geste. Indigo feuilletait les pages de son livre, concentrée. Ses cheveux noirs touchaient la page, la fumée de cigarette s'enroulait autour de sa tête. Elle marqua une pause et son ongle pas si propre que ça courut le long des lignes.

*Ne la juge pas*, me dis-je. *Tu n'aurais probablement pas les ongles très propres non plus si tu vivais dans un appartement sans eau chaude. Elle est l'amie de Jude – tu es censée l'apprécier, pas te sentir sur la défensive et rancunière.*

— Eh bien, c'est intéressant, dit-elle. Bien sûr, comme vous le savez, les Gémeaux et les Verseau sont généralement très compatibles. Vous partagez une curiosité pour le monde, une passion pour les causes qui vous tiennent à cœur, de l'excentricité et le désir de tourner le dos aux conventions. Ce qui explique que vous allez bien ensemble. Mais il y a des choses étranges dans cette carte-là.

Jude rit.

— Vas-y, Ind, balance tout. Arrête de te la jouer mystérieuse. On n'est pas à un enterrement de vie de jeune fille où tu cherches à impressionner.

— Je n'entrerai pas dans les détails. Mais, Zoë, ta carte présente des anomalies. Avec Saturne dans ton signe ascendant. Ce qui suggère qu'en réalité tu aspires ardemment à la stabilité et que tu as un penchant pour le conformisme, ce qui est inhabituel chez un Verseau. Ou n'importe quel signe d'air d'ailleurs.

Je me souvins des termes sur mon application. « Il n'y a rien de mal à admettre que vous êtes un oiseau qui serait plus heureux en cage. » La plupart des messages qu'elle m'envoyait, je les oubliais aussitôt lus. Pourtant, celui-là m'avait frappée pour une raison ou pour une autre – peut-être parce que, chaque fois que j'y pensais, il me rappelait de pauvres poulets élevés en batterie et que je me culpabilisais pour chaque œuf frit mangé dans ma vie. Puis l'idée des œufs frits me donnait vraiment envie d'en manger un, ce qui me rendait encore plus coupable.

Indigo avait beau déclarer qu'elle n'avait pas l'intention d'entrer dans les détails, ce fut exactement ce qu'elle fit. La fumée s'enroulant autour de son visage à travers le rideau de ses cheveux noirs, son doigt suivant les lignes sur la page, elle se mit à nous expliquer ce que le ciel nous réservait.

— Ton besoin de sécurité peut te mener à étouffer ceux que tu aimes, Zoë, annonça-t-elle d'une voix basse et solennelle. T'es-tu jamais retrouvée dans la position où les gens s'éloignent de toi parce que tes propres besoins priment sur les leurs ? C'est bien ce que je pensais. Tu vois, Jude, comme la plupart des Gémeaux, a besoin d'échapper au quotidien. Et pour lui, avec cet ascendant Balance, il est encore plus important de trouver le juste équilibre. Une histoire comme la vôtre, qui s'est enflammée si vivement dès le début, risque facilement d'être réduite à néant si vous n'attisez pas les flammes.

— C'est pas trop mal, non ? commenta Jude. Zoë peut être ma stabilité et, moi, j'attise ses flammes. Gagnant-gagnant.

Indigo refit ce truc avec son sourcil.

— Donc, rien d'inquiétant, c'est ça ? Sauf si vous avez envie d'une lecture de tarot pour en être assurés.

— Peut-être la prochaine fois, dis-je. Mais j'aimerais vraiment en apprendre plus sur ton art. Cette peinture est incroyable – tu as tellement de talent.

Ce qui marqua la fin de la conversation sur le mysticisme, Dieu merci. Indigo papota, bien plus normalement, expliquant comment elle vendait ses peintures sur Internet ou à des vide-greniers, et me questionna même un peu sur mon boulot. Jude écoutait et à l'occasion émettait un commentaire flatteur sur l'une ou l'autre de nous. On finit la bouteille de cava, Indigo en ouvrit une autre de vin rouge, et Jude suggéra qu'on se fasse livrer à dîner. Mais Indigo nous apprit qu'elle était dans l'un de ses jours de jeûne, et donc on y renonça.

Il était à peu près 21 heures quand on se décida enfin à partir.

— Tu penses qu'elle avait raison… sur le fait qu'on ne soit pas vraiment compatibles ? Astrologiquement parlant, je veux dire ? demandai-je à Jude tandis que nous attaquions la longue descente des escaliers.

Il rit.

— Oh ! mon Dieu, n'y accorde pas la moindre importance. Ind adore quand les choses tournent légèrement au drame. De plus, ce ne sont…

— … que des conneries ?

— Exactement ! Même si je ne le lui dirai jamais, parce que c'est ma pote. Le plus important, c'est qu'entre toi et moi tout va bien, non ?

— Eh bien, oui, une fois que j'aurai mangé quelque chose.

Nous nous sommes arrêtés à un restaurant turc sur le chemin pour avaler des tonnes de falafels, de frites et de salade. Puis nous sommes rentrés chez moi, tellement claqués que nous nous sommes contentés de nous laisser tomber sur le lit et de nous lover l'un contre l'autre.

Mais une fois Jude endormi, je commençai à me demander ce qu'Indigo avait réellement voulu dire. Peut-être pensait-elle sincèrement que ce qu'elle nous avait raconté était vrai. Malgré tout, pour une raison quelconque, j'en doutais. J'avais remarqué la manière dont elle regardait Jude, avec quelque chose comme de la faim dans le regard – ce qui, bien sûr, était peut-être imputable à son jeûne. (Sincèrement. Le temps le plus long que j'avais passé sans manger était vingt-quatre heures, à cause d'une horrible infection à l'estomac, et arrivée au bout de la journée, j'en étais presque à manger ma main.) Je ne parvenais pas à me débarrasser de l'impression qu'elle nourrissait les mêmes suspicions à mon égard que moi vis-à-vis d'elle, et pour les mêmes raisons.

Ce qui ne fit que renforcer ma résolution. Jude et moi étions en couple. Je ferais en sorte que ça marche entre nous. Je continuerais à alimenter la flamme de la passion entre nous, quoi qu'il en coûte. J'avais un petit ami, et je ne laisserais pas la première rivale venue aux sourcils dressés, pommettes bien dessinées et liseuse de tarot s'immiscer entre nous.

# 19

De nos jours, la paix et le bonheur se trouvent peut-être du côté de la nature, mais n'oubliez pas que les vagues sont puissantes et que les tigres ont des dents.

Il était 10 heures du matin et j'étais encore au lit. Je savourais ma première matinée de repos depuis un siècle et, surtout, j'avais l'impression que pour la première fois je n'avais pas à sacrifier mon temps libre à passer Internet au peigne fin à la recherche d'un amoureux potentiel. Voilà trois semaines que Jude et moi étions… pas exactement installés ensemble. Mais nous habitions ensemble. Et je ne m'étais pas encore complètement habituée à l'idée que je n'étais plus célibataire.

Il semblait bien que Jude ait emménagé de manière permanente. Son ordinateur portable sur ma table basse, sa guitare posée contre le mur, ses vêtements… eh bien, à peu près partout. Ma tâche numéro un pour cette matinée *off* consisterait à faire une lessive – ou plutôt trois, à en juger par les tas de fringues jetés sur le canapé, glissés à moitié sous le lit et couvrant la majeure partie du plancher.

Lorsque j'avais suggéré à Jude qu'on se charge du ménage ensemble, il m'avait répondu qu'il avait du boulot, et les tâches ménagères n'étaient-elles pas une ridicule construction bourgeoise, de toute manière ? Pour sa défense, il travaillait de longues heures, quittant souvent l'appartement avant 7 heures pour ne pas rentrer avant 9 ou 10 heures le soir. Et tout ça en échange d'aucun salaire – en tant que stagiaire, ses frais de transport lui étaient remboursés, et il avait une indemnité pour son déjeuner, pas plus.

Son engagement pour la cause m'impressionnait, sans que je parvienne à m'empêcher de me demander à quoi ressemblerait d'avoir un petit ami à demeure que je verrais parfois, au lieu de voir seulement ses affaires.

La fenêtre dans mon dos était ouverte sur le paysage matinal. Une légère brise soufflait, et j'entendis Frazzle émettre son gémissement familier. Les merles qui avaient niché dans le jardin à l'arrière du pub le fascinaient depuis des jours. Il se perchait sur l'appui de fenêtre, sa queue touffue orangée battant l'air de frustration, ses moustaches se hérissant, tandis qu'il observait les parents faire des allers-retours au nid. Sous mes yeux, sa mâchoire s'étira en un bâillement énorme, avant qu'il ne recommence à pousser ses petits cris.

— Tu perds ton temps à guetter, Frazz. Ces oiseaux sont capables de voler, contrairement à toi. Tu as des griffes, ils ont des ailes. Assume.

Mon chat se tourna vers moi pour me fusiller du regard. À l'évidence, il attendait de sa servante humaine qu'elle se dépêche de lui ramener un oiseau pour jouer avec. Je lui demandai de cesser d'être ridicule, me sortis du lit et enfilai un short en jean effrangé et un vieux T-shirt. Ma douche attendrait – quand j'en aurais fini de nettoyer l'appartement, j'en aurais certainement plus besoin que maintenant.

Comment Jude avait-il réussi à accumuler tant de trucs en seulement quelques semaines ? Il y avait des journaux partout – *The Guardian*, le *New Statesman*, le *Morning Star*, le *Daily Mirror* – la plupart d'entre eux non lus car Jude, comme tout le monde, s'informait sur Twitter. Une pile d'albums vinyles qu'il avait ramassés dans la rue, où quelqu'un les avait abandonnés après avoir fait du tri, chancelait. La même personne s'était débarrassée de tout un tas de vieux livres de cuisine – Delia Smith, Marguerite Patten et *The Microwave Gourmet*. Jude les avait rapportés parce qu'autrement ils auraient terminé à la décharge et il pensait que j'en aurais probablement envie. Je n'avais pas eu le cœur de lui dire que vraiment, mais alors, vraiment pas du tout, non.

— On a un entasseur compulsif sur les bras, dis-je à Frazzle. À ce rythme-là, tu n'arriveras plus à atteindre ta souris en herbe à chat.

Mais je suspectais que, si je me laissais aller à mon désir premier, à savoir prendre tout ça et l'emporter au recyclage, Jude en serait blessé et irrité. Donc, je lançai une machine et m'attaquai à la tâche ardue consistant à ranger le tout en tas plus ou moins ordonnés.

Depuis son poste d'observation sur le bord de la fenêtre, Frazzle lança un nouveau babillage hystérique. Je me tournai pour voir quelle en était la raison et me figeai. Là, sur la saillie à moins de trente centimètres de son nez était posé un bébé merle tout juste arrivé à maturité. Frazz s'était immobilisé, paralysé, à l'évidence incapable de croire en sa bonne fortune. Une proie immobile, sans défense, ne se posait pas juste sous la truffe d'un chat. Je parvenais tout à fait à imaginer le mien en train de se demander s'il s'agissait d'une sorte de piège.

Mais il ne resta pas ainsi très longtemps. Avant que je ne puisse traverser la pièce, il avait bondi. L'oiseau donna un coup d'aile frénétique et se débrouilla, juste à temps, pour décoller – sauf qu'au lieu de voler vers la sécurité, il pénétra dans l'appartement, poursuivi de près par mon chat.

— Merde ! Frazzle, viens ici. Laisse ce petit tranquille !

Frazzle faisait la sourde oreille. Il tenait à enquêter de plus près sur ce don du dieu des chats. Le merle s'était posé sur la moquette, et Frazzle l'observait, captivé, comme s'il avait conscience qu'un seul bond supplémentaire de sa part suffirait. Je tentais d'attraper mon chat, mais, pour la toute première fois, il gronda et fila comme une flèche sous le lit.

Normal. À cet instant, je n'étais pas son humaine d'amour, celle qui lui procurait nourriture, câlins, douceur et jeux impliquant un jouet en forme de canne à pêche animée. J'étais une rivale meurtrière, ayant l'intention de lui dérober sa proie. Ce qui était bien mon idée. Je fus trop lente, quoi qu'il en soit. L'oisillon courut un court moment de manière peu assurée, puis retrouva l'usage de ses ailes et les battit frénétiquement, réussissant un bref vol jusqu'au sommet de la porte de la salle de bains. Il s'y percha, recroquevillé de peur.

— Merde, merde, merde. Frazzle, tu es un méchant chat. Qu'est-ce que je fais, moi, maintenant ?

Pas besoin d'être ornithologue pour savoir que les dents et les griffes de mon chat présentaient un risque mortel pour cette petite créature. Que l'oisillon soit parvenu à se débrouiller pour réaliser ce vol inaugural ne signifiait en rien qu'il serait capable de trouver la sortie par la fenêtre. Et de plus, Frazzle avait émergé de sous le lit et se tenait accroupi, attendant que l'oiseau quitte son perchoir précaire.

« Je suis capable de tenir longtemps à ce jeu-là, semblait-il dire. L'un de nous deux craquera en premier, et ça ne sera pas moi. »

Enfermer le chat quelque part ? Impossible, puisque la seule porte dans mon petit appartement était celle que l'oiseau utilisait comme refuge temporaire. L'autre option était que je vienne au secours de ce dernier, mais ma taille ne me permettrait pas de l'atteindre.

Bref, je n'y arriverais pas toute seule.

Je soulevai Frazzle dans mes bras, ignorant ses protestations et gesticulations, et me dépêchai de sortir de l'appartement pour dévaler les marches jusqu'au pub. Là, quelqu'un sauverait sûrement l'oiseau – quelqu'un de plus grand que moi, c'est-à-dire n'importe qui, en fait.

Mais Robbie était seul en cuisine, et les casseroles sur le feu requéraient toute son attention. Alice était assise à une table avec Maurice et les autres membres du comité du pub, en pleine conversation. Fat Don occupait sa place habituelle au bar, ayant sans aucun doute déjà attaqué sa troisième pinte de la journée et ne me serait d'aucun soutien.

J'hésitai une seconde. Même si Alice n'était pas beaucoup plus grande que moi, elle était avisée, tout comme les autres – Maurice et d'autres habitants méritants du quartier. L'un d'eux aurait une idée.

Frazzle se mit alors à gémir de manière encore plus déterminée entre mes bras, ses griffes ratissant mon épaule nue. Je le libérai. Il sauta au sol dans un miaou qui reflétait l'affront qu'il avait subi et trottina vers une table dans un coin.

Je n'avais pas remarqué Adam. Devant lui, la boîte Donjons et Dragons était ouverte, et il dessinait ce qui paraissait être une carte d'une complexité folle sur un carnet de papier graphe. Un paquet de feutres de couleur, des crayons, une règle et un livre intitulé *The Mega Monster Companion*, que je ne connaissais pas, complétaient l'ensemble.

Je suivis la direction prise par Frazzle. Adam leva la tête, me remarqua et ferma rapidement son carnet. Frazzle lui sauta sur les genoux et se mit à ronronner.

— Pardon, je ne tentais pas de t'espionner, dis-je.

— Loin de moi cette idée. C'est seulement que je ne veux rien révéler pour notre prochain jeu. Je ne travaille pas aujourd'hui, du coup, je me suis dit que je viendrais ici pour le préparer un peu – ça me donne l'impression d'être sur les lieux. Comment va Frazzle ?

— C'est un tueur de sang-froid. Tu t'y connais en oiseaux ?

Je lui expliquai rapidement la situation. Adam se leva et déposa mon chat sur sa chaise.

— Tu me la gardes au chaud, lui ordonna-t-il. Et tu ne bouges pas de là tant qu'on ne t'a pas appelé. Compris ?

Frazzle le regarda, battit des paupières, comme si tout ce qui venait d'Adam lui convenait.

— Merci beaucoup, dis-je. Sincèrement, je ne sais pas quoi faire. L'oiseau s'est posé sur le haut de ma porte, hors de ma portée et est peut-être blessé.

— Allez viens. Mission de secours en cours.

Je me dépêchai de rejoindre mon appartement, Adam sur mes talons. J'ouvris la porte précautionneusement, m'attendant à moitié à ce que l'oiseau s'envole dans l'escalier et crée tout un tas de nouveaux problèmes. Mais il était encore recroquevillé là où je l'avais laissé.

Adam jeta un coup d'œil autour de lui et s'empara d'un T-shirt qui traînait par terre.

— Ça ne t'embête pas si j'utilise ça ?

— Non.

Je bafouillai une excuse sur le bordel ambiant, qu'Adam ignora.

Il s'approcha avec lenteur de l'oiseau, leva les bras avant de les baisser, le merle en sécurité dans le coton doux.

— Waouh, tu l'as attrapé comme ça !

— Il n'a pas encore appris à se méfier des humains, expliqua Adam. Ce n'est qu'un bébé. Maintenant, est-ce que tu as une boîte avec un couvercle ?

Je lui passai celle qui avait contenu les vinyles de Jude et il y déposa doucement le merle.

— Une bouillotte ?

— J'ai l'un de ces trucs qu'on met au micro-ondes. Je l'utilise parfois après le sport.

— Ça fera l'affaire, si on l'enroule dans quelque chose.

Un autre T-shirt fut mis à contribution.

— Il a l'air d'aller bien, non ?

Je jetai un œil dans la boîte, mais le merle m'ignora. Il était tassé sur lui-même, les plumes de ses ailes toutes neuves ébouriffées dans tous les sens.

— Enfin, je veux dire, pas comme s'il s'était cassé une aile, ou quoi que ce soit ? insistai-je. Il donnait l'impression de voler correctement.

— Ouais, mais je pense qu'il a pu se faire mal s'il a pris un coup de griffe de Frazzle.

Adam pencha la tête à son tour, tout près de moi. Il dégageait un parfum de café et de shampoing.

— Son système immunitaire est inexistant, et il risquerait de s'infecter et de…

— Mourir.

Adam confirma d'un hochement de tête.

— Il y a une association locale de sauvegarde des animaux, tu veux que je les appelle ?

J'opinai du chef. J'avais soudain l'impression que je ne serais pas capable d'expliquer la situation à qui que ce soit sans me mettre à pleurer. Ce n'était qu'un oiseau – un merle en plus, pas même une espèce rare ou menacée (par quoi que ce soit d'autre que mon chat). Mais je prenais brusquement conscience de la fragilité de l'existence. À quel point il était facile que le premier vol de ce petit oiseau soit aussi son dernier ; combien, partout, des vies pouvaient s'éteindre comme on souffle sur une bougie d'anniversaire.

J'attendis pendant qu'Adam téléphonait, parlait, et écoutait les réponses.

Il finit par raccrocher et ranger son téléphone.

— Bien, on a tout fait comme il le fallait en le gardant au chaud, m'informa-t-il. Ils m'ont dit de leur apporter et qu'ils l'ausculteront. Et s'il va bien, il y a une chance pour qu'on le ramène ici et que ses parents continuent à le nourrir.

— Tu les entends ? Je suis tellement habituée au bruit que je ne le remarque qu'à peine. Mais écoute.

Nous sommes restés ainsi dans mon appartement en désordre. Les bruits de la circulation me parvenaient de la rue, le cliquetis d'une livraison de bière à la boutique d'Archie, les pleurs d'un enfant. Et par-dessus tout ça, plus proches, résonnaient les pépiements empreints d'urgence des parents merles, essayant en vain de faire revenir leur petit en sécurité.

— Ils sont inquiets pour leur bébé, dis-je d'une voix légèrement rauque.

— Heureusement qu'il est entre de bonnes mains.

— Il ne va pas mourir, n'est-ce pas ?

Adam baissa les yeux sur la boîte qu'il berçait contre son torse.

— Je n'en sais rien. Mais j'espère que non.

— C'est que… si ça arrive, ça sera ma faute.

Une larme coula sur ma joue, que j'essuyai.

— Hé Zoë, non, tu n'y es pour rien. Frazzle non plus. Tu as agi au mieux. Quant à Frazzle… eh bien, tu ne peux pas vraiment t'attendre à ce qu'un chat prenne la mesure du côté sacré de la vie, si ?

Je parvins à rire.

— J'imagine que non.

Adam lâcha la boîte d'un bras, et, pendant une seconde, je me demandai s'il allait poser sa main sur mon épaule. Un câlin n'aurait pas été de refus. Mais un bruissement nous parvint du carton quand le petit merle vacilla d'un côté puis de l'autre, commençant sans aucun doute à se demander pourquoi il était coincé dans cet espace sombre à l'odeur étrange. Adam se dépêcha de reprendre la boîte à deux mains.

— Allons le faire examiner, dis-je.

— On y va ensemble ? proposa Adam. On prendra un Uber.

— Oui, on y va tous les deux.

# 20

Ce que vous souhaitez éprouver diffère légèrement de ce que vous éprouvez réellement, n'est-ce pas, Verseau ?

— Donc, tout s'est bien terminé, dis-je. On a emmené le petit merle au refuge, et un véto l'a examiné – en fait, on a découvert que c'était une femelle, ce qui en dit long sur ma vision de la vie animale centrée sur le mâle – et il lui a donné des antibiotiques, même s'il n'a décelé ni blessures ni quoi que ce soit. Il a confirmé qu'on avait eu le bon réflexe en la gardant au chaud. En plus, le voyage en Uber était en fait une bonne chose, parce que ça lui a donné une chance de se remettre du choc.

Jude leva la tête de l'écran de son téléphone et avala une gorgée de bière.

— Super.

Puis il reporta son attention sur son écran.

Nous passions – en tout cas en théorie – une soirée en amoureux. Mais le cadre était mon appartement et le repas, tout comme les boissons, provenait tout droit du pub. J'avais payé bien sûr, en utilisant ma remise d'employée. Qu'on ne sorte pas au restaurant était logique compte tenu qu'aucun de nous ne pouvait vraiment se permettre un dîner ailleurs qu'au Ginger Cat – en tout cas nulle part ailleurs où les plats et les consommations seraient de la même qualité.

Malgré tout, il était quand même un peu décourageant de manger lors de ma soirée de repos ce que j'avais préparé pour les clients la veille au soir, et qui était destiné à l'équipe pour ce jour. Non que quelque chose cloche dans le menu en lui-même – c'était mon chili spécial, avec pas moins de quatre sortes de poivre différentes et tout un tas d'autres ingrédients secrets. Et en accompagnement, des galettes de maïs, du riz, du guacamole et une crème aux noix de cajou. Grâce au ménage que j'avais pu faire, l'appartement était propre et bien rangé, des bougies allumées sur la table basse. Jude avait même inscrit au savon sur le miroir de la salle de bains « SOIRÉE EN AMOUREUX », souligné d'un énorme cœur.

Frazzle boudait encore d'avoir vu sa proie lui être retirée et était descendu au bar comme un mari grincheux afin de quémander des morceaux de tajine à l'agneau préparée par Robbie auprès de quiconque prêt à les lui offrir.

Je bus un peu de mon vin rouge.

— Et on l'a ramenée ici et lâchée dans le jardin, comme l'avait conseillé le véto. Et j'ai bien vu ses parents la nourrir. Apparemment, la légende selon laquelle les oiseaux abandonnent leurs petits si des humains les ont touchés est un mythe. Ils ne sont même pas au courant, parce que leur odorat est quasi inexistant. Ce qui semble logique, non ?

— Quoi ?

— Le bébé oiseau. Et elle n'est plus là maintenant, donc elle a dû s'envoler, soit pour retourner dans son nid, soit pour aller ailleurs, je n'en sais rien. Mais il est sûr et certain que Frazzle ne l'a pas mangée, parce qu'il a passé l'après-midi au pub. Enfin bref, et toi ? Ta journée ?

— Génial, me répondit-il. J'ai assisté à une consultation avec un groupe d'ouvriers sur le point d'être licenciés, et il semblerait qu'on ait atteint un compromis pour sauver leurs emplois. Ce sont quatorze familles qui bénéficieront encore d'un revenu. J'ai vraiment le sentiment de faire la différence, et j'en apprends chaque jour. Je suis seulement impatient de mettre vraiment les mains dans le cambouis, si tu vois ce que je veux dire, plutôt que d'être juste là à observer et jouer un rôle fantôme.

— Et tu accumules sûrement des contacts utiles, dis-je en me resservant un verre. J'ai bien conscience que ça devrait être plus une question de compétences que de carnet d'adresses, mais c'est comme partout, non ?

Jude s'illumina.

— J'ai été invité demain à une réunion de l'Alliance pour la liberté du travail, et à une autre de la Ligue pour la Liberté des travailleurs, après-demain. Et je dois boire un verre avec des types de l'Alliance révolutionnaire des travailleurs la semaine prochaine.

Un gloussement m'échappa.

— On dirait cette scène des Monty Python, avec le Front populaire judéen et le Front populaire de Judée ?

— Je ne regarde plus ce film, rétorqua Jude. Il est atrocement transphobe.

— Oh. J'imagine que oui. Mais tous ces noms se ressemblent, non ? Comment sais-tu qui est qui ?

— C'est très simple. L'Alliance pour la liberté du travail est un collectif socialiste, dont le but est de changer la machinerie du parti de l'intérieur. La Ligue pour la liberté des travailleurs est une organisation aux racines marxistes et l'ART est – à l'évidence – composée de maoïstes révolutionnaires.

Il continua ses explications, tandis que je l'écoutais attentivement. Aucun doute, ce qu'il disait était important, et j'aurais déjà dû connaître ces subtilités. Mais je n'arrivais pas à empêcher mes pensées de dériver. Je me souvenais de combien je m'étais sentie paniquée pour le petit merle, et avec quel calme Adam avait géré la situation. Je me demandais ce qui serait arrivé s'il n'avait pas été là – pensée insupportable. Je me représentais l'oisillon, dehors quelque part dans la nuit et, avec de la chance, en sécurité dans le nid de ses parents.

— Pourquoi ne viendrais-tu pas ? suggéra Jude, ramenant mon esprit à la conversation en cours. Il y aura un intervenant des Verts et quelqu'un de la Coalition pour le climat. Ça s'annonce super intéressant.

— Heu, pardon, c'est quand déjà ? Je vérifierai si j'ai un jour de repos.

— Mercredi prochain. Indigo sera là. Elle est en train de me le confirmer par SMS.

C'était donc pour ça qu'il gardait les yeux fixés avec tant d'intensité sur son téléphone. Il écrivait à Indigo. L'anxiété creusa un puits dans mon ventre, et je me rappelai que j'étais censée entretenir les flammes de la passion entre nous et non pas l'étouffer.

— J'adorerais venir.

Honnêtement, j'aurais préféré un tête-à-tête. Mais si les options étaient Jude, Indigo et moi, ou juste Jude et Indigo, je ne doutais pas de mon choix.

— Tu veux encore du chili ? lui proposai-je.

Il descendit sa bière et bâilla.

— Non, merci. Je suis fracassé. Je vais prendre une douche et me coucher.

Je débarrassai nos assiettes et allai chercher Frazzle au bar, lui donnai son dîner (pour lequel il montra peu d'enthousiasme – quant à savoir si c'était parce qu'il boudait toujours ou parce que les habitués l'avaient trop nourri avec les restes, j'aurais bien été en peine de le dire). Puis je mis la vaisselle à sécher sur l'égouttoir. Quand Jude sortit de la salle de bains, je me préparai à me coucher et me glissai sous la couette à côté de lui.

— Viens là, me dit-il.

Il m'ouvrit les bras et je me collai un peu plus à lui, tête contre son torse, inspirant l'odeur de propre qui émanait de son corps. Il m'embrassa, et commencèrent les caresses préliminaires maintenant familières, ses doigts quittant mon dos pour se rapprocher de mes seins. Mais au lieu de la flammèche de désir qui en résultait et grandissait jusqu'à me consumer entièrement, j'éprouvai autre chose.

Au début, je ne parvins pas à le définir. Ma peau était chaude sous les couvertures et plus encore où se trouvaient les mains de Jude, pour autant tout en moi restait froid. Le souvenir de notre dernière relation sexuelle, deux ou trois nuits plus tôt, me revint en mémoire. Comme pratiquement à chaque fois, c'en était fini avant même d'avoir commencé. Après, j'avais pris la main de Jude pour la guider doucement entre mes jambes, et j'avais attendu. Il m'avait distraitement caressée pendant quelques secondes, sans se préoccuper vraiment de ma réaction, avant de m'embrasser, de me déclarer qu'il m'aimait, que j'étais belle, incroyable. Puis il avait roulé de son côté du lit et s'était endormi.

C'était ce qui se reproduirait cette fois-ci. Il fallait que j'en discute avec lui, mais je craignais de le blesser. Et comment dire à un homme que le sexe avec lui n'est pas terrible sans en arriver à ce résultat ? Si je le vexais, je risquais de le perdre, et ensuite quoi ? Pour autant, la pensée de ce qui se déroulerait dans les minutes suivantes – la montée de désir, puis ma déception et mon ressentiment quand ça serait fini pour lui et aussi pour moi, bien avant que je sois prête pour ça – et la perspective que ça se reproduise encore et encore et que je sois impuissante à y changer quoi que ce soit était atroce.

Quand il se plaça au-dessus de moi, ce que je ressentais devint évident. De l'appréhension. Je me souvins du message de Stargazer le matin même, et je me sentis totalement comprise.

— Jude, je suis trop fatiguée, dis-je. Pas ce soir, OK ?

Le lendemain matin, me sentant affreusement coupable – pour une raison que je ne tenais pas vraiment à reconnaître –, je me levai sans bruit, prenant soin de ne pas réveiller Jude. Je me douchai avant de descendre dans le pub silencieux et sombre. L'équipe de nettoyage venait juste de partir, l'odeur de l'eau de Javel s'attardant encore dans l'air, recouvrant celles de feux de cheminée éteints depuis longtemps, de bière, de bois vernis. Ces dernières m'étaient maintenant si familières que je les remarquai à peine.

Je laissai Frazzle sortir dans le jardin, puis jetai un œil dans la cuisine. Tout y était rangé, prêt pour que Robbie et moi attaquions la journée. Il y avait le pain à faire lever, les viennoiseries à préparer, une livraison de légumes à 9 heures et une cuve de bouillon à réduire. Rien de tout ça ne pressait, aucune urgence. Il n'était que

6 h 30 du matin, et je pouvais savourer une demi-heure de solitude bienheureuse accompagnée d'un café.

Chaque jour était ainsi, à l'époque où il n'y avait que Frazzle et moi. Je m'étais imaginé que le reste de ma vie pourrait se dérouler de cette manière, et je m'étais même faite à l'idée. Mais maintenant, je m'étais habituée à partager mon espace avec Jude – enfin, plus ou moins. Qu'importe l'étroitesse de mon petit appartement et les doutes qui menaçaient de grandir dans mon esprit, il n'y en avait aucun en ce qui concernait la présence d'une autre personne dans mon lit : c'était rassurant. Je commençais à me rendre compte que je n'avais pas seulement été seule, j'avais été solitaire.

J'emportai mon mug sur une table proche de la vitrine, soulevai le store à rayures orange et vertes et m'installai. Dehors, la rue s'animait peu à peu. Les gens qui partaient travailler tôt se dépêchaient de rejoindre la station de métro, leurs sacs à ordinateur sur l'épaule, leur téléphone collé à l'oreille. Un camion gronda, en chemin pour livrer le supermarché Sainsbury's à l'autre bout de la rue. La fleuriste qui possédait la boutique à quelques pas de porte gara son van rose vif sur une double ligne jaune, en bondit et commença à décharger des brassées de fleurs et de feuillages. Sous mes yeux, le soleil émergea de derrière les toits d'en face, et la rue fut soudain inondée de lumière.

Je remarquai un homme qui se tenait devant le pub, raide comme une statue, les yeux rivés sur mon appartement. Il portait un jean, une chemise blanche au col ouvert et une veste en cuir. Et lui aussi était équipé d'une sacoche d'ordinateur et d'un téléphone. Un mec à l'allure totalement banale se rendant au boulot – alors pourquoi observait-il ainsi mon appartement ?

Je reconnus Adam seulement quand les rayons du soleil éclairèrent son visage.

Je posai ma tasse à moitié vide et ouvris la porte pour sortir dans la lumière du matin. Le bruit l'alerta de ma présence et il pivota. Il ne parut pas étonné de me voir, ni coupable d'avoir été surpris à traîner dans la rue devant le pub. Il me sourit et me fit signe d'approcher.

— Zoë, regarde là-haut.

Je le rejoignis en quelques pas, et mon regard suivit la direction indiquée par son doigt. Haut dans l'arbre se trouvaient quatre merles, qui gazouillaient à s'en arracher la tête. C'était probablement leur chant qui m'avait réveillée si tôt.

— Tu crois que l'un d'eux est le nôtre ? lui demandai-je.

Il ôta ses lunettes de soleil.

— Difficile à dire. Tu vois celui dont la teinte tire sur le marron ? C'est la mère.

— Et celui avec le bec jaune vif est le père, c'est ça ? Je regrette de ne pas avoir fait attention au nombre de petits qu'il y avait au départ. Les deux se ressemblent.

Nous nous tordions le cou pour essayer de différencier les deux oisillons noir-marron d'aspect poussiéreux dans le nid.

— Ce ne sont pas les oiseaux les plus mignons au monde, hein ? commenta Jude.

— Comment peux-tu dire une chose pareille au sujet de notre bébé oiseau ? m'exclamai-je. Ils sont adorables.

Il se tourna vers moi et nous éclatâmes de rire. Ce qui changeait totalement son visage, dévoilant ses dents blanches bien plantées et le rendant presque beau.

— Si on les nourrissait ? suggéra-t-il. Ou bien on pourrait laisser de la nourriture aux parents pour qu'ils s'en chargent ?

— Je ne connais même pas leur régime alimentaire.

— Est-ce qu'au refuge ils n'ont pas parlé de vers de terre, hier ?

— Ouais, c'est vrai. On ne peut pas vraiment en déterrer pour les alimenter, si ?

— Eh bien, si, mais…

— Je suis végane. Enfin, la plupart du temps. Impossible de me balader dans le coin pour tuer des vers de terre, même si c'est pour nourrir un oiseau.

— Attends.

Il tapota sur son téléphone.

— Apparemment, ils aiment les boules de graisse. Mais ils ne parviennent pas y accéder dans les mangeoires à oiseaux parce qu'ils sont trop imposants pour ça. Et si on installait une table pour eux dans le jardin du pub ? Ta boss serait d'accord ?

— Alice adore les animaux – elle soutiendra à fond le projet. Mais est-ce que Frazzle ne se mettra pas en tête que c'est une table pour chats, avec un buffet oiseaux-à-volonté ?

— Les buffets à volonté ne savent pas voler.

— Tu marques un point.

— Donc, j'en commande une ? Je la ferai livrer ici et passerai demain matin pour qu'on l'installe.

— Ça marche. Merci, Adam.

Il secoua la tête.

— Ce n'est rien. Je ferais mieux de filer, j'ai un rendez-vous à 8 heures.

Et avant que je ne puisse lui dire au revoir, ou même le remercier de nouveau, il avait descendu la rue à grandes enjambées, ses longues jambes musclées enserrées dans son jean gris foncé, et ses doigts volant sur l'écran de son téléphone.

Je n'avais aucune idée de l'endroit où Adam faisait ses courses, mais ça devait être l'équivalent de Harrods pour oiseaux, parce que la table qui arriva le lendemain était le truc le plus snob au monde. Une photo de l'article une fois monté était imprimée sur son énorme boîte brillante : d'une teinte vert pâle, elle disposait d'une petite clôture soutenue par des piliers à ses extrémités, comme une mignonne petite maison coloniale. Elle trônait sur un socle épais qui rendait toute ascension impossible à Frazzle. Une autre boîte l'accompagnait. Elle contenait probablement de la nourriture, et, à toutes deux, elles remplissaient le moindre centimètre disponible dans le minuscule bureau d'Alice.

Durant l'après-midi, je ne cessai de jeter des coups d'œil par les vitrines du pub et vers la porte du fond, vérifiant que les oiseaux se trouvaient toujours bien là.

— Tenez-bon, demain marque le début de votre vie de luxe.

Fidèle à sa parole, Adam arriva avant 7 heures le lendemain matin, bâillant et douché de frais, les cheveux encore humides. Il me suivit dans le pub vide et silencieux et je lui montrai les cartons.

— Mince alors !

— C'est le bon terme. Ils sont énormes. On les sort ?

Nous les soulevâmes ensemble pour les faire passer par la porte arrière dans le jardin, sous le regard circonspect de Frazzle, perché sur la barrière. Je pris un couteau à la cuisine pour couper précautionneusement le scotch qui fermait la plus grande. Adam la renversa, et environ un million de pièces de bois d'un vert brillant glissèrent sur l'herbe, accompagnées d'un petit sac contenant des douzaines de vis, d'écrous, de boulons, et des clés Allen de toutes tailles. Et, enfin, une unique feuille A4 pour les instructions de montage.

— OK, commenta Adam. Je ne suis pas sûr d'être qualifié pour ça.

— Tu penses que c'est hors de notre portée ? J'ai assemblé suffisamment de commodes Ikea en mon temps.

— Tu t'en occupes alors.

Je ramassai le mode d'emploi et l'étudiai. Puis je le tournai dans l'autre sens et l'étudiai de nouveau. Adam regardait par-dessus mon épaule, si proche que je sentais son souffle chaud dans mon cou.

— Hum… C'est peut-être un peu plus compliqué que ce que je pensais.

— On dirait qu'il faut d'abord s'occuper de la base, dit-il. Puis ce long pilier se fixe dessus. Ensuite, on assemble la maison principale pour oiseaux et on la pose dessus.

— Toutes ces petites balustrades trop chou doivent être vissées une à une ? Sérieux ?

— Hé, je pensais que tu ne voulais que ce qui se faisait de mieux pour nos oiseaux.

Je ris.

— Autant commencer à me mettre à visser alors.

Une demi-heure plus tard, j'étais au bout de ma vie. Le pilier central s'était écroulé pour atterrir sur le pied d'Adam. La feuille avec les instructions s'était envolée et je l'avais attrapée juste à temps avant qu'elle ne disparaisse derrière la clôture à tout jamais. Frazzle était venu nous donner un coup de main en emportant dans sa gueule l'une des clés Allen. Et on n'en pouvait plus de rire.

— Bon sang, on est vraiment nuls à ce truc, dis-je, tout en examinant une éraflure à ma jointure et la trace de sang correspondante sur le bois vert pâle.

— Ces oiseaux ont besoin d'une équipe compétente.

— Contrairement à Main Gauche et Main Gauche Amputée.

— À ton avis, on fait quoi de ce morceau ?

— Aucune idée. Est-ce qu'on ne poserait tout simplement pas le toit en croisant les doigts pour que tout se passe bien ?

— Ça marche. Ensuite, je ferais bien d'aller au boulot, je suis déjà en retard.

Nous fîmes au mieux pour terminer l'assemblage, remplir la mangeoire de boules de graisse, de cacahouètes et même d'une tête de tournesol, avant de nous éloigner pour admirer notre travail, sous le regard observateur de Frazzle et d'un écureuil curieux.

Puis Adam annonça à regret qu'il devait filer et traversa le bar si vite que je n'eus même pas trente secondes pour le remercier.

Dans la matinée, Robbie et moi passâmes notre temps à guetter les oiseaux de la cuisine. Sans en repérer ne serait-ce qu'un ce jour-là. Seul un écureuil et ses potes se montrèrent. Mais le lendemain matin, un merle se trouvait bel et bien là, à festoyer, et il fut vite rejoint par un autre. Je pris une photo que j'envoyai à Adam. Il répondit d'un émoji en cœur.

# 21

Vous savez ce qu'on dit de l'ennui, Verseau ? Il n'affecte jamais que les gens ennuyeux.

Après ça, je pris l'habitude de boire mon café le matin au pub, attendant de voir Adam passer pour se rendre au travail, avant de me rendre en cuisine pour attaquer la journée. Sans succès au début. Mais le vendredi, alors que je lui avais envoyé une nouvelle photo d'oiseau la veille, je le repérai enfin. Il n'était pas encore 7 heures. Il descendait la rue, sa sacoche d'ordinateur à l'épaule et ses lunettes de soleil sur le nez. Il ne m'avait pas échappé qu'il s'agissait d'un classieux modèle de Ray-Ban vintage. Depuis l'obscurité du bar, je le vis marquer une pause, s'arrêter, lever les yeux vers l'arbre, puis les baisser sur la vitrine derrière laquelle j'étais assise.

Je lui adressai un salut de la main, et il afficha un large sourire tout en se précipitant vers la porte.

— Entre, dis-je, on n'est pas encore ouvert, à l'évidence, mais ce n'est pas grave.

Je le fis pénétrer discrètement dans le pub, seulement éclairé par la lumière du soleil matinal, et l'entraînai vers la porte arrière que je poussai en douceur, un doigt sur les lèvres.

Adam opina et sortit silencieusement derrière moi.

Sur la mangeoire se trouvaient trois merles : la mère et deux des plus jeunes aux plumes couleur charbon. Sous nos yeux, un rouge-gorge descendit en volant, plein d'espoir, mais la mère agita ses ailes avec agressivité, se montrant aussi irritée que possible, et l'intrus s'éloigna. Frazzle était accroupi sous l'une des tables de pique-nique, aussi captivé que nous. Sur le toit voisin du magasin d'Archie, un écureuil, optimiste, attendait son tour.

— C'est comme tenter d'avoir une table au Chiltern Firehouse, murmurai-je. Apparemment, ça prend des mois, et encore, seulement si tu es une célébrité.

Adam rit.

— Je m'y rends ce midi, en fait, pour le boulot. Y a pas de quoi en faire tout un plat. Je préférerais manger des saucisses pommes de terre ici.

— Waouh, bonjour le déjeuner de travail. Qu'est-ce que tu fais, exactement ?

— Rien d'excitant. Je travaille dans la cybersécurité pour un fonds de placement. Mais mon boss aime en mettre plein la vue, notamment pour les déjeuners avec les clients. Il est de la vieille école.

Si jamais je m'étais interrogée sur l'emploi qu'occupait Adam – ce qui n'était pas le cas – je serais partie du principe qu'il s'agissait d'un truc en lien avec l'informatique. Ce qui allait avec le T-shirt que je l'avais vu porter avec une formule d'algèbre et son sac d'ordinateur, qui semblait en permanence attaché à son épaule. Mais je ne l'aurais jamais associé à quelque chose d'aussi fantastique qu'un déjeuner dans le plus exclusif des restaurants de Mayfair.

— Veinard. Tu me raconteras. Peut-être lors d'un café et d'une observation de volatiles demain ?

— Peut-être, me répondit-il.

Mon son visage paraissait s'être refermé.

— Je ferais mieux d'y aller, reprit-il. Merci de me les avoir montrés.

— Merci d'avoir fait livrer leur mangeoire.

Mais ma déclaration atteignit son dos déjà tourné, parce qu'il s'était dépêché de rentrer dans le pub, et quand je fis de même la porte principale se refermait déjà sur lui.

Le jeudi suivant, c'était soirée pizza au Ginger Cat, donc ma présence n'était pas requise. Dani et moi sortions. Une vraie sortie.

Je n'arrivais pas à me souvenir de la dernière fois que je m'étais habillée et était allée boire des cocktails avec une copine. J'en étais presque étourdie d'excitation. En plus, je ne l'avais plus vue à la gym depuis une semaine. Je portais une robe fourreau en satin noir et à bretelles et, même si j'avais dit non aux talons hauts, j'avais aux pieds l'une de mes paires de Converse les moins abîmées. Mes cheveux se comportaient correctement, j'avais appliqué un rouge à lèvres d'un rouge vif qui me donnait l'impression de ne pas savoir quoi faire avec ma bouche.

Bien que j'aie quitté l'appartement contente de mon apparence, je ne nourrissais aucune illusion : personne ne me jetterait plus le moindre coup d'œil une fois Dani dans les parages. Elle portait une combinaison noire en velours dont le col montait haut, mais sans manches, une minuscule minijupe en cuir et des bottes en daim noires aux talons immenses, du haut desquelles elle me surplombait.

La comparaison n'avait pas d'importance – aucune de nous deux ne venait pour attirer l'attention. On était juste là pour boire sans compter des cocktails aux couleurs vives et trop sucrés, et peut-être pour danser.

Nous en étions déjà à notre deuxième tournée qui incluait du gin rose, du jus de lychee et du sorbet, et nous avions commandé un bol de mélange apéritif indien présenté, pour une raison qui m'échappait totalement, avec des baguettes. Tout ici était à la fois compliqué et génial – même les boissons étaient servies en deux parties, avec un petit seau en cuivre accroché au verre afin que vous effectuiez vous-même le mélange qui permettait de les regarder pétiller de manière spectaculaire.

La pièce était éclairée par des néons, *Like a Virgin*, de Madonna, jouait, et je passais la soirée sans me préoccuper du boulot, de Jude, ou même de l'addition.

Mais Dani paraissait préoccupée. Je lui avais demandé si elle était allée à la salle récemment, et elle avait répondu qu'elle n'en avait pas envie en ce moment, mais qu'elle y retournerait sûrement un de ces jours. Je l'avais interrogée sur son boulot et, au lieu de se lancer dans une tirade sur la manière dont son boss la traitait, sur les patients qui ne se présentaient pas à leur rendez-vous puis le reprochaient au système de rappel par SMS qui ne marchait pas, et sur ceux qui espéraient des remboursements pour des systèmes de blanchiment de dents qui avaient déjà passé littéralement plusieurs nuits dans leur bouche, elle s'était contentée d'un « ça va ».

Visiblement, une plus grande quantité d'alcool serait nécessaire pour qu'elle s'ouvre et me confie ce qui n'allait pas.

— Regarde, ils font des milkshakes à la fraise avec de la vodka ! dis-je. Je ne peux pas en prendre un, à cause du lait, mais toi, oui. Vas-y, pour nous deux.

— Seulement si tu commandes cette limonade qui ressemble à du rhum pétillant.

— Avec un bonbon en bâtonnet dedans. Vendu.

Nos boissons arrivèrent, avec une portion de frites accompagnée de ketchup servi dans l'une de ces tomates en plastique rouge qu'on presse. Nous nous régalions, enfournant dans nos bouches des choses craquantes et salées jusqu'à en avoir les lèvres sèches ; ce qui nous obligeait à boire encore plus.

Après un moment, Dani me dit :

— Zoë, je peux te poser une question ?

— Bien sûr.

— Tu as déjà été dans un club échangiste ?

Je fis de mon mieux pour dissimuler ma surprise. Non qu'il y ait quoi que ce soit de mal à ça. Loin de là. Je ne jugeais pas ce qui se passait dans le lit des autres. Mais c'était si éloigné de ma propre expérience que c'en était presque inimaginable. Elle aurait aussi bien pu me demander si j'avais déjà roulé une pelle à Russel Brand – bien que, si ce que j'avais lu sur sa vie amoureuse était vrai, la probabilité en était plus élevée.

— Non, admis-je. En fait, pour être vraiment honnête, j'ai couché avec six garçons dans toute ma vie. Si j'allais dans un club échangiste, je pourrais multiplier ce chiffre par deux en une fois, non ?

J'espérais que Dani me retournerait la politesse et ne me jugerais pas, parce que je me sentais horriblement naïve et cucul comparée à elle.

— Moi non plus, me rassura-t-elle vivement. Mais Fabian y tient. Il dit que c'est super branché maintenant, que tout le monde y va, qu'il n'y a pas de quoi en faire tout un plat et que ça resserra nos liens.

Ça ressemblait bien à Fabian.

— OK… Mais, toi, en as-tu envie ?

— Je ne sais pas. Une partie de moi pense que c'est le truc le plus gênant qui soit, et je n'arrive pas à dépasser l'image de canapés en imitation cuir nettoyés régulièrement et de bols de préservatifs, sans parler d'être draguée par des types miteux avec qui je n'aurais pas envie de coucher même si ma vie en dépendait. Mais d'un autre côté, Fabian m'a fait essayer des choses dont je n'étais pas familière, et certaines se sont révélées super excitantes.

*Et celles qui ne l'étaient pas ?*

— Sincèrement, répondis-je, si c'était moi, je serais complètement flippée, et je m'inquiéterais de ce que je ressentirais si mon mec couchait avec quelqu'un d'autre devant moi, et de ce que lui éprouverait en me voyant faire ça avec un autre mec. Et je serais gênée d'être la seule personne présente avec des poils roux. Ou des poils tout court. Mais peut-être que c'est différent une fois que tu es sur place et que tu rentres dans le jeu.

Dani se mit à mâchouiller la paille de son verre, puis grimaça et arrêta.

— Beurk. Elle est en papier, ça se désintègre dans ma bouche.

— Mais tu aides à sauver la planète, rappelle-toi.

Elle rit.

— J'imagine qu'une bouche pleine de papier n'est pas cher payé pour ça. Le truc, c'est que Fabian est bien plus expérimenté que moi. Il s'est tapé des tas de filles et a maté des tas de porno, et il me donne l'impression d'avoir des attentes démesurées me concernant, l'espoir que je sois un jour dans le même *trip*.

— Comme quoi ? demandai-je malgré moi, même si la pensée de Fabian en train de s'astiquer devant un porno était littéralement cauchemardesque.

— Comme une pauvre fille sur le visage de laquelle tout un tas de mecs se soulagent jusqu'à ce qu'elle ait l'air recouverte de plâtre. Mais d'autres trucs aussi. Il aime que je me déguise.

— Un de mes ex a essayé ça, une fois. Je ne sais pas ce qui lui a pris. J'étais couchée, et il est arrivé dans la chambre avec un bandeau sur l'œil et une marinière, un couteau à pain à la ceinture et il était là, genre : « Hé, v'là une belle pouliche qu'on a là ! »

— Quoi ? bredouilla Dani. Il s'était déguisé en pirate ?

— Oui. Mais je ne crois pas qu'il ait tout bien soupesé. J'ai essayé de jouer le jeu, j'ai répondu que j'étais une innocente jeune fille, lui ai demandé de ne pas profaner ma virginité. Du coup, il s'est excusé, m'a rejointe au lit et m'a fait un gros câlin. Fin de l'histoire. Enfin, fin de l'histoire de pirate. On a couché ensemble, ça va de soi, une fois que je lui ai expliqué que je n'avais pas vraiment eu peur.

Nos jeux de rôles sexuels avec Joe s'étaient arrêtés là. Nous n'avions pas besoin de rendre les choses plus excitantes, pas vraiment – le sexe avec lui avait toujours été incroyable. Mais peut-être que ça serait mieux avec Jude si je faisais un effort ? Peut-être que je devrais investir dans des talons de strip-teaseuse, des soutiens-gorge dévoilant les seins et des strings qui resteraient coincés dans la raie de mes fesses et me fileraient des mycoses vaginales ? Peut-être que j'étais trop ennuyeuse, et que c'était pour ça que ça ne marchait pas comme je l'avais espéré ?

— Fabian n'arrête pas de me parler de trucs qu'il faisait avec ses ex, dit Dani, quand notre quatrième tournée arriva. Des plans à trois avec deux filles, et même avec d'autres types. Ça me donne tellement l'impression de ne pas être au niveau, comme si je devais être partante pour tout ça alors qu'en fait je ne le suis pas. Mais j'ai envie d'être assez bien pour lui. Cette idée de club échangiste… Il dit qu'on n'a pas à faire quoi que ce soit – on peut juste mater. Personnellement, je ne suis pas sûre d'avoir envie de regarder une bande d'inconnus s'envoyer en l'air.

— Sincèrement, je ne vois pas ce qui pourrait être pire. Comme regarder des gens jouer à des jeux vidéo. Tu n'aurais pas envie d'intervenir, genre : « Non, ne t'y prends pas comme ça ! » Tu t'inquiéterais plutôt d'être là, à observer, et que ce soit grossier.

— Je sais. Mais il me dit que je suis si sexy, et qu'il a envie de me montrer. C'est gentil, non ?

— Seulement si c'est ce dont tu as envie, tu ne crois pas ?

— Tu as raison. Mais quand on est en train de faire l'amour et qu'il raconte tout ça, je m'y laisse prendre. Peut-être que c'est juste du fantasme, et que tout ce qu'il souhaite est d'en parler ?

— J'avoue que j'aimerais que ça soit un peu plus comme ça avec Jude. Pas jusqu'au club échangiste, non. Mais c'est… je ne dirais pas nul. Mais quand on couche, c'est toujours terminé en… quoi ? – quelques secondes, et je me demande si c'est parce que je ne lui plais pas assez et qu'il se débarrasse du truc. Je ne sais pas quoi faire.

— Bien sûr que tu lui plais ! Enfin ! Peut-être que vous êtes tombés dans la routine. Que vous avez besoin d'épicer un peu les choses.

Sûrement que deux mois étaient un délai trop court pour tomber dans la routine, pensai-je.

— Mais comment ?

— Achète des sous-vêtements coquins. Allume des bougies. Des trucs comme ça. Rien de fou. Laisse-lui seulement savoir que tu es partante.

— Pourquoi pas.

Sans beaucoup d'enthousiasme, j'imaginais des culottes en dentelle qui grattent, vecteur de mycose (une fois encore) n'attendant que de se déclarer.

— Et discute avec lui, poursuivit Dani. Dis-lui ce que tu aimes. Les mecs adorent ça. Ils sont prêts à tout pour te faire plaisir, vraiment.

— Tu dois toi aussi te montrer honnête avec Fabian, lui conseillai-je. Peut-être en parler avec sincérité, quand vous êtes tous les deux habillés, et lui expliquer quelles sont tes limites. Ce n'est pas comme ça que c'est supposé marcher, avec des mots de code de sécurité et tout ça ? Et s'il suggère un truc qui ne te branche pas, dis non, tout simplement.

— Tout ça est très bien sur le papier, lâcha Dani dans un soupir, mais avec Fabian, ce n'est pas aussi facile que ça.

# 22

Lorsqu'une occasion se présente, allez-vous lui ouvrir la porte ou rester sous la couette ? Prenez votre destin en main et vous pourriez constater que votre chance est en train de tourner.

Il s'écoula presque une semaine avant que je ne revoie Adam. Chaque matin, je vérifiais que tout se passait bien pour les oiseaux, et Robbie mettait un point d'honneur à laisser une couenne de bacon pour eux au lieu de la jeter dans la poubelle des déchets alimentaires. Les merles et le rouge-gorge semblaient avoir fait la paix, et, la plupart du temps, je les voyais ensemble, se régalant à la mangeoire, rejoint par un couple de petits oiseaux marrons quelconques que j'étais incapable d'identifier.

Puis, le jour de notre nouvelle partie de Donjons et Dragons, je repérai Adam qui se dirigeait vers la station de métro et, presque sans y penser, je sortis du Ginger Cat pour l'intercepter.

— Salut, lui dis-je.

Son regard me dépassa le temps d'une seconde, comme s'il envisageait de faire comme s'il ne m'avait pas vue et de poursuivre son chemin. À mon grand soulagement, il n'en fit rien.

— Salut, Zoë.

— Un café, ça te dit ?

— Je devrais vraiment… oh, bon, OK.

— Entre.

Une fois dans le pub, j'allumai la machine à café, son grondement semblant encore plus bruyant que d'habitude dans le silence matinal.

L'arôme prégnant du café frais emplit la salle quand j'ouvris la boîte de grains à moudre récoltés au Rwanda et issus du commerce équitable.

— Un double espresso ?

— Comment as-tu deviné ?

Je ris.

— Voyons, c'est l'évidence même. Je suis cheffe depuis suffisamment longtemps pour avoir développé un sixième sens en ce qui concerne les commandes des clients. J'imagine que le fait d'être Verseau aide puisque nous sommes hautement intuitifs.

Dernièrement, l'appli Stargazer faisait grimper les enchères. Ses notifications, qui étaient soudain devenues acerbes, atteignaient maintenant le stade de la malveillance – il était donc bon que je ne prenne pas tout ça trop au sérieux. Pour autant, le mentionner était un bon moyen d'aiguillonner Adam, et ça marcha.

— Tu sais que tout ça n'est qu'un…, commença-t-il.

— … tas de conneries ? achevai-je à sa place. Tu me l'as déjà dit. Mais je savais comment tu aimais ton café, sans avoir à le demander, non ?

Adam sourit et secoua la tête, mais il accepta avec reconnaissance mon espresso parfait, et j'ouvris la porte menant au jardin.

— Voyons voir comment s'en sortent les petits, dit-il.

Sur le seuil, la vue du jardin s'offrait à nous. Ce n'était pas grand-chose, vraiment, seulement un petit carré pavé de pierres entre lesquelles poussaient des herbes, quelques tables de pique-nique en bois, le barbecue géant sous sa housse et des pots dans lesquels Alice avait planté des géraniums et des pensées, suspendus de-ci de-là ; les plantes n'étaient d'ailleurs pas en grande forme maintenant que l'été touchait à sa fin. Et, bien sûr, la mangeoire complétait le paysage. Si modeste soit-il, dans la fraîcheur du matin, avec les premiers rayons du soleil et le chant des oiseaux pour l'agrémenter, l'endroit semblait presque magique.

Soudain très consciente de sa respiration, je sentais la chaleur du bras d'Adam près de mon épaule et la fumée odorante de son café et de son gel douche – un parfum aussi frais qu'un gin tonic lors d'une chaude soirée.

Sous nos yeux, le mâle et la femelle merles se posèrent sur la mangeoire et se servirent en vers de farine. Le rouge-gorge les rejoignit, alors qu'un couple de pigeons gras picoraient au sol, cherchant à attraper n'importe quel morceau qui tombait.

— Où sont les bébés ? demandai-je, inquiète.

— Peut-être qu'ils viendront, si on attend.

Nous patientions, sans succès. Au fil des jours, j'avais trouvé de plus en plus difficile de les différencier de leurs géniteurs, mais je les avais observés suffisamment longtemps pour noter la moindre nuance entre eux, et j'étais sûre que seuls les parents étaient présents à ce petit déjeuner.

— Et s'il leur était arrivé quelque chose ? Si Frazzle…

— Tu l'aurais su, me rassura Adam. Il t'aurait rapporté le corps, non ? Tu aurais trouvé des plumes dans ses moustaches, ou autre chose.

Je haussai les épaules.

— J'imagine que oui. Mais alors, où sont-ils ?

Adam hésita, puis avança :

— Je pense qu'ils sont partis.

— Partis ?

— Je me suis renseigné sur Internet. Ils restent avec leurs parents pendant une à deux semaines, une fois qu'ils ont appris à voler, puis ils s'en vont pour chercher leur propre territoire, et les adultes créent une nouvelle famille.

De manière absurde, les larmes me piquèrent les yeux.

— Mais… Que feront-ils, sans nous pour veiller sur eux ? S'ils sont quelque part où il n'y a rien à manger ?

— Tout ira bien, m'affirma Adam. Leur instinct les aidera à trouver le bon endroit où vivre. Tout du moins, je l'espère.

Nos regards s'accrochèrent. Le visage d'Adam reflétait des doutes que je partageais. Une larme coula sur ma joue.

— Tu en es sûr ?

— Absolument.

Mais sa voix suggérait autre chose.

Je sortis de ma poche un Kleenex.

— Je suis ridicule. Seulement, je déteste les imaginer seuls au monde, sans personne pour s'occuper d'eux.

— Je comprends, dit Adam en s'éclaircissant la voix. J'éprouvais la même chose pour Freezer, le chat de nos voisins. Je crois t'avoir parlé de lui.

— Blanc, un œil bleu, l'autre vert ?

— Ouais. Quand Luke et Hannah ont déménagé, je savais qu'il serait bien, dans un foyer aimant. De plus, Hannah passerait la journée à la maison, en congé maternité. Mais je me disais quand même : et si je lui manque et qu'il ne comprenne pas pourquoi il ne me voit plus ?

Je me mouchai, prête à pleurer pour de bon. Je parvins malgré tout à me contenir.

— On forme une belle paire d'idiots, non ? dis-je.

— Yep.

Adam portait ses lunettes de soleil rétro, donc ses yeux étaient cachés à ma vue, mais j'étais prête à parier que lui aussi se retenait pour ne pas succomber à ses émotions. En tout cas, c'était ce que me soufflait mon intuition.

Je demandai une nouvelle fois, sérieuse :

— Tu es vraiment sûr que tout ira bien pour les petits ?

— Bien sûr que oui. Tant que tu maintiens ton chat à distance.

— Je fais au mieux. Mais…

— Un chat est un chat. Et il faut que j'aille bosser.

Il me tendit sa tasse vide, me remercia et – comme les fois précédentes – fila du bar avant que j'aie une chance de lui dire correctement au revoir, ou de lui souhaiter une bonne journée. Quand je poussai la porte de la cuisine, Jude descendait l'escalier avec fracas. Il m'enlaça et m'embrassa sur le haut du crâne, déclarant qu'il me verrait plus tard. Puis ma journée de travail commença.

Tandis que j'éminçais, touillais, partageais un café avec Alice en décidant avec elle des menus de la semaine suivante, mes pensées ne cessaient de revenir à Adam. Je m'obligeais à me rappeler que j'avais un petit ami. Je n'étais pas certaine d'être attirée par un seul type d'homme, contrairement à Dani, qui clamait que Fabian était tout à fait le sien, mais j'étais pratiquement sûre qu'Adam ne me plaisait pas. Donc, il n'y avait pas de quoi s'inquiéter – Jude n'avait aucune raison de se sentir jaloux ou menacé.

Une amitié entre Adam et moi était possible. J'envisageais de lui proposer une sorte de garde alternée de Frazzle, pour compenser la perte du chat de ses voisins, qu'il avait l'habitude de câliner. Et quand Jude et moi partirions en vacances – si cela arrivait –, Adam pourrait rester chez moi et tenir compagnie à Frazzle. Bien que, en y réfléchissant, je pouvais déduire que, s'il occupait le genre de poste qui impliquait de déjeuner au Chiltern Firehouse, il vivait probablement dans un tel luxe que mon studio riquiqui passerait pour un taudis à ses yeux.

Bref, j'avais le sentiment qu'il y avait quelque chose entre nous – une connexion, un lien intellectuel. J'espérais que, maintenant que les bébés merles étaient partis vivre leur vie, à la manière des *millennials* qui retournaient de temps en temps chez leurs parents et finissaient par être virés de la maison familiale à la trentaine, Adam continuerait à passer une tête le matin, sur le chemin du métro, pour voir si la sauveuse d'oiseau avait des missions enthousiasmantes à lui proposer. Peut-être que M. et Mme Merle éduqueraient une nouvelle famille que nous observerions et pour laquelle nous nous inquiéterions.

Mais, ce soir-là, lors du jeu de Donjons et Dragons, Adam ne mentionna ni les oiseaux, ni Freezer le chat, ni ne fit la moindre allusion à ce qui s'était passé entre nous. Il me salua comme les autres, de cette manière gauche et semi-formelle, accepta un mint julep – Freddie avait découvert que c'était son cocktail préféré –, puis arrangea son écran, ses carnets de notes et ses feutres sur la table.

— Bien, on commence ? lança-t-il.

Dans le jeu, notre groupe avait atteint le château où la jeune fille était retenue prisonnière, mais sans aucun moyen d'y pénétrer. La dernière séance s'était achevée sur notre tentative de soudoyer l'un des gardes qui patrouillaient le périmètre.

Adam fit rouler le dé.

— Le garde accepte votre pot-de-vin, et protégés par l'obscurité vous regagnez l'entrée du château Drakeford. La nuit est tempétueuse, avec des rafales de vent qui froissent vos capes et sifflent dans les remparts au-dessus de vos têtes. Le ciel est couvert. À l'occasion, des nuages filent et dévoilent un quartier de lune, mince comme la lame d'une faucille. Le hululement d'une chouette qui descend en piquet vous parvient aux oreilles. D'autres créatures chassant dans le noir au-dessus de vous se font aussi entendre. Vous pensez qu'il s'agit peut-être de chauve-souris – en tout cas, vous l'espérez.

Je frissonnai et bus une gorgée de mon vin rouge. Autour de moi, Freddie, Archie, Nat, Tim et Lara affichaient une attitude concentrée, impassible. Sur la table, la flamme des bougies vacilla. Le pub était rempli, mais les tables proches des nôtres étaient aussi silencieuses, écoutant Adam.

Durant les semaines passées, le jeu était devenu une sorte de démonstration sportive attirant des spectateurs. La liste de ceux attendant de pouvoir s'y joindre dès que l'un de nos personnages connaîtrait une fin tragique s'allongeait. Mais jusque-là, nous avions tous survécu, et Adam avait refusé les nombreuses requêtes pour commencer d'autres parties avec de nouveaux groupes – planifier notre aventure lui prenait presque tout son temps libre, disait-il. Je me demandais à quoi il s'occupait par ailleurs – quand il ne sauvait pas la faune locale – et si son job important dans un fonds de placement lui laissait beaucoup de loisirs.

— Le garde vous salue d'un grognement et décroche avec précaution un lourd trousseau de clés à sa ceinture, poursuivit-il. Elles s'entrechoquent, et le bruit résonne dans l'air figé de la nuit.

Vous espérez que cela n'alertera pas ses collègues de votre présence. Il insère une clé dans la serrure de fer. Le mécanisme grince quand il la tourne doucement. La porte s'ouvre dans un couinement sur un intérieur sombre.

— Tuons le garde, lança Dune – avec une froideur inimaginable chez le souriant et joyeux Archie. Maintenant qu'il nous a laissés entrer, c'est trop risqué. Il sait qu'on est là. S'il en parle à qui que ce soit, on est foutus.

— Pas faux, dit Hesketh. Le secret est notre seule protection, une fois à l'intérieur.

— Je ne peux consentir au meurtre d'un innocent, intervint Lorien.

— Mais c'est l'un des hommes de Brandrel, rétorquai-je. Ce qui n'est pas exactement un gage d'innocence, n'est-ce pas ? Il a passé la plus grande partie de sa vie à piller.

Adam nous observait silencieusement pendant que nous argumentions sur une chose après l'autre. Une fois notre décision prise, quelques jetés de dés détermineraient la suite des événements si nous nous débarrassions du garde ; si nous tranchions en faveur de lui laisser la vie sauve en prenant le risque qu'il alerte ses collègues ; s'ils nous découvraient dans l'obscurité sous le château.

— Et pourquoi pas lui lancer un sort de silence ? proposa Annella. (Sous sa frange noire mal taillée, les yeux de Nat brillaient.) Il resterait muet pendant vingt-quatre heures, et nous serions pendant ce temps-là à l'abri à l'intérieur. Si ça marche.

— Je penche pour cette option, dis-je.

— D'accord, confirma Annella.

— Je continue de penser qu'il serait plus sûr…, commença Dune.

Mais il ne l'emporta pas.

— Très bien, dit Adam en faisant rouler le dé. Un huit. Le sort d'Annella a fonctionné.

— On ferait mieux de se bouger le cul dans ce cas, commenta Freddie.

Puis il se remit dans la peau d'Hesketh.

— Enfin, je veux dire, nous devrions nous hâter et fouiller la plus grande partie de ce donjon tant que nous le pouvons sous le couvert de la nuit et du secret.

— Et si nous nous séparerions ? suggéra Lorien. La moitié de notre groupe se rend au cœur du château pour sauver Zarah, tandis que l'autre explore un peu les lieux à la recherche du trésor.

— Quoi ? Tu n'as jamais regardé un film d'horreur de ta vie ? Scinder l'équipe ? N'importe quoi.

— Ce n'est pas une si mauvaise idée. Lorsque le garde retrouvera l'usage de la parole, il se mettra à chanter comme un canari dans une mine et, si nous sommes divisés en deux groupes, au moins cela réduira leurs chances de nous trouver.

— Nous ne disposons peut-être pas de la même force de frappe en petit comité, mais on se déplacera plus rapidement et plus silencieusement.

— Et si nous répartissons intelligemment nos compétences, nous serons suffisamment en sécurité.

— Tant que nous sommes d'accord sur un point : le trésor sera partagé de manière égale entre nous tous.

— L'équité ne rimera à rien si nous sommes tous morts.

Nous argumentions tout en buvant notre vin et en dégustant les saucisses, petits pains et *patatoes* que Robbie nous avait fait parvenir de la cuisine. En ce qui me concernait, je préférais que notre groupe reste soudé. La Zoë prudente, allergique au risque y trouverait une certaine sécurité. Mais je n'étais pas moi. J'étais Galena, qui n'avait qu'une très vague idée de ce que le mot « peur » signifiait.

Tandis que nous mangions, buvions et parlions, j'observai le visage d'Adam, à la recherche d'un indice sur ce qu'il pensait être le bon ou le mauvais choix d'action. Mais il restait impassible. À l'occasion, il jetait un coup d'œil à ses cartes et à ses notes, avant de reporter son attention sur nous, souriant à moitié. Son sourire était étrangement doux et tendre, en contradiction avec les angles durs de son visage que la lumière des bougies soulignait encore plus. Si Adam avait été un personnage du jeu, il aurait été un magicien – sage, attentionné et légèrement mystérieux, capable de glisser la magie dans ses mots.

Pendant qu'il décrivait la scène dans le château imaginaire, j'entendais en arrière-plan – presque comme si c'était le fruit de mon imagination et que le jeu, lui, était réel – le bruit du pub, le tintement des verres, le bourdonnement des conversations et les rires. Je sentais la nourriture sur notre table, le goût du rouge dans mon verre. C'était comme si je me trouvais à deux endroits à la fois, et le pont entre les deux – le portail, comme j'imagine que l'appellerait Adam – était le son bref du dé sur la table de bois, car il décidait de l'issue de la bataille qui suivrait.

— Sans Annella, vous êtes incapables d'utiliser la magie contre les guerriers morts-vivants, déclara doucement Adam. Vos épées sont en métaux terreux, alors que les leurs sont forgées dans des matériaux plus durs que l'acier. Seuls vos compétences et votre courage vous permettent de l'emporter, mais à quel prix. Dune et Hesketh sont tous les deux blessés, et le premier, sérieusement. Lorien doit tenter de s'occuper de leurs blessures, tout en accomplissant des rites sur les soldats ghouls tombés au combat, ce qui leur permettra de rejoindre enfin le royaume des morts. La semaine prochaine, nous verrons si vous avez tous deux survécu, et comment Galena et les autres s'en sortent dans leur quête de Zarah.

Il s'arrêta et sourit, sa voix perdant d'un coup son envoûtement. J'avais le sentiment d'avoir retenu longtemps ma respiration, et je pense que les autres étaient dans le même état. Rires et conversations reprirent entre nous, la tension créée par Adam se dissipant alors que nous revenions à la réalité.

Je me dépêchai de rejoindre le comptoir et de demander à Alice de lui préparer un cocktail que je lui apportai, espérant qu'il resterait bavarder. Il prit son temps pour glisser ses notes et ses cartes ensemble derrière l'écran, plaça soigneusement les dés multiface à leur place dans leur boîte, rentra ses feutres à pointe dans leur étui. Il semblait ne pas avoir conscience qu'Alice rangeait autour de lui, que les lumières du bar avaient été rallumées et que les derniers clients terminaient leurs verres avant de sortir dans la nuit.

Je le laissai faire, donnant un coup de main à Alice afin d'achever les tâches de la soirée. L'excitation d'avoir été transportée dans cet autre monde pendant trois heures s'évanouissait graduellement pour laisser place à la fatigue. J'étais appuyée contre le bar, à bâiller d'une oreille à l'autre, regardant l'écran de mon téléphone quand Adam se rapprocha de moi, toutes ses affaires maintenant rangées dans sa sacoche d'ordinateur.

— Zoë ?

— Hum ?

— Je peux te poser une question ?

— Bien sûr.

— Est-ce qu'il est possible de privatiser le Ginger Cat ? Pour des fêtes ou des trucs du genre ?

— Ouais. Enfin, en théorie. Mais la dernière fois remonte à loin, au mariage de Maurice et Wesley.

Je souris en repensant à cette journée : le pub tout juste rouvert, le plafond pavoisé d'arcs-en-ciel, Maurice et Wesley rayonnant de bonheur avec des œillets à leur boutonnière. Et je me rappelai alors aussi à quel point mon propre cœur souffrait de voir Joe et Alice ensemble. Il m'avait semblé que le monde entier pouvait être heureux, en couple, sauf moi.

Mais maintenant, j'avais Jude. Je n'avais plus jamais à me sentir seule. Alors, pourquoi avais-je l'impression de l'être ?

La voix d'Adam brisa le cours de mes pensées.

— Mon amie et son mec rentrent de voyage. Ils ont passé presque un an en Australie, et j'avais envie d'arranger quelque chose pour leur retour. Une fête de bienvenue. Josh et moi avions organisé un anniversaire surprise pour elle il y a un moment de ça, et elle avait adoré. Je me suis dit que ça aurait quelque chose de traditionnel, tu vois ?

Il ne m'était jamais venu à l'esprit qu'Adam puisse avoir des amis.

Enfin, à l'évidence, il avait une vie en dehors du monde du jeu, un boulot et tout ça, mais il ne m'avait pas donné l'impression d'être le genre de personne à réserver un pub entier pour une soirée. Je n'avais pas autant de potes moi-même, pensai-je.

— Demande à Alice. C'est elle qui gère ce genre de choses. Enfin, elle gère tout, en fait. Mais je suis sûre que ça ne posera pas de problème. Elle te fournira un prix par tête ou un forfait minimum, bref tu verras.

— Super.

Adam hésita, puis reprit :

— Est-ce qu'on pourrait envisager un thème australien ? Avec plats et tout ?

— Pourquoi pas. Crevettes au barbecue, et…

Mes connaissances s'arrêtaient plus ou moins là.

— *Lamingtons ?*

— Crevettes au barbecue et *lamingtons*. Quelle qu'en soit la définition. Compris.

Nos regards se rencontrèrent et on se mit à rire.

— Tourtes et jus de viande ? suggéra Adam. Ça existe, non ?

— J'ai une idée. Je regarderai sur Google. On dégotera quelque chose, ne t'inquiète pas.

— Super.

Il y eut une pause. Il parut sur le point d'ajouter quelque chose – je le vis même prendre une profonde inspiration. Mais il se contenta de me dire qu'il me verrait la semaine prochaine, balança son sac sur son épaule et sortit dans la nuit. J'opérai une dernière vérification en cuisine et montai à l'appartement rejoindre Jude.

Il était sur le canapé, affalé si bas que ses hanches se trouvaient juste sur le rebord du coussin. Menton sur la poitrine, ses longues jambes étendues devant lui, il lisait un livre intitulé *Moteurs des privilèges*. Frazzle, sur le lit, un œil ouvert, attendait de voir s'il n'aurait pas la chance de grignoter un dernier petit truc avant la nuit.

— Hé, ma belle, dit Jude sans lever les yeux de sa page. Bonne journée ?

— Ouais, c'était chouette, répondis-je joyeusement. Et toi ?

— Carrément épuisant. J'étais sur le point de me coucher.

Je pensais avec envie à mon lit – et à dormir. Mais j'avais promis à Dani – et plus important, à moi-même – de ne pas laisser les choses se dégrader. Un dernier coup de dé. Cette idée me ramena à Adam, ses longs doigts laissant tomber le dé multiface sur la table, déterminant notre destin. S'il le faisait rouler maintenant, le un, le vingt ou quelque chose entre les deux en sortirait-il ?

Mais ça ne dépendait pas d'Adam ou d'un dé. Seulement de moi.

— Je vais prendre une douche, annonçai-je. Que dirais-tu d'allumer quelques bougies ?

— Des bougies ?

Jude me lança un regard vide, comme si j'avais suggéré de convoquer un quartette à cordes pour nous divertir durant le reste de la soirée.

— Oui. Pour l'ambiance, tu vois.

— Et un risque d'incendie, grommela-t-il.

Mais il quitta le canapé pour aller farfouiller sur l'étagère à la recherche d'allumettes. Je refermai la porte de la salle de bains derrière moi après avoir attrapé le sac ASOS que j'avais caché le matin même.

Dix minutes plus tard, je me tenais face au miroir légèrement embué, m'observant avec un mélange d'émerveillement et d'embarras. J'étais du genre à porter des brassières et des shortys. Je n'avais pratiquement jamais possédé de ma vie ce qu'on appelait de la lingerie. Peut-être que j'aurais dû y aller mollo, avec quelque chose de goût, en soie couleur gris perle, mais j'avais décidé que, quitte à franchir le pas, autant ne pas lésiner.

Le résultat était un soutien-gorge noir à multiples bretelles (qu'il mérite un tel nom était sujet à caution, dans la mesure où ses bonnets se composaient de trois bandes élastiques qui se croisaient sur mes seins, se rencontrant au milieu pour à peine couvrir mes tétons, et ne laissant rien d'autre à l'imagination). Un string assorti dévoilait tout autant mon intimité.

J'avais une allure bizarre, mais aussi sexy, dans le genre « prends-en plein la vue ». Et je me sentais absolument terrifiée, bien plus nerveuse que la première fois que j'avais ramené Jude chez moi. Comment réagirait-il ? Est-ce que cette exposition extrême de mes atouts le rendrait fou de désir et le transformerait en un amant aussi enthousiaste et compétent que Seth, comme je l'espérais ? Ou serait-il horrifié, partant du principe que sa copine s'était d'une manière ou d'une autre transformée en star du porno durant ses quinze minutes de douche ? Ou peut-être que mon nouvel ensemble aurait l'effet opposé à celui désiré, l'excitant à tel point que notre séance de sexe habituellement de pure forme n'irait même pas jusque-là ?

Je n'en avais aucune idée. Il n'y avait qu'un moyen d'avoir la réponse.

J'ouvris la porte de la salle de bains et en sortis avec autant d'hésitation qu'une vierge de l'époque victorienne le soir de sa nuit de noces, bien que vêtue avec bien moins de modestie.

Jude leva la tête et pendant une seconde me regarda, bouche bée, mâchoire pratiquement au sol.

Et il éclata de rire.

# 23

Aujourd'hui, des questions se posent à vous, Verseau : pourquoi êtes-vous si effrayée à l'idée d'être seule ? Qu'êtes-vous prête à sacrifier au nom de l'amour ? Et pourquoi votre placard regorge-t-il de vieilles chaussettes ?

À la salle de sport le lendemain après-midi, je me donnai à fond, soulevant des poids plus lourds qu'auparavant. Je ne m'arrêtai pas avant d'avoir les muscles brûlants et tremblants, au point que Mike vint se tenir à mon côté, le visage impassible, prêt à suppléer mes bras s'ils lâchaient.

— Tu n'as pas ménagé tes efforts aujourd'hui, commenta-t-il quand je me relevai du banc, y laissant l'empreinte suante de mes bras et de mes épaules.

Je confirmai d'un hochement de tête. Pendant un moment, je savourai la sensation de ne sentir rien d'autre que mes muscles hurlants et mon cœur emballé. Pas de place pour la réflexion ; c'était ce que je voulais.

— Ta pote d'entraînement te manque ? me demanda-t-il.

— Ouais. Dani est venue plus tôt ?

— Nan, je ne l'ai pas vue de la semaine. Je lui ai envoyé un message, mais elle ne l'a pas ouvert.

— On est allées boire un verre il y a quelques jours. Elle va bien, elle n'a pas mentionné de pause dans son entraînement. Et elle n'a pas non plus lu le message que je lui ai envoyé.

— Parfois, les gens ont besoin d'un break. Et parfois, ils laissent juste tomber. Tu t'habitues à les voir dans le coin, ils font partie des meubles, puis un jour ils ne se pointent pas, et c'est fini.

— Je suis sûre que ce n'est pas le cas de Dani. Elle adore cet endroit.

— Elle a fait des super progrès. Toi aussi.

Je rougis de fierté à cette déclaration. Pour autant, l'inquiétude que je ressentais concernant Dani ne se dissipa pas. Mon amie ne s'évanouirait pas ainsi dans la nature. Sans crier gare. Quelque chose ne tournait pas rond.

Je me rendis au travail avec plusieurs scénarios en tête. Tous ressemblaient à des invités surprise qui tombaient mal. Je résolus de passer chez elle dès que possible pour m'assurer qu'elle allait bien.

Ce soir-là, la clientèle était nombreuse au pub, et Robbie, de repos. Au moins, le travail me garda l'esprit occupé. Je faisais passer assiette après assiette. Le rythme d'un service trépidant était aussi épuisant qu'une session de sport en salle. Mais au moins, seule en cuisine, je n'avais pas à sourire ou à faire semblant que tout allait bien. Je mis mes écouteurs dans mes oreilles et bossai sans lever le nez jusqu'à 22 heures, puis nettoyai tout, dis rapidement au revoir à Kelly et Freddy et me traînai jusqu'à mon appartement.

J'espérais à moitié ne pas y trouver Jude, même si je nourrissais peu d'illusions à ce sujet. Il serait là.

J'étais encore toute honteuse à la pensée de la soirée précédente – à la façon dont il s'était écroulé de rire en me voyant, à tel point qu'il était à peine capable de parler. Puis, quand il y était enfin parvenu, il m'avait demandé ce que je foutais dans cette tenue de pute.

— Je pensais que tu étais féministe, Zoë, avait-il dit, cherchant toujours son souffle. Je ne m'étais jamais rendu compte que tu arrondissais tes fins de mois comme modèle pour le poster central de *Playboy*.

— Je… J'avais seulement envie de quelque chose de différent. De sympa. Pour nous.

— Différent, c'est bien. Mais bon sang, je n'avais rien vu de semblable depuis mes branlettes sur des *chats* de rencontres virtuelles à seize ans.

— Tu n'aimes pas ?

Bras croisés sur la poitrine, je ne me sentais plus du tout sexy. Seulement gênée et nue.

Jude me prit dans ses bras.

— Viens là. Tu n'as pas besoin de ces conneries pour être belle. Personne n'en a besoin. Tu es jolie comme tu es.

Mais sa déclaration était impuissante à adoucir la blessure infligée par son rire.

— J'ai seulement…

Je tentai de nouveau de m'expliquer, mais j'avais la gorge nouée. Si je poursuivais, je me mettrais à pleurer.

— Allons te retirer ces machins.

Il défit le soutien-gorge – assez facilement, parce qu'il n'était fermé que par une petite agrafe – et fit passer le string élastique sur mes hanches en tirant dessus, avant de le jeter dans un coin de la pièce où Frazzle sauta dessus et entreprit de l'attaquer avec férocité. Même si j'avais été assez malhonnête pour essayer de le retourner au magasin, mon chat avait ruiné toute chance qu'il soit accepté.

— Si tu en as envie, tu n'as qu'à me le dire, tu sais, poursuivit Jude.

Jamais de toute ma vie je n'avais été moins d'humeur pour la chose. Mais malgré tout, j'avais le sentiment que refuser n'était pas une option, et donc je couchai avec lui, sachant que tout serait terminé en quelques courtes minutes – ce qui fut le cas.

Puis je restai allongée sans dormir, malheureuse, pendant ce qui me parut durer des heures. Et maintenant, j'allais devoir passer la soirée en compagnie de Jude, avec cette histoire entre nous.

Il était à la maison, allongé sur le lit, chaussures toujours aux pieds, ordinateur sur les genoux.

Il leva les yeux à mon arrivée.

— Salut, ma belle. Grosse journée ?

— Dingue.

Je me baissai pour caresser Frazzle et ne pas avoir à rencontrer le regard de Jude.

— Il a eu son dîner ? lui demandai-je. Et toi ?

Il secoua la tête.

— Je viens à peine d'arriver. En fait, je meurs de faim.

Lui et Frazzle me regardèrent plein d'espoir, s'attendant à ce que je fasse apparaître comme par magie leur repas. Eh bien, Frazzle en avait le droit, évidemment – c'était un chat et, si je ne lui fournissais pas à manger à heures régulières, il décimerait la faune locale et quitterait probablement la maison. Mais je ne pouvais m'empêcher d'en vouloir un peu à Jude. Je passais la plus grande partie de la journée à cuisiner pour d'autres, ce qui ne lui avait pas échappé, et maintenant il attendait de moi que je recommence pour lui.

— J'ai déjà dîné, lui rappelai-je. Repas en commun au pub, tu te rappelles ? À 5 heures tous les soirs.

— Oh ! c'est vrai, dit-il, l'air découragé. On a de quoi faire quelque chose ici ?

— Seulement du pain. Et du porridge. Et le Tesco ouvert vingt-quatre heures sur vingt-quatre en bas de la rue. Et Uber Eats.

J'ouvris le frigo pour y trouver une boîte de nourriture pour chats, bio et issue d'une production éthique. Apparemment, le contenu était identique au régime naturel des chats, même si ça me coûtait un bras. À chaque commande, j'avais le sentiment que le producteur, et mon chat, m'avait vue venir. Frazz s'enroula autour de mes jambes, ses miaulements exprimant un sentiment d'urgence, comme toujours, comme s'il craignait que, s'il cessait de me le rappeler, je change d'avis et m'occupe d'autre chose.

— Un ramen me brancherait bien, dit Jude. Tu en veux ?

Je secouai la tête.

— Je te l'ai dit, j'ai déjà dîné.

— OK. Mais ça ne t'ennuie pas de commander avec ton compte ? Je suis un peu raide, pour tout te dire.

Mon ressentiment grandit. Il vivait gratuitement ici depuis trois mois et n'avait jamais participé à la moindre facture, et maintenant, il s'attendait à ce que je finance sa livraison ? Il s'était moqué de moi quand j'avais tenté de pimenter notre vie sexuelle en sortant de ma zone de confort.

Mais était-il responsable de quoi que ce soit dans tout ça ?

Il lui aurait été impossible d'anticiper ma maladroite tentative de séduction. La Zoë qu'il avait rencontrée vivait en baskets et avait banni le shopping pour une durée d'un an. Je n'avais jamais exprimé le fait qu'il manquait quelque chose à notre vie sexuelle ; j'avais juste attendu de lui qu'il comprenne tout seul que ce qui marchait pour lui ne fonctionnait pas pour moi.

Quand il avait emménagé, j'étais au courant qu'il ne touchait pas de vrai salaire. Le condamner pour ça était injuste. Mais était-ce injuste de s'attendre à ce qu'il aille au supermarché en rentrant à la maison et se prenne quelque chose à manger, comme un adulte ? Ou qu'il se contente de toasts au beurre de cacahouètes, comme moi en plus d'occasions que je ne me rappelais, quand mes finances étaient dans un état pire qu'à l'ordinaire ?

Mais Jude était allongé là, sur le lit, à me regarder de ses yeux implorants, tout comme Frazzle, et je découvris que je n'avais pas l'énergie de lui mettre le nez dans tout ça.

— Bien sûr. Tu veux commander chez qui ?

— Blessing Bowl ? répondit-il sans attendre. Riz blanc naturel avec bouillon aux shiitakés, chips de tofu, pousses de bambou et algues ? Et une portion de fèves de soja, avec peut-être des raviolis japonais au potiron ? Et une ou deux bouteilles de Lager. Merci, chérie.

Avait-il déjà le menu ouvert sur son ordinateur, n'attendant que mon retour à la maison pour passer sa commande auprès de moi, et que je la transmette au restaurant ? Le tout me coûtait presque trente livres, calculai-je en l'entrant sur l'application. Mais le souligner était grossier – grossier et méchant. Il n'était pas juste que je me décharge sur Jude de mon inquiétude pour Dani, quand son comportement à lui n'avait rien d'inhabituel.

— Ça sera là d'ici trente minutes.

— Super.

Il se leva et s'étira.

— Je vais prendre ma douche en attendant. Et tu sais où est mon jean ? Impossible d'en trouver un propre ce matin.

— Probablement dans la machine à laver. Avec le reste de tes affaires, que j'y ai mis ce matin.

— Mince, il va falloir que je les fasse sécher maintenant, et ça ne sera pas sec demain.

— Effectivement. Mais il y a un lavomatic en bas de la rue, ouvert jour et nuit. J'imagine qu'ils ont des sèche-linge, si tu es désespéré.

Jude finit par afficher un air penaud.

— Je suis désolé, d'accord ? J'ai passé une journée totalement pourrie, je suis fatigué et de mauvais poil. Le boulot ressemble à une cocotte-minute sur le point d'exploser en ce moment avec toutes ces factions qui se chamaillent. Il va falloir que je me positionne, mais ce n'est pas une excuse pour te traiter comme ça. Crois-moi, j'apprécie tout ce que tu fais pour moi, parce qu'au bout du compte ça m'aide à me battre pour ce qui est juste. OK ?

Il y avait tant de choses à démêler dans tout ça que je n'avais aucune idée de par où commencer. Et je me sentis soudain follement épuisée. N'était-ce pas le genre de conversation que vous étiez censée avoir après dix ans d'un mariage où l'amertume pointait, et non quand votre histoire était encore toute fraîche, période lune de miel ? J'avais besoin de quelqu'un à qui me confier, qui me réconforte, quelqu'un qui me soutienne et, à la minute présente – en fait, depuis le début – Jude n'était pas cette personne. Frazzle m'apportait plus de soutien émotionnel que Jude et à peu près autant d'aide sur le plan domestique.

Mais j'étais trop fatiguée pour y réfléchir, trop exténuée pour argumenter à ce sujet et catégoriquement trop lasse pour me lancer dans une dispute qui exigerait peut-être une session de jambes en l'air en guise de réconciliation.

— Je sais, dis-je. Occupe-toi seulement de tes vêtements ce soir, OK ? Je me couche.

Et je me retrouvai donc au lit quelques minutes plus tard, raide comme une statue, toutes les lumières encore allumées. Jude était à côté de moi, faisant défiler l'écran de son téléphone en attendant sa livraison, un léger sourire aux lèvres. En jetant un coup d'œil par-dessus son épaule sur l'écran, je vis qu'il était sur le fil Instagram d'Indigo. J'aurais reconnu ces toiles abstraites et cet appartement en désordre entre mille. Elle était son amie, me rappelai-je. Il n'y avait aucune raison qu'il ne discute pas avec elle sur les réseaux sociaux. Malgré tout, j'eus la sensation que les murs de l'appartement se refermaient sur moi, l'espace rétrécissant encore et encore. Si je parvenais à m'endormir, je serais immédiatement réveillée par la sonnette de l'Interphone et le bruit de Jude, d'abord à la recherche d'assiettes et de couverts, puis me demandant probablement où se trouvaient le sel et la sauce piquante. Voire, ouvrant la machine à laver pour tenter de sécher son jean avec mon sèche-cheveux.

J'étais furieuse, sur les rotules et désespérément triste, mais n'avais aucune idée de la conduite à tenir. Lui demander de faire ses valises et de partir ? J'en étais incapable. Ça semblait trop cruel, trop définitif. M'en aller, moi, juste pour une nuit, m'éclaircir les idées ? Mais où ? Bien sûr, je pouvais aussi rester allongée là, bouillonnante de ressentiment en attendant de m'endormir, avec l'espoir que peut-être, au matin, une solution se présenterait magiquement d'elle-même.

Mais je ne m'endormis pas, parce que juste quelques minutes après on sonna à la porte, ce qui me tira violemment de mes pensées. Et on ne se contenta pas d'appuyer une fois sur la sonnette, non – mais, trois ou quatre, à peu d'intervalle.

— Seigneur, dit Jude, détends-toi, vieux. T'es qu'un foutu livreur de pizza, pas là pour annoncer un raid aérien.

Je m'assis et le dévisageai. Il ajouta rapidement :

— La pression subie par ces gars à leur boulot, avec leurs contrats de travail inexistants, est une honte. Tu as de la monnaie ?

Pas sur moi, mais je me levai pour tirer un billet de cinq livres de mon portefeuille, et il se dépêcha de sortir. Le bruit de ses pieds nus résonna dans l'escalier, puis le cliquètement de la porte extérieure qu'il ouvrait.

Et je me rendis compte que je n'avais pas entendu ce qui était prévu : le ronronnement d'un scooter tournant dans l'impasse menant à mon appartement. Me parvenait maintenant aux oreilles une chose totalement inattendue : une voix de femme, rendue aiguë par la panique et les larmes.

— Zoë est là ?

# 24

Lorsque vous vous comparez à vos amis, vous ne rendez service à personne. Surtout pas à vous, si vous arrivez à la seconde place. Concentrez-vous sur ce qui vous rend spéciale, même si personne ne partage votre opinion.

Malgré la douceur de la nuit, Dani s'était emmitouflée dans un long manteau en laine. Elle tremblait. Lorsque je la pris dans mes bras, j'entendis ses dents claquer.

— Tout va bien, lui dis-je. Quoi qu'il ait pu se passer, tout va bien. Viens, entre.

J'hésitai un instant à la guider à l'étage. Puis je me dis qu'elle n'avait probablement pas envie de partager ce qui s'était passé avec Jude.

— Attends-moi une seconde ici, j'arrive.

Je courus dans les escaliers, attrapai mon trousseau de clés et redescendis tout aussi vite, Frazzle sur les talons, puis j'ouvris la porte menant au pub. Dani m'y suivit. Le Ginger Cat était vide. Les derniers clients étaient rentrés chez eux, et la femme de ménage n'arriverait pas avant quatre heures pour son service matinal. J'allumai. Les spots au-dessus du bar reprirent vie, mais le reste des lieux resta plongé dans la pénombre.

Ça aurait pu créer une atmosphère troublante et sinistre, mais ce n'était pas le cas. La pièce était chaleureuse, et la lumière tamisée dessinait un petit cercle intime parfaitement suffisant pour nous deux, installées à une table.

— Une tasse de thé ? Ou quelque chose de plus fort ?

— Je suis déjà à moitié bourrée, répondit Dani. Autant continuer sur cette voie, j'imagine.

Je dégotai une bouteille de vin rouge et deux verres, me promettant de la payer et de nettoyer les verres avant de remonter chez moi. Frazzle se mit à rôder dans les coins sombres, espérant tomber sur des miettes qui auraient à peine pu satisfaire l'appétit des souris.

— Que s'est-il passé ? C'est Fabian ?

Dani confirma d'un hochement de tête avant d'avaler une gorgée de vin.

— Vous vous êtes disputés ?

Cette fois, elle fit non, avant de resserrer le col de son manteau autour de son cou.

— T'en fais pas. Ici, tu ne risques rien. Reste cette nuit si tu veux. Jude peut dormir par terre – ça ne le dérangera pas. Et tu n'es pas obligée de tout me raconter si tu n'en as pas envie.

Dani but de nouveau, puis émit un petit halètement et se mit à pleurer. J'attrapai des serviettes en papier et rapprochai ma chaise de manière à mettre mon bras sur ses épaules qui se soulevaient avec effort.

— Merde, dit-elle, je n'arrive même pas à pleurer. Ça fait trop mal.

— Quoi ? Il t'a quittée ? C'est horrible, si c'est le cas, mais tout ira bien. Promis à cent pour cent.

— Ce n'est pas ça.

Elle relâcha sa prise sur le col de son manteau, qui s'ouvrit.

— Mais ça.

— Mon Dieu.

La douce lumière ambrée tomba sur sa peau lisse et dorée, et je découvris, aussi clairement que si elles y avaient été peintes à l'aide de maquillage, les vives marques rouges sur son cou. Quatre, juste sous l'oreille, et une cinquième s'étirant jusque sous la mâchoire. Elle n'avait pas besoin de se tourner pour que je devine qu'il y en avait de l'autre côté, car Fabian avait deux mains.

— C'est super douloureux, bordel, dit-elle.

Je me rendis compte que je tremblais moi aussi.

— On devrait appeler la police. Le dénoncer pour violences physiques.

— Impossible. Ça n'a littéralement aucun intérêt.

— Pourquoi ? Il a essayé de t'étrangler, putain.

— Seulement parce que je l'ai laissé faire.

— Tu l'as *quoi* ?

— C'est son truc. Il appelle ça le jeu de la respiration. On l'a déjà pratiqué avant, et sans problème – enfin, je veux dire, c'était un peu terrifiant et tout ça, mais ça le rendait heureux, alors j'ai suivi et ça m'a excitée et…

Elle s'interrompit pour boire de nouveau.

— Mais cette fois-ci, c'était différent ? demandai-je pour l'encourager.

— Ouais. Il avait passé une mauvaise journée, il était super tendu. Il ne voulait pas me dire pourquoi, ni sortir, ni quoi que ce soit. Quand il est comme ça, le sexe est la seule chose qui améliore son humeur. Je ne peux pas le conseiller pour son boulot, ou être de quelque aide que ce soit, vraiment. Mais ça, si.

*C'est vraiment complètement barré,* me dis-je. Mais je la poussai à poursuivre.

— Et je savais qu'il irait mieux après une bonne partie de jambes en l'air. Donc, je me suis préparée – il m'a acheté tout un tas de trucs à porter, que je garde chez lui – et il a mis un porno et… enfin, tu vois.

Pas vraiment. Et je n'étais pas sûre de le vouloir.

— Et il a dit qu'il voulait m'étrangler. J'ai dit oui, parce que, comme je te l'ai expliqué, on avait déjà essayé avant, et tout allait bien pour moi après, si ce n'est quelques contusions. C'est pour ça que je ne suis pas venue à la gym depuis un moment, parce que je pensais que Mike et toi risquiez de flipper. De toute manière, j'avais un peu trop mal pour avoir envie de me retrouver complètement essoufflée.

*Trop mal pour respirer pendant une semaine ? Et tu croyais que tout allait bien ?* hurlait mon esprit.

— Mais cette fois-ci, il y est allé plus fort. Zoë, j'ai eu si peur, j'ai cru mourir. Des points dansaient devant mes yeux, et je n'arrivais pas du tout à inhaler. J'ai essayé de me dégager, mais il est tellement plus grand que moi, et très fort. Puis, je pense que je me suis évanouie, parce que, quand j'ai repris mes esprits, il avait fini.

— Dani, oh mon Dieu. Tu sais bien combien ces pratiques sont dangereuses.

Elle opina, grimaçant légèrement.

— La dernière chose dont je me souviens, c'est d'avoir pensé à cette fille, la routarde en Nouvelle-Zélande qui est morte de la même façon. Et combien ça serait sinistre que tout le monde soit au courant, si mon nom apparaissait dans les journaux. Ma mère aurait honte de moi, et je ne pourrais jamais changer nos rapports si je mourais.

— Ne sois pas stupide – personne n'aurait eu honte. C'est lui qui devrait éprouver ça. Mais tu vas bien. Dieu merci.

— Fabian a été vraiment super sympa. Il a tenté de me faire un câlin, et tout ça, mais je n'avais qu'une envie : partir de chez lui. Du coup, j'ai pris mon manteau, un Uber et je suis venue ici. Je ne voulais pas que mes colocataires me voient comme ça.

Maintenant que le manteau de Dani s'était ouvert, je remarquai ce qu'elle portait dessous : un corset en cuir, des porte-jarretelles et des bas, et le genre de chaussures de strip-teaseuse que je m'étais imaginé acheter pour séduire Jude, avant de rejeter cette idée.

— Je te prêterai des vêtements demain, lui promis-je. Il y aura bien quelque chose dans ma garde-robe qui t'ira. Et autrement, on demandera à Alice. T'en fais pas. Mais je continue à penser que tu devrais te rendre au poste.

— Et comment ? Ils me verraient dans cet attirail et ne croiraient pas un mot de ce que je dirais. Fabian leur expliquerait que j'étais consentante, que j'ai dit que tout allait bien et il aurait raison. C'était bien le cas.

— Mais on ne peut pas consentir à ça. À être maltraitée de cette manière.

— Si. Je l'ai fait. Et ce n'était pas la première fois. J'ai dit oui à tout ce qu'il m'a demandé. J'ai même aimé beaucoup de ces trucs. C'est juste qu'il ne cesse de repousser les limites, tu vois ? Comme s'il essayait de trouver mon point de rupture, sauf que j'ignorais moi-même où il était. Avant ce soir.

*Être étranglée au point de s'évanouir serait au-delà des limites de n'importe qui,* me dis-je.

— Tout ira bien, répétai-je. Tu n'as pas à le revoir. Ni à essayer à nouveau quoi que ce soit qui ne te convienne pas – jamais. C'est entre tes mains, tu peux y arriver.

Dani reprit du vin. Elle avait maintenant cessé de pleurer, et son visage affichait une expression étrangement vide sous ce qui restait de son maquillage outrancier.

— Je le trouvais si génial, dit-elle. Je n'arrivais pas à croire en ma chance : que ce type sexy, riche, qui avait réussi souhaite sortir avec moi. Je croyais que cette fois, ça y était, tant que je marcherais droit, je serais tirée d'affaire. Ma mère serait fière de moi. Ma vie serait parfaite. Mais c'était du pipeau, n'est-ce pas ?

— Fabian est un pauvre mec. Il l'a toujours été et le sera toujours. Tu es trop bien pour lui. Et il y a plein d'autres hommes qui sont normaux, corrects, attentionnés, et qui ne t'imposeront pas des trucs bizarres et pourris, si tu ne le souhaites pas. Et qui ne te feront pas mal physiquement, ni ne mettront ta vie en danger pour un kiff. Vraiment, crois-moi.

— Comme Jude ?

À mon tour, je bus une gorgée de vin.

— Jude n'a jamais rien entrepris de ce genre. Mais pour autant, dernièrement, j'ai commencé à penser que ça ne marcherait pas. Je croyais qu'être avec un mec me rendrait heureuse, mais ce n'est pas le cas. Et je crois que c'est parce qu'il ne souhaite pas vraiment me rendre heureuse. Ce n'est pas quelqu'un de mauvais. Mais peut-être qu'attendre son bonheur d'un homme, c'est placer la barre bien trop bas.

— Alors, retour à la case départ ? Aux rencontres en ligne ?

— Je ne sais pas.

Je pensais à Jude, à l'étage dans mon appartement, dînant du repas livré que j'avais payé, peut-être en train de commenter le fil Instagram d'Indigo. Ça faisait longtemps, réalisai-je, que je ne l'avais pas regardé en éprouvant une poussée d'excitation, en admirant la courbe de ses lèvres lorsqu'il souriait et la lueur dans ses yeux quand il riait. Ça faisait longtemps que je ne l'avais pas vu rire, sauf de moi.

— Donc « pas quelqu'un de mauvais », c'est suffisant pour toi ? Je mérite mieux que Fabian, mais toi, pas mieux que ça ?

— Je ne sais pas, répétai-je.

# 25

Verseau, vous savez comment gérer vos excédents de bagages. Abandonnez-les, ou payez la surtaxe.

Durant les jours qui suivirent, les conseils sans équivoque que j'avais donnés à Dani tournaient en boucle dans mon esprit.

*Laisse tomber ce salaud. Ne te mets pas en danger pour un homme. Aucun n'en vaut la peine. Tu mérites tellement mieux.*

Ils ne quittaient pas mes pensées et j'en mesurais parfaitement la justesse. Un jour, en terrasse, alors que nous avions commandé café et gâteau après notre session de sport, toutes deux emmitouflées dans nos sweats à capuche à la fermeture Eclair remontée jusqu'au menton dans la fraîcheur de l'après-midi, elle m'annonça qu'elle avait rompu avec Fabian – *Dieu merci*, pensai-je. Pour autant, quelque chose proche de la nostalgie subsistait dans la façon qu'elle avait de l'évoquer.

— Je lui ai téléphoné pour lui dire que c'était fini, dit-elle, parlant de manière précipitée. Zoë, c'était horrible. Il m'a suppliée de lui pardonner. Qu'il ne me ferait plus jamais mal. Qu'il n'avait pas fait exprès, qu'il avait agi ainsi seulement parce qu'il pensait que c'était ce que je voulais – tout ce truc. On aurait presque cru qu'il pleurait. Et puis il a fallu que j'aille chez lui récupérer mes affaires. Et il avait placé au milieu ce monstrueux bracelet en diamants. Heureusement que je m'en suis rendu compte et le lui ai rendu, autrement, il aurait fallu que je le revoie.

— Tu n'auras plus jamais à le croiser.

J'essayais de la rassurer, sans mentionner, bien sûr, qu'il y avait toujours la possibilité qu'il se pointe à la salle de sport quand ça lui chantait.

— Tu ne crois pas que j'ai dramatisé ? Parce que, si je lui avais dit que je n'aimais pas ce qu'il était en train de faire, peut-être qu'il aurait seulement cessé, et que tout se serait bien passé, non ?

— Peut-être. Mais peut-être pas. Peut-être que, la fois suivante, il t'aurait fait encore plus mal. Peut-être qu'il aurait arrêté ce truc-là en particulier, mais continué à te pousser hors de ta zone de confort d'une autre manière.

Elle soupira.

— J'imagine que tu as raison. Mais il me manque vraiment, d'une certaine façon.

— Qu'est-ce qui te manque exactement ?

— Sortir dans des endroits sympas avec un bel homme. Ne pas avoir à m'inquiéter d'être la seule à venir non accompagnée aux mariages pour le reste de ma vie. Ou de ne pas me marier moi-même. Rentrer à la maison avec lui pour le présenter à ma mère, et que tous mes potes à Liverpool se rendent compte que rompre avec Jamie était la bonne décision pour suivre ma propre voie. Et maintenant, je recommence à m'inquiéter de toutes ces conneries.

— Mais réfléchis juste une seconde.

Je secouai ma fourchette avec un peu trop de vigueur, et un morceau de gâteau à la carotte s'envola pour être immédiatement dévoré par un pigeon.

— Si Fabian avait été ton « plus un » à un mariage, quelle aurait été la probabilité qu'il ne se pointe pas ? Combien de fois, quand tu es allée avec lui dans des endroits chouettes, tu t'es retrouvée à t'ennuyer et à te sentir anxieuse parce qu'il t'ignorait et discutait avec ses amis importants ? T'aurait-il effectivement demandé en mariage, même si tu avais supporté son comportement pourri et ses bizarreries dangereuses pendant des années et des années ?

— Tu as raison. Évidemment que tu as raison. Il va juste falloir que je m'habitue à être de nouveau célibataire, dit lugubrement Dani.

— C'est pas si mal d'être célib'. Je l'ai été pendant des années et ça ne me posait pas de problème. Être en paix avec soi-même est une bonne chose. Tu disposes de ton propre espace, et tu n'as de comptes à rendre à personne d'autre que toi.

— Facile pour toi à dire en ce moment, alors que tu as un mec.

Sa réplique me cloua le bec. Parce que j'avais bien conscience que les conseils que je dispensais si généreusement à mon amie n'étaient pas nécessairement ceux que je suivrais moi-même. Parfois, quand le prélèvement de la facture de gaz apparaissait sur mon relevé bancaire et me laissait nauséeuse, quand j'étudiais mon compte en me demandant comment seraient financées les prochaines commandes de nourriture snob de Frazzle, ou quand je regardais le miroir de la salle de bains en tentant de me souvenir quand pour la dernière fois Jude y avait laissé un mot d'un doigt recouvert de savon, ou quand j'étais au lit après qu'on eut fait l'amour, insatisfaite et incapable de m'endormir, je me demandais ce que je suggérerais à quelqu'un dans ma situation.

Et je connaissais parfaitement la réponse. *Fous le dehors.* Ou peut-être, si j'étais d'humeur charitable : *Dis-lui de se bouger ou de se barrer. Il n'est qu'un profiteur.*

Mais, pour une raison ou pour une autre, je n'y parvenais pas. Ce n'était pas la faute de Jude s'il ne gagnait pas beaucoup d'argent et travaillait tant. Ni juste que mon boulot m'offre un salaire décent, et pas le sien. Je parvenais à m'échapper à la salle de sport en plein milieu de la journée, alors qu'il était coincé dans un bureau, ou arpentait les rues en déposant des prospectus dans les boîtes aux lettres. Ou bien il se rendait à un meeting quelque part, prenant le métro à 6 heures du matin. Et il n'y pouvait rien si nos rapports sexuels n'étaient pas toujours satisfaisants pour moi. (L'avaient-ils jamais été ? me lança brutalement la voix de l'honnêteté en moi.) Après l'amour, il ne manquait jamais de me prendre dans ses bras pour me dire qu'il m'aimait, avant de s'endormir. Et s'excusait souvent pour la rapidité de nos ébats. Avant, je lui répondais que moi aussi je l'aimais, mais maintenant, je n'y arrivais plus.

Peut-être devrais-je lui parler. Je choisirais un moment et nous discuterions ouvertement, comme les adultes que nous étions tous deux. Je soulignerais alors les points sur lesquels améliorer notre relation.

Les jours suivants, je tins de nombreuses conversations avec Jude dans ma tête. Elles s'achevaient toutes de la même manière : il admettait que, bien sûr, j'avais raison, et il n'arrivait pas à croire que ça lui ait pris si longtemps pour comprendre mon point de vue. Il contribuerait au loyer. Il s'assurerait de rentrer plus tôt du travail au moins une fois par semaine, lors de ma soirée de repos, afin qu'on sorte dîner dehors tous les deux. Il trouverait du temps le week-end pour m'aider à nettoyer l'appartement.

En revanche, j'avais plus de mal à deviner ce qu'il répondrait au fait de rendre nos ébats plus plaisants, parce que, à chaque fois que j'envisageais d'aborder le sujet, j'échouais à trouver les mots pour y parvenir.

Enfin, mon grand moment arriva. Nous étions un dimanche, le service du midi au Ginger Cat était terminé et, pour une fois, Jude n'avait pas à travailler ou à se rendre à un meeting, ou à quelque obscure réunion politique dans un pub. On prépara donc une bouteille de vin et une couverture de pique-nique, avant de passer au Craft Fever pour acheter un sachet de chips de luxe aux truffes. Puis direction le parc, en haut de la colline. Je déployai la couverture et m'assis, ouvris le vin et le servis dans les verres que j'avais pensé à prendre à la maison en les enveloppant avec soin dans un torchon pour qu'ils ne s'ébrèchent pas.

L'après-midi était superbe – l'une des dernières belles journées que nous aurions cette année, à mon avis. Le ciel était d'un bleu si profond qu'il avait presque l'air violet, et les feuilles s'y détachaient fortement avec leur orange et or du début d'automne. Jude s'allongea près de moi, sa tête sur mes genoux, et je caressai ses longs cheveux pour lui dégager le visage. Je le regardai. J'aurais voulu que les choses soient simples, tout en ayant bien conscience qu'elles ne l'étaient pas.

— Comment s'est passée ta semaine, commençai-je avec hésitation.

— Horrible, putain, répondit-il. Rythme infernal. Mais un vrai poste va s'ouvrir, et on m'a dit que j'avais une bonne chance de l'obtenir si je candidatais.

C'était mon moment – ou pas. Ne valait-il pas mieux attendre ? S'il obtenait le boulot et gagnait un salaire, il proposerait peut-être de lui-même de contribuer à la vie commune.

— Ça serait génial.

Je m'arrêtai net, reculai presque, puis m'obligeai à reprendre.

— Parce que, dernièrement, j'ai eu le sentiment que les choses entre nous étaient un peu déséquilibrées. Comme par exemple, qui paie quoi, et qui fait quoi dans l'appartement, et… enfin, tu vois.

Jude ouvrit les yeux et me dévisagea, le reproche lisible sur son visage.

— Qu'entends-tu par là ?

— C'est que… enfin, quand, pour la dernière fois, as-tu fait les courses, la vaisselle ou le ménage ?

Il s'assit, le vin éclaboussant son verre.

— Es-tu en train de dire que je ne fais pas ma part ?

— Non, bien sûr que non. Pas vraiment. Enfin, si, je suppose.

— Tu es en train de m'expliquer que je devrais te payer un loyer pour coucher avec toi ? C'est ça ?

— Non, pas un loyer, à l'évidence. Mais l'appartement n'est pas gratuit. Alice me l'avait proposé, or si je n'y habitais pas, il serait possible de le rénover et de l'utiliser pour des activités et d'autres trucs, et donc j'ai dit que j'en paierais un.

— C'était pas très malin, rétorqua Jude. Il n'y a pas que ça, n'est-ce pas ? Tu pourrais trouver un endroit bien mieux pour le même loyer.

— Peut-être. Mais ça ne serait pas juste au-dessus de mon boulot, et c'est vraiment pratique pour moi, et Frazzle adore être un chat de pub. Ce qui n'est pas la question. La question est…

— Pour toi, je vis à tes crochets. Alors que je gagne dix pour cent de ce que tu gagnes et que la plus grande partie de cette somme passe en déplacement et déjeuners.

— Non, je ne pense pas ça, objectai-je.

Même si, me rendis-je compte, c'était exactement ce que je commençais à me dire, et la réaction défensive de Jude montrait qu'il en avait bien conscience.

— C'est seulement que parfois, repris-je, j'ai l'impression que la répartition des tâches entre nous n'est pas tout à fait équitable.

Jude me dévisagea. La colère l'avait abandonné, il paraissait maintenant blessé.

— Je ne m'étais pas rendu compte qu'il s'agissait de ça. Je pensais qu'on partageait quelque chose de spécial, un vrai lien. Qui transcenderait tout ça. Qu'on était tous les deux anticonformistes. Que tu te souciais des vrais problèmes, tout comme moi – la justice, l'égalité et la planète.

Bien sûr que oui. Mais je n'ai pas le sentiment que ce soit très juste ou égalitaire que je lave près de dix-sept T-shirts à toi chaque semaine. Ni particulièrement bon pour la planète, puisqu'on en parle.

Il continuait à me regarder de ses yeux tristes.

— Je n'arrive pas à croire que nous ayons cette conversation. Ça devrait être un après-midi romantique, et tu me critiques comme si on était mariés depuis quarante ans et incapables de se souvenir de nos premiers sentiments.

— Souligner que tu n'as pas fait ta part n'est pas te critiquer. Et avoir à le dire ne me donne pas non plus le sentiment d'être particulièrement romantique.

— Eh bien, c'est fait maintenant. Bien. Tu as exprimé ton point de vue. Rentrons tout de suite à l'appartement et je lancerai une machine, si ça te permet de te sentir mieux.

Je bus une gorgée de vin. Nous n'avions pas pris de glacière, et il perdait déjà de sa fraîcheur, la bouteille étant couverte de condensation. Brusquement, je fus prise d'une profonde lassitude. Comme il serait facile de m'excuser, de remercier Jude pour son offre, de dire qu'on resterait là et qu'on ferait un peu de ménage plus tard, dans la soirée. Comme il serait facile de laisser simplement les choses reprendre leur cours habituel – celui que désirait Jude, visiblement, et qu'il s'attendait à trouver.

Mais je me souvins de ce que l'appli avait dit : *Verseau, vous savez comment gérer vos excédents de bagages. Abandonnez-les, ou payez la surtaxe.*

Pourquoi laissais-je cette situation perdurer ? Pourquoi avais-je permis qu'on me prenne pour une conne ? Qu'était-il arrivé à la Zoë féministe, farouche, indépendante et qui ne serait jamais le paillasson de qui que ce soit ?

— Écoute, je me doute que tu n'as pas envie d'entendre ça, dis-je, mais être traitée comme ta cuisinière particulière et assistante de vie personnelle pendant que tu habites mon appartement sans payer un centime ne me convient pas. Les liens intellectuels, c'est très bien, et je sentais – je sens – vraiment que c'est ce que nous partageons… partagions. Mais ça ne te donne pas le droit de me considérer comme un mélange de femme au foyer des années 1950 et de ta mère. Et en plus…

Je m'arrêtai. Une colère justifiée m'avait envahie, mais pas au point de poursuivre avec : « … au lit, c'est pas franchement top avec toi. »

— Es-tu en train de dire que tu ne veux plus qu'on soit ensemble ? demanda Jude. Je croyais que tu m'aimais.

— Non, bien sûr que non !

Et je pris alors conscience que c'était pourtant bien le cas. Il ne changerait pas. C'était évident dès le départ : il voulait un toit gratuit, une vie agréable, et comme une idiote je les lui avais offerts parce que j'avais cru en nos sentiments respectifs. Je n'étais dorénavant plus sûre des siens. Quant à moi, pour être totalement honnête, je n'éprouvais que de la tristesse et de l'irritation. Je pensais que nous avions beaucoup en commun, parce qu'on s'aimait et qu'on se sentait concernés par les mêmes choses. À une exception près : Jude ne prenait pas soin de moi.

J'allais mettre un terme à cette histoire. Il le fallait, si je souhaitais garder ne serait-ce qu'un lambeau de respect pour moi-même. La seule question était quand, et comment. Et je me dis alors : *Allez, Zoë ! Assume ! Tu sais que ce truc est déjà mort. Agis maintenant.*

Dans mon esprit, j'entendis Mike m'encourager, comme lorsque j'étais prête à abandonner une session d'entraînement. Je me souvins d'avoir dit à Alice qu'on se battrait pour garder le Ginger Cat ouvert, quand il avait été menacé de fermeture par Fabian. Je convoquai même l'image de l'attitude fâchée et déçue de Frazzle chaque fois qu'il sautait sur le lit et y trouvait Jude.

Je pouvais y arriver. Je le ferais. J'ouvris la bouche pour parler – mais Jude me devança.

— Bien ! lança-t-il, triomphant. Tu ne peux pas me quitter. Tu veux savoir pourquoi ?

— Pourquoi ? demandai-je bêtement.

— Parce que c'est moi qui te quitte.

Son sourire s'évanouit, remplacé de nouveau par cet air tragique de chien battu.

— Je suis désolé, mais être avec une femme qui ne me soutient pas à cent pour cent, qui n'est pas à mes côtés quand j'ai besoin d'elle, qui ne me comprend pas en tant que personne, m'est impossible. Je croyais que tu étais cette femme, mais bon, on fait tous des erreurs. Selon Indigo…

J'écoutai, mi-outragée, mi-amusée. Je saisissais maintenant ce qu'il attendait de moi. J'étais censée ramper et m'excuser. Insister pour lui montrer qu'il se trompait. J'étais cette femme spéciale, son âme sœur. J'étais celle qui ferait plus d'efforts, serait meilleure, plus attentionnée, plus accommodante et admirative de cet homme unique et merveilleux qui m'avait autorisée à laver ses chaussettes, placer un toit au-dessus de sa tête et être le réceptacle de son sperme pendant trois mois.

Mais je ne suivrais pas le script. Allez savoir pourquoi, ma colère était revenue – pour autant, je ne donnerais pas à Jude la satisfaction de constater à quel point il m'avait rendue furieuse. Ça reviendrait à dire que ses propos me touchaient, alors que, je m'en rendis compte, ce n'était plus le cas. Plus le moins du monde. Pas même concernant Indigo.

— OK, dis-je, je suis heureuse de voir qu'on est sur la même longueur d'onde et qu'on peut mettre un terme à notre histoire sans acrimonie. Pourquoi on ne rentrerait pas à l'appartement pour que tu prépares tes affaires ?

Jude m'observa, puis son attention se porta sur la bouteille de vin à moitié vide et le paquet de chips. Il m'avait coûté trois livres, bien qu'Archie m'eût fait un prix. Ce n'était pas le scénario non plus, visiblement – j'étais censée le laisser rester une dernière nuit, qui deviendrait deux, puis trois, jusqu'au début de la fin.

— Quoi ? Là, maintenant ?

Sous le coup du désarroi, il avait écarquillé les yeux.

— Oui.

Et je me levai, attendant qu'il fasse de même. Puis je ramassai la couverture et la secouai vigoureusement. C'était comme se débarrasser de bien plus que de quelques brins d'herbe.

# 26

Si vous sortiez la tête du sable, Verseau, vous seriez peut-être capable de voir les choses telles qu'elles sont, et non telles que vous souhaitez qu'elles soient.

— Donc, nous voilà toutes les deux sans mec, déclarai-je quelques semaines plus tard.

Nous quittions la salle de sport, en sueur et le souffle court. L'été était maintenant bel et bien terminé. Même si la nuit n'était pas encore tombée, le ciel était d'un gris lourd, menaçant, et une petite bruine nous humidifiait la peau. Je frissonnai, à cause du froid, et en anticipant la réaction de mes cheveux.

Dani soupira.

— Pas faute de tenter d'y remédier, en tout cas Fabian ne lésine pas pour changer mon statut.

— Ah oui ?

— Carrément. Il m'a fait livrer des fleurs à l'appartement et au boulot, et il n'arrête pas de m'appeler et de m'envoyer des SMS.

— Pourquoi tu ne bloques pas son numéro ?

— Il faudrait, je sais. Mais ça semble trop définitif. Parfois, j'y pense et je suis… pas exactement tentée de renouer avec lui, non, mais je m'interroge. Si j'avais agi autrement, ça aurait peut-être marché.

— Autrement, c'est-à-dire ? Il s'en est physiquement pris à toi, ne l'oublie pas. Qu'entends-tu exactement par « agir autrement » ?

— Aucune idée. M'affirmer plus, peut-être ? Poser des limites ? Toutes ces conneries que tu es censée mettre en place dans une histoire. Je n'ai entrepris rien de cela par peur de le perdre. Et j'en suis quand même arrivée à ce résultat.

— Tu l'as jeté. Ça n'a rien à voir avec le fait de le perdre.

— Oh ! mon Dieu. Tu as raison, j'en ai conscience. Il faut que je me secoue un peu et passe à autre chose. Que je prenne exemple sur toi.

— Je n'irai pas jusqu'à dire que je suis passée à autre chose. En revanche, je suis retournée sur Tinder et me suis rendue à deux *dates*.

— Deux ! T'assures, Zoë.

— Pas vraiment. Le premier était Capricorne. Ils sont réputés être des hommes solides et fiables. Ce qui explique que j'ai été surprise quand il est arrivé avec une demi-heure de retard, puis a renversé sa pinte de Lager sur moi.

— Oh non !

— Oh si ! Et ça crevait les yeux qu'il avait au moins cinq ans de plus qu'annoncé sur son profil et quinze centimètres de moins. Enfin, je ne suis pas grande, ça ne me gêne pas de sortir avec des types petits. Tout ce truc sur le fait de vouloir un mec plus grand que soi n'est qu'une connerie patriarcale, évidemment. Mais…

— … on ne pipote pas sur son profil.

— Exactement. Et le Lion – apparemment, ils sont de bonne compagnie, super sociables mais un peu égocentriques – s'est révélé ne pas être de si bonne compagnie et super égocentrique. Il n'a parlé que de lui pendant deux heures non-stop.

— Mon Dieu, rien de pire que ceux qui savent tout.

— Ouais. Si j'avais parlé de mes vacances sur l'île du Prince-Édouard, à tous les coups, il aurait été sur l'île du Roi-Guillaume. Donc, je lui ai dit que je ne le sentais pas trop entre nous.

— Mais tu as un nouveau rencard, ce soir. J'appelle ça se remettre en selle.

— Peut-être si le gars avait été Sagittaire. Celui-là est Taureau.

— Dommage. Le Sagittaire est moitié-homme, moitié-cheval, c'est ça ? Imagine au pieu.

On gloussa.

— Je me demande comment ça fonctionnerait, dis-je. Avec toutes ces jambes en plus, et tout ça.

— Et moi qui pensais être ennuyeuse au lit pour Fabian, voilà que je discours sur l'art de coucher avec un cheval.

— Ça suffit. À quoi m'attendre de la part de M. Taureau ?

— À l'amour vache ?

C'est en riant que Dani tourna dans la rue principale en direction du cabinet dentaire, tandis que je rejoignais le Ginger Cat pour me préparer à mon rencard avec Brett, qui était, ou pas, un espion.

Tout en marchant, j'ouvris l'appli Stargazer sur mon téléphone et jetai une nouvelle fois un œil sur mon horoscope du jour.

> Les choses ne sont pas toujours ce qu'elles semblent être, Verseau. Peut-être ne regrettez-vous pas les décisions prises mais, si vous laissez s'exprimer pleinement votre impulsivité naturelle, vous pourriez bientôt en regretter d'autres.

Comparé aux récents commentaires de l'appli, c'était plutôt soft. J'en étais venue à me demander s'il ne s'y passait quelque chose de bizarre – un bug dans l'algorithme, ou un truc du genre. Rien que le matin même, j'avais reçu une notification qui affirmait : « La caméra ne ment pas, Verseau. Vous avez réellement l'air ridicule quand vous souriez. »

Je m'étais précipitée devant mon miroir pour sourire à mon reflet comme une débile mentale. Je n'avais pas l'air différente de d'habitude, mais je m'étais montrée si morose durant le reste de la matinée que Robbie m'avait demandé si j'avais perdu un proche. J'avais rayé l'épisode de ma mémoire assez rapidement, pour recommencer à sourire à une fréquence normale.

Puis une autre notification était survenue : « Vous croyez peut-être pouvoir avoir confiance en vos amis, mais que disent-ils de vous une fois que vous avez le dos tourné ? » Et j'étais repartie en mode parano. Et quand d'une table où Maurice et ses amis jouaient aux dominos me parvenait un éclat de rire, je me demandais s'ils parlaient de moi.

Je me dépêchai de rejoindre l'appartement, me douchai et me changeai pour être prête pour mon rencard, heureuse d'avoir investi dans une manucure et un soin des cils. Quitte à replonger dans le jeu des rencontres, c'était plus rapide et plus rentable que de m'y astreindre moi-même.

Mon chat, allongé sur le dossier du canapé, avait l'air passablement énervé que j'aie le toupet de sortir lors de mon soir de repos plutôt que de rester avec lui. Et peut-être de jouer à un jeu trépidant comme de bouger mes orteils sous la couette pour qu'il tente de les attraper.

— OK, Frazz, je m'en vais, tu gardes la maison.

Il cilla avec colère.

— Je sais, je sais. Mais au moins Jude n'est plus là. Tu n'es pas soulagé ? Parce que tu ne l'as jamais vraiment aimé, si ?

Frazzle cilla de nouveau. Il se leva, bâilla à s'en décrocher la mâchoire, étira le dos puis chacune de ses quatre pattes et me suivit, trottant jusqu'au bar où il passerait la soirée à lier de nouvelles amitiés et à regarder les clients d'un air implorant, jusqu'à ce qu'ils lui donnent des restes.

— Sois un bon chat, d'accord ? Je ne rentrerai pas tard.

Je n'avais pas cru si bien dire. Il n'était pas 20 heures que j'étais de retour au Ginger Cat, étrangement secouée par la révélation au sujet de Brett. À aucun moment, je n'avais éprouvé un sentiment d'insécurité. Il n'était rien arrivé de grave. Malgré tout, cette expérience avait été la pire de toute ma vie en matière de rencards – un nouveau record négatif. Un jour, espérais-je, je me souviendrais de l'époque où je croyais avoir rendez-vous avec un espion pour découvrir que le type sortait tout juste de prison, et j'en rirais. Mais je n'en étais pas encore là – j'en étais loin. Et la perspective de rejoindre l'appartement et d'y passer la soirée seule me rendait étrangement fébrile.

Donc, au lieu de ça, je poussai la porte du pub. M'y asseoir seule et boire un verre, ou donner un coup de main à Alice derrière le bar étaient des options. Ou peut-être qu'Archie et Nat seraient là et que je me joindrais à eux un moment. Ou encore, si rien de tout ça ne marchait, j'irais en cuisine, abuserais de mon autorité et expliquerais à Robbie que j'avais le droit d'annuler ma soirée de repos quand ça me chantait.

Mais la première personne que je remarquai fut Adam. Il était installé seul à une table, sans travailler au jeu de Donjons et Dragons ni taper sur son ordinateur. Il lisait un livre, son plat à moitié fini devant lui, Frazzle ronflant sur ses genoux.

J'avais besoin de compagnie ; il lui faudrait supporter la mienne.

Alice me servit un verre de vin rouge et je commandai un mint julep et emportai les deux verres à la table d'Adam.

— Salut, dit-il en levant le nez de son livre.

— Salut. Ça ne t'embête pas que je me joigne à toi ? Je t'ai pris un cocktail.

Il secoua la tête et ferma le livre, plaçant une serviette en papier à l'intérieur pour ne pas perdre sa page.

— Merci, dit-il.

Je m'assis et bus une gorgée de vin. Je remarquai alors que mes mains tremblaient tellement que mes dents claquaient contre le verre.

— Ça va ? s'enquit Adam.

— Oui, oui. C'est juste que je viens de vivre une expérience vraiment étrange, qui me laisse perplexe.

Adam souleva un sourcil.

— Tu veux en parler ? Je ne suis pas mauvais comme donneur de conseils.

J'avalai une nouvelle longue gorgée de vin et me retrouvai à lui balancer toute l'histoire de mon rendez-vous avec Brett.

— Je me suis plus ou moins persuadée que c'était une bonne chose qu'il se montre bizarre et secret sur sa vie. Genre, ça le rendait plus intéressant, mystérieux, tout ça. Je m'étais même à moitié convaincue qu'il était agent secret. Et c'est quand j'ai remarqué son bracelet électronique que je me suis rendu compte à quel point je m'étais trompée.

— Bonjour le choc quand tu as compris qu'il était en taule au lieu d'envoyer des messages secrets à ses collègues espions.

Je parvins à émettre un rire tremblotant.

— Exactement. Plutôt le genre tenue de bagnard rayée que costard taillé sur mesure. Sauf qu'ils ne portent plus ce genre de trucs derrière les barreaux, si ?

— Aucune idée. Je ne m'y suis jamais trouvé.

— Mais ensuite, une partie de moi s'est demandé si je ne me montrais pas vraiment dure et critique. Je me suis toujours considérée comme super ouverte d'esprit, et là, je supprime un type de ma vie à cause d'un acte qu'il a commis dans le passé. Un acte dont je ne sais rien. Est-il un meurtrier ? Un délinquant en col blanc qui n'a tué personne ? Ou quelqu'un qui a volé pour payer les frais de chirurgie et sauver la vie de sa grand-mère, ou un truc du genre.

— Zoë, il y a ouverture d'esprit, et porte si grande ouverte que ton cerveau dégringole de là. Tu a le droit de décider avec qui tu sors ou pas, quelle qu'en soit la raison. Dans ce genre de situation, il ne s'agit pas de mettre en pratique l'égalité des chances. Si tu n'aimes pas le visage de quelqu'un, ou que tu ressentes des mauvaises vibrations, ou tout simplement que tu n'aies pas le feeling, tu es libre de ne pas donner suite sans te culpabiliser. Et je parie que tu avais l'impression que quelque chose clochait avant même de voir son bracelet à la cheville, non ?

— Je… ouais, pour être sincère, c'était le cas. En particulier parce qu'il dégageait la même odeur que s'il s'était lavé dans une baignoire de tequila.

Adam grimaça.

— Oh non…

— Oh si. Dès ce moment-là, j'aurais dû mettre un terme au rendez-vous et lui annoncer qu'on en restait là. Mais non.

Adam but et remonta ses lunettes le long de son nez.

— Et pourquoi, à ton avis ?

— Aucune idée. J'imagine que je ne voulais pas me montrer

grossière. Ni qu'il pense que j'étais ignoble. Et je ne tenais pas non plus à me voir comme quelqu'un d'ignoble.

Il secoua la tête, compatissant.

— Oh ! Zoë, c'est tout aussi bien que tu sois partie, autrement tu épouserais probablement ce mec dans deux semaines, parce qu'il te l'aurait demandé et que tu craindrais de le blesser.

— Seigneur, tu as raison. Pour m'inquiéter de culpabiliser un coupable, qui suis-je donc ?

— Quoi qu'il en soit, tu t'es évadée juste à temps.

Il me fallut une seconde avant de comprendre la blague.

— Heureusement que je n'ai pas baissé la garde.

— Ou tu risquais de finir pieds et poings liés à vie.

— C'est parce que je m'enferme trop là-dedans.

— Sois plus poulet que poulette.

— Je suis nulle quand il s'agit de réfléchir sans entraves.

Adam marqua une pause. Son cerveau était visiblement en surchauffe tandis qu'il cherchait d'autres jeux de mots autour du thème « crime et châtiment ».

— Un autre verre ? finit-il par proposer.

Et il se dirigea vers le bar avant même que j'accepte formellement. Quelques instants plus tard, il revenait avec nos boissons.

— Merci, Adam.

— Tu sais ce qu'il nous reste à faire maintenant ?

— Trinquer.

Je poussai un grognement appréciatif, et le fou rire nous gagna, conséquence de nos idioties communes. Mon sentiment d'anxiété s'était dissipé. Dans peu de temps, j'en étais sûre, j'aurais tout oublié de ce rendez-vous, au-delà du fait qu'il était une histoire drôle à raconter.

— Bref..., commençai-je.

Mais Adam se mit à parler exactement au même moment.

— Zoë, j'allais...

— Après toi, dis-je.

— Non, toi d'abord.

— Bref, j'ai bien réfléchi et j'en ai terminé avec tout ça. Je me suis lancée à fond dans le *dating*, et ça n'a tout simplement par marché pour moi. Je retourne au célibat, et si je meurs entourée de chats, tant pis. Il y a des choses pires, non ?

— J'imagine, dit-il lentement. Fais ce qui te rend heureuse.

— Exactement. Et les rencards ne me rendent pas heureuse. Par conséquent, j'arrête là. Et toi, tu allais dire quoi avant d'être si grossièrement interrompu ?

— Rien.

# 27

N'ayez pas peur de dire ce que vous avez à l'esprit. En revanche, redoutez la réaction des autres quand vous ouvrirez la bouche.

J'étais dans la cuisine. Bien que la porte la séparant du bar soit fermée, les pulsations de la musique, le bourdonnement des conversations et les rires me parvenaient très clairement. Le pub semblait vibrer sur un rythme différent. Sa routine habituelle variait entre le matin et le soir, d'un jour à l'autre, d'une semaine à l'autre, mais son cycle restait le même. Si des mères et leurs bébés étaient en train de finir leur café et muffins, Maurice et ses amis de se lancer dans leur partie de dominos, Fat Don de s'appuyer au bar et qu'on lisait sur l'ardoise du curry du jour « À votre bon cœur », alors on était un mercredi, vers 11 h 30.

Les choses étaient ainsi : cohérentes et prévisibles. Bien sûr, d'immenses changements s'étaient produits quand Alice avait pris les commandes du lieu. Le vieux pub s'était secoué, avait enfilé de nouveaux vêtements et adopté une nouvelle routine.

Ce soir-là, c'était encore autre chose. Ça ressemblait aux soirées poésie organisées à l'occasion par Drew, ou au mariage de Maurice et Wesley. Bien qu'il y eût de nombreux groupes disparates dans le bar, ensemble, ils n'en formaient plus qu'un, parce qu'ils étaient tous là pour une seule et même raison. Une fête. Aucun client n'avait poussé la porte avec l'idée de larguer sa moitié et en se disant que c'était aussi bien de passer à l'acte après avoir bu un verre. Personne ne noyait sa tristesse après avoir perdu son job ou un pari. Personne ne travaillait, la tête rentrée dans les épaules, concentré sur son écran d'ordinateur.

Au fil de la soirée, le bruit qui me parvenait avait graduellement augmenté, depuis les premiers bruissements des voix, les coups de marteau qui fixaient aux poutres une guirlande de fanions, le tintement de bouteilles de prosecco tout juste livrées, jusqu'au bourdonnement des conversations, aux rires et au son de la musique.

Robbie et moi travaillions à un rythme qui nous était propre. Dehors, dans le jardin maintenant jonché de feuilles et de marrons d'Inde qui gardaient les écureuils occupés, Robbie se chargeait du barbecue, il cuisait non seulement des crevettes mais aussi des hamburgers, du poulet, du fromage halloumi et des brochettes de légumes, le tout servi avec les salades et le pain que j'avais préparés. Dans la cuisine, je mettais la touche finale à un plateau de gâteaux au chocolat et à la noix de coco et à quatre énormes pavlovas, dont Google m'avait assurée qu'il s'agissait d'un dessert de Nouvelle-Zélande et non d'Australie. Mais bon, ça n'en restait pas moins une spécialité de n'importe quelle fête aux antipodes.

Un coup à la porte m'interrompit. Je n'eus pas le temps de répondre que le visage d'Adam apparut.

— Désolé de te déranger, Zoë.

— Pas de problème. Sur un plan formel, tu n'es pas autorisé ici, tu sais. « Réservé au personnel », c'est inscrit là, sur la porte.

— Je sais. Mais le Maître du Donjon du Ginger Cat en fait plus ou moins partie, non ?

Adam paraissait plus détendu que je ne l'avais jamais vu. Un bouton de plus de sa chemise en jean était ouvert, découvrant une ligne de bronzage là où elle était généralement fermée. Ses cheveux rebiquaient légèrement, comme si lui ou quelqu'un d'autre y avait passé la main pour l'ébouriffer. Il tenait une bière et affichait un large sourire.

— Aucune idée, répondis-je, sans pouvoir m'empêcher de lui renvoyer son sourire.

— Tout le monde a trouvé les plats fantastiques et souhaiterait remercier la cheffe en lui offrant un verre.

— Et si la cheffe est occupée ?

— Elle a des renforts, fit Robbie en se glissant dans la cuisine. Le barbecue est terminé. Zoë, fais une pause, et je servirai le dessert dans un instant.

— Tu en es sûr ?

— Totalement. Sérieux, je ne sers plus à rien dehors. Freddie range, et les braises sont éteintes. Même s'il avait autre chose à cuire, ce qui n'est pas le cas, la réponse serait non.

— OK. Donne-moi une seconde.

Adam laissa la porte se refermer derrière lui. J'enlevai mon tablier, attrapai mon sac accroché à l'arrière du battant et filai aux toilettes. Je coiffai mes cheveux frisés avec mes doigts et appliquai à grands coups de pinceau un peu de poudre matifiante sur mon visage qui brillait après son exposition à la chaleur de la cuisine. Alors que je me demandais si j'allais ajouter une touche de rouge à lèvres ou m'en passer, une femme émergea d'un box derrière moi.

Sans mentir, elle ressemblait à l'un des anges de Victoria's Secret. Grande, mince, tout en ayant des courbes. Ses cheveux étaient d'un blond miel aux reflets ensoleillés et cascadaient le long de son dos légèrement bronzé. Elle portait un jean usé à la coupe *mom*, un *cropped-top* blanc avec de la broderie anglaise et des baskets. Sur cette fille sublime, on aurait dit de la haute couture.

Elle me regarda avec curiosité.

— Bonsoir.

— Bonsoir, je suis Zoë, la cheffe. Je ne me suis pas incrustée à la fête ; Adam m'a proposé de passer boire un verre. Je tente seulement de me rendre plus présentable.

— C'est vous qui avez préparé tous ces plats incroyables ! Je vous en suis si reconnaissante – c'était fantastique.

Elle me serra contre elle, dégageant un parfum fleuri coûteux, mêlé à un peu de prosecco.

— Je suis Tansy. La fête est en mon honneur. Enfin, pour moi et Josh, mon petit ami.

— Bon retour parmi nous, dans ce cas.

Sa beauté était carrément intimidante, mais son sourire, chaleureux et sincère.

— Adam n'a pas arrêté de nous parler de cet endroit, et maintenant, on le découvre tous. C'est juste génial, j'adore ! lança-t-elle à toute vitesse avant de m'observer d'un regard perçant. Donc vous jouez à Donjons et Dragons avec lui, c'est ça ?

— Oui. Enfin, moi et quelques autres. Adam est notre Maître du Donjon.

— Il est sûrement doué pour ça.

— Oh oui. Il est génial. C'est comme s'il avait tout cet univers sous son crâne et, pendant le jeu, il nous y entraîne. On se laisse complètement embarquer. C'est top.

De nouveau, elle afficha cet adorable sourire, mais son regard se fit dur.

— C'est quelqu'un de très spécial. Allez, venez boire un verre si vous avez fini de travailler. Et merci encore pour tout, c'était une merveilleuse soirée.

Je la suivis dans le bar. C'était étrange de s'y retrouver en tant qu'invitée, et encore plus par des gens que je ne connaissais pas. Le pub était bondé. Tout le monde avait un verre à la main, quelques personnes mangeaient encore et ça parlait, ça riait. Frazzle arpentait les lieux, sa queue aux poils soyeux dressée, acceptant de tous les marques d'admiration et les caresses.

Tansy me présenta Josh, son petit ami, et quelques autres personnes dont j'oubliai le nom. Tous se montraient amicaux et commentaient positivement le pub et le menu. Tansy et Josh étaient si détendus l'un envers l'autre. Ils riaient et, quand leurs regards se rencontraient, je pensais avec nostalgie combien il serait merveilleux d'être vraiment amoureuse. Puis avec chaque personne avec qui j'entamai une discussion, il se produisit la même chose.

Quelqu'un disait :

— Donc, vous avez connu Adam grâce à cet endroit ?

Et j'expliquais le jeu de Donjons et Dragons.

Et on me répondait :

— Je ne connais Adam que par Tansy, mais…

Ou :

— Je connais Adam depuis des années, on a été colocataires et…

Ou :

— Je ne sais pas à quel point vous êtes proche d'Adam, mais…

Et ensuite, tous, sans exception, poursuivaient en déclarant plus ou moins la même chose. Étais-je au courant qu'Adam avait gagné une fortune en exploitant des bitcoins et en les revendant au prix fort ? Qu'il était diplômé de Cambridge avec les honneurs ? Et qu'il avait été à la tête d'une équipe de développeurs de la première application de covoiturage en Iran ? Est-ce qu'Adam connaissait mon chat, parce qu'il adorait les chats – en fait, tous les animaux. N'était-ce pas génial de sa part d'avoir organisé cette surprise pour Tansy et Josh ? Mais c'était typique, vraiment, parce que c'était un ami tellement fiable et une personne incroyable de bout en bout. De prime abord, on le croyait froid, mais sincèrement il était le mec le plus loyal, fun et merveilleux qu'on puisse espérer rencontrer, n'étais-je pas d'accord ?

C'était comme si j'étais tombée dans une convention organisée par une secte adepte d'une arnaque reposant sur le système pyramidal, sauf que le seul produit que tout le monde cherchait à promouvoir était Adam.

Au début, j'ai trouvé ça bizarre, parce que généralement, quand des inconnus découvraient que j'étais cheffe dans un pub, la seule chose dont ils souhaitaient m'entretenir, c'était de nourriture : où se trouvaient leurs restaurants préférés, et si j'y étais déjà allée (généralement pas), quelle était ma meilleure recette secrète (comme si j'allais la leur confier, elle ne serait plus secrète dans ce cas) et pourquoi je n'avais pas précisé durant les cinq premières secondes de notre discussion que j'étais végane, parce que c'était ainsi que les végans se comportaient, non ?

Puis je me dis que c'était vraiment mignon qu'Adam ait tant d'amis qui le trouvent merveilleux. Comment se faisait-il que je ne l'aie pas su avant, et pourquoi étais-je partie du principe que c'était une sorte d'ermite, passant toutes ses soirées seul dans son appartement à dresser des cartes au trésor pour nos parties de Donjons et Dragons. Je commençais à m'interroger : ne l'avais-je pas sous-estimé ?

Enfin, une idée s'imposa à moi : *Et s'ils essayaient tous de me faire passer un message ? À moi en particulier ? De se débrouiller pour que j'apprécie Adam ?* Pas comme ami – j'étais totalement ouverte à ça, évidemment – mais comme… eh bien, plus qu'un ami ? Et dans ce cas, est-ce que cela signifiait qu'Adam avait discuté avec eux à ce sujet ?

Je passais d'un groupe à l'autre. On me présentait une personne après l'autre, on remplissait encore et encore mon verre de prosecco, Robbie m'apporta une assiette et me demanda si j'étais sûre de ne pas vouloir m'asseoir après avoir été debout toute la journée, comme si j'étais sa grand-mère. Je remarquai qu'Adam, lui, restait au même endroit, près du bar, non loin de là où Fat Don s'installait généralement. (Celui-ci s'était pointé le matin même, affirmant avoir oublié que le pub était fermé pour un événement privé, et était resté debout dehors, tout triste, comme un chat attendant qu'on le laisse entrer.) Adam n'avait pas à se déplacer entre les gens, ils venaient à lui, discutaient avec lui, le remerciant probablement pour la soirée. Il était presque autant le centre de l'attention que Tansy et Josh.

Je remarquai aussi autre chose. Chaque fois que quelqu'un venait papoter avec lui, il fouillait la salle du regard jusqu'à ce que ses yeux se posent sur moi. Et une fois que j'en eus pris conscience, il me fut impossible de passer à côté de tous ces regards curieux dans ma direction, ces petits sourires et hochements de tête. J'avais le sentiment d'être évaluée – de manière correcte, mais évaluée malgré tout.

La soirée était bien avancée. Robbie avait cessé de passer des plats, et la vitesse à laquelle Alice ouvrait les bouteilles de vin pétillant avait légèrement ralenti. Mais personne ne donnait l'impression de vouloir partir. Adam se pencha par-dessus le bar pour dire quelque chose à Alice. Elle sourit, baissa l'intensité des lumières, et quelqu'un augmenta le son de la musique.

Le Ginger Cat n'était pas vraiment un pub conçu pour danser. Les tables et les chaises se trouvaient au milieu, et nous nous étions engagés par écrit auprès du voisinage à éviter tout tapage nocturne. Mais la musique était suffisamment forte pour que des couples et des groupes d'amis se lèvent, mal à l'aise et manquant un peu d'entrain dans un premier temps, puis plus enthousiastes au fur et à mesure, emportés par les Arctic Monkeys chantant combien on avait l'air cool sur la piste de danse.

Je ne pris pas la décision consciente de poser mon verre et de me joindre aux autres. Je passai simplement à l'action. Mes pieds, fatigués après une journée en cuisine, et maladroits dans mes baskets, semblaient animés d'une volonté propre. Je retirai le cordon téléphonique qui attachait mes cheveux et les relâchait le long de mon dos, ne me souciant pas qu'ils dégagent une odeur de friture et qu'ils frisent.

Tansy et Josh dansaient ensemble, un couple en or, grands, bronzés, et heureux d'être de retour parmi leurs amis. Alice, l'air plus énergique que je ne l'avais vue depuis des siècles, riait et nettoyait le bar en rythme avec la musique. Je vis Joe pousser la porte, l'air surpris, puis un immense sourire éclaira son visage avant qu'il ne vienne prendre Alice dans ses bras pour l'embrasser. Les voir ensemble n'était plus douloureux.

Puis je cessai de remarquer quoi que ce soit, parce qu'Adam se rapprocha de moi et commença à danser.

J'étais si habituée à le voir immobile, ne bougeant que ses yeux ou ses mains, que pendant une seconde je ne le reconnus pas. Il n'avait plus cette posture voûtée qu'il adoptait souvent, comme s'il ne savait que faire de ses longues jambes, de ses bras et de ses épaules – si larges et osseuses qu'il semblait avoir laissé un cintre dans sa chemise.

En cet instant, il ne ressemblait plus à ça. Il se mouvait avec fluidité et assurance. Je ne l'avais jamais vu sourire autant – ses dents blanches se détachaient sur sa barbe, et ses yeux bleus étincelaient. Mon sourire répondit au sien quand j'avançai vers lui.

Soyons clairs sur un point essentiel : je danse comme un pied. Comparée à Adam, je ne maîtrise aucun mouvement. Mais en fait, je m'en fichais – je m'amusais, occupant mon corps comme à la salle de sport, appréciant la sensation d'être forte, heureuse et vivante. La musique changea et je marquai une pause, m'attendant à ce qu'il s'éloigne, mais il n'en fit rien. Moi non plus. On reprit de plus belle à danser n'importe comment, en se souriant comme des idiots. Sur ce morceau, puis le suivant, et ceux qui suivirent. Il ne se prenait pas au sérieux, ni moi non plus (ce qui était tout aussi bien, parce que j'aurais ressemblé à un candidat sur le point d'être viré de *Danse avec les stars* si j'avais essayé). Et j'explosai de rire quand, à un moment, il se laissa tomber au sol pour se mettre à ramper comme un ver de terre.

On ne s'arrêta pas avant qu'Alice ne baisse la musique et annonce en s'excusant qu'il était 23 h 30 et qu'il fallait tenir compte du voisinage. Adam se lança dans un dernier *floss* puis s'immobilisa.

Les gens commencèrent alors à partir, s'évaporant dans la nuit en petits groupes pour rejoindre une boîte ou aller chez quelqu'un afin de boire un dernier verre, ou tout simplement rentrer se coucher. Alice s'activait derrière le bar, nettoyant comme toujours en fin de soirée, mais sa fatigue était telle qu'elle tenait à peine sur ses jambes.

— Rentre, lui dis-je. On va s'en charger avec Freddie.

— Tu es sûre ?

— Je vais donner un coup de main, fit Adam. J'ai un peu l'impression que c'est aussi mon bordel et qu'il m'incombe de ranger.

— Ne sois pas stupide, tu es un client.

— Je n'en suis pas moins aussi un membre de l'équipe, rétorqua-t-il.

— Tu… OK. C'est vraiment gentil, merci.

Alice rassembla ses affaires. Arrivée à la porte, elle hésita une seconde, jetant un coup d'œil protecteur à son pub. Elle se mit alors à bâiller à s'en décrocher la mâchoire, et, avec réticence, poussa la porte pour s'en aller.

Je m'étais attendue à avoir Adam dans les pattes, à ce qu'il pose des questions énervantes sur ce qu'il était censé faire et où ranger les choses, tout en regardant Freddie et moi bosser. Ce ne fut pas le cas. Il se déplaçait dans le pub méthodiquement, empilant les verres sur le bar, débarrassant les assiettes jusqu'à la cuisine, emballant les canettes et les bouteilles pour le recyclage.

— Tu es vraiment surprenant, tu sais ? Tu es un Maître du Donjon de première classe, un danseur incroyable et tu es capable de nettoyer un pub comme si tu avais fait ça toute ta vie.

— Nettoyer n'est quand même pas sorcier, si ?

Il avait les mains pleines de verres, qu'il tenait entre ses doigts par leur bord.

— Tu en es probablement un aussi.

— Sincèrement, ce n'est pas très compliqué. Seulement une question de dosage d'ingrédients et une pincée de calculs. Pas comme cuisiner. Ça, c'est dur.

La porte arrière s'ouvrit et se referma. Quand Freddie souleva les énormes sacs pour les mettre dans le container, les verres s'entrechoquèrent et se brisèrent. Puis il passa la tête dans l'entrebâillement pour annoncer qu'il s'en allait, si ça ne me gênait pas, parce que son dernier métro était dans cinq minutes et que, s'il le ratait, il perdrait des heures dans les bus de nuit.

— Mais tu ne…

À ma connaissance, Freddie habitait à dix minutes à pied. Mais bon – peut-être avait-il déménagé et n'étais-je pas au courant. Ou il se rendait chez sa copine. Bref. Ça ne me regardait pas, et on en avait presque fini de toute manière. Je lui souhaitais bonne nuit et il se dépêcha de partir, nous laissant seuls, Adam et moi.

Je remplis le lave-vaisselle et remis tout en ordre dans la cuisine pendant qu'Adam donnait un coup de torchon aux tables et au comptoir. Frazzle, perché sur une chaise longue, supervisait le tout, profitant d'une gratouille aux oreilles à chaque passage d'Adam. Tout en travaillant, nous discutions. Nous devions élever la voix afin d'être entendus à travers la porte de la cuisine maintenue ouverte par une cale. Enfin, tout fut terminé, le lave-vaisselle bourdonnait, les lumières étaient tamisées. Les yeux de Frazzle se fermaient et sa tête tombait sur ses pattes – le pub était prêt pour la nuit.

— Merci, Adam, pour ton aide précieuse.

— Avec plaisir.

— Un dernier verre ?

Adam rangea dans le placard le produit nettoyant et laissa tomber les chiffons dans un sac prêt pour la laverie.

— Ça serait dommage, maintenant que tout est propre.

J'hésitai juste une seconde, avant de lui proposer de monter à mon appartement.

Il ne répondit pas immédiatement, et je remplis le silence en disant :

— Tu sais, c'est vraiment marrant, tous tes potes n'ont pas cessé de venir me parler ce soir pour me dire à quel point tu étais génial. C'est un vrai fan club que tu as là. Ça, ou il y a un plan secret derrière tout ça. Ou pas si secret, ha ha.

Et là, brusquement, tout changea. L'intimité amicale qui nous avait liés pendant que nous travaillions disparut. La touche d'électricité de ce… je-ne-sais-quoi, qui s'était trouvée là pendant que nous dansions, s'était volatilisée, au point que je compris que je l'avais imaginée. Adam était de nouveau Adam, tout simplement, les épaules légèrement voûtées sous son pull, le visage vide de toute expression, à part la rougeur qui montait lentement de son cou vers ses joues.

— Nan, je ferais mieux d'y aller, dit-il.

# 28

Vous aviez une chance, Verseau, et vous l'avez laissée passer. Vous en aurez davantage la prochaine fois.

— Et voilà tout. Il m'a souhaité bonne nuit, m'a dit qu'il me verrait au prochain Donjons et Dragons et a filé.

Dani s'assit sur le banc destiné au lever de poids et s'essuya le visage avec sa serviette.

— C'est super bizarre, commenta-t-elle. Partir comme ça ? Refuser une invitation à boire un verre chez toi ? Alors qu'il y avait toute cette alchimie entre vous.

— Je me suis fait des films, je suppose. Peut-être était-il un peu plus ivre que je ne le pensais et, pendant qu'on nettoyait, il a repris ses esprits.

— Et tous ses amis qui l'encensaient auprès de toi ?

— Peut-être que ce n'était pas le cas. C'était juste des mecs sympas, qui apprécient Adam et en parlent en ces termes à n'importe qui.

— Hum.

Dani abandonna le banc où je la remplaçai.

— Ce n'est pas l'impression que ça me donne, dit-elle. On dirait plutôt la plus grosse opération de mise en valeur que j'aie jamais vue. Et ça a marché, non ?

— Comment ça ?

— Ils ont réussi à faire en sorte qu'il te plaise ?

Je restai silencieuse un moment, parce que je soulevai le poids depuis ma poitrine jusqu'aussi loin que mes bras étaient capables de le porter, puis retour. Il me donnait l'impression d'être bien plus lourd qu'à l'habitude.

— Non.

— Non ? Alors comment expliques-tu…

— C'est Adam qui a réussi ça. *Il* a réussi à me plaire. Mais aucun intérêt à revenir là-dessus, parce qu'à l'évidence il n'est pas intéressé.

— Pas nécessairement. Il est peut-être seulement timide. Certains gars sont comme ça avec les filles qui les attirent. Tout se passe bien jusqu'à ce qu'ils craquent, et à partir de là ils sont tout bizarres.

J'échangeai de nouveau ma place avec Dani.

— Mais il ne se montrait pas timide. Pas le moins du monde. Avec ses déhanchements à la MC Hammer sur le dance floor.

— Ça n'a rien à voir. S'il est bon en danse, alors il n'avait qu'à se lâcher et te laisser l'admirer. C'est comme toi – tu as préparé un festin les doigts dans le nez, non ? Et je parie qu'il a admiré ça. Mais tu ne te sentais pas timide derrière les fourneaux.

— Bien sûr que non. Adam n'était même pas là quand j'étais en cuisine. Et je n'étais pas là pendant qu'il mangeait. Donc, ça n'a rien à voir. Mais bon, c'est du passé tout ça maintenant. C'était juste un truc unique, dans la chaleur du moment, après quelques verres. Et j'ai cru que quelque chose se produirait. Ce qui n'a pas été le cas et ne me pose aucun problème.

Dani se montra dubitative.

— C'est ça, oui.

Je soulevai puis abaissai le poids, et tentai de nouveau la manœuvre. Mes bras ne voulurent rien entendre. Ils se mirent à trembler et chanceler. La barre en fut déséquilibrée, menaçant de me tomber dessus. Mais Dani était là pour la soulever et la reposer en sécurité sur son rack.

— OK, reconnus-je, ça m'en pose un.

Je m'assis, et soudain les yeux me brûlèrent. Pas seulement de sueur, mais de larmes aussi. Je repensai à tout ce que j'avais traversé depuis ce fameux matin où je m'étais réveillée libérée, brusquement et sans que rien l'explique, de mon désir pour Joe. Désir que je portais sur mes épaules depuis tant d'années qu'il tenait plus du dur labeur que de l'amour. J'avais essayé. Vraiment essayé. J'étais sortie de ma coquille. J'avais eu des tas de *dates*. J'avais couché avec un quasi-inconnu. J'avais été en couple et avais tout entrepris pour que ça marche, avant de rompre quand ça n'avait pas été le cas, en adoptant un comportement adulte.

Et au bout du compte, j'aurais dû recevoir une récompense. Un prix d'un genre quelconque, comme quand Mike claquait sa main contre la mienne pour me féliciter après une parfaite série de pompes, ou qu'une table au Ginger Cat demandait à ce que le chef vienne au bar pour me dire en personne combien ils avaient apprécié leur dîner. Ou même le trésor imaginaire que nous espérions découvrir dans le jeu de Donjons et Dragons.

Mais il n'y avait rien eu. Seulement mon amitié avec Adam, dont j'avais cru fugitivement qu'elle se transformerait en quelque chose d'autre. Jusqu'à réaliser mon erreur.

Dani passa son bras sur mon épaule.

— Hé, ce n'est qu'un développé-couché.

Je ravalai un petit rire.

— Il ne s'agit pas de ça. C'est moi. Personne ne m'aimera jamais, et c'est entièrement ma faute.

— N'importe quoi, Zoë ! C'est complètement faux.

Un son m'échappa dont j'étais sûre qu'il n'avait jamais été entendu entre ces murs auparavant, pas même la fois où Fabian avait tenté de soulever deux fois son poids et s'était claqué un tendon.

— Si.

J'avais enfoui mon visage dans ma serviette, pour que Dani ne m'entende pas. Pour autant, elle continua à caresser mon dos haletant et en sueur.

— Chut.

Elle m'aida à me remettre debout.

— Viens, pas la peine de monopoliser les équipements si on ne les utilise pas, ou Mike nous grondera.

Elle me guida jusqu'à un angle de la salle, derrière les racks où les palets étaient rangés avec soin par ordre de poids. Puis elle m'aida à m'asseoir sur le tapis de sol, me passa ma bouteille d'eau et un paquet de serviettes en papier bleues.

Je fus incapable de parler pendant un moment. Je n'avais aucune idée d'où me venaient ces larmes, ou pourquoi elles avaient choisi d'arriver maintenant, mais je découvris que les arrêter était au-dessus de mes forces. Mes épaules étaient secouées par les sanglots, mon nez et mes yeux coulaient. Dani resta assise patiemment à me frotter l'épaule et à murmurer doucement à mon oreille, tandis que les larmes coulaient sans retenue.

Mais on ne peut pas pleurer éternellement, même si on s'imagine le contraire. Mes sanglots finirent par se tarir. J'avais la gorge irritée. Je levai la tête pour me moucher.

— Pardon, m'excusai-je, je suis nulle.

— Bien sûr que non, me répondit Dani avec douceur. N'hésite pas à me confier ce qui ne va pas, si tu en as envie.

— J'ai l'impression d'avoir perdu tout ce temps. Je suis sortie avec tous ces types qui n'étaient pas pour moi et, quand j'ai rencontré Jude, j'ai pensé que c'était le bon. J'ai fait tout ce qui était humainement possible pour que ça marche. Tout ça pour me rendre compte que lui non plus n'était pas le bon.

— Ce qui est positif, non ? Au moins, tu en as pris conscience et l'a jeté avant d'être trop attachée.

Il y avait un moment de ça, Dani m'avait expliqué que son cabinet dentaire l'avait inscrite à une formation de relation à la clientèle, et que l'une des choses qu'on leur avait apprises était l'écoute active. Ce qu'elle appliquait maintenant, à l'évidence – ne sachant pas ce qui me rendait aussi triste, mais essayant de m'encourager à parler jusqu'à ce que je le formule.

— Le truc, c'est que j'ai affirmé à Adam que j'en avais fini avec les *dates*. Qu'être célibataire me convenait bien, tout comme mourir entourée par mes chats. Et visiblement, il m'a prise au mot, même s'il était intéressé par moi avant.

— Alors parle-lui ! Dis-lui que tu as changé d'avis. C'est si dur que ça ?

— J'aimerais bien. Mais l'appli – j'ai cette appli sur mon téléphone qui m'envoie mon horoscope quotidien – est devenue vraiment bizarre dernièrement. Très négative. Et l'autre jour, elle m'a dit que revenir sur certains choix n'était pas envisageable et qu'on devait en accepter les conséquences. C'est tellement vrai ! Ce qui n'empêche pas que je me suis vraiment sentie comme une merde. Et aujourd'hui, elle m'a annoncé que j'avais eu ma chance et que je l'avais bousillée. Je crois qu'elle a tapé dans le mille.

— Allons, Zoë ! Reprends-toi ! Ne laisse pas une stupide appli te dicter tes sentiments. Bon sang, retire-la et passe à autre chose. C'est quelle appli d'ailleurs ?

Je lui répondis et elle eut l'air ébahie.

— Mais c'est…

Puis une voix se fit entendre au-dessus de nos têtes.

— Qu'est-ce que vous fabriquez ici toutes les deux ? Ambiance café derrière les rangées de poids ? Y a des pubs pour ce genre de choses !

Nous nous sommes levées d'un même élan, comme des gamines au collège surprises à fumer derrière les abris à vélo, même si on savait que Mike plaisantait.

— Tu as vu Twitter, Dani ? Ton ex est partout. Des masses de tweets au sujet d'une appli d'astrologie qu'il a lancée, et comment il payait des rédacteurs aux Philippines pour écrire les textes et non pas des experts en astrologie de la NASA, comme il l'affirmait. Et il utilisait des fermes à clics en Chine pour augmenter le nombre de commentaires sur les app stores.

Il secoua la tête, perplexe.

— C'est vraiment un autre monde, tout ça, ajouta-t-il.

Mon regard passa de Dani à Mike pour revenir se poser sur Dani. Mike souriait, légèrement amusé. Dani ressemblait à quelqu'un qui viendrait de recevoir un baquet d'eau froide sur la tête.

— Je pense connaître la réponse à cette question, dis-je lentement, mais quel est le nom de cette appli ?

— Stargazer, répondirent en chœur Dani et Mike.

— En parlant de ça, poursuivit Mike, regardez ce que le chat nous rapporte.

J'envisageais de lui expliquer que, même si Frazzle s'était vu doté de super pouvoirs lui permettant de soulever un homme de quatre-vingt-dix kilos aussi facilement que s'il s'agissait d'un bébé merle, il ne daignerait pas approcher sa gueule de Fabian Fletley. Mais je n'y parvins pas, car, comme toujours, la présence de ce dernier semblait me rendre muette.

Il portait son ensemble de sport de marque habituel : un débardeur moulant et un short en lycra qui l'était tout autant. Le premier affichait un énorme logo que j'avais googlisé un jour par curiosité, pour découvrir qu'il coûtait plus de cent livres. Le bas dévoilait bien plus de l'anatomie de Fabian que j'aurais – moi, ou quiconque – souhaité en connaître. Il était précédé par l'odeur insupportable du déodorant au cèdre qu'il utilisait toujours. Ce qui signifiait qu'il n'avait pas encore commencé sa session, parce qu'autrement il aurait senti de manière tout aussi insupportable la transpiration.

Il s'avança d'un pas décontracté vers nous, salua Mike d'une tape sur l'épaule qui semblait amicale mais l'aurait envoyé valser s'il n'avait été un tel roc, puis enlaça Dani par la taille.

— Salut, mec, salut, ma belle. Tu n'es plus vexée ? Ça te dit de sortir ce soir ?

Il m'ignora, et j'en éprouvai presque de la reconnaissance. Mais Dani se figea, comme si le bras de Fabian était fait de plomb et non d'os et de muscles, et qu'il l'avait clouée au sol. Elle tourna la tête pour le regarder, ses yeux s'écarquillant, affichant un mélange de peur et de désir.

Fabian lui pinça la joue.

— Un peu trop émotive, non ? Petite idiote. Mais tout va bien, je te donnerai une nouvelle chance. Juste une, hein.

Dani porta sa main à sa joue à l'endroit où il l'avait pincée comme si elle avait mal. Elle ne prononça pas un mot – elle était visiblement incapable d'y parvenir.

Mike, lui, n'avait pas ce problème.

— Arrête-moi si je me trompe. Cette femme t'a demandé de ne plus la contacter. Je ne connais pas les détails et n'y tiens pas. Mais je ne laisserai pas mes clients être harcelés dans mon club.

— Je la harcèle ? C'est ton impression, ma belle ?

Dani retrouva sa voix, même si elle ne sortit qu'un mince couinement, comme si elle sentait encore les mains de Fabian autour de son cou, à serrer.

— Oui.

— Eh bien voilà, dit Mike. On est au clair sur la question, il me semble. Je tiens à ce que tout le monde se sente en sécurité dans cette salle de sport et, donc, tu n'y es plus le bienvenu. Je te rembourserai le trop-perçu sur ton abonnement.

— Mais… j'ai payé pour des cours particuliers quotidiens, et je n'en utilise même pas la moitié ! balbutia Fabian. Je vaux presque vingt mille livres de recette par an pour toi. Ces filles paient que dalle. Tu veux ruiner ton business ?

Mike croisa les bras sur sa poitrine. Ses mains atteignaient à peine ses coudes tant ses pectoraux et ses biceps étaient développés.

— L'argent ne fait pas tout. Et je préfère des clients qui suivent effectivement mes conseils. Où que tu ailles ensuite, Fabian, écoute-les quand ils te disent que tu as besoin de faire du cardio tout autant que de soulever des poids, et que tu dois aussi adopter un mode de vie sain. Ralentis peut-être un peu sur la poudre colombienne et les petites pilules bleues. Aucun intérêt d'avoir le plus beau corps de la morgue, si ?

Fabian le dévisagea comme s'il s'apprêtait à protester, ou même à se battre. Mais Mike restait implacable et, à ce moment-là, il était même flippant.

— Très bien.

Fabian relâcha Dani et pivota sur ses tennis de créateur.

— Il y a plein d'autres endroits mieux que celui-ci. Comme si j'en avais quelque chose à foutre.

Et il partit d'une démarche théâtrale en se faufilant dans l'espace entre les stores métalliques. Le grondement de son moteur puissant retentit, mais au lieu de s'évanouir progressivement il fut remplacé par un craquement épouvantable et un tintement de verre brisé. À travers la porte ouverte, je remarquai la borne sur laquelle il s'était écrasé en reculant, le pare-chocs arrière de sa voiture froissé et un groupe d'ados devant la boutique de poulet frit qui lançaient des acclamations ironiques.

Le drame qui se jouait échappa totalement à Dani. Elle avait les yeux fixés sur Mike, emplis de surprise, comme si elle le voyait pour la première fois. Un immense sourire vint étirer ses lèvres.

# 29

Aujourd'hui, la chance est présente dans les étoiles, Verseau. Mais n'attendez pas qu'elle vous soit destinée.

— Zoë ? La Terre à Zoë ?

Robbie m'asséna un petit coup dans les côtes de sa cuillère en bois et je sursautai comme si j'avais reçu une décharge électrique.

— Quoi ? Qu'est-ce que tu veux ?

— Je t'ai demandé quatre fois si tu avais envie d'un café, deux si tu souhaitais utiliser le miel de luxe qu'on a pris chez Archie ou bien le standard, dans les brownies au caramel et à la vanille, et trois si tu apportais quelques-unes de ces bruschettas au butternut et à la sauge à Maurice et ses potes pour qu'ils les testent, ou si je m'en chargeais et m'en octroyais toute la gloire. Aucune réaction de ta part. Je sais qu'à ton âge c'est un peu lent à monter au cerveau. En revanche, pour devenir sourde, vingt-huit ans, c'est tôt, non ?

— Désolée, j'étais à des milliers de kilomètres de là. Oui au café, autant foncer avec le miel de luxe, et je m'occupe du contrôle de qualité. Merci, Robbie.

— Pas de souci.

Il alluma la machine à café, et son grondement retentissant me convainquit que je n'avais, de fait, pas perdu l'ouïe.

Je m'étais perdue dans mes pensées et l'étais encore. J'attrapai l'assiette de bruschettas recouvertes généreusement de courges grillées, avec un filet d'huile de sauge et saupoudrées de miettes de *'nduja* pour l'apporter au bar, où Maurice, Terry, Sadiq et Tay commençaient leur partie de dominos. Alice se trouvait derrière le comptoir. Kelly était à quatre pattes, armée d'une balayette et d'une pelle à poussière, en train de nettoyer les miettes laissées par le groupe des mères et de leurs enfants. Fat Don occupait son tabouret habituel, descendant sa pinte. Frazzle était étendu sur une chaise longue dans une flaque de soleil.

Le Ginger Cat dégageait la même atmosphère que chaque mercredi matin : lumineux, joyeux et sereinement animé. Moi, je me sentais différente. Comme vide à l'intérieur. Il ne s'agissait pas de faim, Robbie ayant insisté pour que je mange un bol de granolas quand j'étais arrivée le matin même, se tracassant pour moi et exigeant de savoir pourquoi je ressemblais aux restes froids d'un vampire. J'avais avoué ne pas avoir dîné la veille au soir et pratiquement pas dormi.

— Nous diras-tu ce que c'est, ma belle ? demanda Ray. Ou tu vas rester plantée là à nous dévisager ?

— Pardon, désolée.

J'avais traversé la salle vers leur table en pilotage automatique, mon esprit entièrement occupé ailleurs.

— Ce sont de nouveaux en-cas qu'on pense ajouter au menu d'automne du bar. Qu'est-ce que vous en dites ?

Je posai l'assiette sur la table et ne bougeai plus, attendant leur verdict, comme toujours.

— C'est quoi ce truc marron ? s'enquit Terry en tapotant d'un doigt suspicieux le dessus de l'une des bruschettas.

— Miettes de *'nduja*.

— C'est-à-dire ?

— Une sorte de saucisse épicée à tartiner. Comme du salami, mais en plus doux. Et on l'a frite avec des miettes de pain et de sauge, pour que cela soit plus croustillant. Il y a du porc dedans, désolée, Sadiq.

— *'Nduja really wants to hurt me*, se mit à chanter faux Terry, se prenant pour George Michael. *'Nduja really wants to make me cry ?*

Tous se mirent à glousser, et je ne pus me retenir à mon tour. Maurice coinça une serviette en papier dans son col, souleva un des en-cas et mordit dedans.

— Délicieux, commenta-t-il. Une vraie saveur automnale. Je vais parler à Wesley de ce truc de *'nduja*. Ça irait super bien avec du riz et des petits pois.

— Ça alors, ça ne t'arrache pas la tête ? dit Ray. Ça devrait être servi avec une mise en garde côté santé.

Mais il termina son morceau et en saisit immédiatement un autre.

— Je considérerai ça comme une réaction positive, donc, dis-je.

Et je les laissai à leur jeu, Alice s'approchant de leur table avec un plateau de boissons.

Je repris la direction de la cuisine, mon esprit s'égarant dans un labyrinthe de pensées qui semblaient l'envelopper, emmêlées et collantes comme les fausses toiles d'araignée qu'Alice avait installées dans la vitrine pour Halloween. Des araignées en papier y étaient piégées.

Durant des mois, pensais-je en laissant le levain donner forme au pain, je m'étais laissé gouverner – ou tout du moins aiguiller – par Stargazer. J'avais suivi ses conseils pour mes *dates*, mes relations aux autres et ma propre vie, pas exactement comme si j'en étais esclave, mais en mettant suffisamment de foi en l'appli. Et maintenant, grâce à Mike, je connaissais la vérité.

J'avais lu divers fils sur Twitter, qui racontaient l'histoire de son lancement par Fabian. Comment il avait utilisé de faux téléchargements et de fausses critiques pour en faire un truc branché. Comment il avait déclaré tout un tas de choses sur l'authenticité de ces prédictions, s'appuyant sur des données astrologiques réelles, alors que pendant tout ce temps une usine à contenus de Manille avait fourni les horoscopes quotidiens en s'appuyant sur rien de plus qu'un cahier des charges pour rédiger les notifications.

J'avais appris comment Fabian avait unilatéralement décidé de baisser le prix qu'il payait au propriétaire de l'affaire aux Philippines, et que les salaires déjà extrêmement maigres des salariés avaient subi le même sort. Menacés de perdre leur emploi s'ils se plaignaient, ils avaient pris les choses en main et écrit des horoscopes de plus en plus sinistres et déprimants, pour voir jusqu'où ça irait avant que les rédacteurs en chef s'en rendent compte.

Je les imaginais – des jeunes hautement diplômés, travaillant pour une misère sur leur ordinateur portable à la maison, ou partageant des bureaux dans un café s'ils n'avaient pas la place ou le calme nécessaire chez eux – échangeant des messages via Slack ou des regards par-dessus leur table, éprouvant une légère allégresse à enfumer leur exploiteur de patron. Parce que la marque Stargazer se targuait d'être audacieuse, d'envoyer des notifications acides au point d'en devenir presque brutales, il fallut un long moment avant que quiconque remarque un changement. Bon sang, moi-même je l'avais à peine constaté. J'étais seulement partie du principe que l'appli me connaissait simplement assez bien, à travers quelques algorithmes mystérieux ou grâce à l'authentique astrologie, pour me renvoyer mes pensées.

Si je ne m'y étais pas autant investie, j'aurais trouvé ça drôle. Mais maintenant, je n'arrivais pas à me débarrasser d'un sentiment de dislocation. Quelque chose avait changé dans mon monde de manière si significative que je ne le comprenais plus complètement.

Le reste de cette matinée passa dans un brouillard. Je travaillais, papotais avec Robbie, écoutais de la musique dans mes écouteurs. Mais ensuite, je ne parvins pas à me rappeler un mot de nos conversations. J'arrivais à peine à goûter aux plats et devais passer la cuiller à Robbie pour qu'il me confirme que l'assaisonnement était réussi. Quand une nouvelle chanson démarrait sur ma playlist, j'aurais été incapable de donner le titre de la précédente.

Robbie lui aussi semblait distrait. Il n'arrêtait pas de jeter des coups d'œil anxieux à son téléphone et, lorsqu'une nouvelle alerte sonnait, il sautait dessus comme Frazzle sur son jouet en plumes, seulement pour le reposer, abattu. Puis, quand les premières mesures de *Half a Man* retentirent dans les baffles, sa cuiller en bois tomba par terre, et un sanglot retentit.

— Merde, Robbie, qu'est-ce qui ne va pas ?

— C'est Rex.

Il s'essuya les yeux sur un essuie-mains.

Je le pris par l'épaule et le consolai un moment, mon esprit battant la campagne. Qu'avait-il pu se passer ? Un accident terrible ? Rex s'était révélé marié avec des enfants ? Ou Robbie avait été ghosté, alors que tout allait si bien ?

— Tu as envie de m'en parler ?

— Je n'arrive pas à croire ce qu'il a fait, fit Robbie en déglutissant. Le salaud !

— Mon pauvre. Quoi qu'il se passe, tout ira bien, lui assurai-je.

Et, me rappelant avoir déclaré presque exactement la même chose à Dani, j'ajoutai en moi-même : *Jette ce connard pour que plus jamais il ne te fasse de mal.*

Mais Robbie poursuivit :

— Il a dit qu'il voulait qu'on soit officiellement en couple. Comme des petits amis, quoi. Cet imbécile débile.

Pendant une seconde, ma surprise fut telle que j'en restai sans voix.

— Mais… C'est une bonne chose, non ? Enfin, tu es à fond sur lui. Tu n'as vu personne d'autre depuis des siècles.

— Ce. N'est. Pas. La. Question, répondit Robbie. Notre relation n'était pas censée être sérieuse. Je devais disposer de longues années de baise facile devant moi. Et ce foutu Rex se pointe et, non seulement il est l'homme de mes rêves, mais en plus la réciproque est vraie. Il m'a déclaré qu'il m'aimait, ce crétin fini.

— Mais toi aussi tu l'aimes !

— Et alors ? Je n'allais pas l'admettre, si ? Donc, je l'ai jeté. Par SMS.

Confuse, je secouai la tête. Puis tapotai une dernière fois l'épaule de Robbie, ramassai sa cuiller au sol et la lui agitai sous le nez.

— Tu m'as donné plus que ta part de conseils sur ma vie amoureuse et c'est à mon tour de te passer un savon. Tu m'écoutes ?

Robbie opina, lèvres tremblantes.

— Rex te demande d'être officiellement son mec. C'est tout. Il ne te demande pas en mariage, ou de t'attacher dans un cachot, ou de signer avec ton sang un engagement stipulant que tu ne coucheras plus jamais avec personne d'autre. J'ai raison ?

— Je pense, oui.

— Il te dit qu'il a envie que vous ayez une relation exclusive pour le moment – pour que votre histoire évolue jusqu'à l'étape suivante, et voir comment ça se passe. C'est ça ?

— Je suppose, oui.

— Et c'est ce dont tu as envie aussi, n'est-ce pas ? Tu es victime d'une attaque massive de trouille. C'est tout.

Comme lorsque j'avais vingt ans et étais amoureuse de Joe. Et que j'ai rompu parce que j'avais trop peur, pour ensuite passer des années à le regretter. Alors que je n'avais qu'à laisser les choses évoluer à leur rythme. Je ne regrettais plus cette décision, plus vraiment – mais ça ne m'empêchait pas de souhaiter que Robbie ne commette pas la même erreur.

— Tu as peut-être raison, admit ce dernier.

— Bien sûr que oui ! Et autre chose. Tu as le droit d'être heureux, tu sais. De tomber amoureux, même si tu as l'impression que ce n'est pas le bon moment.

— Alors je fais quoi ?

— Espèce d'andouille ! Prends ton téléphone immédiatement et envoie-lui un SMS pour lui dire que tu regrettes.

— Je…

Robbie hésita une seconde, puis sauta de nouveau à la mode Frazzle ; quelques secondes plus tard, il avait son téléphone dans la main et tapotait sur l'écran comme un fou.

Je m'échappai à la salle de sport après le repas, comme d'habitude, mais le cœur n'y était pas. Après quelques minutes sur le rameur, je laissai tomber pour me lancer à la place dans quelques étirements en douceur, ignorant le regard réprobateur de Mike. Puis je rentrai à la maison et me mis au lit avec Frazzle pour m'abandonner à une longue sieste, emplie de rêves déroutants, pleins d'ombres.

J'envisageai de sécher la soirée Donjons et Dragons, mais c'était impossible – nous étions parvenus à un point crucial de l'aventure, avec Galena, Annella et Torvid proches du centre du château, où nous pensions que Zarah était retenue prisonnière. Sans moi, les autres seraient privés de puissance de frappe et risquaient vraiment d'être capturés, ou pire. J'avais juste à affronter la partie et à me comporter comme s'il ne s'était rien passé entre Adam et moi. Nous étions amis, et voilà tout.

Bien sûr, le jeu n'était pas réel lui non plus. C'était un monde imaginaire, mais il n'en était pas moins important pour autant. Si nous réussissions notre aventure, nous y serions parvenus en tant qu'équipe, en nous soutenant, en élaborant des stratégies ensemble pour tirer le meilleur parti de ce que le lancer de dé nous imposait.

Donc, quand je me réveillai, pas plus en forme que deux heures plus tôt, je m'obligeai à me reprendre. À moi de me débrouiller pour que ce truc marche, qu'importe à quel point je me sentais mal à l'aise de voir Adam après notre dernière rencontre étrange et peu satisfaisante. Je me douchai, me lavai les cheveux et me maquillai pour la première fois depuis des siècles. Je mis du sérum dans ma chevelure et enfilai une robe-pull noire, des collants et des bottes. Je le faisais pour moi, insistai-je en moi-même. Vraiment rien à voir avec Adam, que, visiblement, je n'intéressais pas de toute manière.

J'étudiai l'appartement : en ordre, propre. Ça sentait ma lotion d'aromathérapie pour le corps et mon shampoing à l'eau de coco. Le panier à linge était vide, et le lit, fait. Frazzle était sur le canapé, en boule, pattes sur la truffe. Il y avait des choses pires que la solitude. Je m'en étais accommodée – l'avait appréciée, même – pendant des années, et je pouvais continuer ainsi.

Je verrouillai la porte et descendis l'escalier, dépassant la cuisine pour entrer dans le bar, à nouveau cliente et non employée. J'achetai une bouteille de vin et me dirigeai vers la table de Donjons et Dragons, où Nat et Archie étaient déjà installés, à boire leur verre et à discuter.

— Zoë, tu es superbe, commenta Nat. Tu sors ensuite ?

— Nan, j'avais juste envie de faire un petit effort. Je m'habille comme une souillon depuis suffisamment longtemps.

Freddie arriva précipitamment et se laissa tomber sur une chaise.

— Canon, Zoë. Rien n'est trop beau pour ta bataille contre le lord démoniaque, hein ?

— Tu n'es pas en reste, répliquai-je. Pas sûre qu'une chemise en soie soit idéale pour ramper dans des dédales à la recherche d'un trésor.

— Mais réfléchis à tout l'équipement de qualité que j'achèterai une fois qu'on l'aura trouvé.

Secoués par des rires, nous étions toujours légèrement mal à l'aise dans les moments précédant le jeu, quand nous étions en partie nous-mêmes et en partie nos personnages, à moitié au Ginger Cat et à moitié dans les cachots sous le château Drakeford. Nous avions conscience que c'était un peu absurde, un jeu stupide, mais cela ne nous empêchait pas d'être pris par la magie de l'histoire qu'Adam avait tissée pour nous.

— Et voici notre homme, lança Lana.

Adam avança vers notre table, souriant à moitié, son sac lourd balancé sur son épaule. La chemise qu'il portait semblait neuve elle aussi – d'un vert bouteille qui donnait à ses yeux la même couleur. Je lui dis bonjour, il me répondit, mais ça ressemblait plus à un salut général qu'autre chose. Comme s'il m'avait à peine remarquée. Les derniers arrivèrent peu de temps après lui et, dès que les rituels de remplissage de verres et de passage de commandes furent accomplis, la partie démarra.

Adam se mit à parler, et le monde réel s'effaça. J'arrêtai d'être Zoë, de penser à mon futur de mémé à chats qui vivait au-dessus du pub, et devins Galena. Je ne portais pas ma robe-pull et des bottines en imitation daim, mais une armure en cuir et des bottes, parce que Galena avait autre chose en tête que les droits des animaux, comme ne pas perdre la sienne d'un coup tranchant de glaive.

— Nous revenons dans les niveaux supérieurs du château, où

Galena et les autres poursuivent leur quête de la jeune Zarah. La semaine dernière, nous vous avons laissés dans une antichambre près des pièces où vous croyez que le démoniaque Lord Brandrel retient la fille prisonnière. Tout autour de vous pendent des tapisseries légèrement fanées. Des lampes à huile éclairent les lieux. Un tapis en jonc tissé recouvre le sol, et un coffre en bois se trouve dans un coin. Sur l'un des murs, vous remarquez un grand miroir dans son lourd cadre en fer forgé.

— Oh ! mon Dieu, lança Nat, je ferais mieux de ne pas m'y regarder. Mes racines seront affreusement visibles après tout ce temps passé dans cette aventure.

Je suggérai qu'on examine le verre. S'il était enchanté ?

— Je sens la puissance de la magie ici, confirma Annella.

— Verrouillons la porte par laquelle nous sommes entrés, dis-je. Comme ça, on fouillera les lieux en étant relativement en sécurité.

— Vous repoussez la porte et faites glisser le loquet dans un grincement et un clic. Étrangement, vous ne vous sentez pas plus en sécurité, au contraire – comme si vous étiez tombés dans un piège.

— Oh merde, dis-je. Eh bien, il ne nous reste plus qu'à étudier la pièce.

— Je monterai la garde à l'autre porte, proposa Torvid.

— Vous vous approchez du miroir. Vous vous voyez reflétés sur sa surface légèrement oxydée par le temps. Vos visages effrayés vous renvoient vos regards, avec la chambre derrière vous.

— Et si on essayait de le détacher du mur ? Il y a peut-être quelque chose derrière ?

Adam fit rouler le dé.

— Vous soulevez précautionneusement le miroir du mur, son cadre est froid entre vos mains.

— Bordel, ne le laissez pas tomber surtout.

— Sans le laisser tomber, vous l'abaissez doucement jusqu'au sol. Il était suspendu à une fine chaîne d'acier qui s'enroulait autour d'un gros clou enfoncé profondément dans la pierre.

— Y a-t-il quelque chose à l'arrière du miroir ? Peut-être un message ?

— Vous retournez le miroir. Sur sa surface en bois, presque effacées, vous discernez des runes, qui semblent avoir été grattées ou gravées dans la matière.

— Je peux les lire ! s'exclama Annella. Je l'ai appris à l'école de magie. Est-ce que je suis capable de les comprendre ?

De nouveau, le dé cliqueta sur la table. Adam sourit, et pendant une seconde il fut de nouveau lui-même, et non le puissant Maître du Donjon.

— Oui. L'inscription dit : « Les choses ne sont pas toutes ce qu'elles paraissent. »

— Cryptique, non ? Je ne vois pas en quoi ça aide vraiment pour être honnête.

— Peut-être qu'on devrait remettre le miroir à sa place, dis-je, et vérifier si le reflet de la pièce est exact. Peut-être qu'un sort étrange est en action.

— Oooh ! Bonne idée !

— Vous replacez le miroir avec soin et reculez d'un pas. Une fois de plus, vous y voyez vos visages hésitants, les tapisseries sur le mur opposé, les lampes à huile tremblotantes.

— Et le coffre ? dis-je. On n'avait pas remarqué un coffre quand on est entrés dans la pièce ? Il est dans le reflet ?

Le sourire d'Adam s'étira de nouveau.

— Dans le reflet, le coffre apparaît de manière centrale, alors que, dans la pièce, il se trouve dans un angle, près de la porte par laquelle vous êtes entrés.

— Déplaçons-le et voyons ce qui se passe !

— Torvid et moi, on s'en charge, se dépêcha de dire Annella. Galena, tu restes à regarder dans le miroir et tu nous dis quand il est à la bonne place.

— Vous tirez et soulevez le lourd coffre, mais une fois qu'il commence à bouger, il glisse librement sur le tapis de jonc. Galena observe vos dos courbés et vos bras tendus, jusqu'à ce qu'elle dise…

— Stop ! C'est bon.

— Sans prévenir, le miroir pivote, ouvrant un passage dans le mur en grinçant. Au-delà, tu remarques une vive lumière et tu es impuissante à résister à son charme. Tu fais un pas en avant, à travers le trou dans le mur, et tu entends retentir comme un coup de tonnerre quand la porte magique se referme derrière toi. Galena, tu es seule – en tout cas, c'est ce que tu crois au début. Puis, tu distingues face à toi une silhouette, enveloppée dans une cape d'un somptueux velours, ses cheveux sombres retenus par un diadème.

— Lord Brandrel ! s'exclama Tim.

— Évidemment, on ne sera pas là pour voir ce qui arrive ensuite.

— Peut-être qu'on devrait sortir pendant qu'Adam et Zoë – je veux dire, Lord Brandrel et Galena – règlent cette histoire ? suggéra Freddie.

— Mais je tiens à savoir ce qui se passe, protesta Archie.

— Chut, siffla Nat.

— Vous faites partie du groupe, intervins-je. Je ne peux pas… Adam, comment ça se passerait normalement ? C'est toi qui es aux commandes.

— Eh bien, répondit-il avec lenteur, normalement, nous ne séparerions pas le groupe, mais vous avez tous vus ce qui se passait avec les autres, donc… Aïe !

— Pardon, s'excusa Freddie. C'était ta cheville ? Mon pied a dû glisser.

Kelly arriva sur ces entrefaites, un plateau chargé de sept verres et une bouteille de prosecco à la main.

— Alice vous envoie ça. Elle a précisé que son bureau était vide pour le moment.

— Nous y allons, Zoë ? proposa Adam. À moins que tu préfères…

Mais Freddie avait déjà versé le vin et tendu un verre à chacun de nous deux.

— Allez-y, et revenez vite tout nous raconter.

— Mais..., protestai-je.

Trop tard, Adam avait pris son verre et se dirigeai, résolu, dans la direction du petit placard qui contenait le bureau d'Alice, un meuble à tiroirs où personne ne rangeait jamais rien, parce que toute l'administration se faisait maintenant en ligne. La pièce contenait cependant d'autres objets disparates. Ce jour-là s'y amoncelaient un aspirateur, une pile d'échantillons d'eau minérale gazeuse qu'un fournisseur avait envoyés pour voir si elle était appréciée des clients et une caisse de citrouilles orange que nous avions commandée pour l'événement familial d'Halloween.

Adam et moi avions à peine la place de nous y presser, mais je parvins tout de même à fermer la porte derrière nous.

Soudain, il me parut très proche, et très grand. Je levai les yeux vers lui, et lui baissa les siens vers moi. Nos regards se détournèrent brusquement et je plongeai le nez dans mon verre. Adam n'avait pris avec lui aucune de ses notes, bien qu'il serrât fortement dans l'une de ses mains quelques-uns des dés translucides.

Il s'éclaircit la gorge.

— Lord Brandrel est seul dans cette pièce étrange avec toi. Tu ne sais pas quelle forme de sorcellerie t'a amenée ici, ni ce que sera ton destin. Ton regard est irrésistiblement attiré vers lui, et tu te demandes si la même magie est à l'origine de l'illusion du miroir.

Mon regard était irrésistiblement attiré par Adam, exactement comme il l'avait dit. Ses yeux étaient du vert le plus profond qui soit, et ses sourcils, deux arcs noirs, les surplombaient. Il avait des cils ridiculement longs, notai-je, et eux aussi étaient noirs, comme sa barbe qui tranchait sur sa peau pâle.

— Pourquoi m'avez-vous emmenée ici ? demanda Galena.

— Je pense que vous aimeriez plutôt savoir pourquoi *vous* êtes venue, rétorqua Lord Brandrel.

— Moi et mes compagnons, qui attendent dehors, nous sommes

ici à la rescousse de la jeune Zarah, qui a été capturée au village par vos troupes.

— Vous découvrirez que Zarah souhaitait seulement échapper à sa mère dominatrice et n'est en rien captive. Au lieu de quoi, elle occupe un emploi rémunéré au château, comme aide cuisinière.

— Mais… vous l'avez enlevée. Vous aviez l'intention de la forcer à devenir votre épouse.

— Certainement pas. Elle est venue ici volontairement, escortée par mes soldats. Quoi qu'il en soit, je ne peux nier qu'administrer ce château est une tâche solitaire et que, si je trouvais quelqu'un pour partager cette vie avec moi, j'aurais le cœur plus léger.

— Mais je suis une combattante ! lança Galena. Je ne renoncerai pas à ma liberté pour un homme.

— Et je ne ferai d'aucune femme un serf, répliqua Lord Brandrel, s'enflammant. Je recherche une égale en toutes choses, pour mener la bataille à mes côtés, partager mon logis, mon lit et mes richesses, ainsi que mon cœur.

Ma gorge se serra. Je déglutis pour refouler cette sensation.

— Tant qu'elle accepte de partager son chat avec moi, ajouta Adam.

Je tentais de trouver Galena en moi. Sans succès. On aurait dit qu'elle s'était… non pas volatilisée, mais qu'elle avait fondu pour se replier dans cette partie de moi où je l'avais tout d'abord imaginée.

— Il y a juste une chose, dis-je. Quel est ton signe astrologique – enfin, je veux dire, celui de Lord Brandrel ?

— Je suis sincèrement stupéfait qu'une femme aussi farouche et éduquée ait foi en ces superstitions, déclara Lord Brandrel en se caressant la barbe.

— Qu'importe. Comment attendre de moi que je prête serment à un homme qui n'accepterait pas un innocent péché mignon ?

Adam rit. Tout son visage sembla prendre vie, son immobilisme et sa méfiance disparus.

— Je suis Verseau, idiote. Comme toi.

— Eh bien, j'imagine qu'il y a du potentiel. Les couples Verseau sont l'une des meilleures alliances qui soient. Notre fascination partagée pour le monde spirituel signifie que nous ne serons jamais fatigués d'explorer de plus vastes questions existentielles ensemble, et que nous aurons une vie sexuelle inventive, riche et épanouissante.

J'inventais tout ça, tout comme l'avaient fait les rédacteurs de Fabian, mais ça valait totalement le coup de voir Adam rougir.

Il posa son verre sur un coin du bureau d'Alice.

— Viens, je veux te montrer quelque chose.

Avant que je puisse poser la moindre question, il avait posé mon verre à côté du sien, m'avait prise par les épaules et guidée hors du bureau. La proximité et la chaleur de son corps, le parfum de genévrier de sa peau étaient si étranges et nouveaux et merveilleux que je ne crois pas que j'aurais été capable d'émettre un mot, si j'avais essayé. Adam me mena vers le lobby où s'ouvraient quatre portes : celle menant au bar, celle de la cuisine, celle des escaliers montant à mon appartement et celle du jardin.

— C'est comme être de retour dans le jeu, dis-je, retrouvant l'usage de la parole. Quatre portes s'ouvrent pour sortir de la pièce. Laquelle choisir ?

Adam rit.

— Ne te prends pas la tête, on sort.

Le petit jardin était vide – aucun fumeur ne s'était aventuré dehors cette nuit-là, ce qui n'était pas étonnant compte tenu du froid mordant. L'air de la nuit traversait le mince tissu de ma robe, et j'étais heureuse qu'Adam soit assez proche pour me réchauffer. La température ne semblait pas le gêner le moins du monde, même s'il n'était pas plus couvert que moi.

Nous restions là, nos souffles formant des nuages de vapeur qui dérivaient comme des fantômes. Le jardin dégageait une senteur de terre humide, de feuilles mortes. Ce qu'il restait des odeurs de repas nous parvenait par l'extracteur de la cuisine, se mêlant à celles d'un feu de cheminée lointain. La mangeoire était déserte et les parasols, fermés. Un bourdonnement de voix s'entendait dans le pub, ainsi que le lointain *pop* d'un pétard quelque part dans la nuit.

— Eh bien, c'est romantique, dis-je.

— Zoë, lève les yeux.

J'obéis, et tout changea. Au-dessus de nous, le clair ciel automnal était d'un noir de jais, mais pailleté d'étoiles. Un croissant de lune mince comme l'une des griffes de Frazzle était suspendu au-dessus des toits. À l'horizon, les lumières d'un avion commençant sa descente clignotaient à intervalles réguliers.

— Tu vois cette étoile, juste là ? demanda Adam, le doigt pointé dans une direction.

— J'en vois des tas.

— Là. Au milieu de cette partie sombre du ciel.

Je suivis la longue ligne de son bras, appuyai ma tête contre son épaule pour rester au chaud et mieux voir dans la même direction que lui.

Je crois, oui.

— C'est Beta Aquarii, l'étoile la plus lumineuse de la constellation du Verseau. Elle se trouve à environs six cents années-lumière d'ici. Celle qui scintille plus faiblement et qui est la plus proche d'elle, Alpha Aquarii, est cent fois plus grosse que notre soleil. C'est la bonne période de l'année pour les étudier, et on a de la chance que la nuit soit si claire. La troisième s'appelle Gamma Aquarii.

— C'est… Je ne savais pas qu'on arrivait à les voir pour de vrai, dis-je. Enfin, j'étais au courant que le Verseau était une constellation, mais je pensais qu'il fallait bosser pour la NASA ou au moins avoir un télescope.

— Quand j'étais gosse, je rêvais de travailler à la NASA. Je pensais que je volerais jusqu'à la Lune ou que je serais astrophysicien, quelque chose du genre. Mais je possède bien un télescope.

— Et c'est un télescope aussi dans ta poche, ou tu es juste content de me voir ?

Adam me serra plus fort contre lui, et le rire qui le secouait se répercuta contre moi. Faire rire cet homme pourrait s'avérer assez addictif.

— Dis-m'en plus sur les étoiles.

— Leurs noms arabes sont en rapport avec la chance. La chance des rois, l'étoile chanceuse des choses cachées. Donc si tu as envie de faire un vœu avec une étoile, tu devrais choisir l'une d'elles.

— Est-ce que ce ne sont pas des bêtises, comme l'astrologie ?

— Aucune idée. Essayons, comme ça, on disposera d'une preuve scientifique.

— OK. Toi d'abord.

— On devrait le faire ensemble.

J'opinai, sachant qu'Adam sentirait le mouvement de ma tête, là où elle était appuyée contre lui. Ses bras se refermèrent plus fermement autour de moi et je restai immobile et silencieuse quelques secondes.

— Qu'as-tu souhaité ? me demanda-t-il.

— Je ne peux pas te le dire ! Autrement, ça ne se réalisera pas.

— Mais, et notre preuve scientifique ?

Je me tournai entre ses bras et levai les yeux vers lui. Nos regards se rencontrèrent. Il souriait et, dans l'obscurité, on aurait dit que ses iris scintillaient. Quelque chose bascula en moi, comme si je fondais, malgré le froid.

— OK, dis-je, j'ai souhaité que tu m'embrasses.

— C'est drôle. J'ai souhaité la même chose.

Et soudain, son autre bras m'enlaça et je l'attirai plus près pour que son corps chaud et grand soit contre moi. Mes doigts rencontrèrent ses cheveux, étonnamment doux et soyeux. Son odeur masculine se joignit à toutes les autres senteurs de la nuit, et quand ses lèvres touchèrent les miennes ce fut comme si le Verseau et toutes les autres constellations commençaient à tourner sur elles-mêmes. Mais je savais que je ne serais jamais capable de dire à Adam ce que j'éprouvais, parce qu'il rétorquerait qu'il s'agissait d'étoiles et de planètes en orbite et que, donc, c'était exactement ce qu'elles étaient déjà censées faire.

# 30

— Et que s'est-il passé ensuite ? demanda Dani dans un souffle.

Nous étions à la salle de sport et utilisions chacune à notre tour le rameur. Elle avait déjà effectué une centaine de mètres de sa série et n'y allait pas de main morte.

— J'attends que tu aies fini ? demandai-je.

— Non, distrais-moi !

Je ris.

— Continue – tu tiens le bon bout. OK. Donc, nous sommes retournés dans le pub et avons terminé la partie de Donjons et Dragons.

— J'y crois pas !

— Eh bien, tu t'attendais à quoi ? Nous avions laissé les autres sur des charbons ardents, inquiets de connaître le sort de Galena et Lord Brandrel.

Dani émit un son, mi-rire, mi-halètement.

— Sauf qu'en réalité ce n'était pas le cas. Ce qui les intéressait, c'était de savoir ce qui s'était passé entre Adam et moi. En fait, ils étaient tous dans le coup, depuis la fête pour Tansy et Josh, quand rien n'était encore arrivé. En gros, c'est comme si tous les clients et employés ayant mis un jour un pied au Ginger Cat s'étaient ligués depuis des siècles pour qu'on finisse ensemble. Encore cent mètres.

— Oh mon Dieu, je meurs.

— Plus que quelques coups de rame. Donc, on est rentrés dans le pub, et ils se sont tous tus, tu vois le genre ? Adam me tenait encore par l'épaule, et c'était bien. Personne n'a pipé mot, ils nous dévisageaient comme si on était des enfants un peu lents sur le plan moteur, qui faisaient enfin leurs premiers pas.

Dani finit sa session et s'écroula par terre, morte de rire.

— Bien, c'est ton tour, dit-elle quand elle eut repris un peu son souffle.

— Mais tu n'as pas envie de connaître la suite ?

— Tu me raconteras ça après tes mille mètres.

— T'es dure !

Je me positionnai sur le rameur, agrippai la poignée, pris une profonde inspiration et me lançai.

— Il va bien falloir que je le sois. Je me suis inscrite à un cours pour devenir instructrice de fitness. Une fois que j'aurai mon diplôme, je pourrai balancer mon job de merde au cabinet dentaire et faire enfin quelque chose que j'aime. Tu es tenue d'être mon cobaye.

— C'est génial, lançai-je entre deux respirations. Tu seras la meilleure.

— De longs mouvements fluides, me conseilla-t-elle. Essaie de contrôler ta respiration. Ouais, sincèrement, je ne comprends pas pourquoi je n'y ai pas pensé plus tôt. C'est seulement quand Mike a dit qu'il recherchait quelqu'un pour le seconder, parce que la salle recevait de plus en plus de monde, que j'ai eu le déclic. Je me suis dit : mais ça pourrait être moi. Pas tout de suite, à l'évidence. Il faut d'abord que j'obtienne mon diplôme, et c'est vraiment dur.

— Et donc, Mike et toi… ?

— Pousse avec les jambes, Zoë. Tiens bon, tu y es presque. Seigneur, n'est-ce pas l'homme le plus merveilleux au monde ? Je n'arrivais pas à y croire quand je l'ai invité à sortir avec moi et qu'il a dit oui. J'étais si nerveuse que j'en tremblais. Et on a eu ce rencard traditionnel, avec cinéma et pizza ensuite. Et il ne m'a pas critiquée quand j'ai demandé un supplément de fromage sur la mienne, comme Fabian l'aurait fait. Et il écoute vraiment quand je lui parle.

Elle jeta un coup d'œil par-dessus son épaule en direction du rack de barbells, où Mike expliquait patiemment à un nouveau client la position correcte pour un squat. Elle avait à nouveau cette expression, yeux écarquillés, heureuse, comme si elle regardait la terre promise ou un truc du genre.

— Mille mètres.

Je me repliai au-dessus de mes jambes, qui s'étaient, semblait-il, transformées en deux spaghettis humides, et attendis de pouvoir respirer un peu plus normalement.

— C'est super cool, Dani. Sérieux, vous êtes faits l'un pour l'autre.

Dani sauta sur le rameur et resserra les sangles sur les repose-pieds.

— Maintenant, reprends l'histoire avec Adam.

Je descendis une bonne quantité d'eau et essuyai mon visage ruisselant. Dans le miroir de plain-pied, je constatai que mes cheveux avaient follement frisottés et que mes joues ressemblaient à deux tomates, mais je m'en fichais.

— Oui, donc, on a fini la partie et commandé une nouvelle tournée. Et ça démangeait tout le monde de demander si on s'était roulé une pelle, mais ils s'en sont abstenus. J'imagine que ce n'était pas vraiment nécessaire.

Ça sautait aux yeux en fait, car, chaque fois que je regardais Adam, son visage se fendait en un énorme sourire nunuche ; et il en était sûrement de même du mien. En plus, sa main ne cessait de chercher la mienne sous la table. Son contact envoyait de telles ondes de plaisir en moi que je donnais sûrement l'impression d'être radioactive.

— Arrête de rêvasser et raconte !

— Désolée. C'est juste que… je n'arrive pas à arrêter de penser à lui. Robbie m'a passé un tel savon ce matin parce que je chantais en boucle *Now That I Found You* en chœur avec mon téléphone. Selon lui, j'avais l'air d'un chat constipé.

Dani rit dans un souffle.

— Et vous avez couché ?

— Heu… Ça semble si bizarre d'en parler.

Je m'autorisai à revivre cette nuit-là, pour la millième fois durant les cinq derniers jours. C'était comme sortir de sa boîte une chose précieuse pour laquelle j'aurais économisé pendant des années, puis la regarder, la tournant encore et encore entre mes mains, incapable de croire qu'elle était enfin mienne. Comme quand Frazzle avait commencé à vivre avec moi, et que je me réveillais le matin. Pendant une seconde, j'avais oublié avoir un chat, puis j'ouvrais les yeux, et il était là, me donnant le sentiment d'être prête à exploser de bonheur.

Nous étions restés au pub après le départ des clients, et Adam m'avait aidée à nettoyer, tout naturellement. Et quand nous avions éteint et qu'Alice et Freddie nous avaient souhaité bonne nuit, on s'était retrouvé seuls. Dans le vestibule, il n'avait pas été nécessaire cette fois-ci de demander laquelle des quatre portes choisir. Nous avions pris à gauche et grimpé jusqu'à mon appartement. Mon cœur battait la chamade et j'avais les genoux tremblants. Adam remplit d'eau la gamelle de Frazzle pendant que je nettoyais sa litière. Rien de très romantique, et pourtant ça l'était. De plus, on aurait dit qu'un courant électrique nous reliait l'un à l'autre, s'intensifiant chaque fois que nous nous croisions, envoyant des étincelles voler entre nous quand nos regards se rencontraient et qu'on se souriait. Il aurait probablement affirmé que cela venait de l'électricité statique dégagée par la moquette en nylon de piètre qualité, mais je savais bien que non.

— Il te reste deux cents mètres, annonçai-je à Dani. Tu t'en sors super bien, continue de pousser. Oui, nous avons couché ensemble, et c'était plus qu'incroyable. À croire que nous avions des années de pratique. Ou peut-être qu'il est juste doué pour ça. Mais ce n'était pas gênant ou maladroit, ou quoi que ce soit de ce genre, seulement super. Même lorsque mon chat a sauté sur le lit en plein milieu de l'action. Sincèrement, entre Adam et lui, c'est un vrai coup de foudre amical. Frazzle pense qu'il est la meilleure chose qui soit.

— Il n'est pas le seul, lâcha Dani en me jetant un regard en coin.

— Hé ! Qui vient juste de décrire son nouveau mec comme « la personne la plus incroyable au monde » ?

Dani ouvrit la bouche pour argumenter – probablement pour

souligner que, de son point de vue objectif, Mike était l'homme le plus parfait qui ait jamais vécu. Auquel cas, j'aurais été obligée de renvoyer la balle pour lui expliquer que, preuves à l'appui, Adam était un être supérieur, et tout ça aurait tourné à une chamaillerie un peu bébête – mais heureusement, le souffle lui manquait pour ajouter quoi que ce soit.

— Pousse une dernière fois, lui lançai-je comme un personnage de *SOS sage-femme*. Et c'est bon.

— Bien.

Dani s'allongea sur le dos, poitrine haletante.

— Encore un tour pour toi, et on en a fini, c'est ça ?

— Et on ira dans cet endroit pas loin où il y a ces cupcakes incroyables ?

— Carrément.

Je remontai sur la machine, me disant que j'en aurais fini dans quelques minutes. Mais mes jambes tremblaient encore de fatigue, et je compris que j'aurais besoin de toute l'aide disponible pour achever ce dernier kilomètre.

— Donc, j'en déduis que Fabian ne te relance plus ? demandai-je.

— Tu ne vas jamais me croire. Je gardais ça en réserve pour te le raconter au moment des cupcakes, mais tu veux savoir maintenant ?

— Vas-y, balance.

— Je n'ai pas eu de nouvelles de lui pendant un bon moment. Disons, plus d'une semaine. J'étais tellement soulagée que les appels et les livraisons de fleurs aient cessé, je commençais à avoir l'impression de vivre dans une entreprise de pompes funèbres. Je n'arrêtais pas d'aller à la maison de retraite pour distribuer ces bouquets ridicules. Et s'ils imaginaient que j'avais un crush pour l'un des résidents ? J'aurais eu l'air maligne. Bref, j'en avais conclu que la mise en garde de Mike avait marché, et j'avais raison. Enfin, pas tout à fait.

— Que s'est-il passé ensuite ?

— Vendredi dernier, j'étais au boulot, et il a passé la porte du cabinet. Sauf qu'il n'était pas seul.

— Merde.

— Ma mère l'accompagnait.

— Quoi ?

J'en perdis littéralement mon rythme, ralentis et m'arrêtai presque.

— Continue, Zoë. Pense aux cupcakes. Ouais, il s'est pointé avec ma mère, à mon boulot. J'ai cru mourir.

— Mais comment… ?

— Évidemment, je n'avais aucune idée de ce qui s'était passé, mais ma mère m'a tout expliqué après. J'avais un peu parlé d'elle à Fabian, du fait qu'on n'avait pas la meilleure des relations, combien ça me rendait triste et que j'espérais qu'un jour on serait capables de dépasser tout ça. Je pensais alors qu'il ne m'écoutait pas, parce que c'était rare, mais visiblement, il n'avait pas oublié. Parce qu'il a trouvé son adresse et lui a écrit.

Je continuai de ramer en silence, pendant que, dans mon esprit, tout tournait très vite. Fabian Flatley ? Prenant contact avec la mère de Dani pour tenter d'organiser une réconciliation entre elles ? Ça semblait aussi probable que Frazzle installant un abri pour souris SDF.

— Il lui a envoyé des photos de moi, murmura presque Dani. De moi… enfin, tu vois.

— Du *revenge porn* ? Le salaud.

— C'est le bon mot. Dieu seul sait à quoi il s'attendait. Je veux dire, il n'aurait pas pu aggraver la situation entre elle et moi, de toute façon. Mais il a cherché la bagarre avec la mauvaise personne en agissant ainsi. Vingt mètres… dix… fini.

— Fini ? Je suis en kit, oui. Et comment ta mère a réagi ?

— Elle est passée en mode mère louve à cent pour cent. Elle l'a cherché sur LinkedIn – je ne savais même pas qu'elle connaissait – et elle a déniché l'adresse de son bureau. Elle a pris un train de Liverpool, est entrée au pas de charge dans leurs locaux et a exigé de le voir.

— Quoi ?

— Dingue, hein ? Et quand la réceptionniste lui a répondu qu'il était en réunion, elle n'a pas hésité : « Cet homme a essayé de faire chanter ma fille, a-t-elle dit (même si ce n'était pas vraiment le cas, il sait que je suis fauchée), donc vous le sortez de sa réunion ou j'irai moi-même informer ceux qui y assistent de quel genre d'individu il est.

— Non !

— Si. Donc la réceptionniste s'est pliée à sa requête. Fabian et ma mère se sont installés dans un bureau, et maman lui en a mis plein la tête. Lui disant qu'il devrait avoir honte de lui et qu'elle comptait se rendre au commissariat. Ce qui l'a sûrement fait flipper à mort, parce qu'il triche avec les impôts – tu es au courant – et qu'il est vraiment parano en termes de surveillance en tout genre. Donc, il l'a littéralement suppliée de ne pas le dénoncer, et elle a dit qu'elle pourrait peut-être y repenser s'il effaçait jusqu'au dernier pixel – je n'étais pas non plus au courant qu'elle connaissait ce mot – de chaque image qu'il avait de moi. Et qu'il avait intérêt à grimper dans un Uber sur-le-champ avec elle pour venir s'excuser en personne à mon boulot.

— Tu déconnes !

— Je te jure. Donc, la première chose que j'ai entendue quand ils sont arrivés, ça a été ma mère déclarant que M. Flatley aimerait s'entretenir avec moi en privé. Et j'étais en mode « c'est quoi ce bordel ? » Mais que pouvais-je faire ? On est donc sortis et il a admis qu'il m'avait traitée de manière effroyable et qu'il était profondément désolé. Qu'il acceptait ma décision de mettre un terme à notre histoire et qu'il me souhaitait d'être heureuse. Puis il est remonté dans un Uber et a disparu, et moi, j'ai pris mon après-midi pour aller boire un thé avec ma mère.

— C'est dingue !

— N'est-ce pas ? Elle m'a avoué s'être sentie très mal de s'être montrée si froide envers moi durant tout ce temps, qu'elle aurait dû me soutenir dans mon choix de m'éloigner de la maison, mais qu'elle n'avait jamais su comment s'excuser, jusqu'à maintenant. J'ai répondu que, moi aussi, j'étais désolée de ne pas avoir fait plus d'efforts, et on est tombées d'accord pour que Mike et moi passions Noël avec elle.

Je me levai et vidai ma bouteille d'eau.

— Eh bien, on a de quoi festoyer.

— Prosecco avec les cupcakes ?

— Ça marche.

Je quittai rapidement les lieux, suivie de Dani, qui marqua seulement une pause pour envoyer un baiser à Mike par-dessus son épaule.

# 31

*Noël*

Les cloches me réveillèrent juste avant 7 heures. Il faisait encore nuit dehors. Le froid s'insérait à travers la fenêtre à peine entrebâillée – autrement, Adam avait trop chaud. Mais sous les couvertures, j'étais parfaitement bien. Je me tournai, ramenai la couette jusque sous mon menton et ouvris les yeux.

La tête d'Adam reposait sur l'oreiller à côté de moi, ses cils noirs balayant ses joues. Et allongé sur son torse, le dévorant d'un regard adorateur et ronronnant comme un train de marchandises, se trouvait Frazzle. Dans un coin de l'appartement, un petit sapin scintillait de lumières or et argent, avec à son pied une petite pile de cadeaux emballés avec soin.

Pendant une minute, je m'autorisai à me prélasser, à moitié endormie, regardant mes deux compagnons.

Puis je me dressai d'un bond.

— Merde, chier, bordel ! Le stock de dinde !

Adam s'appuya sur les coudes, prenant soin de ne pas perturber le chat qui était déjà à moitié à lui.

— Quoi ? Zoë, on est le jour de Noël. Le pub est fermé. Tu n'approches pas une cuisine aujourd'hui.

— Oh. Oh ! oui, c'est vrai. Joyeux Noël.

— Joyeux Noël à toi aussi. Et joyeuse journée de congé. Tu as travaillé trop dur.

Je souris.

— J'ai travaillé juste comme il le fallait.

Il n'avait pas tort, malgré tout. Les deux dernières semaines étaient passées dans un tourbillon de tartelettes fourrées aux fruits secs, de choux de Bruxelles, de bœuf Wellington, Robbie et moi courant en tous sens. Le Ginger Cat ne désemplissait pas de l'instant où nous ouvrions les portes jusqu'à tard le soir – en tout cas, c'était l'impression que j'avais. J'enchaînais les muffins à la courge épicés, les rôtis, en passant par les sandwichs à la dinde, gâteaux de Noël à l'heure du thé et roulés à la saucisse au bar après 18 heures.

Robbie se plaignait qu'il avait presque oublié à quoi ressemblait Rex, et Maurice estimait que je devais avoir besoin d'une bonne soirée télé. J'avais consacré ma seule soirée off à la fête de Noël de l'entreprise d'Adam, dans un hôtel cinq étoiles. J'avais été terrifiée à l'idée de n'avoir rien à me mettre et de ne pas savoir comment me comporter, mais il m'avait assuré que tout le monde m'adorerait, et étonnamment ça semblait avoir été le cas, même si ma robe venait de eBay et que mes cheveux avaient frisé.

Maintenant, toute cette agitation était derrière moi, et j'entamais deux jours de repos merveilleux, durant lesquels je n'aurais aucune obligation.

Je me lovai contre Adam dans le lit, appréciant la chaleur réconfortante de son corps et le poids de Frazzle. Il était étrange que cet appartement, qui m'avait toujours donné la sensation d'être trop petit quand Jude y habitait, me semble maintenant s'être agrandi – comme à l'aide du Tardis dans *Doctor Who* – pour qu'Adam y trouve sa place. Il dormait la plupart du temps chez moi, et je le taquinais en lui disant que, lorsqu'il rentrait chez lui, Frazzle lui manquait trop. « Évidemment, répondait-il, mais il n'est pas le seul. »

— De quoi as-tu envie pour ta matinée de Noël ?

En réponse, je fis courir ma main le long de sa cuisse musclée. Frazzle se déplaça jusqu'au bout du lit, de mauvaise humeur, et il passa la demi-heure suivante à mettre un point d'honneur à détourner le regard pendant que nous célébrions Noël de la meilleure manière qui soit.

— Tu sais, dis-je à Adam après nos ébats, je n'aurais jamais pensé que ça arriverait. Je croyais m'être grillée. J'étais sûre de ne pas t'intéresser ou que, si ça avait le cas un jour, je m'étais débrouillée pour te dégoûter de moi.

— Hé ! Tu m'as plu dès que je t'ai vue, quand tu es venue me demander de devenir le Maître du Donjon.

— Mais tu n'en avais même pas envie ! J'ai pratiquement dû te supplier.

— Parce que j'étais trop inquiet à l'idée de me donner en spectacle face à toi et tout le reste du pub, et de bousiller mes chances. Et quand machin-truc est entré en scène…

— Jude. Tu sais ce qui est bizarre ? Je l'ai revu il y a quelques semaines, quand je suis allée boire un verre avec Dani. Il était avec cette fille, Indigo, son amie. Mais on aurait dit qu'ils n'étaient plus de simples amis.

— Ça t'a embêtée ?

— Non. Pourquoi ? Qu'elle le garde. Je t'ai, toi, maintenant.

Adam me serra plus fort contre lui.

— Oui. Pour aussi longtemps que ça durera.

— Qu'est-ce que tu veux dire ?

— Juste que… Je ne m'épanouis sincèrement que lorsque je trouve quelqu'un qui partage mes opinions sur le monde et ma vision à long terme.

— Je…, commençai-je avant de m'interrompre.

Qu'ajouter à cela ? Et plus important encore, que comprendre de cette déclaration d'Adam ? Était-il en train de dire qu'il n'était pas aussi confiant en notre relation que moi, et que c'était ma faute ? S'apprêtait-il à me larguer le matin de Noël, juste après m'avoir fait l'amour ?

Si c'était le cas, ça représenterait un nouveau seuil de nullité atteint dans ma vie amoureuse – possiblement dans la vie amoureuse de n'importe qui, d'ailleurs. Je serais officiellement la fille-aux-histoires-les-plus-désastreuses-au-monde. Dans les années à venir, une plaque serait apposée sur le Ginger Cat, où on lirait que Zoë Meredith, la femme la moins chanceuse en amour, avait vécu là.

Je ravalai ma salive et attendis qu'il poursuive, tandis qu'il m'enlaçait encore. Si c'était la fin, je savourerais chaque seconde de bonheur avec lui tant que c'était possible.

— Je trouve difficile de me conformer aux normes et aux attentes de la société, continua-t-il. Beaucoup de gens qui croient me connaître se trompent, en réalité. Et bien sûr, parce que j'ai été célibataire si longtemps, on pense souvent à moi comme à celui qui sera éternellement seul. Mes amis disent tous que je ne me poserai jamais avant de trouver une femme qui soit parfaite pour moi à cent pour cent.

— Mais…

Je m'interrompis de nouveau. Autant entendre ce qu'il avait à dire.

— Mon attitude face à la sexualité peut sembler d'une certaine manière transactionnelle. Des arrangements de type sexe entre amis m'attirent, et je traverse la vie avec légèreté, ravi de mon indépendance, méfiant à l'idée de planter des racines, que ce soit sur le plan émotionnel ou du logement. Et parce que j'ai cette image en tête de la femme parfaite, il est souvent difficile pour mes relations réelles d'atteindre ce niveau.

Je levai les yeux vers son visage. Son regard était solennel, mais un début de sourire étirait la commissure de ses lèvres que j'aimais tant embrasser.

Je me rendis soudain compte qu'il plaisantait.

— Adam ! Tu as lu des trucs sur les hommes Verseau, c'est ça ?

Il éclata de rire.

— Je me demandais combien de temps il te faudrait pour t'en rendre compte.

— Si jamais tu es viré de ton boulot, tu pourras toujours bosser pour Fabian Flatley. Et je te ferai savoir que les femmes Verseau sont sujettes à des sautes d'humeur, autant que tu sois au courant.

— Qu'est-ce que ton appli nous prédit pour aujourd'hui, alors ? Parce que, si elle annonce qu'il y a un panier de pique-nique caché derrière le bar en bas et contenant ce que Fortnum & Mason décrit comme un « luxueux festin végétarien pour deux », je serais sérieusement impressionné.

— En quoi consiste ce festin ? Garde quand même à l'esprit que les femmes Verseau, bien qu'elles ne s'encombrent pas des diktats de la société, ont des exigences qui n'appartiennent qu'à elles.

Adam prit son téléphone, tout en faisant à attention à ne déranger ni Frazzle ni moi.

— Laisse-moi vérifier. Olives bios de Pérouse. Sélection de mignardises au chocolat issu du commerce équitable et sans lactose, fait à partir de graines de cacao d'une filière de production unique en Équateur. Pain au levain à base de levure sauvage des Cotswolds. Pâte aux champignons produit dans un circuit d'économie solidaire. Amandes de Catalogne fumées venant de champs offrant des ressources naturelles aux abeilles. Une demi-bouteille de champagne. Et trois paquets de chips aux truffes – les seuls qui viennent de chez Archie et non de Fortnum.

— Hum. Ça semble pas mal jusque-là.

Frazzle se leva de son perchoir au bout du lit, étira ses quatre pattes l'une après l'autre, puis vint se lover entre Adam et moi. Je pensais aux paquets au pied du sapin que j'avais emballés pour Adam, cadeaux de moi et de mon chat. J'espérais qu'il aimerait l'édition dédicacée de la série *Dune* que j'avais achetée sur eBay, la bouteille de son shampoing préféré dont j'avais découvert la marque grâce à Tansy, et la photo encadrée de Freezer, que j'avais demandé aux propriétaires de son ancien chat. J'en étais assez fière, tout comme lui était fier de ceux qu'il m'avait achetés, mais pas question de lui fournir le moindre indice.

— C'est tout ? demandai-je.

— Quatre paquets d'Oreo, une boîte de snacks pour chat et une bouteille de sauce chili extra-piquante, conclut-il, content de lui. Qui viennent de l'épicerie du coin. Donc, qu'est-ce que Stargazer dit de ça ?

— Aucune idée. Je l'ai retirée à peu près le soir où tu m'as embrassée dans le jardin.

— Et Tinder ?

Il me regarda, cette fois-ci en souriant franchement.

— Retirée aussi.

## Lettre de Sophie

Cher lecteur,

Je tenais à te dire un immense merci pour avoir choisi de lire *Toutes les étoiles mènent à toi.* Si tu as aimé le livre et souhaites te tenir au courant de toutes mes dernières parutions, inscris-toi sur le lien ci-dessous. Ton adresse e-mail ne sera jamais partagée, et il est possible de se désabonner à n'importe quel moment.

www.bookouture.com/sophie-ranald

Le jour de la sortie de ce livre, j'aurais dû me réveiller avec une gueule de bois des familles, me traîner jusqu'à la douche, manger des pâtisseries froides et un reste de rôti de porc pour le petit déjeuner, puis porter jusqu'au recyclage ma part d'au moins quarante bouteilles vides de prosecco.

Ça aurait dû être le dernier jour de ma huitième Retraite du Club de Lecture, ce qui semble très intello, mais implique en fait seize de mes meilleurs amies. Nous passons le week-end à faire la cuisine, manger, boire, lire, partager des ragots et chanter faux des musiques d'émissions télé. En règle générale, quelqu'un se sert le premier cocktail à 10 heures du matin. D'habitude, une de nous pleure un bon coup, sachant qu'elle sera consolée. Et de manière héroïque, au moins trois participantes arrivent à faire un jogging au moins un matin.

Mais cette année, ça a été annulé, comme tant d'autres moments de ce genre. Ce n'est pas un drame à l'échelle de la planète, je sais. Mon merveilleux compagnon adore souligner que nous avons passé la crise de la Covid en mode facile : nous n'avons pas d'enfants, aucune responsabilité nous obligeant à prendre soin de quelqu'un, on travaille de toute manière tous les deux à la maison, on s'entend bien avec nos voisins et, dans notre salle de sport locale, les clients forment une communauté géniale. De quoi garder le confinement à distance, et les chats adorent se joindre à nous pour nos siestes.

Je n'ai jamais été aussi consciente de mes privilèges.

Et j'ai aussi conscience que cette année a été terriblement difficile pour beaucoup, beaucoup de monde. Je suis sincèrement touchée et honorée par le nombre d'entre vous qui m'ont contactée pour me dire que mes livres les avaient aidés durant cette période – vous faisant rire, vous distrayant pendant quelques heures, ou vous gardant éveillé toute la nuit (désolée pour ça).

L'une des choses que je préfère en tant qu'autrice, c'est d'avoir des nouvelles de mes lecteurs, alors, s'il vous plaît, continuez à me suivre sur les réseaux sociaux, ou laissez un commentaire sur Amazon me permettant de savoir ce que vous avez pensé de ce roman.

Un immense merci pour avoir choisi ce livre parmi tous ceux qui attiraient votre attention. J'espère, cher lecteur, que tu l'as aimé, et tous mes vœux de bonheur jusqu'à la prochaine fois.

Bises,

Sophie

@SophieRanald

F :SophieRanald

@SophieRanald

# Remerciements

Quand j'étais en train d'écrire *Toutes les étoiles mènent à toi*, j'avais parfois l'impression que Zoë passait sa journée à ricocher depuis sa chambre à l'étage jusqu'à son boulot au rez-de-chaussée, puis à la salle de sport et retour, dans un cycle sans fin. Il y a une raison à ça : c'est plus ou moins ce à quoi ressemblait ma vie durant la rédaction de ce roman. Ça n'est que lorsque j'avais atteint à peu près la moitié du texte que les pubs et les restaurants ont rouvert au Royaume-Uni, signant le retour d'un semblant de normalité.

Ce qui signifiait que les recherches en face-à-face, que j'apprécie tant quand je travaille à un livre, n'étaient pas possibles. Quoi qu'il en soit, de nombreuses personnes m'ont énormément aidée durant ce processus, et toutes méritent un énorme merci.

Nathan, mon adorable ami, a répondu à mes questions sur les rencontres via Grindr lors d'apéros virtuels, avec une honnêteté à couper le souffle, et je lui suis très reconnaissante pour son éclairage sur la question. Il sera déçu que j'aie donné une fin heureuse à l'histoire de Robbie, mais je croise les doigts : la sienne est la suivante.

Même s'il s'est écoulé plus d'années que je n'arrive à les compter depuis nos parties de Donjons et Dragons avec ma sœur Jassy dans le rôle du maître du jeu, elles sont aussi fraîches à ma mémoire que si elles s'étaient déroulées hier. J'aurais pu écrire un livre entier rien que sur les aventures dans le château Drakeford, mais – et de manière plutôt justifiée – ma géniale éditrice aurait coupé ces scènes au scalpel. Quoi qu'il en soit, merci, ma sœur chérie, pour toutes ces heures heureuses passées à ces voyages imaginaires.

Ce qui m'amène à l'équipe de Bookouture. J'ai tellement de chance d'avoir un éditeur aussi incroyable et de travailler avec une équipe aussi professionnelle, qui m'offre d'un tel soutien. Christina Demosthenous, mon éditrice, me tient par la main durant tout le processus horriblement solitaire qui consiste à produire un premier jet, puis lors des super étapes éditoriales qui suivent où nous avançons ensemble, jusqu'à achever un roman qui soit le meilleur possible. Elle est aussi dotée d'une patience à toute épreuve quand je pleurniche en disant que je n'y arrive pas. Merci, tu assures grave. Noelle Holten, Kim Nash, Peta Nightingale, Lauren Finger et Alex Crowe m'ont apporté en coulisses un soutien à nul autre pareil, pour la publicité, la production et la promotion. Lisa Horton a conçu une couverture absolument superbe, et Rhian McKay a assuré grave avec ses relectures et corrections, comme toujours.

Je dois aussi de grands remerciements à l'équipe de la Soho Agency, qui s'occupe de moi depuis que j'ai commencé à écrire il y a huit ans de ça. Impossible d'être plus reconnaissante que ça pour l'expertise, la sagesse et le soutien que m'ont offerts Alice Saunders, Araminta Whitley et Niamh O'Grady.

À Amanda, Becky, Carla, Catherine, Eleanor, Hazel, Heln, Jen, Jess, Katie, Kez, Lisa, Lucy, Lynda, Nikki, Rachie, Sarah et Sian – je vous aime. Merci d'être mes meilleures amies et pour les conversations quotidiennes pendant la Covid, qui nous ont permis de ne pas perdre complètement la tête durant ces derniers mois.

Et enfin, merci à mes chats chéris, Hopi, Purrs et Hither pour m'avoir permis d'être cloîtrée en votre compagnie, la meilleure qui soit.

Composé et édité par HarperCollins France.

Achevé d'imprimer en décembre 2021.

FIRMIN-DIDOT

à Mesnil-sur-l'Estrée (Eure)

Dépôt légal : janvier 2022.

Pour limiter l'empreinte environnementale de ses livres, HarperCollins France s'engage à n'utiliser que du papier fabriqué à partir de bois provenant de forêts gérées durablement et de manière responsable.

*Imprimé en France*